KB270294

못다핀 꽃

贈 九巖 尹永典님

人品은 薰風이요

文才는 별일세

겨레의 恨을 풀고자

筆鋒을 휘둘러

寒雪夜도 짧다 하네

西紀 2007年 7月 26日

詩人 與民 李基炯

윤영전 소설집

못다핀 꽃

선우미디어

책머리에

풍치가 아름다운 무등산 자락 효골에서 태평양전쟁이 일어나던 해에 태어났다. 조국이 해방은 되었으나 분단으로 인한 전쟁은 우리 가족은 물론 민족에게 크나큰 아픔과 상흔을 남겨 주었다. 제대 무렵 베트남 전쟁에 참전함으로써 또 한 번 분단과 전쟁의 실상을 보았고 평화가 소중함을 깨달았다.

70, 80년대 민주와 정의 평화 운동을 눈으로 보고 겪은 질곡의 이야기를 쓰려고 91년 문학 교실을 찾았다. 어렵게 늦깎이로 문단에 올라 그간 써온 글들을 단행본으로 묶게 되었다.

내 소설의 소재는 모두 사실적인 이야기들이라서 수필적 소설이라는 말을 듣는다. 그기에 문학성도 부족하다. 그러나 우리의 화두가 평화와 통일이기에 작품에는 약방의 감초처럼 평화 통일이란 단어가 들어 있다.

그동안 글쓰기를 이끌어주시고 작품 해설을 써주신 임헌영 문학평론가님께 감사드린다. 문학에 문외한인 나를 오랫동안 지도해 주시고 격려의 글을 주신 송기원 작가 선생님께 감사하고 고마움을 표한다.

그리고 시인이신 여민 이기형 선생님의 과분한 축시에 머리 숙여 감사 올린다. 그동안 함께 한 '아름다운 얼굴들' '늘픔' 동인들의 격려와 성원에 감사하고, 언제나 미진한 글을 챙겨 준 탱자꽃 문우에도 고마운 마음을 표한다.

부족한 글을 좋은 책으로 만들어 주신 선우미디어 이선우 사장께 감사하고, 묵묵히 지켜봐 준 가족에게 사랑을 보낸다.

아픔의 삶을 사시다 선산에 잠들고 계신 할머님과 부모님, 그리고 맏형에게 삼가 이 책을 바친다.

2007년 7월 26일
우면산 자락 전효당에서   구암 윤영전

細雨孤村暮寒江落木秋壁
重嵐翠積天遠雁聲流學道
無全力臨岐有晚愁都將經
濟業歸臥水雲隊
九巖 甲 永典

齋居有懷 (재거유회)
(해서체 柳成龍 五言絶句詩)
· 해설 : 이슬비 속에 외딴 마을이 저물고
　지는 잎 속에 가을 강이 차다.
　벽에는 이내가 쌓이었고 하늘에는
　기러기 소리가 흐른다.
　도를 배워 전력을 못 얻었고 갈림길에서
　늘 근심이 있도다.
　경제사업 모두 가지고 산수 속에 가서
　묻혀나 지낼까.

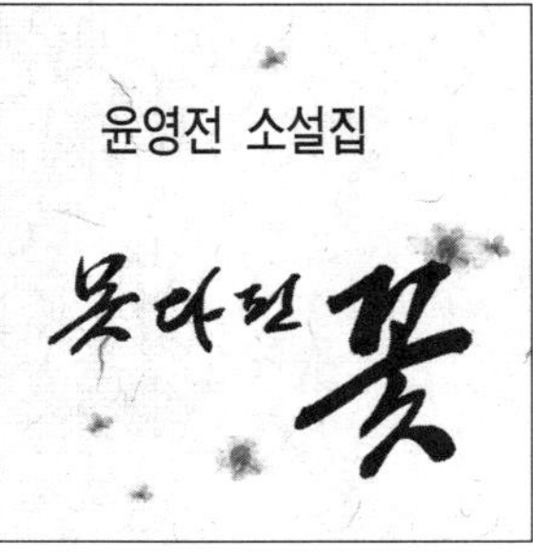

차례

우리는 한 형제

대밭에는 해마다 힘찬 죽순이 솟는다. 대나무 뿌리를 캐보면 뿌리가 하나지만 갈래가 있다. 대나무는 오랜 세월동안 튼실하게 자라더니 어느 날 두 뿌리로 나뉘었다. 비록 뿌리들이 나뉘어져 있으나 원 대나무는 분명히 한 몸이었다. 대나무는 한반도요, 뿌리는 남북이다. 62년의 세월이 흘러갔지만 이제는 하나 되는 모습으로 다시 태어나려 한다. 남북이 하나되듯 헤어진 형제가 다시 만나는 사연이다.

영호는 고희를 지내고 난 후부터 세상을 떠나기 전에 꼭 한번 만나고 싶은 사람이 있었다. 분단으로 이어진 6·25 한국전쟁이 일어났을 때 남쪽에서 만나 3개월 동안 친형제처럼 지내며 의형제까지 맺었었다. 분단된 조국의 앞날을 걱정하다가 9·28 수복으로 인해 홍영철은 북으로 영호는 남으로 헤어지고 말았다. 서로는 꼭 살아서 다시 만나자는 굳은 약속을 한 지도 56년의 세월이 흘러갔다. 그는 과연 북으로 무사히 넘어갔을까, 아니면 남쪽에서 운명했을지도 모른다는 생각이 사라지지 않았다. 둘 사이는 의형제로 남북의 한 형제다.

남북이 분단된 지도 61년의 세월이 흘러갔다. 2천년 역사적인 6·15 선언이 있고 난 후 자주 왕래가 이뤄지면서 그가 살아있다면 어쩌면 만날 수 있을 것이라는 기대를 영호는 하고 있었다. 그의 소식을 알고 만날 수 있을 기미가 보이면 찾아보곤 했다. 6·15 남북공동선언으로 남북이 함께 한 행사에 참석하나 하여 북측의 명단을 본다. 홍영철이란 이름이 있는가 하고, 친척간이라면 남북이산가족 상봉신청을 할 수도 있으련만 인민군이 3개월 동안 머물던 때에 영호가 의용군으로 함께 한 사이이기에 그럴 수도 없었다.

그러나 영호는 그를 만나려는 꿈과 희망을 접지 않았다. 남북이 교류가 빈번하고 통일열기가 일어날 때, 평화통일단체에서 활동하면서도 남북관계에 대한 기사나 만남이 있을 때에는 꼭 그의 이름을 찾았다. 그동안 금강산 관광을 하면서도 그를 만날 수 있을까 기웃거렸다. 오랜 세월이 흘렀기에 만남이 그리 쉽지는 않을 터이다. 그러나 기회가 오면 분명 만날 수 있을 것이라는 가느다란 희망과 기대를 버리지 않고 북측과 만남에서 꼭 찾아보았다. 살아만 있다면 만나볼 수 있으리라 여기면서… 분단으로 만나 의형제를 맺으며 우리는 한 형제라 했던 인연이다.

그들의 만남은 6·25 전쟁으로 인민군이 광주를 점령하여 인공기가 펄럭일 때였다. 7월 중순에 무더위가 막바지 기승을 부리던 날이었다. 영호 집에 갑자기 낯선 군당위원장과 군관장교는 호위병 2명을 거느리고 대문 들어섰다.

"이 댁이 윤영철 동지의 집입니까? 아버님 되시고요."

"그렇소만, 댁들은 누구신데 우리 아들을 안다는 말이요?"

"네, 다 압니다. 아드님이 조국의 통일전선에서 혁혁한 투쟁을 하다 지난해 3월 목숨을 잃었다는 사실을 잘 압니다. 우리가 아드님이 이루지 못한 조국통일을 완성하러 왔습니다."

"저는 군당위원장이고 이분은 군관동무이십니다. 오늘부터 아버님이 효지면당 인민위원장이 되십니다."

"뭐요. 인민위원장이요? 난 무식자입니다. 똑똑하고 일 잘볼 사람을 시키세요. 나는 못 합니다."

"아닙니다. 아버님이 꼭하셔야 합니다. 만약 안하신다면 반동입니다."

반동이라는 그들의 언사에 아버지는 말문을 닫고 말았다. 한학을 하여 어느 정도 세상을 알고 있었다. 잘못하다가는 아들에 이어 자신도 죽어갈지도 모른다는 두려움이 밀려 왔다. 늙으신 양어머니와 처자식을 생각하니 반동으로 몰려서는 안 된다는 생각이었다. 이윽고 그들은 아버지 옆에 서 있는 19살의 영호를 보더니 말을 이었다.

"아! 이 청년이 영철동지의 아우입니까? 앞으로 우리와 함께 조국 통일 전선에서 일해야 합니다. 아버님이 승낙해 주십시오. 우리들이 임무를 완수하려면 이런 청년들이 의용군에 많이 들어와야 합니다."

이렇게 해서 영호네 집은 졸지에 아버지가 위원장이 되고 그리고 아들이 의용군에, 그리고 두 당숙들이 분주 소에서 일하고 또 두 당숙은 영호와 같이 의용군에 동원되었다. 그리고 영철에 이어 6·25 전에 보도연맹으로 가입한 석순 당숙이 인민군이 효골을 접수하기 전에 체포되어 집단학살로 장성 골짜기에서 숨겨갔는데 반쪽 시신을 찾았다. 이로 인해 남편 잃은 당숙모에게 여맹위원장직이 맡겨졌다. 영호의 친가는 물론 집안 대소가 친척들이 부역자의 길로 들어섰다. 그 때에는 살기 위해 어쩔 수 없이 부역자가 된 것이다.

영호의 형인 영철이 좌익으로 몰려 경찰에 죽어갔다. 영철은 해방이 되기 전에는 일제의 압제에서 조국의 해방을 열망했다. 그러나 연합군에 의해 반쪽 해방이 된 후부터 건국준비위에 가입하여 하나 된 조국통일운동했다. 그 후 단독정부가 들어서자 실망하면서도 계속해서 통일운동을 하고 있었다. 정부수립이 되던 그해 10월 중순에 여순 국군14연대 반란사건이 일어나면서 영철은 좌익의 요주의 인물이 되었다. 그는 사전 검색 대상자로 피해 다니고 있었다. 해방되면서 군청에서 근무하다 효지면사무소 호적 서기로 전보된 영철은 정부수립 이듬해 2월 중순에 붙잡혀 1개월 동안 갖은 고문을 당하면서도 끝내 조직을 불지 않았다. 경찰은 좌익 골수라며 재판도 없이 진외가인 서창면 만호리 앞산에서 3발의 총탄에 의해 이슬처럼 사라졌다. 영철의 시신은 아버지 친구들이 죽관을 만들어 그 자리에 묻었다. 영철의 죽음으로 집안의 기둥이 여지없이 무너졌다. 이때부터 시작된 영호의 슬픈 가족사는 조국분단의 아픔과 함께 했다.

아들 때문에 위원장이 된 아버지는 위원회 사무소에 나갔다. 해방 전부터 좌우익 갈등으로 이어졌던 면민들이 수없이 지주와 우익에 의해 당했던 피해들을 고발해와 아버지는 골머리를 앓았다. 그러나 그들을 설득했다. 과도기적 형태의 시국에서 이렇게 작은 일로 보복을 원한다면 또 다른 보복이 따르게 된다며 그들을 설득하고 주지시켜 해결해 주곤 하였다. 아버지는 아들이 면에 다닐 때 김 면장과도 친한 친구일 뿐만 아니라 착하고 고진한 사람으로 법이 없이도 살아 갈 수 있는 분으로 효지면 뿐만 아니라 주변에서도 소문이 나있었다. 그러기에 똑똑하고 잘생긴 큰아들 영철이 죽어 갔을 때도 비록 좌익으로 몰려 죽어갔지만 빨갱이 집안이라고 말한 사람은 한사람도 없었다. 아버지는 조용히 정국을 살펴보면서 결코 오래갈 수 있는 인공이 아니라는 사실을 예감하고 있었다. 그래서 당신의 관할인 효지면에서 사상자나 피해자를 내지 않아야 한다고 면당위원회에서 강조하였고 이를 스스로 실천하였다.

아니나 다를까 9월28일 인천상륙작전으로 서울이 탈환되어 인민군이 퇴각하기 시작한 것은 10월초였다. 효지초등학교 교실마다 보관된 군양미와 설탕 솜 광목 등을 인민군이 퇴각하자마자 면민들이 약탈해가고 있을 때 아버지는 선량한 관리자로 그들을 만류하고 있었다. 그런데 어떤 면민이 말했다. 인민위원장이 여기 있으면 어떻게 하느냐며 국군과 경찰이 들어오고 있는데 당신은 총살이라는 충고에 그제서야 그 자리를 피해 무등산으로 피해가면서 고민이었다. '만약 무등산으로 가면 영원한 빨치산이 된다. 그러면 노모와 처자식은 어찌해야 하나? 자신이 부역자로 처벌받더라도 하산을 해야겠다.'는 결심을 했다.

한참 가다가 삼거리에서다. 아버지는 시내로 가는 길을 택했지만 그러나 군경합동토벌대를 어찌 빠져나가나 걱정하며 여러 궁리를 했다. 길가의 허름한 집으로 들어가니 약초 망태와 호미가 걸려있었다. 아버지는 이를 얼른 둘러메고 시내로 나오는데 예상대로 군인과 경찰이 무리 지어 오고 있었다. 아버지는 가슴이 마구 뛰었다. 자신을 위원장으로 알아버린다면 끝장인데 설마 그들이 알 수 있을까 했으나, 마구 두근거리는 가슴을 안고 그들 앞에 섰을 때, 그들은 아버지에 총부리를 대고 소리쳤다.

"누구냐! 멈추어라. 산에서 내려오다니 신분을 밝혀라."

"예, 저는 서창 면에 사는 박석천이란 사람입니다."

"왜 산에서 내려오는가? 혹 산사람과 내통하는 자가 아닌가?"

"아닙니다. 저는 노모께서 근간 몸이 몹시 아프셔서 무등산에 약을 캐러 갔다고 돌아가는 길입니다."

"그래! 그게 사실인가? 보아하니 효자구만, 위험한 곳인데 빨리 가시오."

"대단히 고맙습니다. 그런데 부탁이 있습니다. 앞으로 또 검문을 당 할 텐데 죄송하지만 증명서를 하나 써 주십시오."

"귀찮게 하네. 그래 하나 써주지."

아버지는 그렇게 임기응변으로 증명서를 받았다. "이 사람은 순수한 민간인임을 증명합니다. 토벌대장 김 강철" 하고 사인을 해 주었다. 그 당시에는 도민증도 주민증도 없었다. 그리고 지금처럼 즉석 신원 조회도 할 수 없었기에 아버지의 기지가 먹혀들어갔다. 증명서를 받아 시내로 나오다 무려 세 번이나 검문을 받았지만 무사히 통과하였다. 그리고 아버지는 서창면 진외가로 가서 여러 날 효골이 안정될 때까지 피신해 있던 중이었다.

한편 영호는 전주에서 의용군 중대장으로 홍영철 군관동무와 함께 근무하고 있었다. 홍은 처음 집을 방문해서 영호를 만났고 영호 밑에는 17살인 예쁜 여동생 영서도 있었다. 영호와 홍군관이 친하게 된 동기에는 우선 자신의 관할인 의용군에 참모로 있었고 1년 전에 죽은 영철과 이름이 같을 뿐만 아니라 나이도 같았다. 홍씨는 영호의 어머니 성씨인 풍산 홍씨기에 마치 외사촌형과도 같았다. 얼굴도 영철 형과 같이 잘 생겼고 여동생 영서도 오빠라며 따르고 있었다. 그러나 영서 동생과는 근무지가 광산에서 전주로 이동하면서 만남은 뜸해 졌다. 홍영철 군관도 영철 형과 같이 조국통일과 동포애가 투철한 장교였다. 일제 36년간의 아픔을 함께 하고 분단에 안타까움을 토로했었다. 어떻게 든 남북이 통일되어야 조국이 살 길이라 말하고 있었다. 그러기에 어느 순간 의기투합하여 영호와 홍영철은 한 형제 같았기에 의형제를 맺고 있었다. 조국이 통일되는 그날까지 아니 영원히 함께 이 땅에서 살아가자고 다짐하였다. 홍 군관은 개성의 근교 농촌에서 살았고 부모형제도 있었다. 단지 남과 북에 태어난 한 형제였다. 동생 영서에게는 오빠와 의형제니 자신의 여동생이나 마찬가지라면서 어느 때는 이성이 발동하여 남북이 통일되면 장가를 들어야겠다는 말도 했다. 허나 단 3개월간의 부푼 꿈이었다.

홍군관은 인천상륙 작전이 개시되면서부터 걱정을 하고 있었다. 만약 그 작전이 성공되면 남한에서 주둔하고 있는 인민군과 의용군들의 이동이 용이하지 않다는 것쯤은 알고 있었다. 그러나 낙담은 하지 않고 잘 버텨내리라고 독려하고 있었다. 9월27일에는 인민군이 밀리고 있다는 정보에 의해 만약의 경우를 생각해서 철수계획을 짜고 있었다. 홍군관의 일거일동이 민첩하게 움직였고 10월1일에는 결국 철수를 명령하고 있었다. 일단 세발 오토바이에 몸을 싣고 동쪽으로 이동하고 있었다. 한참을 갔을 때 잠시 쉬어가는 밤이었다. 달빛이 휘영청 비추었다. 풀벌레소리가 마치 슬픈 조국의 운명을 노래하는 것처럼 들렸다. 조용히 홍군관이 말문을 열었다.

"윤동지! 우리민족과 조국이 왜 이렇게 불행한지 모르겠소. 일본 놈에게 36년을 당하고 이제 는 외세에 또 당하고 있는 현실이 가슴 아프오. 이를 어찌하면 좋겠소."

"저야 뭐 압니까? 군관동무의 가르침에 따르고 있을 뿐입니다. 과연 앞으로 어찌 될까요?"

"나도 확신이 없소. 우선 남쪽을 사수 할 수가 없다는 게 현실이고 그렇다면 북으로 가야 하는데 과연 중간 저지선이 뚫릴지 알 수가 없소. 그러니 큰일이요."

"하늘이 무너져도 솟아날 구멍이 있다고 하지 않습니까? 믿어야지요."

"윤동지! 내 말을 오해하지 말고 들으시오. 지금 우리가 살아간다는 보장이 없으니 윤동지는 고향으로 내려가도 좋소."

"그러나 저만 살자고 내려간다는 게 말이 아닌 것 같습니다."

"다른 말하지 말고 내려가시오. 고향에 할머님과 부모님이 계시고 동생들도 있지 않소. 이미 형을 조국에 바쳤는데 윤동지도 어찌 된다면 너무도 가혹하지 않겠소. 고향에 돌아가 부모에 효도하고 행복하게 살다 조국이 통일 되는 그날 우린 다시 만나면 되는 것이요."

"군관동무의 말씀대로 그렇게만 된다면 얼마나 좋겠습니까? 정말 가도 될까요?"

"그렇소. 이는 내 직권으로 하는 명령이요. 부모님께 그리고 영서동생에게도 안부를 전해주시요. 꼭 살아서 우리 다시 만나자고. 그리고 행운을 비오."

눈물이 핑 돌았다. 단 3개월이지만 이별은 언제나 슬픈 것이었다. 홍군관은 자신과 함께 타고 가던 삼륜 오토바이를 영호에게 타고 가라고 했다.

형제애가 넘치는 순간이었다. 단군 자손에 백의민족 같은 동포로서 이 이상의 배려가 또 어디 있겠는가? 영호는 달리고 달려 전주로 돌아와 이제는 더 이상의 오토바이를 타고 갈 수 없어 걸어서 광산의 진외가를 찾았다. 그곳에는 며칠 전에 피신하신 아버지가 계셨다. 마치 죽은 자식이 살아 돌아온 상봉처럼 감격의 포옹을 했다. 고향의 가족들은 무사한데 북으로 떠나고 있는 홍 군관이 과연 무사히 살아서 북으로 갈 것인가 하는 아픈 마음이었다. 전쟁은 유엔군과 국군이 3·8선을 넘어 평양에 입성하고 이승만 대통령이 평양군중대회에서 마치 북진통일이라도 이룬 듯이 승리를 자축하고 있었다. 그리고 유엔군을 앞세워 북으로 진격하여 압록강에 신의주까지 전세가 확장되고 있었다. 여기까지는 맥아더의 전략이었다.

그런데 이상한 전운이 감돌았다. 압록강에 이르는 유엔군의 진격에 중국이 비상사태를 펴고 있었다. 전쟁초기에 동참을 요청했던 6·25전쟁에서 발을 빼다가 이번에는 코앞에 닥쳐온 전운을 그대로 볼 수 없어 중공은 수십만 명의 병력이 한국전쟁 참전을 결정하고 인해전술로 압록강을 넘어 평양을 순식간에 탈환하고 남으로 진격하고 있었다. 이승만의 북진통일의 기운은 물거품이 되고 평양과 원산을 비롯한 북한 전역에서 미국을 비롯한 유엔군의 제공권과 중공군 인해전술로 끝없는 공방전을 벌이고 있었다. 여기에 맥아더는 압록강을 비롯한 중공 땅에 핵폭탄을 투하해, 오키나와처럼 끝장을 보자는 전략을 주장하다 그는 미국 본부의 반대로 사령관직에서 해직되고 자국으로 귀환조치를 당하고 있었다. 결국 한국전쟁은 단순한 남 북 간의 내전이 아닌 외국군의 참전으로 국제전쟁으로 비화되는 전쟁이었다.

그해 11월이었다. 남한 곳곳에 큼직한 방이 붙어 있었다. "국민여러분! 인민군의 치하에서 부역한 사실을 하나도 빠짐없이 신고합시다. 만약 부역 사실이 있는데도 신고를 하지 않을 때에는 엄중하게 법으로 처벌할 것이고 신고한 부역자에 대해서는 그 여죄를 절대 묻지 않을 것입니다." 부역자들도 생각들이 달랐다. 신고를 해야 한다. 신고를 하면 결국 처벌받는다. 신고를 하지 않고 견딜 수 있는가. 하며 말했고 마을 사람들은 누가 부역을 했다느니, 자진해서 했느니, 반동으로 몰려 죽을까 했느니, 하는 말들이 많았다. 허나 자진하여 부역을 했거나 찬동했다면 자수를 한다 해도 죄를 받아 고행의 길을 가야했다. 그러나 공고 마지막 문구에 "부역한 사람이 신고를 하면 그 어떤 죄도 묻지 않을 것이다"는 뜻에 너도나도 자진신고를 하고 있었다. 영호 집안에서도 신고여부를 갖고 토론을 벌였다. 결론은 "반동으로 몰려 죽을 것 같아 살기 위해 부역을 했다"고 사실대로 신고하였다.

그런데 12월이 되어 북쪽의 전세가 크게 변하고 있었다. 영호와 아버지도 피해야 한다며 외가로 진외가로 전전했으나 1·4 후퇴가 되면서 비밀지령은 "그동안 인민군 치하에서 부역한 자를 잡아들이라"고 해 밤낮으로 영호와 아버지는 물론 당숙들도 피해 다니며 사복경찰의 출동에 민감했다. 부역자들은 한 결 같이 불만이었다. 자수 때 자필로 "앞으로 절대로 부역하지 않겠다."고 서약했고 신고 한자는 절대 부역한 죄를 묻지 않는다고 한 공고는 가짜냐며 정부를 믿지 못하겠다며 피해 다니고 있었다. 그러나 효골마을은 밤이면 여러 차례 부역자들이 붙잡히면 뒷산 심씨 재각 뒤 골짜기에서 죽어가곤 했다.

영호 집에서는 어쩌면 큰아들에 이어 작은아들까지 잃겠다고 걱정하면서 19살인 영호를 자진하여 국군에 입대를 결정했다. 그런데 그때 남한은 군인이 부족하여 학도병과 자원입대를 장려하고 있었기에 영호는 효골마을에서 성대한 환송식을 받으며 "무운장구 무사귀환"이라는 이마에 수건을 동여매고 열차에 올랐다. 당시의 입대는 전쟁 중이기에 곧 죽으러 가는 격이었다. 확전 된 전쟁은 남북의 38선을 넘고 다시 내려오면서 공방을 벌이는 동안 많은 군인들이 죽어가고 피난길에 얼마나 많은 민간인들이 죽어갔는지 모른다. 영호 집에서는 아들을 보내놓고 잠을 이루지 못하며 걱정이었다. 얼마 후 제주도에서 훈련을 받고 곧바로 1사단에 배치되어 중부전선에 투입되었다는 소식이 왔다. 새벽마다 정화수를 장독에 떠놓고 기도를 올리는 가족들이었다. 한편 영호 아버지는 인민위원장이라는 중책 때문에 부역자를 색출 할 때마다 리스트에 올랐다. 그러나 무려 6번이나 사선을 넘는 기구한 운명이었지만 겨우 목숨만을 부지하였다.

영호는 분단국에 태어나 잠시 동안이지만 인공치하에서 의용군으로 활약하고 그리고 지금은 대한민국 국군에 입대하여 전선에서 복무중이다. 지난날 자신이 함께 한 인민군과 맞서서 싸워야 하는 처지였다. 영호는 이때마다 혹 자신 앞에 인민군 홍영철 이란 군관동무가 나타난다면 어찌할 것인가? 고민이었다. 군령에 의해 당연히 적이기에 공격하고 방아쇠를 당겨야 하지만 그러나 인간적으로나 또한 한 형제로 맺은 사이인데 하며 마음의 갈등은 끝이 없었다. 그렇게 전선에서 어느덧 2년여의 세월이 흘렀다. 그사이에 영호와 함께 한 전우들이 수없이 죽어갔다. 그리고 중부상자도 많았다. 이럴 때마다 영호는 과연 같은 동포로서 서로 죽이고 죽어야하는가 의문이었다. 빨리 전쟁이 끝나기를 바랐다. 이제 전쟁도 3년째로 접어들고 있었다. 들려오는 소문은 휴전을 위한 협상을 하고 있다는 것이다. 그간 일진일퇴를 거듭하고 피난 민간인들의 죽음도 이어갔다. 밀리고 밀고 전선의 변화는 하루가 달랐다.

영호의 부대도 중부전선의 한가운데에 있었다. 점점 극렬해가는 전황은 휴전을 대비한 양측의 고지 점령이었다. 38선을 기준으로 한다고 했지만 서로의 유리한 고지점령이 모든 전쟁의 결과로 이어 질 것 같은 지휘관의 지략이었다. 그런데 영호 부대는 엄청난 전쟁을 치르고 있었다. 그날따라 비까지 내리고 있었다. 거의 육탄전까지 치러야 하는 순간에 영호는 왼쪽 팔목과 왼쪽 허벅지에 수류탄이 터지고 몽롱한 정신은 그저 피 흘리는 팔

과 허벅지의 통증만을 느끼는 순간이었다. 전우가 윤 상병! 윤 상병! 하며
정신을 차리라고 부르짖었지만 정신은 여전히 몽롱하기만 했다. 정신이
잠시 들었을 때는 그도 죽어가는구나 했다. 그런 다음 구호차에 실려 야전
병원으로 실려 갔다. 부상자는 수도 없이 많았다. 아비귀환의 야전병원 막
사에는 아픔을 참지 못해 비명을 지르는 병사들로 가득 차 있었다. 살아서
고향에 돌아가겠다고 몇 번이고 다짐을 했지만 그 약속을 지키기 어려운
병사들이었다.

하루 동안 응급처치를 끝내고 난 영호의 진료는 중환자로, 오랫동안 치
료를 요해 후방에 있는 병원으로 후송을 가게 되었다. 후송차에 실려 한없
이 가면서 동료 전우의 죽음을 목격하고 전쟁이란 이렇게 목숨을 앗아가
는구나 생각하니 가슴이 미어졌다. 마을에서 함께 한 3명 가운데에 1명은
전사하고 한 명은 경상이었다. 경상을 당한 전우는 집으로 연락을 하여
어떻게든 의가사 제대라도 시켜달라고 졸랐기에 논밭을 팔아 줄을 대고
있었다. 2대 독자로 대가 끊어질까 봐 두려운 나머지 그의 아버지는 서두
르고 있었다. 전쟁 중에도 그런 부정이 통하고 있었다.

영호가 울산병원으로 후송되었다는 소식을 접한 어머니는 논과 밭 2마
지기를 팔아 돈을 마련하여 어떻게 든 다시 전방으로 출전되지 않도록 손
을 써볼 심산이었다. 그렇게 까지 생각을 한 것은 아랫마을 아들의 친구가
약간의 부상에 명예제대를 하여 귀가했다는 사실을 접하면서였다. 자식
욕심이 많았던 영호의 어머니였다. 큰아들을 졸지에 잃고 작은아들마저
잃은 다면 사는 게 아니라는 강박관념이 발동이었다.

차멀미까지 심하게 한 영호 어머니는 광주에서 대전 대구로 그리고 울
산으로 물어물어 하루 종일 기차를 타고 병원을 찾았다. 낯선 타향에서
안내를 받으며 면회실에서 아들을 상면할 때, 붕대로 팔목을 감고 허벅지
도 붕대로 싸맨 후 팔걸이 지팡이에 의존하여 어머니 앞에 나타났다. 어머

니는 왈칵 울음을 쏟아낸 뒤, 아들의 팔목과 다리를 만지면서 상태가 어떠냐고 물었다. 영호는 앞으로 한 달 정도면 치료가 완쾌된다는 말에 안심을 하면서도 그리고 나서 다시 전선에 투입되느냐고 물었다. 어머니는 어떻게든지 다시 전쟁터로 보내지 않을 심산이었다. 영호는 자신이 알아본 결과는 아직도 수류탄 파편을 다 제거하지 못한 중상이기에 다시 전선에 가지는 않을 것 같다는 설명에 다행이라고 여겼다. 그러나 혹 돈을 써서 전선에 나가는 것을 안 할 수 있다면 그렇게라도 하라고 돈을 내밀었으나 그럴 필요가 없다고 해서 안심하고 돌아왔다. 돌아 올 때는 배를 타고 부산에서 여수로 와서 광주로 기차를 타고 무사히 도착했다. 어머니는 자신의 눈으로 아들이 살아 있음을 목격하고 돌아와, 찾아 갈 때 불안한 마음보다는 만나서 안정이 되었다.

영호가 울산병원에 후송된 지 2개월만에 만기제대가 아닌 상이의가사 제대를 하여 고향에 돌아왔다. 그리고 마을에서는 잔치가 벌어졌다. 전쟁에 참전하여 부상은 당했지만 죽지 않고 살아왔다는 것만으로도 축하를 할만 했다. 마을에는 2사람이나 전사자와 경상자도 있었다. 한국전 참전에 3분의 1은 희생되었다. 영호는 제대하고 바로 군경원호서기로 면사무소에서 근무하게 되었다. 한 1년쯤 근무하다. 우연히도 상경하여 한강백사장에서 해공 선생의 "못 살겠다 갈아보자!"란 사자 호 같은 연설을 듣게 되었다. 이때부터 영호는 내려가서 바로 야당에 가입하여 대통령 후보 연설원이 되었다. 자유당 정권 때 야당을 한다는 사람은 보통의 각오가 아니었다. 그리고 그도 지방의회 선거에 두 번이나 낙선하고 지자체가 부활된 몇 년 전 다시 한 번 출마하여 세 번의 낙선을 하고 나서 정치와 단절했다.

영호는 정치에 손을 떼고 이번에는 통일에 관심을 보였다. 남북교류가 활발하게 진행되는 몇 년 동안 죽은 영철 형과 홍영철 군관의 생사를 생각했다. 두형의 뜻인 통일의 길이 우리가 가야 할 길이라는 사실을 뒤늦게나마 인식하고 열심히 통일관련 단체에 참여하고 있었다. 북한 땅인 금강산에 가서도 혹 56년이나 지난 세월이지만 77세가 된 홍영철 군관동지가 살아있다면 만나고 싶었다. 74세의 영호와 3살 사이로 아직 건강은 하지만 어느 때 운명할지도 모른다. 통일관련 단체의 일원이기에 인천이고 서울이고 남북이 함께 하는 때에는 꼭 참석하여 홍영철 형을 찾는 것이었다. 근간 고향에서 남북이 모인 평화통일 행사가 있어 참석했었다. 비슷한 연배의 참석자를 만나면 혹 홍영철을 아느냐고 묻곤 했으나 모른다고 한다. 부질없는 짓인 것 같지만 살아있으면 꼭 만나자고 한 약속을 지키고 싶었다.

지난 여름에는 일흔 중반의 영호가 그간의 당뇨와 고혈압으로 몹시 아프기도 했다. 병상에 있으면 아련히 떠오르는 홍 군관 형이다. 친형제처럼 다름없는 그였다. 어찌 보면 전쟁 때 영철에게 생명의 은인이기도 하다. 남북이 통일의 기운이 일 때는 곧 그를 생각했다. 통일이 되는 그날이 오면 서로는 꼭 다시 만나자며 깊게 언약을 했던 55년 전의 기억을 시도 때도 없이 되살린다. 동생인 영서에게 그가 각별했기에 만나면 소식을 전 할 것이다. 백방으로 그를 찾는 영호는 오늘도 집념을 불태우고 있다. 홍영철은 비록 그때에는 군관장교였으나 역사를 좋아해서 틈이 나면 역사공부를 하고 그 방면으로 일하고 있을 것만 같았다.

지난 해는 남북 관계가 다른 해에 비해 부진했다. 북미관계의 악화와 북 핵실험 때문에도 더욱 그랬다. 그러나 4월에는 사랑의 연탄 나누기운동 본부에서 개성앞산에 나무심기를 했었다. 영호도 그 행사에 꼭 참가하려 했지만 그때는 몸이 몹시도 안 좋았다. 개성에 가면 또 한 번의 북한 땅 밟기도 되지만 홍군관 형제 근황을 알 수 있을지도 모른다는 기대에서다. 어쩌면 만나볼 수도 있을 것이란 생각이 들었다. 그가 개성시 외곽이 자신의 고향이라는 말을 잊지 않고 있다. 노병이지만 역사에 관한 일을 분명 할지도 모른다는 생각도 들었다.

　북미관계가 경색이지만 남북은 금강산 관광과 개성나무심기 행사에 보다 많은 평화통일 단체와 회원들의 방북을 허용한다는 뉴스를 접했다. 지난 4월에 민화련단체를 중심으로 개성나무심기 참가자를 모집하고 있었다. 영호도 건강이 회복되어 신청을 했다. 천년의 고도인 개성도 보고 북한의 민둥산에 나무도 심어주고 잘하면 의형제도 만나볼 수 있는 일거양득의 기회이기에 잠 못 이루고 있었다. 북한을 방문하면 개성공단의 북측 관리자를 포함한 모든 사람들에게 홍영철의 근황을 물어볼 생각이었다.

　아침 일찍 6시에 광화문에서 버스에 승차했다. 버스 안에서 간단한 방북 교육을 받았다. 금강산관광보다 민간인들과 접근이 가까우니 필요이상의 행동을 하지 말라는 주의 말이 좀 걸리긴 했었다. 나무심기는 개성 앞산의 진봉산에 심는다고 했다. 지난 금강산을 다녀오면서 잘 다듬어진 금강산 가는 도로 옆에 산을 바라보면서 가슴이 아팠었다. 벌거숭이산이 5월의 늦은 봄날인데도 푸른 나무들이 하나도 보이지 않았었다. 영호가 6·25를 전후하여 고향의 산에 있는 나무를 마구잡이로 베어냈던 생각이 떠올랐다. 그때 아름드리나무들을 톱질하여 장작을 만들었던 그 후에 남쪽 산들도 민둥산이 되지 않았던가? 그러나 남쪽은 대체연료가 연탄이 되고 나중에는 석유가 되면서 전국적으로 식목행사와 사방공사를 열심히 했다. 그러기에 언제부터인가 산림이 칙칙하게 우거지고 산 나무를 해가라 해도 하지 않아 울창한 숲이 되기도 했다. 남북과 너무나도 대조되는 상황임을 알고 있는 영호였다. 북한이야 지금 땔감이 없어 산으로 들로 나무하러가고 있기에 대체연료가 없으니 당연히 우리의 50년대와 비슷한 상황이다.

　영호는 개성에 가면 그 누구보다도 나무를 많이 심겠다고 다짐했다. 그래서 북한에도 대체연료가 마련되어 뒤늦게나마 식목을 대대적으로 한다면 몇 년 후면 숲이 우거지지 않겠는가? 하는 생각이었다. 남측의 검색대를 통과하여 잠시 후에 북측 통관지대에 도착하였다. 많이 달라졌다는 북한

측의 세관요원인지 인민군관인지 분간하기 어려운 북쪽 사람들을 볼 때마다 나이가 들어 보이면 얼굴을 유심히 쳐다봤다. 과연 56년 전의 그 얼굴을 알아볼 수나 있을까 생각했다. 먼저 진봉산에 올라 영호는 할당된 100그루를 빨리 심고 추가로 100그루를 더 심었다. 같은 동포의 땅이기도 하지만 홍영철을 생각하는 영호의 정성이기도 했다. 산 위에 서서 홍기를 들고 있는 나이 어린 인민군들이 보초를 서고 있었다. 예정된 나무심기를 끝내고 이번에는 개성공단에 도착하였다. 북한동포, 특히 여성들이 1만5천명이 일하고 있었다. 영호는 관리자인 듯한 북한사람에게 다가가 개성의 홍영철이란 나이든 사람을 아느냐고 물었다. 마치 시골에서 서울에 김 서방 찾기와 무엇이 다를까 하는 생각을 하면서도 혹시나 하고 물은 것이다. 북한 여성들은 명랑하게 열심히 자기 임무에 충실하고 있었다. 월급이 55달라니 우리 돈으로 5만원 밖에 안 되는 북한의 싼 임금이다. 그러나 그들의 오십달라는 북한화폐가치로 치면 12만원 된다고 한다. 열악한 북한의 경제를 보고 있는 것이다. 일하는 북한 여성들에게 영호는 "일하기 재밌습니까?" 물으니 그들은 한결같이 "재미있습니다."라고 화답한다. 이 순간 영호는 마음이 뿌듯했다. 같은 동포와의 즐거운 대화에 마치 홍영철 형제를 만난 듯 기쁜 마음이었다.

이어서 점심시간이 되어 개성시내에 있는 평양냉면집으로 이동했다. 이동하는 동안 개성시내의 모습은 밝지 않았다. 마치 60년대 초의 남쪽 시골 도시의 모습 그대로였다. 이렇게 발전이 되지 않다니 하긴 에너지도 없는 그렇다고 먹을 것도 풍부하지도 않은 심지어는 연탄 캐기도 어려운 광산 실정이고 보면 이해가 되었다. 그들이 경수로에 그렇게 집착한 단면을 눈으로 보듯 것 같았다. 영호는 맛있는 평양냉면과 불고기를 먹으면서도 눈은 연신 왔다 갔다 하는 나이든 사람에게 시선이 가고 있었다. 영호는 이번 기회가 좋은 것 같고 어쩌면 그를 만날 수 있다는 예감이 들기도 했다.

식사를 끝내고 다음 방문지는 선죽교와 고려역사박물관이다.

안내원이 여성이었다. 영호는 잠깐의 시간을 내서 나이가 지긋한 그녀에게 다가가서 특별히 물었다. 혹 개성 또는 근방에 홍영철이란 사람을 아느냐고 물었다. 그녀는 나이가 몇이나 되느냐고 되묻는다. 한 77세나 된다고 하자 안내원 동지는 반색을 하면서 어떤 사이냐고 묻는다. 영호는 옳지 틀림없이 이 안내원이 그를 알고 있다는 감을 잡았다. 그 안내원은 조심스럽고 조용한 어조로 개성에 계신다고 하는 게 아닌가? 그러면서 조금 있다 조용히 말씀드리겠다면서 기다리라는 눈치였다. 이러는 사이 방문단은 선죽교를 보고 포은 선생의 기개를 설명 듣고 선죽교 앞에서 안내원은 한석봉 서예가가 직접 쓴 글씨라고 한다. 영호는 바짝 안내원 여성동무의 옆에서 틈을 내주기를 기다리고 있었다. 이제 고려역사박물관으로 이동하면서 안내원이 영호에게 눈짓을 했다.

"선생님! 홍영철 동무를 어찌 아십니까? 그분은 지금 역사박물관에서 자문역을 맡고 계십니다."

"그래요! 사실은 56년 전에 홍영철 군관께서 남한에 내려와 계실 때에 함께 일했고 의형제를 맺은 사이입니다."

"아 그렇습니까? 반갑습니다. 이따 박물관 안내를 하면서 홍자문역 선생이 계신 곳을 알려드리겠습니다. 그러나 조심스럽게 만나셔야 됩니다."

"잘 알겠습니다. 염려 마십시오. 감사합니다."

영호는 심장의 박동이 크게 뛰었다. 이러다가 심장이 멈추어 버릴지도 모른다는 생각까지 들었다. 그러나 흥분하지 말고 차분하게 그를 따라가고 있었다. 그로부터 10분 후에 역사박물관에 도착했다. 안내원은 입구에서 저쪽 끝에 있는 방으로 가라는 손짓을 해 주었다. 영호는 일행에서 약간 쳐져 홍군관이 있다는 방으로 갔다. '자문역실'이라 적혀 있었다. 노크를 하니 들어오라고 한다. 문을 살며시 열었다. 그리고 그와 영호는 눈이 마주

쳤다. 영호가 찾는 분명한 홍영철의 얼굴이었다. 그 오래 전 얼굴의 윤곽이
뚜렷했다.

"아니! 누구 혹, 윤동지가 아니요. 56년 전의 광산, 아우인 윤영호가 아니
오?"

"예! 홍군관 동무님 홍영철 형님이 맞으시지요?"

"그래요 내가 홍영철이오. 세상에 이런 일이 있나. 꿈에서나 볼 수 있는
줄 알았는데."

"그동안 살아 계셨군요. 얼마나 형님을 찾았는데요. 생전에 꼭 만나리라
했는데."

"비록 통일은 아직 되지 않았지만 남북이 교류왕래하고 있으니 조만간
통일이 되겠지."

"살아 있으면 이렇게 만나게 되는군요."

그들은 조심스럽게 기쁨과 감탄사를 연발하며 눈물을 흘리고 있었다.
그때 통일되면 꼭 만날 수 있다던 그 예언이 맞았다며 손을 놓지 못하고
연신 기뻐하였다.

"윤 동지! 고맙소. 이렇게 만나게 될 줄은 꿈에도 몰랐소. 영서동생은
잘 살고 있소. 그리고 부모님은 아마도 돌아가셨겠지."

"예, 저는 군관동무께서 무사히 북으로 가셨나를 궁금하고 걱정을 했었
습니다. 부모님은 15년 전에 돌아가시고 영서동생은 올해가 72세로 건강히
살고 있습니다."

"아! 그래요. 예쁜 동생이었는데 시집은 잘 갔는지 자식들도 많고."

"첫 결혼은 한국전 참전 상이용사였는데 사별하고 재혼했는데 또 사별
했지요."

"저런! 나와 맞서 싸우는 군인에게 시집을 가고 두 번이나 사별이라니
안타깝소."

“저도 의용군 부역자로 자수를 했는데 몇 번의 죽을 고비에서 국군에 입대하여 제1사단 중부전선에서 부상당했지요. 상이제대자입니다.”

“그럼 아우와 내가 맞서 싸우기도 했을지 모르겠네. 나도 중부전선에 투입되었지.”

“그렇지 않아도 싸우면서 홍군관 형님과 맞서면 어쩌나 노심초사했지요.”

“그래. 참으로 다행이요. 사선을 넘어 이렇게 살아 만나다니 꿈만 갔소.”

“앞으로 건강하세요. 이제 형님이나 저나 건강뿐입니다. 그래야 통일도 보고.”

“아우의 말이 맞아요. 우리 건강해서 다음에 꼭 또 만납시다. 잘 가오.”

두 사람은 끝없는 얘기를 나눌 수 있었으나 시간도 없고 비공식 만남이기에 절대 비밀을 요하고 다시 이별을 해야 했다. 영호의 평화통일운동에 박수를 보내고 언젠가는 꼭 통일의 그날이 올 것이라는 확신한다며 다시 의기투합을 하고 있었다. 영호는 평소에 북한 사람들이 가난하다는 사실을 알고 있었기에 100불을 그의 손에 쥐어 주는데 한사코 안 받으려 했으나 억지로 쥐어 주었다. 영호는 다른 방문단이 역사박물관 관람을 거의 끝낼 1시간 정도의 시간을 만나고 그들과 태연하게 합류하였다.

영호는 평생의 소원을 풀어 기분이 한없이 좋았다. 안내원에게도 선물을 하나 사서 주었다. 남북의 동포들이 영호와 같이 기다림의 사람들이 어디 한둘인가. 영호는 어서 빨리 평화를 이루고 통일의 그날이 오면 영철과도 자유롭게 왕래하는 그날이 오기를 손꼽아 기다리자고 했다. 영호와 영철은 다음에 공식으로 만나는 날 반 백 년이 넘은 지난 분단의 아픔을 허심탄회하게 이야기를 나누기로 굳게 약속하였다. 오직 안내원 동지만이 그들의 비밀 상봉을 알고 있을 뿐이었다. 영호 일행은 북측 검색통관소를 빠져나와 군사분계선을 통과하면서 북쪽하늘을 바라보았다. 영호는 일단 만남의 소원을 이루었으나 자주 만나는 그날이 오기를 기원하며 자유 로를 유유히 달려 서울로 돌아왔다.

진정 남북이 하나 되는 통일의 그날이 언제 올지 아무도 모른다. 그러나 남북의 교류 속에 이산가족이 공식으로 만나듯이 영호와 그는 비공식이지만 기적적으로 만날 수 있었다. 이런 조짐은 남과 북이 하나 돼야 한다는 어떤 명제처럼 느껴졌다. 지구상에 유일한 분단국의 너울을 벗는 그날이 오기를 영호와 영철의 형제는 손꼽아 기다릴 것이다. 그들은 분명 '우리는 한 형제'라 거듭 부르며 한반도의 평화통일을 기원했다.

홍영철과 윤영호는 남북이 2·13합의로 평화의 기운이 보이기에 6·15 공동선언과 9·19선언의 실천을 기대했다. 그리고 언젠가 있을 남북의 정상들이 만나는 그날이 오면 한반도 통일이 급물살을 탈 것이란 의견에도 합의했다. 이 길이 남북이 함께 살아가는 길이라고……

당선 소감

올봄은 여느 해와 달리 개나리 산수유 진달래가 한꺼번에 피었다. 청아한 목련에 이어 그윽한 라일락향기가 봄날 코끝에 머문다. 산새와 까치들도 새둥지를 틀고 사랑 나누기에 분주하다. 봄기운이 가득한 오월 초순, 백두산문학으로부터 나의 졸작이 소설부분 신인상에 당선되었다는 반가운 소식을 전한다.

글쓰기를 시작한 것은 초등학교 4학년, 개교기념 글짓기에 내 글이 뽑혀 기념식 날, 교단에 올라 웅변조로 읽어가면서다. 그러나 6·25전쟁 전후로 풍비박산 집안형편으로 주경야독을 하느라 문학의 꿈은 시들했지만 끈은 놓지 않았다. 그런 후 직장에서 홍보지를 내면서 다시 글쓰기를 이어 갔다.

소설공부는 1991년 민족작가들이 주축이 된 '한길문학연구원'에 문을 두드리면서 시작되었다. 지금까지 송기원 작가(소설가·시인)의 지도로 '아름다운 얼굴들' 동인들과 글쓰기를 했다. 그리고 한국문예대학에서 임헌영 평론가의 지도와 이경자 작가에게 배웠다. 동인들이 다수 신춘이나 문예지에 등단했다. 나는 1996년 정년을 하고 수필공부를 병행하여 '강물은 흐른다' 작품으로 수필가가 되었다.

해방은 남북이 분단되고 내 9살에 맏형을 잃었다. 그리고 10살에 6·25전쟁이 일어났다. 분단의 장벽은 무너지지 않고 지구촌에 유일한 분단국으로 62년의 세월을 곱씹으며 살아왔다. 한반도에 전쟁이 없는 평화와 통일을 바라는 마음으로 평화연대에 참여했다. 그동안 『우리의 소원은 통일』이라 노래했지만 통일은 아직 오지 않았다. 그러나 올 것이다,

나는 지천명의 나이에서 미수(美壽)에 이르기까지 글쓰기를 하면서 우리의 화두인 한반도 평화와 통일을 염원했다. 때로는 평화통일 관련단체에서 일정한 역할을 하고 남북을 오가며 분단의 아픔을 맛보았다. 칼럼과 수필과 소설을 쓸 때에도 평화와 통일이라는 단어를 약방에 감초처럼 집요하게 써넣었다.

반 백 년 넘게 냉전이던 남북관계는 역사적인 6·15선언과 9·19선언, 그리고 2·13 합의로 한반도에 평화기운이 일고 있다. 그동안 미루었던 경의선과 동해선의 시험운행도 5월에 실시했다. 이제야 분단을 허물고 자유로운 왕래와 화해협력으로 우리의 소원인 통일의 길로 다가가는 기운이다.

통일을 염원하면서 쓴 미진한 『우리는 한 형제』 작품을 신인상으로 뽑아주신 심사위원님들께 감사드린다. 만학인 나를 여기까지 이끌어주신 임헌영, 송기원선생님과 '아름다운 얼굴' '늘픔'동인들에게도 감사하고 고마운 마음이다. 통일운동을 하다 22살로 재판도 없이 목숨을 잃은 나의 우상이요 맏형인 영철형님께도 부디 영면하시길 빈다.

한반도 평화통일을 위해 자나깨나 헌신하신 선배님과 동료와 후배들께도 고마운 마음을 전한다. 미진한 글쓰기를 10년이 넘게 지도하여주신 산영재 선생님께도 감사드린다. 묵묵히 지켜봐 준 가족들에게도 고마운 마음이다. 작가는 역사 앞에 정의와 진실에 다가가는 글을 써야 한다는데 이를 실현하기 위해 부단히 노력하련다.

기다림

오래 전, 한번 꼭 가보고 싶었던 '울릉도'를 앤생이 회에서 가게 되었다. 회 명칭이 그리 흔하지 않은데, 대학교에서 이십 년이나 함께 한 동료 열 명이, 젊은 시절에 의기투합해서 지은 이름으로 '잔약하고 보잘 것 없지만 열심히 살면 희망이 있다'는 뜻으로 회원 전원이 동의하여 정하고 부르게 되었다. 그간 울릉도는 보통의 여행 코스가 아니었다. 몇 년 전 만해도 감히 엄두를 낼 수 없는 곳이다. 일기가 불순하고 시간도 많이 걸리며 심지어는 신원 조회도 해야 갈 수 있었던 곳이었다. 그런데 몇 년 전부터 쾌속 카페리호가 운항되어 두 시간 반이면 갈 수 있고 또한 신원 조회도 폐지되었다. 이제는 자유롭게 여행할 수 있다고 해서 회원전원이 동의하여 가보기로 하였다.

한 달 전부터 일기예보는 여행기간에 장마권이란다. 그러나 삼 년 동안이나 벼르고 별렀기에 일단 예약을 하고 출발한 날을 기다렸다. 출발하기 며칠 전부터 예보대로 장마가 시작되어 비가 내리고 있다. 계속된 기상청 예보는 그 기간에 폭풍우까지 동반해 파도가 높게 일 것이라 예보했다. 그러나 어렵게 마련된 여행이 취소되나 했지만, 여행사는 심하지 않으면 예정대로 떠날 수 있을 것이라 했다.

이렇게 2박3일의 여행을 어렵게 결정하고 울릉도의 신비로운 풍광을 상상해보면서 출발을 기다렸다. 그러나 나는 한 가지 걱정이 있었는데 여든이 훨씬 넘은 어머님이었다. 삼 년 전에 60년을 함께 하신 아버님이 앓으시다가 훌쩍 떠나시고 혼자이시기에 두 분이 계실 때보다 신경이 더 쓰인다. 마음 같아서는 어머님도 함께 모셨으면 했으나 어렵기에 조심스럽게 출발 삼일 전에야 울릉도 여행 계획을 말씀드린다.

"어머니! 저희들은 삼일 후에 사흘 간 울릉도에 다녀 올 것입니다."

"그래! 그곳은 멀고 험하다고 하던데… 누구와 같이 가느냐?"

"어머니도 아시는 학교에서 같이 근무했던 친구들인 앤생이 회원들입니다. 팔순 때 그리고 아버님 상 때와 집들이에도 왔던 친구들이죠. 어머님도 모시고 가야 하는데…."

"너희 젊은이들끼리 가는데 내가 끼다니… 어미 걱정 말고 잘 다녀오느라. 그런데 요즘 장마가 계속되고 폭풍이 심 하다는데…."

"어머니! 이번에 저희들 다녀오고 가을에는 어머니 모시고 식구들과 함께 가도록 하겠습니다. 그리고 늦가을에는 고모님과 해외여행도 준비하고 있습니다."

"고맙다. 너희들 덕에 지난해 제주도에 다녀오고 이번에는 해외여행을 보내 준다니…."

사실 어른들은 여름의 휴가철에 외롭기만 하다. 가족들끼리 함께 한 여행도 있지만 대부분 젊은이들은 그들대로 애들은 애들대로 갈 뿐이며 함께 하더라도 애들이나 보는 형편이니 즐거운 피서는 아닐 것이다. 늙으면 어린애가 된다고 한다는데 말과 행동에 노부모님이 언짢아하시지 않도록 조신하고 있었다. 가을에 가족과 함께 여행과 늦가을에 해외여행을 계획하고 있다는 아들의 얘기에 기분이 좋으신 듯하셨다.

드디어 출발 일이다. 어젯밤 일기예보는 "폭풍우를 동반한 장마 비가 계속되고 동해 바다는 파도가 높겠다고 한다. 정말 출발할 수 있을까? 망설이고 있을 때 앤생이 총무의 전화가 왔다. 기상이 좋지 않지만 예정대로 떠난다는 것이었다. 어느 때보다 걱정이 앞서 있는 어머니도 TV에서 일기예보를 열심히 보셨는지 짐을 싸고 있는 나에게 근심스런 표정을 지으신다. 이번에는 다른 때 보다 더 염려를 하시니 오히려 걱정이 되었다.

"애비야? 동해안이 폭풍우가 심하고 파도가 높다는데 어떻게 갈 수 있겠느냐? 내 생각엔 못 갈 것 같구나."

"글쎄요, 여행사에서는 갈 수 있다고 연락이 왔으니 일단 가보겠습니다."

어머니는 계속 당신 방에서 응접실로 그리고 방송을 열심히 듣고 계신다. 그리고는 청소도 하시고 당신의 속 빨래를 직접 하시고 계시었다. 나는 언젠가 팔순 노인에게 빨래를 하게 한다고 아내에게 투정을 부렸지만 한사코 당신께서 할 수 있으실 때까지 하신 다며 오히려 참견하지 말라고 하셨다는 것이다. 언젠가는 내가 직접 어머니께 말씀드렸지만 역시 단호하셨다. 어찌 보면 그 연세에 건강하셔서 다행이라는 생각이 들었지만 한편으로는 두려웠다. 노인에게 빨래를 시켜 먹는다고 할까 해서 말이다.

아침 일찍 일어나 준비를 끝내고 어머니와 애들까지 함께 한 식탁에서 식사 기도를 하였다. 온 식구가 성당에 다니고 있어 기도를 함께 했는데 오늘만은 좀 더 긴 기도를 했다.

"주님 저희들 오늘부터 잠시 집을 떠나 여행을 합니다. 어머니와 애들과 함께 하지 못해 아쉽고 저희 온 가족 주님의 말씀에 따라 살게 하시고 특히 어머님이 더욱 건강을 주시고 저희들 여행도 무사할 수 있도록 도와주소서. 애들에게도 용기 주시어 하느님 말씀에 따라 행동하고 잠시 떨어져 있는 가운데 서로 서로가 소중함을 알게 하시어 다시 만날 때에는 더 큰 기쁨 나눌 수 있도록 도와주소서."

나는 이번 여행이 며칠간의 잠시 이별이지만 폭풍우와 심한 파도를 동반한 악조건 기상이기에 신경이 씌었다. 어떤 돌발적인 일이 일어날지도 모른다는 마음이고 보니 마음도 착잡했다. 다른 아침보다 더 차린 반찬을 어머니께 드리고 이것 저것 음식을 더 잡수시도록 했다. 이런 날만이 아니고 평소에 관심을 가져야 한다는 생각이다. 식사를 끝내면서 다시 어머니의 얼굴을 바라본 나는 약간 놀라고 있었다. 어머니가 무슨 큰 슬픔에 잠겨 있는 듯한 모습이 아닌가? 며칠 전 말씀드렸을 때 기꺼이 다녀오도록 승낙해 주셨는데 혹 섭섭하셔서 일까? 아니면 멀리 떠나는 아들이 걱정되어서 일까? 나는 후자 쪽으로 생각을 하면서도 어머니 얼굴이 홍조 띤 얼굴이었다. 나는 무슨 큰 죄라도 진 것처럼 당황하면서도 어머니를 안심시켜야겠다고 생각이었다.

"어머니 너무 걱정 마세요. 30여 년 전 월남 갈 때도 그 멀고 먼 넓은 바다를 밤낮으로 두 주간이나 잘 다녀왔는데 겨우 세 시간 정도야 별 일 있겠습니까?"

"글쎄 그때 월남에 비하면 아무 것도 아니겠지만, 폭풍이 심하고 파도가 높다니 걱정이 되는구나! 하여튼 무사히 잘 다녀오너라."

나는 어머니의 모습을 카메라에 담고 나와 함께 몇 장을 더 찍었다. 평소에 이렇게 하지 않았지만 오늘만은 기념사진이 될 듯이 찍고 싶었다. 그리고 며칠 간 쓰시도록 특별히 용돈도 드렸다. 어머니는 여행하려면 돈이 필요할 텐데 뭘 주느냐 며 하셨지만 손에 쥐어 드렸다. 어머니는 며느리에게도 그 어느 때보다 다감하게 배웅해 주었다. 나는 대학을 다니는 아들에게 할머니 잘 보살피도록 단단히 일러두고 큰절을 한 후 엘리베이터 앞에서 어머니와 잠시 이별의 순간이었다. 우리 집에 법도가 하루를 밖에서 보내게 된다거나 돌아오면 큰절을 올린다. 이런 예는 우리 집안의 가풍이다. 손자들이 처음에는 거부 반응을 보였지만 부모가 실행을 하니 따라 했다. 어른에 대한 공경의 표시라고 설명해 주었다. 어머니는 내 손과 며느리 손을 잡으시면서 다시 나에게 말씀을 하신다.

"너희가 어디를 가면 집에 돌아와야 마음이 놓이는데…."

나는 어머니의 이 말씀에 깊은 뜻이 있음을 알아차렸다. 그간 당신 앞에 자식들이 수시로 몇 달이고 몇 년이고 영원히 떠나갔기에 기다림에 대한 당연한 말씀이었다. 당신에게서 먼저 떠나간 그토록 애지중지하던 맏아들 영철 형을 생각해서 나온 말씀이시다.

어머니는 홍씨 가문에 딸 부잣집 맏딸로 태어나 윤씨 가문의 가난한 동강(東崗)에게 윤 참봉의 조카라는 명목으로 시집을 오시었다. 아들을 4형제 딸4형제 8남매를 두었다. 친정에서 아들이 귀하기에 소원을 성취한 어머니는 그 중에도 맏아들인 영철 형이 총명하고 똑똑하고 잘생겨 기대가 컸었다. 군청과 면사무소에 다닐 때만 해도 부모님의 길쌈과 형의 봉급으로 해마다 전답을 장만하고 집도 신축하면서 가난을 면하여 살만 하였다. 그런데 형이 분단으로 인해 밤 사람이 되고 쫓기는 몸이 되면서 아들이 나가면 돌아올 날을 기약할 수가 없어 한없이 밤을 새우며 기다리는 마음이었다. 생일이 돌아오고 명절날이면 당연히 함께 해야 할 맏아들이 나타나지 않으니 얼마나 가슴 에이며 기다렸을까? 내 기억에도 생생한 어머님이 기다림이다.

하루는 형의 21살의 생일 전날이었다. 등잔불에 심지가 다 타도록 형을 기다렸다. 어린 나는 어머니께 대문을 걸겠다고 말했다. 어머니는 등잔불은 끄되 대문은 걸지 말라고 하신다. 그러니까 한 달 전에 형이 집을 찾았는데 대문이 잠겨 있어 월담을 해서 들어온 형을 보면서 한없이 자책을 하시었다. 세상에 자기 집에 오는데 담을 뛰어넘어 온다는 사실은 옳지 못한 짓이라고 말했다. 형은 조금만 기다리면 좋은 세상이 온다고 했지만 장래의 좋은 세상보다 마음 놓고 함께 살고 싶다고 하시며 울먹이신 모자의 대화를 지금도 들리는 것만 같다. 이렇게 반복적으로 아들을 기다리는 어머니셨다.

그런 일이 있는 얼마 후에 몇 달이고 소식이 없던 아들이 붙잡혀 한 달이나 조직을 불라는 온갖 고문에도 끝내 굴하지 않고 재판도 없이 22살의 젊은 나이에 총탄을 맞고 목숨을 잃었다. 아들을 잃고 한없이 울다 혼절하신 어머니였다. 그로부터 먼 거리 밖으로 나가는 자식에 대한 기다림은 끝없는 고통의 시간이다. 그래서 자식들이 집을 떠나면 무의식적으로 불안감에 싸인 마음이었는지도 모른다.

이어서 터진 전쟁의 소용돌이에 둘째 아들이 의용군에서 자수하여 국군에 입대하면서 다시 계속된 아들의 기다림이었다. 전쟁 중에 기다리는 편지가 자주 오지 않았다. 그럴 때면 또 아들을 잃은 줄 알고 잠 못 이루시고 꿈이 이상하면 불길한 생각을 감추질 못하시었다. 날마다 새벽에 일어나시어 샘에서 제일 먼저 떠온 정화수를 장독대와 부엌 그리고 윗목에 떠놓았다. 무사히 살아 돌아오기만을 기도하고 계시는 모습은 일 년이 지나고 2년이 될 때 전투 중에 부상을 당하여 후송 할 때까지 계속되었다. 어머니의 기도대로 살아서 돌아왔지만 손목에 부상을 입고 울산에 있는 후송 병원으로 아들을 보러갔다. 여수에서 부산까지 배를 타시고 고생을 하셨다. 배타는 생각 중에 당신의 셋째 아들이 잠시 후에 배를 탄다니 걱정하는 것이었다. 어머니는 내내 자식 걱정 속에 살고 계시었다.

내가 아파트를 나서는 순간도 장마 비는 계속 내리고 있다. 지하철에 오르니 휴가 복장을 하고 있는 사람이 많이 보였다. 젊은이들과 가족 모두가 함께 한 모습도 보였다. 그러나 노인을 동반한 가족들은 보이지 않았다. 나는 아내에게 말했다.

"저 일행도 우리처럼 노인은 집 보게 하고 젊은 지들만 여행을 가는군?"

"그래요. 어른들은 섭섭해하지요. 그러나 무리해서 모시고 다닐 수도 없고."

"어머니께 죄송스럽지 않아? 울릉도 다녀와서 장모님도 함께 모시고 좋은 곳에 한번 다녀옵시다. 이번 가을 어머니 생신 때에는 고모님과 함께 해외여행도 보내드리고."

나는 노인이란 언제 어느 때 무슨 일이 닥칠지 모른다고 생각했었다. 그러나 어머니는 그 어느 분보다 건강하시어 90이상 오래 사실 거라고 아내는 장담을 하고 있었다. 지하철 신사역에서 내려 여행사에 도착하니 회원들이 와 있었다. 일행은 다시 한번 여행사에 문의했으나 일단 묵호항에 도착 후 기상 상태를 보면서 출발 여부를 결정한단다. 모처럼 가는 날이 장날이라는 말이 생각났다. 여행사에서 제공한 관광버스에 올라 강원도 묵호를 향했다. 일행들은 정말 묵호에서 울릉도를 갈 수 있을까, 하면서도 마냥 즐거운 표정들이었다. 하긴 3년을 끌어온 울릉도 여행이니 그렇겠지만 나는 그렇게 즐거운 마음이 아니었다. 그 이유는 아침에 어머니의 어두운 모습이 계속 떠오르고 있었기 때문이다.

"어머니는 예전에도 자식들이 먼 길을 떠날 때는 언제나 걱정이셨다. 오늘은 특히 동해 바다의 기상통보를 TV를 통해 폭풍우와 높은 파도를 보시면서. 위험한 바다생각에서였다. 사랑하는 아들과 며느리가 두둥실 배를 타고 있다 침몰한다고 상상해 보면 한없이 위험스럽게만 여겼을 터이다. 혹 자식을 잃어버릴지도 모른다는 근심과 걱정이셨을 것이다.

관광버스는 비속을 가르며 월정사에 도착했다. 일행은 가볍게 경내를 돌아보고 절 입구에 있는 식당으로 갔다. 산채 정식으로 식사를 하면서 어머니 생각이 났다. 그것은 어머니가 제일 좋아하는 산나물이 많이 나왔다. 점심은 제대로 드셨을까? 어찌 보면 쓸데없는 걱정이라 하겠으나 오늘만은 좀 달랐다. 평소에도 산나물을 좋아하셨다. 예전 시골에서는 고기류를 좋아했으나 식성이 바뀌신 것이다. 그동안 부모를 모시면서 잘못한 점에 대하여 곰곰이 생각해 본다. 부모에 대한 효는 살아 계실 때 해야 한다고 했지만 과연 그런 것인가? 돌아가신 뒤에 효란 늦다. 고부간의 갈등을 당연시 하지만 불효다. 아내는 어떤 생각을 할까? 아들과 며느리의 입장에서 다를 것이다. 아들은 잘하려고 하는데 며느리는 그렇지 못하고 설령 아들의 잘못은 용서하면서도 며느리의 조그만 실수는 용서치 않으신다. 어느 집안이고 자식이 부모를 잘 모신다는 것이 어려운 일일 것이다. 나와 아내는 큰 아들이 아닌 3남인 자식으로 부모를 모신 것을 위세하고 있는 것이 아닌가. 그러나 나의 평소 지론은 자식은 동등하고 어떤 자식이든 부모를 모셔야 할 의무가 있다는 생각이었다. 그렇게 주장하고 20년을 넘게 오래 전부터 부모를 모시고 있는 것이다.

식사가 끝나고 차는 묵호항에 도착했다. 항구에도 여전히 비가 내리고 있었지만 빗줄기가 가늘어졌다. 그러나 바다를 바라본 순간 높은 파도가 일고 있어 배가 떠날 수 있을까 하는 의문이었다. 총무가 책임자에게 5시에 출발되느냐고 물었을 때 좀 더 기다려 봐야 안다고 했다. 나는 차라리 출발이 안 되고 집으로 돌아간다면 하는 생각이 들었는데 얼마 후 승선을 위한 카드를 작성하라는 안내 방송이었다.

인적 카드를 작성하고 10분 후면 출발이다. 일행 중 누군가 멀미를 걱정했지만 약 3시간 정도 걸린다고 해 나는 설마 배 멀미가 있겠느냐고 그냥 가볍게 넘기고 말았다. 그 이유는 오래 전 월남전에 파병될 때 2주간이나 밤낮으로 해군 LST 함정을 타고 갈 때의 경험도 생각났다. 끝없는 망망대해를 갔었는데 이 정도는 우습게 여기고 있었다. 그래서 자연스럽게 멀미약도 먹지 않고 승선했다. 모든 일에 자만은 금물이었지만 배타는 일만은 자신이 있었기에 자만심이 발동했었다.

카페리 쾌속정은 약 3백여 명이 정원이었다. 기상 상태가 좋지 않은데도 많은 인원이 승선하고 있었다. 정말 울릉도란 곳이 그렇게 선망의 휴양지인가? 일부 회원들은 반문하면서 얼마 전 서해에서 정원 초과로 침몰한 서페리호를 생각했다. 혹시 이 배도 정원 외에 승선 인원이 초과되었다면 강력하게 항의할 생각이었다. 그러나 승선이 끝나고 선실을 둘러보았을 때 빈자리가 보였다. 일단은 안심이었다. 잠시 후에 뱃고동 소리를 내더니 배가 움직이기 시작했다. 출발할 때에는 파도가 심하지 않았다. 일부는 지정된 좌석을 이탈하여 동해 바다를 구경한다고 창가의 빈자리로 이동하고 일부는 선상으로 올라가고 있었다. 나는 모처럼의 바다 여행이어서 인지 출렁이는 맑고 푸른 동해의 바다는 아름답기만 했다.

출발한 지 10분이 경과해도 안내 방송이 없었다. 비행기를 탈 때도 기차를 탈 때도 고속버스를 탈 때도 분명 안내 방송이 있었다. 특히 비행기 내 안내는 구명 낙하산 착용 법에 대하여 여승무원의 숙달된 동작을 열심히 경청하면서 위기 때에는 나도 저 승무원이 보여준 동작대로 실시하겠다는 다짐을 하기도 했었다. 그런데 한참을 기다려도 안전 수칙에 대하여 그리고 구명조끼 착용 법에 대하여 알려주지 않았다. 출발 20분 후 승무원은 배 멀미용 비닐봉지를 나누어주고 있었다. 나는 하도 답답하여 승무원에게 물었다.

"승무원께 좀 물어 봅시다. 아니 이 배에는 구명조끼 같은 것이 없습니까?"

조용했던 선실 안이 시끄러움이었다. 그제야 모두 이곳저곳에서 좌석 주변을 두리번거린다.

"그래 구명조끼가 있어야 하는데 어디 있나? 중요 한 건데."

"구명조끼는 의자 밑에 있습니다."

무뚝뚝하고 간단한 대답에 승무원을 곱지 않은 눈으로 쳐다보면서 의자 밑에 있다는 구명조끼를 찾고 있었다. 그러나 어느 곳은 없고 둘이 있는 곳도 있어 혼란스러웠다. 300여명의 생명을 책임지고 있는 그들이 너무도 무책임하다는 생각이 들었다. 나는 주장하고 싶었다. 우리가 대충대충 넘어가기에 가끔 대형 사고를 당한다고 생각하며 승무원에게 따지려 하니 아내가 참으라고 한다. 물론 아무 사고가 없으면 그냥 넘어가지만 사고가 나면 다르다.

출발한 지 한 시간이 되었다. 창밖의 바다를 바라보니 큰 파도가 높게 일고 배가 흔들렸다. 속이 메스껍고 울렁거린다. 오래 전에 경험했던 배 멀미의 시초였다. 이러다가 진짜 뱃멀미를 하는 게 아닌가? 나는 속으로 중얼거렸다. 출발 전에 멀미약을 먹어야 했을 때 멀미가 심해졌다. 조금 전까지 승무원에 대한 안전 수칙이 안됐느니 하면서 질책했던 자신이 부끄러웠다. 나 스스로 사전 준비도 못했으면서 배 안전을 질책한다는 것은 모순이었다.

참기 어려울 만큼 괴로워하고 있을 때 멀미를 하지 않은 한 회원이 어느 사이 내 곁에 나타나 지압을 해주었는데 듣지 않자 멀미약을 늦게라도 먹으라고 했다. 뒤늦게 약을 먹는 순간 토하고 말았다. 계속 다섯 개의 비닐봉지에 아침과 점심을 먹었던 모든 것을 토하고 말았다. 정신을 가다듬어 주위를 보니 상당수가 토하고 누워서 고통스러워하고 있었다. 아내는 내 등을 치면서도 '그렇게 자신하더니 꼴좋다'며 비아냥거리고 있었지만 나는 그의 말을 반격할 힘도 없었기에 당하고만 있었다.

이렇게 심한 멀미를 하면서도 어머니가 예전에 가끔 들려주시던 당신의 배 멀미 이야기가 떠올랐다. 둘째형이 40년 전 전쟁에서 부상을 당해 울산 후송 병원에 있을 때 아들이 생사 여부를 확인키 위해 배를 타고 가시면서 똥물까지 몽땅 토했었다는 말씀이었다. 그때 이후 어머니는 배는 절대로 타지 않으셨다. 나도 월남 갈 때 배 멀미로 인해 죽고 싶었던 그때의 심정이 오늘의 현상과 똑같았던 기억이 생생하다. 20여명의 일행 중 두 명만이 멀쩡하고 나머지는 토하고 머리를 동여 메고 눕고 말았다.

신앙심이 열성인 한 회원이 회원들과 탑승자들이 고통스러워하기에 찬송가를 부르기 시작했다. 파도가 높아지니 더욱더 크게 부르고 있었다. 나는 그의 찬송 기도에 힘입어 파도가 자고 멀미가 멈춘다면 얼마나 좋을까 하고 은근히 기대를 해 보았으나 좀처럼 파도와 멀미가 가라앉지 않았다. 이제는 이 배가 안전하게 운항될 수만 있어도 다행이라고 생각했다. 그렇게 정신없이 토하고 죽고 싶도록 괴로운 순간에도 정신을 가다듬어 시간을 보니 2시간 정도 항해하고 있었다. 앞으로도 한 시간 여를 더 가야 한다니 죽을 지경이었다. 멀쩡한 회원이 그렇게 부럽기만 했다. 그들은 왔다 갔다 하면서 마치 전쟁에 부상병이나 패잔병들을 돌보며 격려까지 하고 있는 모습처럼 보여 아름답게만 느껴졌다.

나는 멀미를 계속했다. 토악질이 계속되었지만 이미 뱃속의 똥물까지 다 쏟았기에 나올게 없었다. 이제는 다운 상태가 되어 죽이던 살리든 맘대로 하라는 식이었다. 인간에겐 이렇게 최후가 되면 악이 나는 것일까? 즐겁게 여행을 하려고 했는데 왜 이렇게 괴로움을 갖는 것일까? 스스로 반문해 보지만 사전 준비를 못했던 나의 불찰을 자책할 뿐이었다. 시간은 흘러가고 있었다. 오직 빨리 도착하여 하선하고 싶었다.

그 누군가 "아! 등대다!! 이제는 다 왔다."는 가느다란 말 한마디가 죽어가는 생명력에서 마치 살아나는 기쁨 같은 것을 주었다. 지칠 대로 지쳐버린 몸이었으나 스스로 확인하고 싶어 창가를 내다보니 등대의 불빛이 보였다. 등대는 희망이었다. 지난날 보름간이나 밤낮으로 항해하여 처음 눈에 띤 베트남의 붕타우 등대를 떠올리기에 충분했다. 그때의 보름이나 오늘 단 3시간이 등대를 기다림에 주는 감격은 같기만 했다. 이제는 살았다고 숨을 내쉬었다. 당시는 전쟁터였지만 오늘은 관광을 위한 울릉도다. 언제나 고통에서 다음은 해방의 기쁨을 줄 것 같은 생각이 들었다.

울릉도 선착장에 도착하여 하선할 때에도 비는 계속 내리고 있었다. 배에서 내리는 모두가 비실비실 거리는 것 같다. 그들은 아무 말 없이 마치 소나 말처럼 끌려가듯 일행을 따라 정해진 숙소로 향하고 있다. 나는 숙소에 도착하자 벌렁 누워 버렸다. 아내는 다시 중얼거린다. "당신 참 보기보다 약하네요. 그래 그까짓 3시간도 못 참고 그렇게 자신만만하던 멀미도 못 이겨내고 겨우 그 정도요?" 나는 다른 때 같으면 쓸데없는 소리 지껄인다고 내질렀을 텐데. 아무런 대꾸할 여력도 없었고 만사가 귀찮기만 했다.

잠시 후에 저녁을 하자는 연락이 왔다. 밥 생각이 전혀 없었으나 아내는 다음날 관광을 하려면 기운을 내야 한다고 나를 부축하였다. 식당에 도착한 일행들은 그제야 서로 항해 중에 일어났던 일에 대하여 말하고 있었다. 나는 음식을 도저히 먹을 수가 없어 국물만 마시고 숙소로 돌아왔다. 내일부터 관광이라는 가이드의 설명이었지만 나는 그 관광과는 상관이 없는 것처럼 여기고 있었다.

숙소에 돌아와 쉬고 있는데 울릉도 야경 및 특산물을 먹자는 연락이 왔었다. 아내는 가자고 했으나 도저히 기력이 없었다. 이렇게 무기력한 일이 그동안 없었다. 아내 혼자서 다녀오라고 하고 푹 쉬겠다고 했다. 11시 30분이었다. 머리가 더 아프고 잠을 청했지만 오지 않았다. 오히려 더욱더 고통스럽기만 했다. 천장을 바라보며 서울의 집 생각을 했다. 어머님은 점심과 저녁 잘 드시고 티브이 보시고 지금쯤 주무시고 계시겠지! 애들도 할머니 모시고 집도 잘 보고 있을까? 하는 생각이었다. 그런데 어머니는 오늘 따라 전송하시면서 모습이 걱정스럽고 어둡기만 하셨을까? 다른 때와는 아주 다른 어머니의 모습이었다. 반복된 어머니의 얼굴이 어른거려 잠도 오지 않고 머리는 아프고 괴롭기만 했다. 또렷한 어머니의 얼굴은 멀고 먼 거리이지만 지금 순간 바로 눈앞에 환영처럼 나타나 무슨 일일까 궁금해졌다.

자정이 가까운 시간에 아내는 모임에서 돌아오고 있었다. 나는 얄 굳은 사람이라고 생각했다. 남편이라는 자가 몸도 가누지 못할 정도로 지쳐 누었는데 울릉도 야경이다 특산물이다 하고 즐길 수 있을까? 이런 때를 두고 부부간에 촌수가 없어 헤어지면 남남이라는 말이 진실이라고 생각까지 들었다. 아내는 좀 어떠냐고 물었지만 나는 아무런 대답을 하지 않았다. 자정이 조금 넘었을 때였다. 어제 종일 어머니 생각에 꽉 차 있었는데 나 자신 스스로 반성하는 순간을 갖고 싶었다. 나는 눈앞에 아롱거린 어머니에 대한 얘기를 하였다.

"여보! 어제의 일을 생각해 봤는데 아마도 내가 죄의 대가를 단단히 받고 있는 것 같소. 그렇지 않고는 이처럼 나에게 큰 고통이 올 수 없지."

"당신도 참, 별소리를 다 하네요. 오늘이 일은 당신의 자만에서 온 거예요."

"그래! 자만이야. 멀미약을 미리 안 먹는 일은 그렇고 어머니의 아침 모습이 계속 떠오르는 게 참으로 이상한 일이요."

나는 잠은 오지 않고 어머니에 대한 생각이 깊어만 갔다. 딸 부잣집 맏딸로 고생도 없이 우리 가문에 출가해 60년을 고향을 지키며 살아오신 어머니였다. 아들 욕심이 유달리 많으신 어머니는 그 동안 형들 때문에 언제나 기다림에 사셨지만 나중에는 셋째인 내가 가면 다 죽는다는 월남전에 참전할 때 자식을 잃을까 내내 정화수를 떠놓고 기도를 올려 살아 왔었다. 그때 잠시의 기쁨을 맛보셨지만 둘째아들이 제대를 한 후 세 번에 걸친 선거를 치르느라 마지막 살던 집마저도 선거 빚에 넘어가고 말았을 때부터 속이상한 나날을 보내시며 선대의 고향을 굳게 지키고 살아오셨다. 나는 가난하게 고생만 하시는 부모님을 자식은 다 같은 자식이라 하면서 서울로 두 분을 모시었다.

어머니 생각이 계속되었다. 시간을 보니 자정을 지나 한 시였다. 아내는 얘기하다가 잠이 들었지만 나는 계속해서 골치가 아프고 괴로워했다. 몇 시간이나 뒤척이다가 나도 잠이 깜박 들었다. 밤에도 비는 계속 내리고 폭풍도 멈추지 않았다. 하루 종일 지칠 대로 지친 몸이기에 잠이 들었던 시간은 새벽 4시경이었다. 겨우 한 시간 잠을 자고 새벽이었을 때 비몽사몽간에 들려오는 소리가 들렸다. 복도에서 앤생이 총무의 목소리는 분명 나의 방을 찾고 있었다. 아직 일어날 시간은 2시간이나 남았는데 어쩐 일일까? 하며 귀를 기울이고 있었는데 긴박한 얘기 같았다. 나는 벌떡 일어났다.

문을 박차고 복도를 향했다. 총무와 가이드의 시선이 나와 마주친 순간 그들의 얼굴에 비보의 소식을 담고 있었음을 느낄 수 있었다. 어떤 무슨 일일까?

'큰일이 났구나. 가족 가운데 일이라 직감했다. 그러면 어머니일까? 아니다. 어머니는 어제까지 건강히 당신의 속 빨래까지 하시고 우리를 배웅해 주시지 않았는가? 그렇다면 애들에게 무슨 사고가 난 것이다. 교통사고일까? 아니면 안전사고 등등 머리는 회전하고 있었다.'

이렇듯 정신없이 나의 뇌리가 빠르게 회전하기는 처음이었다. 마치 알 아맞히기라도 할 듯이, 그러나 정답을 쉽게 찾을 수가 없었다. 이윽고 총무의 입은 무겁고 작은 목소리로 떠듬거리며 토해 낸 말은 청천벽력과 같았다.

"윤형! 빨리 서울로 가야겠어."

이렇게 말한 총무의 입을 나는 뚫어져라 응시하고 있었다. 과연 누가 무슨 일을 당했단 말인가? 어머니가 아니면 아들이라고 나올 그 말문을 재촉하듯 긴박하게 기다렸다. 심장이 요동치고 있었다. 이미 당한 일이기는 하지만 주체할 길이 없었다. 아니 무슨 변고냐고 다그치던 나는 총무의 한마디에 그만 주저 않고 말았다. 모두가 깊이 잠들어 있을 여관의 복도에서 대성통곡 할 것 같은 순간이기에 총무는 나를 방으로 밀고 있었다.

"자정이 지나 1시경에 어머니께서 운명 하셨네. 어젯밤 늦게 애들 문

열어 주시다가 쓰러 지셔 그만 못 일어 나셨다고.”

총무는 말하고 돌아가 버렸다. 믿어지지 않은 어머니의 운명, 내 귀를 의심하며 아내와 나는 통곡했다. 하필이면 우리가 자리를 비운 그 순간에 돌아가시다니…

“어머니 도대체 어찌된 일이십니까? 그렇게 정정하시던 당신이 돌아가시다니! 아니 됩니다. 그냥은 못 가십니다. 저희들이 어머니를 어떻게 모시었는데 이렇게 가신다는 말씀 한마디 없이 떠나시다니. 왜 이렇게 슬픈 이별은 하십니까?”

망연자실하면서도 노인들이란 정말 모를 일이란 생각이 들었다. 옛날 같으면 노인이 집에 계시면 먼 길을 떠날 수가 없었다. 그 말이 꼭 맞았다. 그러나 어머니는 건강하였다. 내 눈으로 똑똑히 강건하심을 확인하였다. 3년 전 아버지가 운명하실 때와는 어머니와 정반대의 현상이었다. 아버지는 돌아가시기 1년 전부터 병원에 몇 개월 입원도 하고 수술까지 하자고 했지만 82살이기에 거절하시었다. 시름시름 3개월 전부터 병환이 더하더니 응급실로 입원도 하셨다. 그때는 숨이 곧 넘어갈 듯 하셨지만 산소 호흡기를 주입하시고 응급 처치하여 3일 만에 퇴원하시었다. 그리고 한 달은 온갖 것 당신이 잡수시고 싶은 것 모두 다 해드려 잡수시었다. 그리고 한 2주일 식음이 어려웠다. 아버지의 마지막 투혼 기간이었다. 이 기간에 어머니는 아버지를 간호하시었다. 아버지가 온갖 짜증을 다 내고 있으셨을 때 어머니도 같이 짜증을 내시었다.

“아니 당신 돌아가시려면 빨리 가시오. 왜 그렇게 옆 사람을 어렵게 하시는 거요?”

아버지는 어머니의 말씀에 야속하시면서도 아무 말씀도 않으시고 깊은 생각에 잠기셨다.

아들이 보는 앞에서 어머니는 너무도 충격적인 말씀을 하시었다. 나는

아버지의 섭섭한 눈빛을 훔쳤다. 얼마나 서운해 하셨을까? 아무리 어머니
가 스스럼없이 돌출적인 말씀을 하시지만 이렇게 죽음에 관한 얘기를 인
정머리 없이 매몰차게 하실 줄을 몰랐다. 나는 어머니의 불합리한 말씀을
그냥 지나쳐 버릴 수가 없었다. 아버지를 위한 변명을 해야 했다.

"아니! 어머니도 무슨 말씀을 그렇게 하십니까? 사람이 죽고 사는 것은
모두다 하느님의 뜻인데 하느님을 믿으시면서 그런 말씀을 하시다니요,
잘못 말씀하셨어요?"

"아니 내가 못할 말을 했느냐? 나 같으면 절대로 너희 아버지처럼 안
한다."

"어머니! 앞으로 어머니께 그 어떤 일이 있어도 저희는 자식으로서 할
일을 다 할 것입니다. 제가 누구입니까? 부모님의 효자 아들입니다. 돌아가
실 때 문제는 걱정 마시고 오직 건강하게 오래오래 사세요. 저희들의 소원
입니다."

그러나 막상 아버님이 운명하실 때는 자식들 보다 더욱 서럽게 눈물을
흘리시었다. 아버지가 돌아가실 때 식구들 모두가 임종을 했었다. 심지어
는 하나밖에 없던 고모님도 임종을 하시었다. 당시 아버지께서 운명 하실
때는 최선을 다했기에 섭섭함이 덜 하였다. 어머니는 평소에 당신의 소원
을 말씀하셨다.

"이만큼 살았고 너희들이 장남이 아니면서도 잘 봉양해 주었는데 무엇
을 더 바라겠느냐? 소원이 있다면 죽을 때 너희 아버지처럼 식구들 귀찮게
하지 않고 평안히 잠자듯이 죽는 것이 소원이다."라고 말씀하시면서 아버
지가 돌아가신 뒤부터 3년 동안 묵주기도를 하시었다.

나는 어머니 생각에 한없이 눈물만 흘릴 수가 없었다. 먼저 할 일은 빨리
어머니 곁으로 가는 일이었다. 어머니 영혼을 위한 기도를 끝내고 우선
파출소로 향했다. 서울로 갈 수 있는 교통편을 문의하니 어제부터 태풍경

보가 발효 중이라 그 어떤 선박도 운항이 중지되었다고 한다. 좀 더 자세한 상황은 항만 관리소에 물어 보라는 것이다. 비를 맞으며 관리소를 향한 심정은 초조하고 답답하기만 했다. 분명 파출소와 별반 다른 얘기를 하지 않을 건데 걱정이었다. 바닷가에 다다르니 바람은 더욱 강하게 불어 파도 또한 높게 일고 비는 계속 내렸다. 항구에는 배가 하나도 보이지 않았다. 모두 안전한 곳으로 피신한 것이었다.

항만 관계자의 말은 "어젯밤부터 경보가 내려져 그 즉시 배들은 모두 대피하고 정기 선편이 오후 1시경 출발 예정인데 그것도 묵호에서 출발해 울릉도에 도착 해봐야 안다고 했다. 오늘 새벽에 중환자가 발생했는데도 육지로 갈 방범이 없어 응급 처치만 받고 있다는 얘기다. 참으로 답답하고 속이 터질 일이었다. 세상에 부모님이 돌아가셨는데 당장 갈 수가 없다니! 외국도 아니고 국내에서, 참으로 기가 막힐 일이었다. 아무리 발버둥 쳐도 소용이 없고 그 어떤 능력도 발휘할 수 없는 내 처지가 한없이 초라해 보이기만 했다.

나는 숙소로 돌아와 서울에 전화를 했다. 안정을 찾는다고 했지만 첫 마디가 울음이었다. 장남에게 자초 지정을 얘기를 하도록 했다.

"어머니는 우리를 배웅하고 아파트 경로당에서 점심을 친구 분들과 맛있게 드신 후, 다음날 복날에 먹을 닭을 두 마리나 손수 준비하시고 오후 5시에 집에 오시어 저녁때가 되었을 때 장손의 친구들이 와서 손수 저녁 준비를 해주시었다. 저녁을 끝낸 후 손자들은 모두 외출하고 당신 혼자서 티브이 연속극을 보신 후 10시경 잠자리에 드셨다."

여기까지 어머니 자신에 변화는 아무 일도 없었다. 그런데 '막내 손자가 11시 30분에 집에 도착하여 벨을 눌으나 인기척이 없었다. 그러나 분명 할머니가 주무신다고 생각되어 계속 문을 두드리니 할머니가 문을 열어 주시었다. 할머니의 수상한 거동에 손자는 왜 그러시느냐고 물었을 때 어지럽다며 당신이 비상시 대비한 우황청심환을 먹여 달라고 하시면서 작은 고모에게 전화를 걸도록 했다. 그러나 고모도 연휴에 피서를 떠나고 없었다. 자정이 될 무렵 더욱 어지럽다고 하시며 벌렁 뒤로 넘어지셨다. 손자는 겁이 나서 응급실에 전화하고 112에 신고했다. 응급 환자 긴급 후송 신고에 구급차와 의사가 도착하고 경찰이 동시에 도착하였을 때 할머니는 숨을 크게 내신 뒤 심장이 멈췄다는 것이었다. 경찰과 의사는 운명하였음을 확인하고 잘 모시라는 말을 남기고 돌아갔다는 것이다.

이렇게 해서 어머니는 세상과 이별하셨다. 손자들이 성당에 연락하여 시신을 거두고 이곳저곳 친지들에게 연락하였고 나에게는 집에 두고 온 관광 안내장을 참고로 울릉도 경찰서 와 그리고 대아 관광숙소로 연결하여 어렵게 연락이 되었다. 나는 전화에다 "폭풍우와 파도 때문에 당장 배편이 없어 못 가고 오후 1시경 배를 타면 묵호에 4시경 도착하여 곧바로 서울에 갈 수 있을 거라고" 했다. 그곳에 도착은 밤 10시경이 될 것이라고 했다. 그러니까 상주 노릇은 오늘밤 늦게나마 할 수 있다는 뜻이었다.

상주는 당연히 어머니 옆에 있어야 하는데 동해 바다 섬에서 발만 동동 굴리고 있으니 가슴이 터질 것만 같았다. 전화 연락을 끝내고 아내와 바닷가에서 서울을 향해 어머니를 불러 보았으나 어머니는 대답이 없었다. 오직 갈매기 소리만 요란하게 들릴 뿐이었다. 나는 바닷가에서 하염없이 눈물만 흘렸다. 그동안 잘 모신다고 했는데 임종도 못한 자식이기에 불효막심한 자책이었다. 한참 후 숙소에 도착했을 때 회원들이 몰려오고 있었다. 모두들 밤새 어찌 이런 비보냐 며 우리 부부를 위로해 주었다.

"너무 슬퍼하지 말게나. 어머님은 그 연세면 수하시고 복인이시네. 그동안 잘 모셨고 아무런 고통 없이 하늘나라로 가신 거야. 어떻게든 빨리 서울에 가야 할 텐데!"

이구동성으로 84세로 장수하시고 아무런 병고 없이 평안히 운명하신 분이시니 호상 이라는 말들을 하고 있었지만 나를 위로하는 말이 아니고 인사말이었다. 복인이라는 말에는 동의할 수가 없었다. 이렇게 어머니와 이별이란 있을 수 없었기에 말이다. 아버지와의 이별은 이러지 않았는데… 마치 항변이라도 하고 싶었다. 왜 하필이면 25년을 모셔 온 아들과 며느리가 먼 곳인 동해 바다에 있을 때 영원한 이별을 하셨느냐는 것이다. 아무리 자식과 며느리가 잘못 모셨다 해도 그럴 수는 없다는 항변이었다. 노인들은 어느 때 갑자기 떠나시는 일이 종종 있다는 얘기는 알고 있었지만 당일까지 건강하셨기에 믿을 수가 없었다.

일행은 일정대로 관광을 가고 우리는 묵호에서 출발하여 1시에 도착할 페리 호를 유일한 희망으로 기다리고 있었다. 남은 시간을 교동 성당에 가서 기도로 일관했다. 오직 내가 할 수 있는 자식 된 도리는 몇 시간이라도 빨리 어머니 곁으로 달려가는 것이었다. 시간이 되어 짐을 꾸려서 부두로 갔다. 페리호는 예정대로 도착하고 있었다. 사무실에 몇 시에 출발하느냐고 물으니 파도가 높아 운항할 수가 없다는 것이다. 정말 미치고 환장할 지경이었다. 다음에 선편이 있느냐고 물으니 밤 11시경에 포항에서 온 대형 화물선은 이 정도의 파도에도 운행이 될 것이라고 해 다른 도리가 없었다. 서울에 다시 늦어질 것이라는 연락을 하면서 장례 준비를 협의하고 있었다. 장지는 아버지와 맏아들이 잠들어 있는 곳으로 오래 전에 정해졌기에 되었지만 다른 장례준비가 문제였다.

하염없이 부두에서 출렁이는 바다 물결과 갈매기를 바라보면서 어머니의 지나온 삶을 생각해 본다. 당신 뜻대로 이루었던 자식 농사가 분단으로 의한 이데올로기에 풍비박산이 되어 버린 것이었다. 그놈의 분단만 아니었다면 세상만 험하지 않았다면 똑똑하고 잘생긴 맏아들이 출세를 했을 것이고 남편도 그렇게 무력하지는 안 했을 것이라고 하시었다. 당신이 뿌린 씨앗을 잘 거둘 수 있다고 자신하고 있었다. 그래서 친정에서도 온 대소가에서도 그리고 마을에서도 남부럽지 않은 장래가 희망적인 가정이 되었을 것이라는 희망찬 꿈이었다.

기다리는 시간은 왜 이리 더디기만 하는지 오후와 저녁도 늦게 다가오고 있었다. 관광을 다녀온 친구들이 아직도 서울을 못 갔느냐며 측은한 생각이 들었을 것이다. 친구가 모친상을 당해 발만 동동 굴리고 있는데 유유자적 유람을 하고 있으려니 멋쩍어 했지만 나는 오히려 그들이 유쾌한 여행이 못될까 미안하기만 했다. 저녁을 함께 하면서 다시 한 번 위로의 말들을 전해오고 그리고 저녁 미사에 참여했다. 어머니는 아버지가 돌아가시고 난 뒤부터 묵주의 기도를 열심히 하시었다. 젊어서부터 믿어 온 신앙은 아니지만 십여 년 전에 가족이 함께 영세를 받고 아버지 상례를 성당식으로 하면서 믿음이 더 갔다고 하셨다. 나는 어머니의 기도에 대하여 여쭈어 본 일이 있었다.

"어머니! 묵주 기도와 일반 기도를 열심히 하시면서 어떤 기도를 주로 하세요."

"기도가 별거냐? 집안 평안하고 식구들 건강하고 손자들 공부 잘하고 뭐 그런 거지."

"특별하게 기도하신 것은 없으세요. 가령 누구를 위한 기도 같은 거 말입니다."

"왜 있지, 나는 꼭 기도한다. 아버지 편찮으셔서 너희들과 나까지 괴롭게 했을 때 내가 한말을 실천 할 수 있도록 말이다. 그러니까 중풍이나 뇌졸중으로 똥오줌 받아 내게 하는 그런 사람이 안 되게 해 달라고 기도한다."

나는 어머니께서 기도까지 그런 식으로 하심에 대하여 너무 심하시다는 생각을 했었는데 그러나 기도는 자신의 온전한 마음과 정성을 다하는 것이라 생각했기에 더 이상 말씀을 드릴 수가 없었다. 내가 가면 죽는다는 월남을 갔을 때도 어머니는 정화수를 떠놓고 성주 삼신께 비시고 그리고

내가 성당에 나간다고 하니 교회에 가서 한없이 아들이 살아 돌아오게 해
달라고 기도를 하셨다. 나는 불쌍하신 할머니와 어머님의 간절한 기도로
살아왔다고 생각을 하고 있었다.

초조하게 기다리던 포항에서 온 화물선이 11시에 도착했다. 30분 후에
출항하는데 포항까지 8시간이 걸려 내일 아침에나 도착한다는 것이다. 별
수 없이 승선을 하면서 멀미약을 미리 먹었다. 선실에는 이틀 동안이나
배편이 없어 승객들이 초만원이었다. 마치 피난을 가는 것 같았다. 실내의
풍경은 고스톱을 치는 사람들, 술판을 벌이는 사람들 등 다양했지만 내
처지와 같은 사람은 없는 것 같았다. 우리는 자리를 잡고 그동안 부족한
잠을 청했다. 잠이 쉽지 않았으나 하도 피곤하니 잠이 들었다. 포항에 아침
7시에 도착했다.

대한항공 편을 예약했다가 30분 빠른 아시아나 항공편을 이용했다. 단
몇 분이라도 빨리 어머니 곁에 가야 했다. 비행기는 2시간도 못되어 김포
공항에 도착하고 이어서 택시를 타고 집으로 갔다. 아파트 입구 쪽에 초상
을 알리는 등이 걸려 있어 그제야 어머님 상을 확인하는 순간이었다. 내가
머물던 안방에 어머니는 냉동 관속에 편안한 모습으로 잠들고 계시었다.
아무리 흐느끼며 어머니를 불러 보았지만 대답이 없었다. 어머니와 이틀
만에 뵙지만 생과 사의 사이에서 뵙게 되니 어머니를 뵐 면목도 없었다.
살아계셨다면 얼마나 반가워 해주실 어머니신가. '너희들 어디 가면 돌아
와야 마음이 편한데' 하시던 말씀도 오늘만은 무용의 말씀이었다. 그러나
당신은 '그래 무사히 돌아왔느냐'고 기뻐하신 것만 같았다. 일가친척들이
많이 와 있었다. 나는 죄인처럼 아무 말도 못하고 있는데 모두들 내게 위로
를 하였다.

하루면 입관을 하지만 아들 때문에 이틀 만에 입관을 하시었다. 목욕을
하시고 새 옷으로 갈아입고 분단장도 하신 어머니의 얼굴은 곱기도 하시

고 젊었을 때 그 모습이었다. 외할머니를 닮으셔 예쁘기만 하시던 어머니의 마지막 얼굴을 만지면서 더 없는 슬픔이 밀려와 한없이 통곡을 하고 말았다. 이 통곡 속에는 어머니에게 평소에 잘못한 일들과 임종하지 못한 불효자의 고백도 함께 했다. 밀려오는 조문객 중에 경로당 어머니 친구 분들이 와 주셨다. 그분들은 바로 이틀 전 어머니와 함께 했기에 마지막 유언처럼 들려주신다. "어머니는 복인이시다. 낮에 점심 잘 잡수시고 아들 손자 자랑도 하시며 다음날 복날이니 닭을 두 마리 준비했다고 하시며 내일 복날 만나 놀자는 약속을 하셨다."고 하시며 참 좋은 할머니였다고 칭찬도 해주었다. 나는 연신 불효자로 죄송하다고 했으나 그렇지 않다고 하시며 자신들도 어머니처럼 마지막을 맞이한다면 얼마나 좋겠느냐고 부러워하신 말씀을 계속 반복하신다.

발인 날이었다. 어머니와 함께 다니던 성당에서 송별 미사를 올리고 있다. 어머니가 평소에 꼭 앞자리에서 미사를 보시던 그 자리에 이제는 말없이 영혼만이 미사를 보신다. 신부의 간단한 강론은 "어머니와 비록 이별을 하지만 어머니는 천상에서 우리들은 이승에서 살면서 어느 때는 저승으로 어머니를 만나게 될 것이기 때문에 화해하고 하느님 뜻에 따라 열심히 살아가 달라."고 했다. 촛불을 밝히고 겸허하게 통공하면서 미사를 보고 지난 아버지가 가신 그 길을 따라 마지막으로 아파트를 돌아 고향을 향하였다.

어머니는 고향에 미리 준비한 분향소에 잠시 머무시고 그곳의 일가친척과 조문객들의 조문을 받고 선산으로 향했다. 삼 년 전에 먼저 오신 아버지 방 왼쪽에 천광이 되어 있었다. 아래에는 어머니가 그렇게 사랑하던 맏아들도 일 년 전에 타향에서 이장을 해왔다. 조금 더 떨어진 곳에는 어린 다섯 살 딸 창숙이 흔적도 없이 묻힌 곳도 가까이 있다. 이렇게 영혼들이 모이고 있는 선산이다.

하관 예절이 끝나고 마지막으로 흙으로 어머니를 덮으며 장례를 끝내고 있었다. 울고 싶은 대로 울 수 있는 당신의 묘소 앞에서 불효자는 다시 하염없는 눈물을 흘리고 있다. 어머니는 외가에서 18년 고향에서 41년 그리고 타향인 서울에서 25년 모두 84년의 생애를 마감하면서 어머니의 회한은 절반의 세월은 기쁨 속에 그리고 절반은 슬픔과 통한 속에 살아오시었다. 8남매를 두시고 자식자랑이 꺼지던 어머니는 한때나마 행복하셨다. 삼남매를 당신의 가슴에 묻고 살아오신 세월은 한의 세월이었다. 식구들과 잠시 떨어져 있을 때 기다림의 세월은 걱정의 세월에서 다시 기쁨의 세월들이었다.

나는 어머니와 이별을 하면서 어머니께 마지막으로 기다림을 갖게 한 불효자식이었다. 그러나 어머니는 자식들에게 기다림이 주는 의미를 되새겨 주셨기에 감사한 마음이다. 어머니는 당신을 희생되더라고 오직 자식이 너무도 소중하게 여기셨다. 그러기에 어머니에 대한 보답은 그 어떤 것으로도 응답하지 못한다.

오직 어머니의 고귀한 희생에 다가가는 길은 부모님을 닮아가는 길이고 이를 착실히 실천하는 길이다. 아버지와 어머니처럼 법이 없이도 순수하게 살아오신 모습을 우리는 잊을 수가 없다. 아들 4형제에 대한 집착은 당신이 84세 일기로 고종명하심으로 끝이 났다.

언제고 당신 곁으로 가야할 자식이기에 이승에서 어머니가 부르시면 지체 없이 찾아갈 것이다. 그동안 생전에 못다 한 사랑이야기를 먼저가신 부모님과 형제들과 오순도순 정답게 나눌 것이다.

어머니! 당신의 기다림은 결코 헛되지 않으셨습니다. 영면하소서.

못다 핀 꽃

여의도 칼바람을 맞으며 인호는 진실과 화해를 위한 과거사 법률 제정에 앞장서고 있었다. 5년의 입법투쟁 끝에 얻어낸 법률은 비록 누더기 법이었지만 반백년이나 지나서야 진상규명에 대한 법률이 제정되고 시행령이 공포되었다. 인호는 영철형의 진상규명 신청서를 접수를 하면서 15년 전, 아버지와 병실에서 나누었던 기억을 떠올렸다. 재판도 없이 억울하게 숨진 형의 명예회복을 꼭 시켜야 한다고 다짐했었다.

(1)

인호가 병실에 들어섰을 때 아버지는 창밖을 무연히 바라보고 있었다. 늦가을 병원의 정원은 을씨년스러웠다. 단풍나무는 한 잎 두 잎 낙엽이 지더니 이제는 마지막 잎새만이 쓸쓸하게 붙어 있었다. 아버지는 지난날 모진 세월을 생각하곤 했다. 두 달 전에 입원했을 때 푸르던 나뭇잎이 이제 단풍으로 물들더니 서서히 지는 모습을 보면서 상념에 잠긴다. 지병인 허리 통증은 나라가 분단되면서부터 서서히 아파왔다. 입원한 지도 두 달이 가고 있었지만 병세는 호전되지 않고 더욱 악화되었다. 예전 같으면 보름

정도 치료하면 퇴원하곤 했으나 미수의 나이 때문인지 회복하기가 어렵다는 의사의 말이었다. 아버지는 '이제 나도 저 낙엽처럼 마지막 생명'이라고 하신다. 인호가 조용히 아버지에게 다가갔을 때 아버지 눈가에 이슬이 맺혀 있었다.

"아버지! 무슨 생각을 그리도 하세요?"

"생각은, 그냥 지난날 살아왔던 날들이 자꾸 떠오르는 구나!"

"의사의 말은 한 열흘 정도 치료하면 완쾌는 어렵지만 많이 좋아질 거라고 하더군요."

"좋아지긴 뭐가 좋아진다는 거냐. 내 병은 내가 잘 안다."

"그래도 이번 치료를 잘 받으시고 아버지가 그토록 바라시던 일도 보셔야지요?"

아버지가 바라는 일이란 지금부터 57년 전에 조국의 분단으로 수많은 희생과 갈등 속에서도 오직 하나 된 통일조국이 되는 날을 기다리는 일과 영철형의 진상규명과 명예를 회복하는 일이었다. 남북이 기회만 있으면 "우리의 소원은 통일"이라고 노래하고 있었지만 10년 전만 하더라도 통일은커녕 화해의 모습을 볼 수가 없었다. 21세기에 들어와 많은 진전이 있었지만 그전에도 남북 화해와 통일에 대한 희망이 몇 차례 있었다.

7·4남북 공동선언에 따른 일시 남북왕래와 7·7선언에 따른 기대가 있었으나 결국은 남북의 정부들의 정권안보 수단으로 이용하곤 하였다. 천만의 이산가족들이 그때 크게 기대를 했지만 실망이었다. 그러나 몇 해 전에는 20년 후에나 가능하다는 동서독 통일이 어느 날 갑자기 왔었다. 그때 동서독 국민들이 환호하는 모습을 보도를 통해 지켜보면서 마치 우리의 일처럼 감격해 하기도 했었다. 얼마 후 우리에게도 조짐이 보이고 있었다. 남북한이 동시에 UN에 가입하였고 이어서 그동안 중단되었던 남북 대화가 고위급 회담을 비롯하여 통일기반 조성을 위해 남북협력 부속 합의서

까지 서명하고 있었다. 이처럼 상당히 진척된 남북 관계는 이제 실천적 과제만이 남아있었다. 쌍방이 조금씩 양보하면 모든 일이 풀릴 것 같아 아버지의 기대가 높았었다.

"인호야! 생각해 보면 나는 끈질긴 목숨을 부지하고 살아왔다. 몇 번이나 죽을 고비를 넘기고 살아온 세월이었지. 58년 전에 우리 집의 기둥이었던 너의 형을 잃고 그 후 어린 창숙이까지 잃어버려 풍비박산이었다. 나는 생사의 기로에 서기도 하고 또 가족들의 고통은 어떠했느냐? 아마 나는 지금까지 오래 살아온 것은 너의 형과 창숙이 동생의 몫까지 살아왔는지도 모른다. 그때 형과 굳게 약속한 일들을 살아생전 꼭 보려 했는데 아무래도 어려울 것 같다."

"아버지, 무슨 말씀을 하세요. 점점 좋아지신다고 의사선생님이 말하지 않았습니까?"

그동안 몇 차례의 입원은 했었지만 이번처럼 당신의 마지막 얘기처럼 들려준 적이 없었기에 인호는 착잡한 심정이었다. 자신이 어렸을 때만 제외하고 거의 다 안다고 생각했는데 형과의 약속은 무엇일까? 아마도 형은 아버지와의 약속을 조금만 기다리면 남북통일이 다가온다고 했을 것이다. 그리고 그때는 같은 동포들이 분열도 없이 통일된 조국의 좋은 세상에서 함께 살아갈 수 있다고 확신했을 터이다.

"그때 형은 너무도 당당하게 조국통일세상이 온다고 했었지. 그러나 쉽지 않았다."

"그렇죠. 당장은 어렵습니다. 그러나 조짐이 보이지요. 그동안 15년 군부독재에서 주권을 되찾는 6월 항쟁으로 민주화가 되어 남북이 합의한 것들이 있지요."

"그래, 그 옛날보다 많이 나아지고 있는 것 같다. 그런데 너무도 더디다. 언제 남북을 자유롭게 왕래하고 걸림돌이 되는 법률도 개폐하는 획기적인 조치들이 이뤄질까.”

이렇듯 인호와 아버지는 남북관계가 진전이 있어야 영철형의 진상규명과 명예도 회복된다는 뜻으로 나눈 대화였다. 아버지는 동서독이 통일을 기억하면서 우리도 꼭 통일이 올 것이라고 굳게 믿었다. 그러나 남북 간 통일이 어찌 보면 금방 올 것도 같았지만 한편으로는 당신의 생애에서는 어렵다고 느끼셨다. 아버지는 58년 전의 그때 그 순간들을 하나도 잊지 않고 기억하고 있었다. 인호의 어릴 때 분단으로 이어진 가족사의 아픈 순간들이었다.

(2)

똑똑하고 잘생긴 청년, 윤 영철이 무등산 자락 효골에서 태어나 장래에 큰 인물이 될 것이라는 기대를 하고 있었다. 그런데 해방으로 광주군청 호적서기로 근무하면서 은근히 분단에 반대하며 통일조국이 꿈이었다. 건국준비위에 가입하고 활동을 폈으나 뜻을 이루지 못하고 정부가 들어서면서 오히려 좌익으로 몰려 피해 다녔다. 1948년 10월 여순사건이 일어나자 좌익성향의 인사들을 붙잡아 갔다. 6·25전쟁이 일어나기 1년 전, 1949년 2월에 영철은 붙잡혀 한 달 동안 모진 고문을 당하면서도 끝내 조직을 불지 않자 재판도 없이 22살의 젊은 나이로 죽임을 당하고 말았다. 인호집안의 기둥이었던 영철 형을 잃고 슬픔에 잠겼다. 그리고 2년 후 에는 5살의 어린 동생까지 숨지고 말았다. 맏아들과 막내딸을 앞세운 아버지는 평소 영철이 언약한 일들을 기억하고 있었다. 밤 사람이 되어 피해 다니면서도 어느 날 아버지와 함께 밤을 꼬박 새우면서 나눈 그때의 그 얘기를 기억하고 있었다.

“아버지! 우리 민족은 어느 땐가 하나의 조국으로 통일될 것입니다. 외세에 의해 두 동강이 난 오늘의 현실을 보면 답답할 뿐입니다. 그러나 남북

지도자와 온 민족이 힘을 모아 통일을 이룬다면 살기 좋은 세상이 될 것입니다. 그때는 꼭 아버지를 모시고 금강산과 백두산을 구경시켜 드리겠습니다.”

너무나도 뚜렷하고 의지에 찬 아들의 약속이었다. 얼마나 이 땅의 민중들이 염원하고 바란 일인가? 그때부터 키워 온 꿈이었는데 그것은 너무나도 이루기 힘든 꿈이기도 했다. 그 뒤 아버지는 아들로 인해 수차례 죽을 고비와 한 달간의 감옥에서 당한 고문 후유증으로 허리 통증이 생겼다. 고질병이 된 후 가끔 허리 통증이 있을 때마다 영철이 부르짖던 통일에 대한 꿈이 되살아나고 있었다. 삼천리금수강산인 조국의 운명이 아버지 허리처럼 아픔과 고통으로 변환하고 있었다. 그때의 악몽을 잊으려 애를 써도 허리의 통증이 재발할 때마다 영철의 모습이 환영되었다. 통일에 대한 기대와 함께 저 세상의 영철이 부활할 것 같은 환상에 젖기도 했다. 비록 젊은 영철이었지만 모든 행동이 모범이었고 언행 또한 논리 정연하였다. 아무리 험하고 어렵고, 궂은일이라도 올바르고 정의로운 일이면 발 벗고 나섰고 그래서 친구와 주위 사람들로부터 신망을 받고 있었다. 아버지는 똑똑한 자식을 두었다고 주위로부터 칭찬을 받을 때마다 흐뭇해하기도 했다. 그러나 한편으로는 고집스러운 그를 말릴 수 없어 애를 태우기도 했다. 이렇듯 그때 애환의 순간들을 인호와 나누고 있었다.

무등산이 눈 안에 보이고 태봉산이 바로 보이는 마을, 효골에서 대대로 살아온 인호의 집안이었다. 몰락한 양반의 후예였으나 일제 때에는 집안에서 의병장이 나오기도 했다. 해방을 맞이하면서 광복의 기쁨보다 좌우익 갈등에 인호의 집도 휘말려 들었다.

인호는 숙제를 하느라 등잔불에 책을 읽고 있었다. 희미한 등잔불은 밤이 깊어가면서 더욱 밝아지고 있었다. 온종일 가을 내기에 매달렸던 식구들이다. 할머니와 어린 창숙은 벌써 깊은 잠에 빠져 있었다. 바로 누운 어머니는 깊은 생각에 눈만 깜박거리고 있다. 아마 내일이 영철의 스무 해째 되는 생일이고 보면 오늘 저녁에는 아들이 꼭 나타날 것이라는 확신에 찬 기다림이었다. 겨울을 재촉하는 늦가을 날씨는 쌀쌀한 바람이 문창살에 일었다. 창호지의 떨림이 스산함을 노래한 것처럼 부르르 떨고 있었다. 강한 바람은 창호지를 뚫고 방안까지 스며들어 등잔불이 기우뚱 자지러지다가 다시 일어서고 더 강한 바람에는 꺼질듯 하다 되살아나기를 반복한다. 이때였다. 마을 초입에서 개 짖는 소리가 효골의 깊은 적막을 깨고 있었다. 어머니의 눈동자는 무슨 신호라도 받은 듯 깜박거리고 몸은 움츠린다. 순간 건너 방 아버지의 헛기침 소리도 들려 왔다. 개 짖는 소리는 얼마 후 멈추었다. 이때쯤 대문에 들어서고 방문이 열리면 영철 형이 들어올 것 같았는데 끝내 모습이 보이질 않았다. 인호는 실망이 가득한 어머니의 표정을 훔쳤다. 그리고 나지막한 소리로 인호가 말했다.

"어머니! 형은 오늘 저녁도 못 오나 봐요. 대문을 걸고 등잔불을 끌까요?"

"불은 끄되 대문은 잠그지 말고 그냥 둬라."

어머니는 한참 동안 대답이 없으시다가 말씀하시었다. 대문을 걸지 않는 날이 벌써 한 달이나 되었다. 언젠가 형이 한밤중에 바람과 같이 나타났다가 사라지는 모습을 목격했던 인호였다. 어느 날 밤에는 대문이 잠겨있어 월담을 했었다. 그 일을 몹시도 언짢아하시던 어머니는 '식구가 자기 집을 들어오는데 떳떳하게 대문으로 들어와야지 도둑처럼 담을 넘어오면 안 된다'는 것이었다. 이처럼 낮에 집을 찾지 못하고 밤 사람이 된 형은 해방이 되던 해 중학을 졸업하고, 그 해에 군청에 취직이 되었다. 엄격한 양반 가문에 태어나 소년 때부터 개화 정신이 그에게 있었다. 구전으로 전해 온 동학농민전쟁사와 독립운동 얘기를 들으면서 어느 사이 정의와 진실, 그리고 옳고 그름과 분단 조국이라는 큰일들을 알게 되었다.

　　그로부터 집안 머슴들과 하인 산지기 무당 신분의 사람들이 양반에 억눌려 기세를 못 핀 그들과 시간이 나는 대로 머슴 사랑방에 찾아가 언문공부도 가르치고 자유와 평등을 알려주며 의식을 깨우쳐주었다. 그들이 깍듯이 "도련님"이라고 부르는 것을 못 하도록 하고 양반, 상놈의 시대는 이제 갔고 평등의 시대가 돌아 왔다고 교육시킨 사실을 문중 어른들이 알게 되었다. 이 일 때문에 영철은 아버지와 함께 참봉 할아버지에게 불려가서 꾸중을 들었으나, 오히려 더 그들과 행동하였다. 일제 말 중학생으로 민족 차별에 대한 일본인 학생과의 싸움 때문에 퇴학을 당할 뻔했던 일도 있었다. 그는 그때부터 반일과 봉건주의 타파, 그리고 지배 계급에 대한 반항이 그의 사상으로 자리 잡고 있었다.

　　영철은 군청에서 친일과 분단 문제로 군수와 일장 토론을 벌인 것이 문제가 되어 효지면사무소로 좌천되었다. 군청에서는 파면을 하려 했으나 영철이 말한 과거 친일과 친미주의 군행정이라고 비판이 사실이었기에 파면은 면하고 전출만 시킨 것이다. 영철은 효지 면에서 오히려 내 고장을 위해 헌신하겠다는 강한 의지를 보이며 실천했다. 효골로 부임 한지 3개월이 지난 어느 날 영철의 집에는 효골 김 면장이 집을 찾아 왔다. 면장은 아버지와 친구 사이였지만 좀처럼 집을 방문한 적이 없었다.

　　"윤형! 이렇게 불쑥 찾아와서 미안해."

　　"아니 김 면장이 우리 집을 못 올 처지인가. 그렇지 않아도 영철이가 자네 밑에서 근무하게 되었다는 그 때부터 한번 찾아가려는 참이었다네."

　　"윤형, 너무 놀라지 말고 내 말을 잘 들어주게. 가능한 안 오려고 했으나 사안이 워낙 중요한 것 같아서."

　　"그래, 잘 왔네. 어서 말해 보게. 우리 영철이가 무슨 잘못이라도 저질렀단 말인가?"

　　"뭐, 그리 크게 잘못은 아니지 만, 나보고 면민을 위해 일하지 않고 상부의 명령대로 복종만 하는 면장이라며 책상을 뒤엎기도 했었네. 자네의 체면도 있고 해서 참았네만. 그 보다도 가끔 자리도 비우고, 또 좌익과 어울린다는 소문도 있고 해서…."

"그런 못된 놈이 있나. 이 애비를 봐서라도 그렇지. 하여튼 내가 대신 사과하겠네."

"사실은 영철의 주장이 백 번 옳지. 그러나 공직이란 게 상부지시를 무시할 수도 없다네. 요즘 똑똑한 젊은이들은 모두 좌편에 서고 있는 것 같고 또한 잘 따지는 것 같더군."

아버지는 김 면장을 보낸 후 근심걱정이었다. 효골에서 장래가 보인다는 집안으로 모두의 부러움을 사던 영철의 집이 하루아침에 먹구름이 일기 시작한 것이다. 한 달 전 작은집 육촌 누이가 효지 지서주임에게 출가했다. 김 면장이 다녀간 뒤 매부 되는 김 주임이 집을 찾아와 일러준 말이다. 영철이가 본서 정보과에 요주의 인물로 올라 있으나 지금이라도 자수하여 각서를 쓰면 문제 될 것이 없다고 했다. 며칠 후 영철 형까지 참석한 가족회의를 열고 있었다.

"제 일로 집안 식구들에게 걱정을 끼쳐 드려 죄송합니다. 면사무소 일이 옳지 못할 뿐 아니라, 면민을 착취하고 있음을 볼 수 없어 항의를 했습니다. 그리고 매형의 얘기에 저는 동의 할 수 없습니다. 제가 주장한 바가 잘못된 것이 아닙니다. 우리 남북이 하나가 되어 통일된 조국을 만들면 좋은 세상이 된다는 것이지요."

"글쎄, 김 면장도 너의 행동의 근본에는 동감하면서도 노골적으로 행동하는 것이 문제고, 김 주임이 널 위해서 하는 얘기다. 우리야 좌우익에 대하여 잘 모르지만 서로 편을 갈라서 싸움을 한다면 어떻게 되겠느냐?"

영철의 단호한 입장에 아버지도 강경했다. 언제나 바르게 행동하고 모든 일을 잘 알아서 처리해 왔고 지금까지 꾸중 한번 해 본 일이 없었다.

그런데 이번 일은 아들의 생사문제이기에 큰일이라 생각되었다. 며칠 동안 영철은 할머니의 간곡한 말씀과 부모님의 걱정스러움을 불식시키기 위해 자신 스스로 도저히 용납되지 않는 일이지만 지서에 가서 각서를 쓰고 왔다. 그것은 할머니의 사랑과 부모님에 대한 존경심에서 나온 효성의 발로였다. 각서의 주요 내용은 "정부를 비방하거나 통일에 대한 일체의 논의를 하지 않을 것이며 지하조직에 가담하지 않을 것임을 서약한다."고 했다.

영철의 집안은 그가 각서를 쓰고 난 후 걱정이 사라지고 평온을 되찾았다. 일 년 전 정부 수립 몇 달 전, 어느 날이었다. 해방 정국의 소용돌이 속에서 찬탁이다, 반탁이다, 통일정부다, 단독정부다 라고 한치 앞을 내다 볼 수 없는 때에 좌우익 갈등은 더욱 심화되고 있었다. 효골 마을 한가운데에 육모정이라는 정자가 있다. 정자를 둘러싼 연못은 연꽃이 만발할 때에는 아름답고 운치를 더해주는 정자의 자태를 돋보이게 한다. 늦겨울에는 연못가에 핀 동백꽃 또한 아름다움을 더 해 주고 있었다. 오늘따라 정자에는 마을 어른들이 많이 모여 있었다. 각자가 정국에 대한 의견을 말하기도 하고 토론을 벌이기도 한다. 이때 영철은 면에서 퇴근길에 정자 앞을 향해 걸어오고 있었다.

"저기 영철이가 오는군. 요즘 세상이 어떻게 돌아가는지 한번 들어봅시다. 군청에 근무했고, 면사무소에 다니고 있으니 잘 알고 있을 것이요."

모두의 시선이 그에게 집중되었다. 영철은 어르신들이 있기에 일부러 육모정자로 와서 공손히 인사를 하였다. 몇 사람이 요즘 시국이 도대체 어찌 돌아가는 거냐고 물었다.

"제가 아는 게 별로 없습니다. 꼭 얘기를 하라 하시니 아는 대로 말씀드리지요. 보는 사람에 따라 다르겠지만, 사실 우리는 반쪽 해방을 맞고 있습니다. 외세에 의해 38선이 그어졌고 남북통일을 원하는 여운형 선생 같은 분들이 암살 당하며 탄압 받고, 결국에는 북은 소련 중공의 지원 하에 김일성 정권이 들어서고 남은 미국의 지원 하에 이승만 정부가 들어서게 되었습니다. 다음 달이면 선거를 실시하고 8월에 정부수립이 됩니다. 이젠 남북이 제각기 멋대로 가고 있다고 생각합니다. 진정한 민족의 뜻을 외면한 채 말입니다. 마을에서 유식하다고 하는 화순양반이 질문을 했다.

"그렇다면 우리는 영원히 통일될 수 없다는 말인가? 아니면 방안이 있다는 건가?"

"상당히 어렵습니다. 그러나 지금이라도 남북 지도자들과 온 민족이 힘을 합하면 외세도 어쩔 도리가 없겠지요. 그 보다도 남북 지도자들의 욕심을 버릴 때만이 가능하다고 생각됩니다. 현재로서는 기대할 수가 없다고 봅니다."

"방금 영철이가 한 말이 다 옳은 말이고 나도 꼭 통일이 되었으면 금강산도 백두산도 평양 대동강도 구경할 수 있어 좋겠는데, 가만히 보면 다 틀린 것 같고. 어떤 놈이 정권을 잡든지 그저 우리를 잘 살게 해주면 그게 제일이지. 그렇지 않습니까? 아니, 제 말이 틀렸습니까?"

언제나 시류에 영입되고 좌충우돌한 행촌 양반의 말이었다. 모두들 나라의 운명이 걱정된다고도 했다. 영철의 속 시원한 말에는 고개를 끄덕이며 공감을 했다. 일부에서는 "똑똑하고 잘난 아들을 두어 도례 양반은 좋겠다."고 아버지를 추켜세웠다. 인호도 형이 논리 정연하고 명료하게 말한다고 칭찬에 기분이 좋았다. 영철은 오늘처럼 사람이 모이는 곳이면 어느 곳이든 가서 이해시켜주고 깨우치게 해야 한다고 생각했다. 그러나 자신의 힘이 겨우 몇 개의 면 단위 마을에 국한되고 좌우익 편가르기에 너무 민감한 때여서 더욱 어려움을 느꼈다.

정국은 총선거를 끝내고 헌법을 제정하여 해방 3주년과 정부수립을 맞고 있었다. 효지면에서도 유지들과 이장과 반장들이 모인 가운데 간단한 기념식을 끝내고 오찬 간담회가 있었다. 먼저 김 면장의 인사말과 박 교장의 격려사가 있었다. 이어서 박 부면장이 장황하게 말하고 있었다.

"오늘 참으로 기쁜 날입니다. 지독한 일제로부터 완전 독립을 했고 이제 우리는 자유민주정부를 세웠으니 말입니다. 그동안 여기 모이신 여러분들의 고생이 보람으로 나타난 것입니다. 살기 좋은 효지 면을 위해 적극 협력합시다."

모두들 잠자코 있었지만 영철은 불쾌했다. 그것은 부면장이 그 동안 친일 분자란 것을 다 알고 있는 터였고, 일제로부터 완전 독립이란 표현들이 금방 바뀐 지조처럼 들렸다. 영철은 한심스럽다고 생각되어 발언권을 얻어 일어서고 있었다.

"여러 어르신들 모신 자리에서 외람됩니다만, 한 말씀드리고자 합니다. 방금 완전 독립으로 기쁜 날이다, 라고 말씀하셨지만 우리 모두 곰곰이 생각해 보면 기쁜 일이 못됩니다. 우리는 남북이 외세에 의해 반쪽해방을 맞고 남북이 각각 정부를 수립함으로써 하나 된 통일조국은 요원해지고 있습니다. 38선을 저렇게 놔두고 언제 하나 된 조국으로 통일하려는지 걱정뿐입니다."

모두가 심각하게 그의 말을 듣고 있다가 술렁이고 있었다. 영철은 당당하고 의지에 찬 언변이었고 그 뜻이 어쩌면 효지면이 아닌 전 조국의 장래에 대한 얘기였다. 그의 발언이 끝나자 모두들 숙연하면서도 박수를 쳤다. 김 면장과 지서 주임은 걱정스런 눈빛으로 영철을 바라보고 있었다. 그것은 정부에 대한 비판적인 내용이었기 때문이었다. 모두들 마을로 돌아가면서 주고받는 말들이었다.

"면사무소에 똑똑하고 잘생긴 주사가 있다는 소문이 바로 그 윤 주사를 두고 하는 소리였군. 정말 옳은 말 잘하더군. 요즘 세상에 똑똑한 사람은 모두 좌익 쪽이라고 해. 윤 주사는 군청에 있을 때도 군수와 맞서고 면에 와서도 원칙을 따지고 해서 감히 그 누구도 그의 논리를 따라갈 사람이 없다는 거야!"

그랬다. 공직에 있으려면 또한 살아가기 위해서는 친일하고 친미 해서 친정부 발언이나 하고 있어야 살아남을 수 있었다. 그런 사실을 잘 알고 있는 영철이었지만 한번 가진 의지는 굽힐 수가 없었다. 육모 정자에서 그리고 오늘 면 간담회에서 많은 사람 앞에서 옳은 주장을 폈지만 좌우익 편가르기가 심화되고 또한 자신의 이상이 좌익 쪽이었고 마치 본색을 드러낸 것 같은 발언이었기에 이제부터 조심할 필요가 있다고 생각했다. 사실은 지난 1년 전 군청에 있을 때부터 뜻에 맞는 각 면의 친구들을 규합하는 과정에서 수차례 걸쳐 해방과 더불어 이 나라의 갈 길과 이민족의 진정한 해방은 무엇인가를, 허심탄회하게 논의한 결과, 반쪽해방이 아닌 진정한 조국의 해방은 분단을 무너뜨리고 하나 된 조국으로 가는 통일이 우리의 소원이라고 결론지었었다. 그동안도 그랬지만 회합과 만남이 결국 요주의 인물로 분류되고 드러내 놓고 규합할 수 없는 자신들의 처지를 생각하면 오늘 같은 발언은 별로 도움이 되지 않고 후회가 되는 말이었다.

(3)

영철은 자신의 처지를 생각할 때마다 도선산에 오르고 있었다. 15대조 중시조와 그리고 고조할아버지 증조와 선대들이 잠들어 계신 곳이었다. 이날은 모처럼의 휴일이어서 인호와 숙이를 데리고 올랐다. 가을바람이 불어왔다. 들판에는 황금빛으로 물들어 있다.

"인호도 이제 9살이나 되가니 옛날 참봉 당숙은 네 나이에 장가를 들으셨단다."

"그래. 형은 20살이나 되었는데 왜 장가를 안가?"

"형은 할 일이 있어서 못 가고 있다. 일이 끝나면 가야지!"

"형의 할 일이 언제 끝나는데."

"글쎄. 빨리 끝날 수도 있고 늦을 수도 있다. 우리 모두 잘 살 수 있는 세상이 될 때 형의 일이 끝난단다."

영철은 어린 인호의 질문에 당혹해 하면서도 같은 형제간에 주고받는 대화이기에 스스럼없이 말해 주고 있었다. 계속해서 할머니의 얘기를 하고 있었다.

"할머니는 이 세상에서 제일 좋으시고 불쌍한 분이시다. 오직 우리 손자들에게 큰 기대를 갖고 계시니 우리 함께 열심히 노력해서 할머니가 실망하시지 않으시도록 하기로 하자."

인호는 형이 왜 할머니에게 특별히 얘기를 하는가 생각해 보았다. 할머니는 18살에 시집온 지 단 한 달만에 할아버지가 병사하였다. 양반 체면에 개가 할 수도 없어 아버지를 양자 들여 서당 공부도 시키고 성년의 나이 18살에 혼인을 시켰다. 큰손자 영철을 보고 이어서 영호, 두 손녀 그리고 인호와 영석, 창숙이를 보았다. 할머니는 손자들을 마치 자기 속으로 난 자식처럼 애지중지 온 정성을 다해 길러주었다. 그 중에서도 영철 맏손자에게는 군청 다닐 때, 방을 얻어 같이 생활했고 자신의 꿈과 희망으로 믿음직스런 손자였다. 길쌈과 바느질 그리고 농사를 지어 살림을 이루었고, 영철이 군청과 면사무소 취직으로 훨씬 나아진 생활이 되었다.

몇 달 전 영철은 외면적으로 할머니와 부모 때문에 자수를 했으나, 내면적으로는 동지들의 조직을 더욱 강화해 가고 있었다. 서로의 결속을 위해 돌아가면서 동지의 집을 방문하였다. 오늘은 영철 집으로 모이는 날이다. 할머니와 어머니는 친한 친구들이 집을 방문한다고 해 며칠 전부터 정성을 다해 음식을 장만하고 있었다. 이들은 모임의 노출을 피해 초저녁이 지난 야밤에 하나 둘씩 도착하고 있었다. 그들은 할머니와 어머니에게 큰절을 하고 건너 방으로 갔다.

"이렇게 모두들 찾아주어 반갑네. 우리 영철이와 한 형제처럼 다정히

지냈다니 좋은 일이지. 차린 것은 없지만 많이들 들게나.” 그 중 연장자인 듯한 한경수가 친구대표로 답사를 하고 있었다.

“아버님, 오늘 이렇게 진수성찬으로 초대해 주셔서 감사합니다. 훌륭한 아드님 영철 동지의 가르침을 저희들은 잘 받고 있습니다. 의리와 신념으로 모여진 저희들은 끝까지 좋은 동지와 친구가 되도록 최선을 다하겠습니다.”

인호는 음식 심부름을 하면서 영철 형이 그들을 가르친 동지라는 말을 듣고 형이 이 조직의 총책임자인 것을 알았다. 서로 주고받는 대화 중에 형이 위장 자수한 얘기와 요즘 강화된 서 정보과 요원들의 활동에 주의하자는 얘기들이 오가고 있었다. 늦게까지 조용하면서도 재미있게 놀다 각자 떠나자 할머니와 어머니는 흡족해 하셨다. 그것은 그 여러 친구들 중에서도 영철이가 돋보이고 또한 나이는 적지만 어른스러운 모습을 보았기 때문이었다. 이럴 때 영철의 결혼을 생각했다. 영철의 혼사 문제는 몇 년 전 군청에 취직되었을 때부터 여러 곳에서 중매가 들어왔었다. 출가한 고모들도 너나없이 중매를 서겠다고 했다. 사실 17살부터 20살 정도면 모두 결혼 적령기였다.

“작은어머니, 이 정도면 좋은 혼처자립니다. 부친이 면장이고 성씨도 그 정도면 양반이지요.”

“글쎄, 나도 영철이 혼사를 시켜 증손자를 보고 싶다만, 어디 영철이가 말을 들어먹어야지.”

“혹시 어디다 숨겨 놓은 색시라도 있는 게 아닐까요? 워낙 인물이 걸출해서.”

이렇듯 여러 곳에서 얘기를 내 놓았지만 영철의 완고한 거절로 물러서고 말았다. 때는 풍요로운 계절 시월상달이었다. 정부 수립이 되고도 혼란스러운 정국이었다. 어느 날 정부는 공산당 불법화와 남로당, 좌익정당 등 전국 133개 사회단체 등록을 최소 한다고 발표했다. 이로 인해 영철의 활동은 지하로 변경하고 있었다. 지금까지 영철의 활동 근거가 무엇인지 어떤 단체에 속해 있는지를 모두가 모르고 있다. 알고 있다면 영철과 그 동지들일 뿐이었다. 일상 시에 그는 언제나 '좋은 세상, 통일 조국'이란 단어를 쓰고 있었기에 그저 다른 사람보다도 특별히 좋은 일 하는 것으로 알고 있는 것이었다. 허기야 우익이 아니고서는 활발하게 떳떳하게 운동을 못할 뿐 아니라 그 실체가 드러나면 바로 법적 제재를 받게 되어 있었다. 그 법적 처벌도 정정당당히 받을 수 있는지는 의문이었다.

어느 날 인호 집에는 낯선 사람이 찾아와 퉁명스럽게 말하고 있었다.

"이 댁이 윤 영철 집입니까? 본서 정보과에서 나왔는데 영철씨를 만나러 왔습니다."

"영철은 지금 집에 없는데요. 무슨 일 때문에 찾으십니까?"

"뭐 별일은 아닙니다만, 조사할 일이 있어왔으니 우선 영철의 방을 잠깐 조사하겠습니다."

그들은 영철 방에 들어가 사진과 노트 그리고 책등 일부를 챙기고 있었다. 그리고 영철이 오면 서정보과로 출두하도록 말하면서 그들은 떠났다. 그 동안 조용했던 집안이 다시 요동치고 있었다. 지금까지 경찰관계는 육촌 매부 덕에 그런 대로 넘어갔으나, 이제 본격적으로 본서에서 관리한다고 하니 보통 문제가 아니었다. 영철이 삼일째 집에 돌아오지 않아 면사무소로 인편을 보내 알아보니 그곳도 사흘 전 영철의 책상을 일방적으로 뒤져 일부 물건을 압수해 갔다는 것이었다. 집안은 근심과 걱정으로 밤을 세던 어느 날, 형은 바람처럼 집에 왔다. 만남의 기쁨은 있었으나, 한없는 두려움뿐이었다. 그것은 자수했으면 그것으로 모든 게 끝날 줄 알았지만 위장 자수였기에 계속된 요시찰 인물이었다. 영철은 그 동안의 심경을 말했다.

"며칠 전 자신에 대하여 서정보과에서 집과 면사무소를 수색했다는 얘기를 듣고 이번에 붙잡히면 다시 나올 수 없을 것 같아 피해 다니고 있습니다."

"아니 지난번 자수하고 각서까지 쓰고 나왔는데 또 잡으러 다닌다니 어찌된 일이냐?"

"사실 그때 자수했습니다. 그러나 많은 동지들을 두고 저 혼자만 살겠다고 배반한다면 그것은 죽은 목숨이나 마찬가지란 생각이 들어 어찌 할 수 없었습니다."

할머니와 부모는 다시 근심걱정이었다. 이제까지의 걱정은 그런 대로별 일 없겠지! 하고 반신반의했지만, 이제부터는 정말 큰일이라는 사실을 알고 울고 말았다. 그러나 질책과 통탄만 하고 있을 때가 아니었다. 오히려 이렇게 집에 있다가 붙잡히면 어떻게 될까. 하는 걱정뿐이었다. 영철은 갈아입을 옷가지와 용돈 일부를 챙겨 바람처럼 사라지고 있었다. 영철은 어느 날보다 무거운 발걸음을 내딛고 있었다. 실망한 할머니와 어버이를 생각할 때 큰 불효를 하고 있다고 생각했다. 삼 년이란 세월을 나름대로 착실하게 다닌 면사무소도 이제 갈 수도 없고, 집에도 들릴 수 없으니 이젠 완전 고립된 것이었다. 그렇지만 지금까지의 동지들과 의지를 편 그 약속들은 사나이 대장부로써 파기할 수가 없다고 다시 한 번 다짐하면서 서창 진외가를 들러 한 경수 친구 집을 방문하고 있었다.

(4)

2년 전부터 믿음직스러운 동지였고, 그의 집이 마을에서 약간 떨어져 있어 비교적 안전하기에 자주 간 곳이었다. 한 동지의 부모들도 친아들처럼 대해 주기도 했다. 한 동지의 동생 지혜도 17살의 나이를 먹고 있었다. 영철이 그곳에 들러 식사를 대접받을 때 꼭 지혜가 차려 주고 있었다. 지혜는 영철을 본 순간, 첫 눈에 반하고 있었다. 잘생긴 얼굴에 양반 자제로 말도 잘해 아! 저 남자! 하고 빨려 들어갔다. 그러나 지혜에게는 마을의 강 기철 이라는 청년이 끈질기게 구애를 하고 있었으나, 영철을 본 순간부터 절대 시집을 안 가겠다고 버티고 있었다. 지혜와 기철이 양가 부모는 본인만 좋다면 결혼시키려 했으나, 영철이 나타난 후부터 막무가내로 지혜가 싫어하였다.

이런 사정을 한경수는 고민이었다. 그것은 영철 동지야말로 결혼과 사랑 따위는 안중에 없을 뿐더러 집안에서 할머니의 간곡한 요구도 거절할 만큼 의지가 강한 그를 알고 있기 때문이었다. 지혜가 영철을 향한 짝사랑을 어떻게 이해시켜야 될 것인가? 그동안은 그런 대로 버티어 나갔으나, 날이 갈수록 상사병에 든 것 같은 지혜였다. 경수는 지혜의 끈질긴 요구 사항인 영철과 단둘이 만날 수 있도록 주선만 해 달라는 부탁을 받아들이고 있었다. 잘못하다간 지혜가 돌이킬 수 없는 병에 걸릴까 은근히 걱정스러웠기 때문이었다. 그러나 영철 동지에게 동생 문제로 심경을 괴롭히는 일이라 생각하니 이 또한 고통이었으나, 한번은 집고 넘어갈 심산이었다.

"영철이 오늘은 산책을 하면서 얘기하기로 하세. 가을 밤 하늘도 구경할 겸."

"그래. 좋은 생각이야. 오늘은 유난히도 달이 밝군."

둘이 가는 곳은 10분 거리의 앞산 한씨 문중의 산소였다. 먼저 영철이 말했다.

"경수, 오늘로 면사무소에 사표를 냈네. 서 정보과에서 우리 집과 면사무소로 날 잡으러 왔다고 하더군. 이번에 붙잡히면 아마 못나올 것 같아. 그들이 우리 조직을 파악한 듯하지만, 나만 파악하고 있을 거야. 몇 가지 압수를 해 갔다는데 사실 우리 조직, 연락 사항 등은 이미 파기했지."

"큰일이군, 앞으로 어떻게 할지 걱정이 되네. 그러나 무슨 좋은 수가 앞으로 생기겠지. 우리가 좋은 일 하겠다는 데 말이야?”

경수는 참으로 난감했다. 하필이면 오늘 같은 날 지혜와 영철을 일방적으로 만나게 하다니 그러나 이미 엎질러진 물이었다. 언제 한번은 있어야 할 일이요 동생의 소원이 아닌가?

“영철이, 오늘 걱정스러운 마음인데 또 한 가지 신경 쓰는 일을 만들어서 죄송하네.”

“무슨 일인데 어서 말해 보게. 자네와 나 사이에 못할 말이 어디 있는가?”

“그래. 사실 우리 지혜 말이야. 자네도 대충 짐작했겠지만, 병이 나게 생겼네. 아니 이미 병이 나 있는 거지. 이유를 물었더니, 자네를 꼭 한번 만나게 해 달라는 거야. 난 자네의 형편을 이해시키려 했으나, 막무가내였네. 그래서 잠시 후 이곳으로 나오라고 했네.”

이때 지혜는 벌써 그들 앞 소나무 밑에 나타나고 있었다. 영철은 난감한 순간이었으나, 어차피 한번은 부디 칠 일이기에 잘 되었다고 자신의 마음을 진정시키고 있었다. 따지고 보면, 지혜는 얼굴도 예쁘고 얌전하고 솜씨도 좋았다. 집안도 그 정도면 괜찮은 편이다. 그러나 영철에게는 그게 문제가 아니었다. 경수는 지혜가 소나무 밑에 도착하자, 영철과 미안한 악수를 나누고 하산하고 있었다. 사위는 적막감마저 돌았다. 오직 풀벌레와 귀뚜라미가 슬피 우는 소리만 들렸다. 달은 휘영청 밝았으나, 가끔 구름에 가리어 어둠을 더해 주기도 했다. 영철은 지혜가 서 있는 소나무까지 갔다. 지혜는 고개를 숙이고 있었다. 한참 후 영철이 말문을 열었다.

“지혜 씨, 나오셨군요. 우리 저기 가서 앉아요.”

묘 앞 반반한 잔디로 갔다. 지혜는 자신의 손수건으로 영철이 앉을 곳에 깔아 주었다. 영철은 무안했으나 성의를 무시할 수가 없었다. 지혜도 영철 가까이 앉았다. 그 동안 영철에게 밥상을 갖고 갈 때 훔쳐보던 얼굴과 먼발치에서 모습만 보았는데 오늘 처음으로 단둘이 만남이었다. 지혜는 막 뛰는 심장의 고동을 진정할 수가 없었다. 그동안 영철에게 한없이 향했던 마음이 이렇게 만남이 되니 불안 속에도 기쁨이 벅차 올라 꿈만 같았다.

"지혜 씨, 그 동안 진심으로 감사했습니다. 마치 친오빠처럼 대해 주시고 많은 신세를 져 왔기에 내가 먼저 뵙고 고마움을 표해야 하는데 선수를 뺏겼군요."

"영철 씨, 죄송해요. 이렇게 제가 먼저 뵙자고 한 것이 무리인줄 알면서도 저도 제 마음을 어쩔 수가 없었어요. 꼭 미칠 것만 같아 경수 오빠에게 말씀 올렸지요."

영철은 어떻게 하면 지혜를 실망시키지 않고 달랠 수 있을까 고민이었고, 지혜는 어떻게 사랑하고 있다는 고백을 하느냐가 고민이었다. 영철은 잠시 자신을 정리하며 이럴 때 사나이가 여자 때문에 흔들려서는 안 된다고 생각했다. 마음을 굳게 먹고 자신의 의지를 가다듬고 있었다.

"지혜씨, 저에게 주신 따뜻한 정 잘 알고 있습니다. 솔직히 말씀드립니다. 난 오빠와도 다릅니다. 몇 개 면을 책임지고 있어 때에 따라서는 목숨도 버릴 수 있습니다. 그래서 지혜 씨의 진정을 받아 드리지 못합니다. 이해해 줘요."

영철의 단호한 거절과 목숨까지도 버린다는 큰 각오를 들었으나, 지혜에게 그 말은 귀에 들어오지 않았다. 오직 깊게 사랑했던 마음만이 용솟음치고 있었다.

"그럼, 영철씨의 그 큰일이 끝날 때까지 기다리겠어요."

영철은 난감했다. 이렇게 까지 나온 그를 어떻게 설득해야 한 단 말인가! 묘안을 짜보자고 했다.

"지혜씨, 기다린다고 하시지만 저는 기약할 수가 없는 몸입니다. 언제 검거될지, 언제 죽을지 모르는 몸입니다. 분명히 말씀드리지만 집에서도 여러 군데 선 보라해도 거절했습니다. 용서를!"

최악의 경우를 말하면서 영철은 자리에서 일어서고 있었다. 그리고 소나무 밑으로 서서히 걸어갔다. 지혜도 소나무에 기대고 있었다. 영철은 지혜를 본 순간 가슴이 뭉클했다. 지혜는 하염없이 눈물을 흘리고 있었다. 영철은 지혜의 눈물 앞에 더 이상 방관할 수가 없었다. 지혜의 두 손을 덥석 잡는 순간 지혜는 영철의 가슴을 파고들었다.

"사랑했어요, 영철씨. 진실로 사랑해요. 제 목숨을 다해 사랑할 거예요."

거침없이 흘러나온 눈물로 참 사랑의 고백은 무아지경에 이르고 있었다. 그러나 영철은 정신을 차리고 지혜를 떼어 내고 있었다. 여인에게 한을 안기면 결코 좋은 일이 아니라는 것도 알고 있었다.

"이러시면 안 됩니다. 나를 진정으로 사랑한다면 큰일을 할 수 있도록 나를 놓아주어야 합니다. 그리고 우리가 인연이 된다면 꼭 다시 만날 수 있을 겁니다."

한참 동안에야 지혜의 마음이 진정되었다. 그동안 사무친 감정과 그리움, 사랑하는 마음 전체를 쏟아 놓았기에 할 말을 다 쏟아 마음이 편안해졌다. 미칠 것 같은 격정도 서서히 진정되고 있었다. 비록 사랑은 받지 못했다 해도 사랑을 마음껏 주었다는 생각에 마음이 뿌듯했다. 영철과 지혜는 서로의 심중에 이해하고 동의한 듯 산을 내려왔다. 아쉬운 작별 인사를 나누며 무거운 발걸음을 옮기고 있었다. 영철은 많이 지체되었지만, 다음 방문지인 대촌 면으로 향했다. 오늘의 일들을 생각하니 꼭 꿈을 꾼 것 같았다. 평생 처음 한 여자에게 받아 본 사랑의 고백, 남자로써 사랑을 주지 못한 아쉬움, 첫 포옹. 그렇게 대담한 지혜의 행동에 그 격한 울부짖음과 강한 요구에도 자제한 자신이 너무 몰인정 한 짓이 아니었나 생각했다. 한편으로 이런 일들을 잘 이겨낸 자신이 대견스럽게도 느껴졌다. 그렇지만 이렇게 열렬히 사랑한다는 지혜에게 장가를 들어 할머니와 부모에게 효도

하면 얼마나 좋아하실까? 상상도 해 보았다. 그러나 만약 지혜의 사랑을 받아 주었다면 지금까지 다져 온 영철의 의지는 한순간에 모두 허사가 되고 말 일이기에 개인이 아니고 어쩌면 나라와 민족의 장래에 큰일이 사랑 따위로 좌절할 수는 없는 일이었다고 스스로 다시 한번 다짐하고 되뇌었다.

(5)

영철의 밤 사람 행세도 두 달이 되어 가고 있었다. 한 달 전 생일날에도 집을 못 찾는 참담한 자신을 서글퍼 하기도 했으나, 이 모든 일은 "좋은 세상 만들기"의 큰 뜻에 묻어 버리기로 했다. 이 날이 또 한 해를 보내는 섣달 그믐날 밤이었다. 짐승들도 때가 되면 자기 집을 찾는다는데 하물며 인간이면 당연히 오늘밤에는 올 것이라고 할머니는 말씀하신다. 초저녁부터 기다린 온 식구들의 마음은 한마음이었다. 그러나 예전으로 보면, 초저녁에는 나타나지 않고 깊은 밤에야 나타났었다. 영호는 오늘따라 공부를 늦게까지 하면서 화장실 가는 척하며 밖을 나갔었다. 문 앞을 서성거리는데 한참 후 형이 바람처럼 나타났다. 둘은 꼭 끌어안았다. 얼마만인가. 거의 두 달 동안이나 어디서 무얼 하고 고생했는지 궁금하기만 했다. 온 식구들과 반갑게 인사를 나누고 둘러앉아 그동안 지내던 일을 말하고 있었다.

"지난 생일 때도 꼭 오려고 했습니다. 그런데 그날에 요주의 인물에 대한 검거령이 내려졌다는 소문이 있어 못 왔지요. 오늘은 위험을 무릅쓰고 왔습니다."

영철의 말을 듣고 식구들이 안타까운 마음이었다. 그러나 오랜만에 식구가 다 모이니 좋았다.

"큰일이구나. 왜 이렇게 숨어 다니는 일을 하느냐? 그 일이 좋은 세상을 만든다고 들었는데 왜들 좋은 일 하는 것을 반대를 하는지 모르겠다."

"할머니, 염려 마세요. 지금은 과도기라서 그렇습니다. 곧 정상이 되면 저도 괜찮을 겁니다."

영철은 할머니를 위로하고 있었다. 그러나 자신의 굳은 의지는 따로 있다고 말 할 수도 없었다.

"너의 나이도 이제 21살이나 된다. 올해는 꼭 장가들어 이 애타는 할미에게 증손자를 안겨 준다고 약속해라."

"네, 할머니 말씀대로 금년은 장가들도록 최대한 노력하겠습니다."

영철은 지키지 못할 약속이기에 속으로 죄스러워 했다. 그러나 불쌍한 할머니의 소망을 접게 할 수도 없었다. 영철은 식구들에게 자신이 맏손자로써 당연히 해야 할 일을 다 하지 못하고 있다고 말하면서 언젠가 한문서당에서 배운 "수신제가 치국평천하" 란 글귀를 떠올리고 있었다. 그러나 일개 가정의 안정보다도 민족과 나라를 위한 일이 곧 가정을 위하는 궁극적인 뜻이라고 자신은 몇 년 전 의지를 다시 한번 세기고 있었다. 가족들이나 친구, 그리고 인간적인 문제에 부디 칠 때는 꼭 안중근 의사를 생각하고 여운영 김구선생도 생각했다. 비록 그분들의 뜻에 비하면 왜소할지 몰라도 자신의 능력만큼은 그 분들의 뜻에 따르고자 했다. 이 나라 이민족을 위해 홀연히 목숨을 내던진 안 의사는 평화주의자요 애국지사다. 여운영 김구선생이야 말로 이 나라 이민족의 등불이다. 남북통일을 위해 38선을 넘고 그 날을 위해 목숨까지 버린 민족의 마지막 애국지사들이었기에 존경하고 있었다. 시국은 더욱 혼란스러웠다.

지난해 4월에 일어난 제주 4·3사건에서 얼마나 많은 양민들이 죽어 갔는가? 또한 국군14연대는 여수, 순천에서 반란을 일으켰고 거창 양민학살 등 억울하게 죽어 간 혼령들은 구천을 떠돌아다니고 있지 않은가. 끝도 없는 좌익 소탕은 언제 끝이 날 것인가. 특히 제주의 4·3은 마치 좌우익 대결에 의한 반란이라고 정부에서는 규정했지만, 모두가 좌우익 이념과 사상을 분간 못하는 선량한 백성들이었다. 전국에서 계속된 좌우익 갈등이 더욱 고조되는 때에 서북청년회와 대한반공청년단이 정식 발족되어 좌익에 대한 본격적인 투쟁 선언을 하고 있었다. 소위 '빨갱이 사냥'이란 선전 포고였다. 이들 극우 단체들은 알게 모르게 정권의 비호를 받아 송진우 장덕수 여운영 백범을 비롯한 민족지도자들을 암살하는 만행을 자행하여 왔다. 이를 생각할 때마다 우리 민족과 조국의 앞날이 걱정이었다.

영철은 더욱 강화된 검문을 피하느라 거지차림이나 나무꾼 옷차림으로 변장해 다니고 있었다. 이제는 이들의 조직이 단순 좌익이 아닌 '빨갱이'라 명명되어 붙잡히는 날이면 심한 고문과 조직을 파 해칠 것이었다. 철저한 밤 사람이 되어 낮에는 변장하여 행세할 수밖에 없는 긴박한 상황을 각 면책들에게 전달하기 위해 서창 면과 대촌면을 향하고 있었다. 그곳에 도착하여 동지를 만나 본 영철은 더욱 좁혀진 정보망 속에 자신들이 타진되어 있다고 느꼈다. 그것은 조직 요원들이 하나 둘씩 이탈하고 있음을 보았기 때문이었다. 서창면을 벗어나 들판의 길로 접어들었다. 영철은 하늘을 바라보며 긴 한숨을 토해 냈다. 초저녁의 밝던 달이 어느덧 자취를 감추고 어두운 밤을 별빛으로 시계를 분간하고 있었다. 무수한 별들을 바라보면서 영철은 두 가지 상념을 토해 내고 있었다.

"나는 어느 길을 가고 있는가? 나라와 민족인가? 아니면 인간적인가?" 지난날에 마음이 약할 때 마다 늘 가슴을 찌르는 상념이었지만, 이번에는 그 전보다 훨씬 깊은 상념에 빠져들고 있었다. 저 넓은 하늘 아래 자신이 가는 길은 왜 이다지도 험하단 말인가? 어찌 보면 자신이 하늘 아래 하나의 티끌에 불과하다고 생각되기도 했다. 그리고 하늘에 무수히 반짝이는 초롱초롱한 저 별들이 다 사라지고 있는 것처럼 느껴지고 그 별빛들이 이 세상 사람들의 것으로 느껴졌다. 그리고 무상에 빠진 마음은 다시 세상을 향해 고개를 들었다.

피눈물 나고 고된 세상살이가 바로 눈앞에 있는데 인생은 무상한 것이라고 자꾸 고개를 들라고 하는 것은 이해할 수가 없었다. 이 험악한 세상에서 바르지 못한 민족의 반역사 앞에 그리고 총칼 앞에 목숨을 내 걸고 날이면 날마다 자신들의 의지를 위해 발이 부르터지도록 뛰었다. 그런 자신이 자랑스럽기도 했으나 옥죄어 오고 있는 세력과 하나둘 동지의 이탈은 한없는 절망감을 자아내게 했다. 한참 동안 깊은 생각 속에 길을 걷고 있을 때 눈앞의 저 하늘에서 갑자기 별이 급락하고 있었다. 그것이 별똥별이었지만 영철은 함께 빛을 발해 어둠을 비추어야 할 조직에서 하나씩 이탈해 버린다면 분명 그 공동의 빛이 약해질 것은 뻔한 이치였다. 어쩌면 지금의 영철과 동지들의 의지가 약하고 허전함을 보여준 것 같았다.

(6)

영철은 한 달째 집에 돌아오지 않자, 할머니와 어머니는 아버지를 졸랐다. 가만히 있지 말고 사방으로 행방을 알아보라는 것이었다. 아버지는 할 수없이 면사무소로 김 면장을 찾아갔다.

"그 동안 김 면장에게 미안하기 짝이 없네. 그래서 사과라도 할겸 왔네."

"정말 내가 더 면목이 없네. 모두들 아까운 동료였다고 섭섭히 생각하고 있다네. 잘 있었으면 면장 군수까지도 할 수 있는 인물이라고 하면서 말일세."

"혹 그 뒤 영철의 소식을 들은 일이 없는지?"

"면에서도 궁금해했지만 통 소식이 없었다네."

면사무소에 들러 아들 대신 사과를 한 것이었다. 그러나 피해 다니는 영철이 면에 잘 있었으면 면장까지 아니 군수도 할 수 있다는 그들의 얘기에 더욱 아까운 자식이었다. 이번에는 진외가로 갔다. 그곳에 한 보름 전에 하룻밤 자고 갔다고 했다. 그리고 운암 고모 집으로 갔을 때는 일주일 전에 왔었는데 거지처럼 변장을 하고 와서 처음엔 못 알아보았다고 했다. 오빠는 어떻게 해서 영철이 그 꼴이 되게끔 놔두었냐고 추궁도 당했다. 그러나 모두가 시국을 잘 못 만나 이 꼴이라고 자식을 변명하고 나섰다. 집으로 돌아온 아버지에게서 영철의 소식을 들은 할머니와 어머니는 그래도 일주일 전까지 소식을 들어 안도감이었으나 거지꼴로 변장하고 돌아다닌다는 고모의 항의에 속만 상하고 안타깝기만 했다. 이날은 효골 문중에서 제일 높은 선대의 제삿날이었다. 이날만은 온 대소사가 다 모였다. 먼 곳에 있어도 제사를 지내러 와야 했다. 그만큼 중요한 제사였다. 자정이 가까워질 무렵 작은집 할아버지의 자손들이 제사에 참석해야 한다는 말이었다.

"요즘 석순이와 영철이가 피해 다니느라 고생이 많은 모양이지만 그래도 오늘만은 제사에 참여하지 않겠느냐? 어쩌다가 지하운동을 해서 그 압박을 받고 다니는지 안타깝다."

아무리 어려운 처지에 있어도 오늘 제사만큼은 당연히 참석해야 된다는 것이었다. 아버지는 아들이 참석치 않는다면 큰 불효가 된 듯한 자책감까지 갖고 있었다. 지서주임으로 있는 매부인 김 주임도 참석하고 있었다. 어쩌면 오늘 이 자리가 안전한 곳인지도 모른다. 한편 위험스러울 수도 있다고 생각했다. 첫 닭이 울고 제사상을 차리고 있을 때 석순당숙과 영철 형이 바람처럼 함께 들어왔다. 모두들 반신반의하던 기다림이었기에 기뻤다. 할아버지와 어른들께 큰절을 올리고 마치 죄인처럼 무릎을 꿇고 앉았다. 염려스러운 말들을 하고 있었다.

"저희들 때문에 할아버님 그리고 어르신들께 죄송합니다. 사실은 좋은 세상 만들려고 발버둥 친 죄밖에 없습니다. 저희들 힘이 모자라지만 그러나 이왕 나섰으니 최선을 다할 생각입니다."

아무리 설명한들 무엇 하나. 이미 쫓기고 있고, 요 사찰 인물인 것을 별 도리가 없었다. 지서주임으로 재직하고 있는 사촌매부가 말을 꺼내고 있었다.

"정말 당숙님과 처남이 고생하는 것을 보면 가슴이 아픕니다. 제가 힘이 되지 못하고 오히려 친척을 봐준다고 하면서 본 서에서 직접 관리하고 있는지 오래 됩니다."

"당숙과 저 때문에 본의 아니게 피해를 받으신 점 죄송하게 생각합니다. 그리고 매형께서는 저희를 지금까지 도와주셔서 정말 고맙습니다."

그들이 서정보과 형사들에게 쫓기고 있으나, 결코 경찰을 원망한 것이 아니고 상부 기관 결정론자들의 정책에 냉소를 보내고 있는 것이었다. 제사는 시종 무거운 분위기 속에서 진행되고 그 후 얘기도 무거웠다. 집으로 돌아온 영철은 그 동안 집에 자주 오지 못하고 소식도 전하지 못해 죄송하다고 말했다. 식구들은 조금만 참으면 된다고 한다. 그리고는 마지막 이별 같은 말들을 하고 있었다.

"할머니! 금년에는 모든 일 끝내고 장가가도록 하겠습니다. 할머니에게 증손자도 안겨 드리도록 하렵니다." 할머니는 오랜만에 웃으시며 흡족해 하신다.

"아버님, 어머님. 그 동안 너무 속 썩혀 드려 불효막심합니다. 조금만 참으시면 편히 모시도록 하겠습니다."

"인호, 숙도 들어라. 내 비록 집에도 자주 못 오고 잘하지 못 하지만 마음만은 항상 집을 향하고 있다. 너희들이 내 몫까지 잘 해 주길 바란다."

온 식구들은 영철의 의미 깊은 말을 들으면서 숙연한 분위기였다. 기약할 수 없는 길을 영영 떠나는 사람처럼 생각되었다.

"영철아, 몸조심하고 건강해야 한다. 우리는 잘 모른다. 너희들이 하는 일이 좋은 일이라고 하지만 어쩐지 불안하고 이렇게 숨어서 지내야 하는 너의 형편이 걱정스러울 뿐이다."

어머니의 의미 깊은 말이었다. 영철은 할머니와 어머니께 큰 부탁을 하고 있었다. 결혼 준비금 중 일부와 결혼 때 입을 한복과 두루마기를 요구했다. 언제 입을지 모르는 옷을 본인이 입겠다는데 안 줄 수도 없었다. 옷을 건네주면서 장가를 들 때 주려던 옷이었다며 눈시울을 붉히고 있었다. 영철은 인호 와 숙을 불러 학용품 사도록 지폐를 한 장씩 주었다. 그리고 공부 열심히 해서 훌륭한 사람이 되라고 했다. 귀여운 숙을 안아주었다. 이윽고 날이 밝아 오고 있었다. 온 식구의 전송을 받으며 아랫마을로 사라질 때까지 한없이 바라본 식구들을 뒤돌아보며 무거운 걸음을 옮기고 있었다. 완전히 시야에서 사라진 영철의 모습을 보면서 대성통곡하는 할머니와 어머니를 아버지는 위로하고 계셨다. 영철은 효골을 떠나기 전, 도선산에도 올라 선조들께 고조, 증조할아버지께 인사를 하고 떠났다. 어쩌면 영영 돌아올 수 없는 길을 떠난 심정으로 자신과 함께 한 핏줄에 대하여 인사를 나누고 떠나는 것이었다.

(7)

영철은 지혜와의 관계도 있어 경수 집 방문의 기회를 줄이고 있었다. 한편으로 지혜를 귀찮게 한 기철 집에서는 계속 혼담을 요구하고 있었다. 기철 부친은 일제 때에는 상당한 지주로서 친일에 지주였으며 순사까지 한 다음, 해방이 되자 서 정보계 주임으로 있었다. 강기철도 신랑감으로는 손색이 없었으나 2년 전부터 영철을 본 순간 혼담에 냉대하고 있었다. 기철은 지혜의 갑작스런 냉소를 효골의 청년이 지혜 집을 드나들면서부터였다는 사실은 알고 있었다. 기철은 오래 전부터 효골 청년을 만나 담판을 내고 싶었으나, 근간에는 나타나지 않아 만날 길이 없었다. 기철은 초저녁부터 밤늦게까지 계속 망을 보고 있었다.

그러던 어느 날 기철은 영철이 오랜만에 찾아온 것을 목격하고 지혜 집에 들어섰다. 경수 형을 찾으면서 방문을 열었다. 약간 놀란 경수와 영철은 일부러 태연한 척 했다. 정면으로 부디 친 기철은 자신보다 잘생기고 똑똑해 보인 영철이라 생각하면서 지혜가 그 청년을 좋아하는 이유를 알게 되었다. 기철은 평소 경수 형을 만나보고 싶어 왔는데 손님이 왔으니 가보겠다고 물러 나왔다. 이런 사실을 목격한 지혜는 걱정이었다. 혹 영철을 고발한다면 어떻게 되는 건가? 그렇지 않아도 피해 다닌다고 했는데 기철이 자기 부친에게 정보를 준다면 어쩌나 안절부절 했다. 기철은 집으로 돌아와 분을 삭이지 못하고 있었다. 어떻게 하면 지혜를 사로잡을 수 있을까? 그러나 문제는 효골 청년이었다.

기철은 우연하게도 아버지 책상에서 좌익 세력에 대한 수배자 명단과 사진을 보고 있었다. 어찌된 일인가. 어제 본 그 청년의 얼굴이 분명했다. 윤 영철. 효골. 21세. 군 부 책임자라 적혀 있었다. 기철은 고민하기 시작했다. 아버지의 경찰정보 업무에 별로 마음에 들지 않았으나 이 일만은 다르다고 생각하였다. 이를 어찌할까? 사랑을 찾기 위해 영철을 고발할 것인가? 아니면 자신의 패배로 물러설 것인가? 며칠을 잠 못 이루며 고민에 빠져 있었다. 기철은 일단 지혜를 만나기로 했다. 그렇게 만나 주지 않던 지혜도 만나자고 했다.

"지혜! 난 다 알았어. 그 청년이 잘생기고 똑똑해서 그를 좋아한 모양인데 지혜가 모르고 있는 사실이 있어. 아마 이 사실을 알면 깜짝 놀랄 거야."

지혜는 당황했다. 영철 씨의 모든 사실을 어떻게 알고 있단 말인가?

"아니 뭘 안다고 그래요. 그 분은 진외가에 들를 때 오빠를 잠깐 만난 것밖에 없어요. 좋으신 분을 괜히 나쁜 사람으로 생각하지 마세요."

"그렇지. 지혜는 뭘 몰라도 한참 몰라. 그 친구는 요즘 수배 받고 있는 좌익 지하세력이야. 우연히 아버지 책상에서 사진을 보고서 알았지. 빨리 손을 떼야지, 그렇지 않으면 너의 오빠도 너도 함께 큰 곤욕을 치를지도 모를 일이야.

기철은 자신도 모르게 공갈과 협박을 하고 있었다. 지혜는 난감했다. 모든 사실을 알고 있는 기철이니 잘 못하다가는 좌익을 숨겨 준, 한 통속이라고 몰아붙일지도 모른다고 생각하니 고민이 되었다.

"하여튼 나도 그렇지만 오빠도 단순한 옛날 친구이고 무슨 운동을 하는지도 모르고 있어."

"지혜, 난 지혜를 좋아하니까 지혜가 걱정하는 것은 싫어. 지혜가 원한다면 모든 일은 모른 척 할 테니까 그 친구에게 관심 갖지만 말아줘."

기철의 회유에 안심은 되면서도 이 일로 자신의 순수한 사랑을 위장해야 한다니 서글픈 생각이 들어 눈물이 났다. 사실 영철이 목숨까지 내놓고 하는 그 운동을 알고 있는 지혜로서는 더욱 가슴 아프기만 했다. 어쩌면 좋단 말이냐. 집안과 영철의 안녕을 위해 희생한다면 그것이 그를 위한 길이 될 수 있을까? 며칠 후 한 경수 집을 찾은 영철은 강 기철이 문제로 의견을 교환하고 있었다.

"경수, 좀 자세히 얘기해 봐. 나 때문에 지혜 씨는 물론 자네까지도 피해를 입는다는 것은 도저히 있을 수 없는 일이니 대책을 강구하게."

"영철이! 오히려 나와 지혜는 자네에게 미안해하고 있다네. 물론 기철이란 친구도 좋은 친구지만 워낙 강하게 접근해 오고 있으니까 어떻게 할 방법도 없는 것 같네."

"내 생각으로는 앞으로 내가 이곳에 나타나지 않는다면 될 것이고 그리고 지혜씨 더러 나와는 아무 관계가 없다고 해명한다면 되지 않을까?"

"물론 지혜는 자네와 아무 상관이 없다고 했으나, 왜 결혼에 응하지 않고 계속 피하느냐는 항의였어. 그리고 다행인지 모르지만 자네와 관계를 끊는다면 이번 일을 모른 척 하겠다고 했다더군."

"그럼 방금 내가 얘기한대로 나만 이곳에 나타나지 않으면 될 일 같군. 너무 걱정하지 말세."

둘은 결론을 내리고 있었다. 한편으로는 지혜가 상처를 입을까 걱정이 되었다. 영철은 마지막이 될 것이란 심경에 지혜를 불러 앞산에 올랐다. 몇 달 전 이 곳에서 둘의 만남이 새삼 떠오르고 있었다. 그때는 가을 산으로 단풍이었는데 오늘은 앙상한 나무들이 을씨년스런 한겨울을 마지막으로 이겨내고 있었다. 소나무는 더욱 곧게 우뚝 솟아 있었다. 그리고 산소 옆에 오래된 동백나무도 꽃을 피우기 위해 꽃 봉우리가 한창 머물고 있었다.

"지혜씨 이렇게 나오라고 해서 미안해요. 근간의 일들은 오빠에게 자세히 들었어요. 너무 상심하지 말아요."

"아니에요. 오히려 저 때문에 영철씨에게 큰 피해가 된 것 같아 몸 둘 바를 모르겠습니다. 영철 씨가 그렇게 큰일을 하신 줄도 모르고 지난날 괴롭혀 드린 것 후회하고 있어요."

"지혜씨 이 동백 좀 봐요. 아마 한 달 정도면 꽃이 필 것이요. 내가 제일 좋아하는 꽃이지요. 참으로 청아하고 아름다운 꽃이기에 무척 좋아 해요."

"저도 제일 좋아하는 꽃이랍니다. 꽃이 피면 이 곳에 혼자서도 꽃구경을 하지요."

"동백은 효골의 육모 정자와 도선산 제각에도 50년생 수령의 꽃나무가 있어요."

"꽃이 피면 정자가 더욱 아름답게 보이겠군요. 이 산소의 꽃도 참으로 아름답지요. 영철씨에게 이 동백꽃처럼 모든 일이 아름답게 피어나도록 빌겠어요."

두 사람은 꽃 이야기로 서로의 괴로움을 달래면서 서로를 위해 노력하기로 하고 아쉬운 작별을 하였다. 영철은 한경수 집을 떠나 대촌 면에 들렀다. 꽁꽁 얼어붙은 활동이었다. 이제 발악적으로 검거에 나선 정보과 형사 요원들은 각 마을마다 잠복근무를 하고 있었다. 이런 가운데에서도 영철은 그 동안 잊을 수 없는 오솔길과 산길을 걸으며 어느덧 효골까지 오고 있었다. 자신을 세상에 나게 한 출생부모와 온전히 사랑해주신 양할머니, 그리고 형제들과 일가들에까지 심지어는 하인들이라고 좌절해 있는 머슴들과 산지기와도 마지막 한번이라도 만나고 싶었다. 효골에 잠입하여 사정을 알아본 즉, 이제는 자신뿐만 아니라 아버지까지도 잡으라고 명령이 떨어졌다는 것이었다. 아버지는 진외가로, 어머니와 인호, 숙은 외가 집으로 피하고 있었다. 그것은 지서주임 매형이 사전에 알려주었다. 잘못하면 가족까지 피해가 있을지 모르니 당분간 피난을 가 있는 것이 좋겠다고 조언이었다.

육모정자의 동백꽃은 이제 조금만 더 탄력을 받으면 필 것 같았다. 그리고 도선 산의 제각 옆 동백꽃도 튼실하게 머 물어 있었다. 광산군 일대를 마치 자신의 안방처럼 활보했던 몇 년 전에 비해 지금의 현실은 밤 사람으로 위축된 자신을 안타까워 할 수밖에 없었다. 그래도 지원면과 평소에 연락이 가능했던 동지들을 이틀에 걸쳐 모두 만나고 있었다. 이제 몸조심에 군, 면지역을 떠나 시내로 몸을 숨기고 있는 편이었다.

(8)

그 어느 해 보다 추운 겨울이었다. 마지막 강추위는 꽃샘추위였다. 체포령에 군, 면에서 시내로 옮긴 영철은 월산동 삼거리를 태연하게 걸어가던 순간이었다. "저기 저 친구가 효골의 윤영철이다." 라는 그 누구의 제보에 꼼짝없이 검거된 영철이었다. 이날이 음력으로 경인 년 2월 24일이었다. 본서 정보과로 이송된 영철은 취조를 받고 있었다.

"너는 누구의 지령에 의해 활동했으며, 조직과 사실을 똑바로 불면 모든 걸 용서하겠다."

취조형사의 회유와 지능적인 심문 방식에도 영철은 모른다고 했다. 어쩔 땐 유도 심문을 하기도 했으나 한 마디도 불지 않았다. 결국 고문이 시작되었다. 물고문. 고춧가루고문. 그리고 전기고문까지 그리고 거꾸로 메달아 정신을 흐리게 하는 고문이 가해졌다.

"나를 지령한 자도 없고 조직도 없다. 있다면 하나 된 조국을 위해 운동을 했다. 나는 내 멋대로 조국과 민족의 장래를 생각하며 하나 된 통일조국을 꿈꾸며 행동했을 뿐이다."

"거짓말 하지 마라. 우리는 그 동안 너의 행동에 대하여 모두 파악했다. 효골지서를 통해서 위장 자수 형식을 취하고 더욱 활동을 강화한 사실도 알고 있다."

"그때 솔직히 말해 자수할 아무런 잘못도 없었다. 오직 불쌍한 할머니와 부모님 때문에 죄도 없이 그저 자수를 했을 뿐이다."

"무슨 헛소리를 하는 거냐. 뭐 조국이 하나로 통일될 수 있다고 하는데 여운형 백범선생도 실패한 사실이 있지 않는가? 합법 정부가 들어섰는데 하나 된 조국으로 어떻게 통일할 수 있단 말이냐?"

"꿈이 아니다. 외세를 몰아내고 남북이 지금이라도 각각의 기득권을 포기하고 하나의 조국으로 통일하기로 합의하면 통일정부를 세울 수 있다고 본다."

"망상에서 깨어나라. 빨리 조직원을 대라. 모든 사실을 불면 석방시키겠다."

"앞서 말한 대로 나에게는 조직원이라곤 없다. 나 혼자서 나의 뜻을 펴느라 동분서주 안면이 있는 친지를 찾은 것밖에 없다."

경찰은 일본 고등계 형사의 고문수법을 그대로 동원해 고문을 계속했으나 입을 열지 않아 취조에 애를 먹고 있었다. 오히려 이론과 현실적으로 설득하려 함에 수사관들은 더욱 신경질만 나고 있었다. 지독한 고문에서도 동지들을 하나도 불지 않았다. 하루 그리고 이틀까지 보름까지 고문은 계속되었다. 조직원 가능성 있는 각 면의 이름을 거명 하고 있었으나 모른다고 했다. 이십일 째에 접어들었다. 고문에 탈출하려고 새로운 국면을 조성하기 위한 방법을 모색해 보았다. 서창면 진부촌의 박성일이란 나이 많은 사람이 뇌졸중으로 심하게 앓고 있었다. 영철은 수사관을 회유하기 시작했다. 진부촌 박에게 자주 가서 나의 뜻을 심었다고 실토하자, 형사들은 영철을 데리고 대질하기 위해 진부 촌으로 향했다. 영철이 검거되어 고문을 당한지 거의 한달 경이었다.

박성일의 집에 도착한 형사들은 놀라고 있었다. 그것은 병색이 짙어 오늘 내일 하고 있는 중병환자가 아닌가? 영철의 관계를 물었을 때 대답도 못하는 형편이었다. 이 사람 말고 실제 활동한 조직원을 대라고 강요했으나 계속 버티고 있었다. 그들은 영철이 자신들을 기만했다고 분통을 터뜨리고 있었다. 진부촌은 영철을 포박하여 동네에 왔을 때 제일 친했던 한경수도 마을에 있었다. 경수는 자신을 찾을까봐 전전긍긍했다. 숨어서 영철의 모습을 보고 있었던 경수였다. 사복형사들은 이어서 영철을 끌고 진부촌 앞산으로 갔다. 해가 진지도 벌써 두 시간이 지났다. 주위는 칠흑 같은 밤에 적막감만이 감돌고 있었다. 그들은 다시 한 번 영철과 격한 대화를 나누고 있었다.

"이봐, 윤영철! 정말 고집 부리지 말고 모두 다 밝히라니까! 그래서 자네도 살고 우리도 덜 고생하지 안 그래?"

"뭘 밝히라는 거요. 정말 그분 외엔 없어요. 당신들도 나 같은 동생도 있을 텐데 그렇게 못 믿겠다는 거요?"

"분명 자네가 광산군 부 총책으로 조사되어 있는데, 각 면책들을 모른다니 말이 되느냐? 정 안 불면 자네는 끝장이야."

영철은 끝장이란 말에 이제 막가는 상황이라 자신도 반말하였다.

"나에게 더 이상 묻지 말라. 나는 오직 하나 된 조국을 위해 나름대로 뛰어다녔다. 좋은 세상이 올 것이다. 통일된 그 날이 꼭 올 것이다. 비록 그 날이 먼 훗날이 될지라도.”

 “지독한 친구 군. 좌익이란 원래 이런 것인가! 우리는 별 수 없이 너를 살려 줄 수가 없다. 마지막으로 할 말은 없는가?”

 그들이 마지막이라는 말에 영철은 신경이 곤두섰다. 설마, 재판도 없이 날 죽이겠다는 것인가? 아니 죽이고도 남을 것이다. 그들은 귓속말로 ‘저 놈을 데리고 가 봐야 더 이상 불지 않을 것이고 우리들에게 즉결처분 내릴 수 있도록 모든 권한을 서장으로부터 받았다’는 다짐하면서 살기를 보이고 있었다. 영철은 그들의 귓속말을 들으며 심상치 않은 순간이라고 여겼다. 그러나 그 동안 살아오면서 그 누구에게도 비굴하게 굴어 온 적 없이 살아 왔다고 스스로를 다짐해 보았다. 지금까지 그는 목숨을 두려워하기보다 오직 조국과 민족의 앞날을 걱정하고 반드시 가야할 이념과 신념을 중요시하면서 의지를 굽히지 않고 살아왔다고 되뇌었다. 그들은 마치 사형대의 집행관처럼 굴었다.

 “윤영철, 마지막으로 할 말은 없는가? 세상과 이별하는 순간이다. 할 말이 있으면 하라.”

 “무슨 소리냐? 너희들이 나를 죽이겠다는 것이냐? 무슨 권한으로 무슨 죄로 재판도 없이 사람을 죽인단 말이냐? 전쟁 중에도 아니 엄연한 법치국가라면서 하나 된 조국통일을 주장한다고 정부에 협조하지 않는다고 사람을 죽일 수 있느냐? 통일을 주장한 국민을 모두 좌익빨갱이로 몰아 죽이겠다니, 과연 누구의 짓이냐? 대통령의 짓이냐, 내무장관 경찰서장의 지시냐? 이 나라가 이래서는 안 된다. 친일, 친미, 친정부자들만 살아남고 바른 좋은 세상 만들겠다고 하는 사람을 다 죽이겠다는 이런 세상이라면 미련이 없다. 오직 나를 낳아 주신 부모님과 길러주신 할머님께 불효하고 죽는다니, 그것 하나가 죄스럽고 불효일 따름이다. 그리고 두 동강난 이 나라가 통일되는 것을 보지 못하고 죽는 것이 원통하다.”

　그들은 영철이 재판정에서 최후의 진술처럼 장황하게 논리적으로 정리한 말을 인간적으로 듣고 있는 듯 했다. 이 세상에서 할 말은 다하고 싶어 영철은 그간의 마음속 말을 계속하고 있었다.

　"너희들은 단지 하수인에 불과하다는 것도 나는 알고 있다. 오직 명령에 의해 사람을 죽이는 살상 고용인에 불과한 당신들에게도 인간적 양심이 있을 것이다. 하느님은 너희들과 나의 행동에 대하여 일거일동을 정확히 꿰뚫어 볼 것이다. 나는 22년 동안 누구를 미워하고 못살게 군적도 없다. 오직 평범한 하나의 민족일원일 뿐이다. 저 일제의 만행에 분개했고, 반쪽 해방이 되면서 진정한 해방을 원했다. 해방이란 남북의 외세를 몰아내고 하나 된 조국, 민족으로 살아가는 완전한 통일을 말한다. 나와 같이 뜻을 가진 수많은 동포들이 있다. 아마 당신들 중에도 있을지 모른다. 다시 한 번 말하겠다. 나와 우리 동지들은 오직 좋은 세상 만들기 위해 노력을 했을 뿐이다. 이 자리에서 나와 같이 활동한 동지들을 밝힐 수 없다. 그것은 그들에 대한 신뢰요, 또한 나의 양심의 의지다. 나만으로 처리해 달라. 그들은 오직 나의 얘기를 듣고 공감한 것밖에 없었다. 내 목숨을 살기 위해 그들의 목숨을 담보할 순 없다. 끝으로 한마디만 더 하겠다. 먼 훗날 통일의 그날이 오면 내가 지금 주장하는 말을 기억해 달라. 그리고 역사는 분명 정의의 편에 설 것이다. 다 같은 단군의 자손인 동포에게 빨갱이란 너울을 씌워 죽음으로 몰고 간 사실을 진정한 민주공화국정부에서 진실규명과 명예회복이 될 것이다."

　영철이 열변을 토해 내고 있을 때 그들은 고개를 숙이고 있었다. 어찌 보면 자신들이 벌이고 있는 한인간의 살상이 과연 죽일 사람을 죽이는 것일까 하는 반성이었다. 한순간 인간적 고뇌도 있었기에 더욱 착잡한 그들이었다. 그러나 이미 많은 사건을 식은 밥 먹듯 처리한 숙달된 그 들이기에 약간의 동요는 사라졌다. 영철의 한마디 한마디의 말들이 모두가 진실이었고 옳은 말이라 생각되어도 현실은 그게 아니었다. 권력의 편에 선 사람은 자신도 모르게 잘못된 권력의 편에 그대로 몰입되어 스스로 악인이 되어 있었던 게 인류역사에 흔한 사실이 아니었던가?

그들은 이제 결행할 준비가 완료된 듯 권총을 뽑아 들고 있었다. 영철은 조국통일만세를 불렀다. 목청껏 부른 만세소리는 진부촌 산과 들판을 울리고 있었다. 고요한 정정 속에 울려 퍼지는 만세 소리는 어쩌면 경수동지와 지혜에게까지 들릴지도 모른다. 영철이 마을로 손이 묶인 채로 그들에 끌려 다닌 모습을 먼발치서 보고 있었던 경수와 지혜였기에 말이다. 한참 조용하다 세 발의 총성이 울렸다. 밤하늘 아래 모든 정적을 깨트렸다. 한 생명이 "으악" 비명소리를 내고 쓰러졌다. 옆머리 관자놀이에 두발, 심장에 한발이었다.

꿈만은 영철의 육신의 심장이 멈추고 있었다. 그들은 수갑과 포승줄로 결박된 시체에 수갑만 풀었다. 수갑을 풀면서 할머니가 어려울 때 비상용으로 사용하라고 주신 금반지와 어버이가 군청에 취직하였을 때 사주신 회중시계를 두 사람이 하나씩 낚아챘다. 영철을 죽인 그들이 마지막 인간의 치부를 드러낸 순간이었다. 그들은 모든 더러운 임무를 완수하고 총총히 그 곳을 떠나고 있었다. 꽃샘추위가 기승을 부린 싸늘한 겨울 밤, 무엇이 그를 못 잊게 했는지, 부릅뜬 눈으로 영철은 심장의 고동이 멈춘 채 밤을 새우고 있었다.

진부 촌마을의 경수와 지혜는 뜬눈으로 밤을 새웠다. 마을사람들도 그 날에 사건을 대충 알고 있었다. 소문은 온 마을에서 영철의 진외가에까지 퍼지고 있었다. 그 똑똑하고 잘생긴 효골청년이 박성일 집에까지 형사들에 끌려 다니고 있다는 것과 앞산에서 큰 소리가 났으며 한참 후에 3발의 총성이 울린 점으로 보아 그가 총에 맞아 숨졌을 거라고 생각하고 있었다. 진부 촌에서 처음 있는 죽음이었으며, 앞으로 일이 심상치 않다고 느끼고 있었다. 그러나 경수는 그토록 친한 영철동지를 먼발치서 바라만 본 자신이 부끄러웠고 괴로워하며 밤을 꼬박 새었다.

(9)

날이 밝자 경수는 앞산으로 달려갔다. 총성의 울림소리 방향을 한참 찾았을 때 영철의 모습이 보였다. 영철이 지혜와 함께 만났던 한씨 선산 바로 아래쪽이었다. 피투성이 영철의 시체는 눈을 부릅뜨고 있었다. 경수는 통곡을 하면서도 빨리 효골로 알려야 했기에 진외가로 인편을 보냈다. 효골 영철 집에 도착한 인편은 영철과 비슷한 청년의 시체가 있으니, 와 보라는 것이었다. 마침 아버지도 피해 다니다가 그날 아침 일찍 집에 도착해 있었다. 청천벽력과 같은 소식이었다. 할머니는 혼절하셨고, 집안은 통곡으로 변했다. 아버지는 외가 집에 가있는 어머니와 인호에게 인편을 보내었다. 그리고 아무리 말려도 소용없는 할머니까지 진부 촌으로 향했다. 진부 촌에서는 경수와 아버지 친구들이 장례준비를 하고 있었다. 대쪽 같은 그의 성격을 담아 죽관을 만들고 있었다. 한편 외갓집으로 피신해 갔던 어머니와 인호는 아침에 일어나 어머니의 이상한 꿈 이야기를 나누고 있었다.

"어젯밤 꿈에 영철이가 이제 살기 좋은 세상 왔다고 덩실덩실 춤을 추더니, 한참 있다 구름을 타고 하늘로 올라가기에 목이 터지도록 불렀지만 대답도 없이 갔는데 아무래도 불길한 마음이…."

"어미가 너무 영철이 생각에 예민해 있어 꿈에 나타난 것이 아니겠느냐?"

외할머니는 어머니를 위로하고 있었다. 영철의 꿈 때문에 불안해 있던 순간 효골에서 인편이 왔다. 그는 큰집 머슴 종환이었다.

"확실하지는 않지만, 서창 진부 촌 앞산에 영철 도련님 같은 청년이 죽어 있다는 연락이 와서."

　"뭐, 우리 영철이가 죽었다고, 꿈자리가 뒤숭숭하더니 뭐 우리영철이가 죽어….."

　어머니도 혼절하고 말았다. 외할머니와 인호, 외숙모는 어머니를 안정시키고 물을 마시게 했다. 조금씩 정신을 차리고 있었다. 인호와 숙은 방금 전에 어머니의 어젯밤 꿈 얘기가 사실로 드러나고 있다고 생각했다. 영철 형의 혼이 어머니에게 왔다고 생각되었다. 효골에서 이 십리 길인데도 단숨에 진부 촌에 달려온 할머니와 아버지는 피투성이가 된 싸늘한 영철의 시신을 끌어안고 통곡하고 있었다.

　"아이고, 내 새끼가 이게 웬일이냐? 어떤 놈이 우리 영철을 죽였느냐? 내 새끼 빨리 살려내라 어떻게 키운 손자인데 손자가 뭘 잘못했다고 죽이다니 천벌을 받을 놈들아 이놈들아 내 손자를….."

　결국 또 쓰러지셨다. 아버지는 눈을 부릅뜬 영철을 손으로 눈을 감겼다. 아버지의 끝없이 흐른 눈물은 영철의 얼굴에 떨어졌다. 얼굴을 만지고 끌어안아 보았으나 싸늘한 몸이었다. 효골에서 간 몇 사람과 진부 촌 친구들은 모두가 눈물을 흘리면서 장례를 준비하고 있었다. 천광을 끝내고 죽관에 염을 하기 시작했다. 찬 몸에 흥건한 피를 닦아 내고 결혼시킬 때 입히려고 또 한 벌 만들었던 명주 한복과 흰 두루마기를 입혔다. 방금 전까지도 일그러진 그의 얼굴이 생시의 얼굴처럼 살아나고 있었다. 잘생긴 영철의 얼굴이었다. 이 때 외가에 간 어머니에게 얼굴이라도 보이고 묻자는 의견이 있었으나, 장례는 끌 일이 못된다고 빨리 하관하도록 했다. 하관이 거의 끝날 무렵 외가 집에 갔던 어머니와 인호가 숨을 할딱거리며 도착했다. 어머니는 대뜸 묘소를 파헤치기 시작했다. 아무리 말려도 소용이 없었다.

　"이 세상 마지막 가는 자식 얼굴 한번 보자는 데 왜들 말리느냐?"

　성화를 부리며 계속 흙을 파고 있었다. 영철 식구들이 말려도 소용없었

못다 핀 꽃 89

다. 어머니는 결국 또다시 혼절하고 있었다. 이때 영철을 따르던 머슴들이 어머님을 들어서 옮긴 후 그들이 묘를 단장하고 난 후 정중히 절하면서 말했다.

"영철 도련님은 이 세상에서 제일 좋은 분이셨는데 어떤 놈들이 죽였는지 우리가 도련님의 한을 풀어 드리겠습니다."

그들도 흐느꼈다. 묘 봉분까지 거의 끝나 가고 있을 때 어디서 날아 왔는지 까마귀 떼들이 주위를 맴돌고 있었다. 까르르 까르르 마치 장송곡을 합창하듯 소리 내어 울고 있었다. 잠시 후에 장례가 마무리 될 즈음, 경수는 마지막 가는 친구이자 동지에게 말했다.

"이곳에 묻힌 영철 동지는 정말 좋은 친구였습니다. 저희들 모든 친구들에게 좋은 스승이었습니다. 끝까지 의리를 지킨 훌륭한 동지였습니다. 항상 할머니의 사랑과 부모님 자랑도 많이 해 주었습니다.저희를 보고 조금만 고생하면 좋은 세상이 온다고 했습니다. 그런데 그 뜻을 못 펴고 우리를 남겨 두고 먼저 가다니 진정 너무도 억울합니다. 영면하소서."

미처 말을 잇지 못하고 흐느끼고 있었다. 한 젊은 죽음이 몰고 온 인간과의 마지막 정이었다. 모든 사람에 정을 듬뿍 주고 간 그였다. 진부 촌마을에서는 모두가 무서워 묘 앞에는 오지 않았으나 마을 어귀에서 장례를 바라보고 있었다. "아까운 청년 가끔 찾아 올 때 인사도 잘하고 잘생기고 모두가 탐내는 총각이었다."고 수군거렸다.

인호는 형의 장례를 끝내고 온 식구들과 함께 진부촌을 떠나고 있었다. 자꾸 뒤돌아보면서 형과 이별하고 있었다. 효골에 도착하자 할머니와 어머니는 며칠을 오열하면서 몸져눕고 말았다. 영철이 쓰던 물건들과 옷가지를 모두 태워 버렸다. 일가친척들은 그런 대로 위로를 하러 찾아 왔으나 혹시 영철과 연계되어 있다는 오해를 받을까 봐 방문을 꺼리는 사람도 있었다. 슬픔과 통곡으로 맞은 삼우제였다. 어버이와 영호와 머슴인 종환이만이 참석했다. 영철의 묘소에는 곧 꽃망울을 터트릴 듯한 동백꽃 한 다발이 놓여져 있었다.

영철 묘소에 놓인 꽃을 바라보면서 어머니는 의아해 했다. 과연 누가 아들에게 꽃을 놓고 갔을까? 모두들 무서워하는데, 그런데 지혜는 장례가 끝난 이튿날 남몰래 그 곳을 찾아 스물 두 송이의 꽃을 헌화했다. 지혜는 영철이 죽은 날부터 잠 못 이루면서 마치 자신으로 하여금 영철이 죽임을 당하지 않았나 하며 스스로 자괴하고 있었다. 그것은 강기철의 언행으로 봐서 연관된 추측이기도 했다.

(10)

지혜는 영철의 죽음을 실감하지 못하고 있었다. 지난날 그의 언중에 죽음을 초월한 큰일이 성공하면 좋은 세상 올 거라고 확신한 그의 신념이 떠오르기도 했다. 그렇지만 이제 저 세상으로 가 버린 그가 더욱더 진솔하게 보였고 자신이 마음껏 사랑한다고 고백했던 그 순간들이 아름답게 느껴지고 있었다. 좋으신 분, 다정다감한 인간미를 느꼈던 그였기에 죽음을 슬퍼하고 있는지 모른다. 어머니는 누가 아직 못다 핀 동백꽃을 갖다 놓았을까? 다시 물었다. 그러나 아무도 대답이 없었다.

인간의 사랑은 이처럼 순결하고 아름다운데 그 사랑을 가로막는 것은 이념과 사상이 아닌가! 어쩌면 잘못된 시국의 현상일지도 모른다. 모두가 아름다운 사랑을 꿈꾸고 좋은 세상을 바라고 잘살기를 원하는 우리 모두의 소망은 저 묘 앞에 놓인 못다 핀 동백꽃처럼 꽃망울이 꺾인 채 미완의 현상이 아닌가! 언젠가는 피어날 못 다 핀 꽃봉오리를 바라보며 다시 한번 불러 본 아들과 형의 이름을 부르는 소리는 진부 촌에 고이 잠든 영철의 영혼에 메아리치고 있었다. 영호와 어머니는 영철이 수없이 다닌 그 오솔 길을 따라 집에 도착했을 때 효골 김 면장이 아버지와 대화를 나누고 있었다.

못다 핀 꽃 91

"윤형, 정말 어떻게 위로를 해야 할지 모르겠네. 자네가 속상해 할까 봐 안 오려 했으나, 그래도 꼭 찾아오고 싶었네. 어찌 보면 영철이 나 때문에 죽은 것 같아 괴로웠네. 같이 근무할 때 좀 더 설득하고 이해시키고 달래서 마음을 돌려 놔야 했는데 그렇게 못한 것이 한없이 가슴 아프네."

"김 면장, 난 오히려 자네에게 미안하다네. 그 애의 고집을 할머니도 못 꺾었는데 무슨 방법이 있었겠네. 오직 세상을 잘못만 것 때문에 있었던 일이라 생각하네. 그리고 분단 때문이지."

"생각해 보면 영철 군과 같은 생각들이 진정한 이 나라 이 민족의 올바른 방향을 제시한 지도 몰라. 나야, 면 책임자고 상부의 지시를 따르지 않으면 안 되는 입장이지만 그들의 주장을 수용 못하는 현실이 안타까웠지."

"나도 한동안 이해를 못했어. 착실히 근무하면 높이 올라갈 수 있을 거라고 기대하고 있던 차에 정부에 반하는 운동을 한다는 사실에 놀라고 있었지. 더구나 영철과 그 친구들이 논리 정연하게 펼친 그의 얘기를 듣고 아, 이 문제가 중요하구나 생각했었네."

"하여튼 우리 면에서만 벌써 3명이 죽어 갔고 앞으로 몇 명이 더 당하게 될지 모르겠네. 내 생각에도 그 놈의 38선이 그어져 남북이 갈라서고 좌우익이 심화되었는데, 궁극적으로 강대국 때문에 겪는 분단의 고통이라는 영철의 평소 설명이 타당한 것 같더군."

"어찌 보면, 죽은 사람보다 영철의 문제로 다음의 여파가 어떻게 번질지 더욱 걱정이라네. 영철이가 동지를 불지 않고 죽었다고는 하지만 결국 찾아낸다면 여러 사람이 다칠지도 모르고."

"사실 사람의 목숨 이상 중요한 일이 없는데, 영철이 목숨을 잃었으니 더 이상 무슨 할 말이 있겠나. 안정을 찾고 영철 동생들에게 기대하면서 희망을 갖기를 바라네. 이 모든 시국을 잘못 만난 죄, 분단의 죄고 남북이 갈라진 이데올로기 피해지 그 이상 뭐가 있을까?"

"하여튼 고맙네. 자네가 위로해 주고 격려해 주니 용기가 생기는 것 같
군."

김 면장의 방문은 영철 아버지에게 큰 힘이 되었다. 면 직원들도 조문을
오고 싶었으나 주위의 눈총이 무서워 김 면장이 대신하고 있었다. 할머니
와 어머니는 식사 때마다 영철의 밥상을 별도로 차리고 통곡을 하는 것이
었다. 어머니는 매일 바람처럼 나타날 것만 같아 대문도 걸지 않고 개가
짖는 소리만 들려도 문을 뛰쳐나가 보기도 하고 여느 때는 영철이가 아니
냐고 마치 실성한 사람이 되고 있었다.

"할머니, 어머니! 죽은 사람은 다시 살아날 수 없습니다. 이제 그만 우시
고 진정하시지요."

인호는 어렸지만 두 분의 행동이 너무 황량해 제법 어른스럽게 말하고
있었다.

"그리고 진부 촌묘에도 이젠 그만 가시고요. 가서 보시면 더욱 화만 나
고 슬프지요."

"글쎄 말이다. 어떻게 죽은 사람이 살아나겠느냐. 그렇지만 가끔 살아
돌아올 것 같은 생각이 든다. 꿈에도 자주 나타나고 해서."

할머니와 어머니는 혹시 기적적으로 살아 돌아올지 모른다는 환상에 사
로잡혀 있었다. 부모 앞에 자식을 보내면 부모는 자식의 죽음을 가슴에
묻고 살아가는 아픔이었다.

(11)

아버지는 인호에게 이틀 동안 내내 기억도 새로운 그 반세기의 얘기를
거침없이 토해 내시었다. 인호는 어린 나이였지만 너무나도 또렷한 기억이
기에 아버지의 그 오랜 세월이 흐른 지금의 순간에도 기억이 생생했다.
이제 그만 좀 쉬시라고 하였으나 언제 또 너와 함께 못 다한 이야기를 할

수 있겠느냐 며 아직 기억력이 남아 있을 때 말씀하신다는 것이다. 아버지
는 후회되는 일이 없다고 하시면서도 형이 죽지 않고 살았다면 우리 집안
을 물론 면과 군에서도 큰일을 했을 것이라고 아쉬움을 토로하신다. 오직
시국을 잘못 만나 그때의 지식인과 젊은이들이 정의감과 진정한 조국을
사랑하는 힘으로 이루어간 운동들이 나중에 일부는 퇴색되기도 했지만 그
러나 그 근본은 분명 장한 일이었고 언제고 그 뜻들이 펼쳐지리라 확신한
다고 하시었다.

아버지의 말을 듣고 그 당시 10살이던 소년이 당시의 아버지 나이보다
훨씬 많이 먹어 버린 세월을 살아온 인호가 느껴지는 점이 많았다. 아직도
좌우익의 갈등이 도사리고 있고 언제 다시 휴전선이 무너져서 더욱 심화
된 이데올로기가 극성을 부릴지도 모른다는 생각도 들지만 인호 역시 그
때의 영철 형이 가졌던 굳은 의지와 신념인 조국은 하나라고 외치는 민중
들의 함성이 진실이고 또한 그 방향이 이 나라 이 민족의 앞날에 서광이
비칠 것이란 신념을 버리지 않았다. 제발 더 이상 소모적인 일들일랑 벌리
지 말자고 다짐하면서 아버지의 병환이 빨리 치유되기를 다시 한번 하느
님께 빌면서 아버지와의 대화를 정리하였다.

진부촌에 잠들어 있는 영철의 묘소에는 해마다 싱싱한 동백꽃 스물 두
송이가 놓아지곤 했었다. 지혜는 사랑하는 사람의 영혼을 위해 그 무엇이
라도 하고 싶었다. 우선 그가 좋아했던 동백꽃을 시들기 전에 바꿔놓곤
했었다. 끝내 못 다한 사랑의 표현이었다. 한 인간 영철의 젊은 청춘의 죽
음은 부모 형제에게 비통함만을 남겨 주었다. 그 여파로 인해 6 · 25 전쟁
이 시작되고 끝날 때까지 아버지는 가족들과 수난의 역사 속에서 살아야
만 했고 끝없는 슬픔의 연장이었다.

할머니와 어머니가 한 달 내내 아침저녁으로 밥을 차린 것은 물론 묘소
에도 몇 번씩이고 찾아 나섰다. 아직도 죽지 않고 살아 있을 것만 같은

형상이 눈앞에 나타나곤 했다. 언제나 동백꽃이 놓여있어 인호는 그토록 좋아하던 동백나무 한 그루를 영철형의 묘소 앞에 심었다. 길고 긴 겨울에서 꽃샘추위가 기승을 부린 3월에는 영롱한 빛으로 꽃이 피었다. 한 달을 넘게 찾았던 묘소도 어린 인호의 주장대로 살아나지도 못할 것이라며 조금씩 안정되어가고 있었다. 49일에는 온 식구들과 종환이를 비롯한 평소 형을 따랐던 머슴과 친구들까지 몇 십 명이 추모하고 있었다. 그 자리에 한경수도 지혜도 참배했다. 특히 경수는 친구 영철이 그 많던 동지를 한 사람도 불지 않아 혼자만 희생이 되었다며 회고했다. 그는 묘 앞에서 말하고 있었다.

"사랑하고 존경하는 친구 영철에게, 오늘이 친구가 이승을 떠난 저승으로 간 지도 벌써 50여 일이 되었네. 친구만을 떠나보내고 남은 우리들은 죄인으로 살아오고 있네. 꼭 좋은 세상을 이루자고 그렇게 희생하면서 동분서주하던 자네의 열정에 반도 따라가지 못했던 우리였지. 친구가 그 많은 조직원들을 위해 갖은 몹쓸 고문을 받으면서도 한사람도 불지 않고 혼자 했다며 목숨까지 던진 진정 벗을 위해 목숨을 바친 친구를 사랑한 마음 잘 알고 있다네. 비근한 예로 여순 국군 14연대 반란사건에 박 소령은 자신이 속한 군내에서 좌익과 남로당으로 활약한 많은 동료와 전우들을 불어 그들이 죽거나 재판에 회부되었는데 이등병으로 강등되고 군무원으로 근무하던 박 소령이 친구들을 불은 대가로 복권이 되어 다시 소령이 되었소, 그는 현역으로 복귀하여 승승장구 대장까지 했다는 사실을 비교할 때 친구의 고매한 인격은 진정한 친구의 의리를 보여주었소. 우리들의 우상이었던 친구여! 부디 저세상에서 조국과 민족의 아픔을 이겨내고 통일의 그날이 올 때를 기다리면서 안식을 얻으소서. 앞으로 얼마나 바람이 불어 고난의 세월이 이어질지는 몰라도 영혼이나마 평안하시길."

경수의 추도 말에 모두 눈물을 흘리고 있었다. 언젠가 집에서 친구들을

대접하면서 아들의 존재를 인정했던 어머니와 아버지는 더욱 아픈 마음에
통곡하며 울고 있었다. 경수의 추모사중에서 여순사건의 박 소령과 비교한
대목에서는 아들의 의리 있는 친구라는 사실을 유감없이 나타낸 말이었다.
영철은 그랬다. 정의와 진실이 아니면 단연히 반대한다. 옳은 일에 앞장서
는 정의의 사도였다. 그러기에 그의 아호도 의암(義巖)이었다. 의로운 일을
바위처럼 묵직하게 해내는 사람이라는 뜻이었다. 지혜도 소리 없이 흐느끼
고 있었다. 아버지는 친구들에게 감사하다는 말을 전하고 이제 49제도 지
냈으니 모두 잊고 열심히 살아가는 일이 아들을 위하고 친구를 위하는 일
이라고 다짐하고 있었다. 추모 인들은 아까운 청년을 잃었다고 다들 아쉬
워하면서 하산했다.

(12)

　효골에도 봄은 어김없이 찾아왔다. 한 달 전에 그렇게 기승을 부리든
꽃샘추위가 물러가고 산과 들에 소리 없이 새 생명이 꿈틀거리며 기지개
를 편다. 또한 생명력이 넘치는 봄이 오는 소리가 울려 퍼진다. 종달새가
높이 날아 지저귀고 제비도 다시 찾아 왔다. 개나리와 진달래가 산천에
만발하고 육모정자와 도선 산의 동백이 꽃망울을 하나 둘씩 터트리기 시
작했다. 마을사람들은 봄맞이에 여념이 없으나 인호의 집에는 아직도 꽃샘
추위가 가시질 않아 을씨년스럽기만 했다. 49일전 영철형의 죽음으로 집안
의 기둥이 무너진 후 어떻게 다시 세울 수가 있을 것인가. 허탈감에 빠져
아무런 대책이 서지 않았다. 할머니와 어머니는 몸져누워 있는지도 오래고
아버지 또한 묘안이 서지 않아 긴 한숨만 내려 쉬고 있었다. 그래도 남아
있는 식구들은 어떻게든 살아가야 한다는데 동의하고 있었다. 어머니는
몸져누면서도 영철 형의 밥상을 하루도 빼지 않고 누나에게 차리게 하였
다. 그것은 아직 아들이 죽지 않았다는 신념이었기에 산 사람과 똑같이

상을 차린 것이었다. 참을 수 없는 슬픔에서도 할머니와 어머니는 오늘도 눈에 선한 영철의 모습을 떠올리곤 한다.

진부촌 앞동산에 묻힌 영철은 봄이 오는지 꽃망울이 터지는 지도 모르고 고이 잠들고 있을 터이다. 어머니는 실성이 들어 정신이 나간 사람처럼 '우리 영철이가 왜 안 올까. 올 때가 됐는데'하면서 헛소리만을 되풀이하였다. 여느 때는 자신도 모르게 성치 않은 몸으로 단숨에 묘 앞에 달려가 대성통곡을 한바탕하고 나면 꽉 막혔던 가슴이 풀리기도 한다며 그러기를 반복하고 있었다. 그리고는 정신을 가다듬고 산을 내려와 집으로 돌아오곤 하신다.

어머니의 설움 못지 않게 할머니는 더 큰 슬픔이었다. 청상과부로 큰 손자를 마치 자기 속으로 난 자식처럼 여기며 살아왔었고 할머니를 위해서 모든 것을 다한 손자였기에 더욱 미칠 것만 같았다. 아버지 또한 장례를 끝내고 난 뒤 어찌하여 자식을 앞세우고 살아야 하는 기구한 운명이 되었는가를 대뇌이며 정신이 나간 사람처럼 어찌 보면 멍청이가 되었다고 할 판이었다. 그 누구의 자식보다도 잘 기르고 가르쳐서 꼭 훌륭한 사람이 되도록 키우겠다고 굳게 다짐했던 그 꿈이 어느 정도 이루어져 가고 있었다. 그런데 어느 날 갑자기 아들로 인한 불행이 눈앞에 다가와 앞으로 살아갈 아무런 희망이 사라져 버려 아들을 원망도 해보았지만 저 세상으로 가버려 어찌할 도리가 없었다. 아쉬운 것은 그때 적극적으로 말리지 못했던 게 이제 와서 못내 후회되기만 했다.

그러나 아버지가 생각하기에는 아들은 언제나 사리에 맞게 정정당당히 처신했고 옳은 일이라면 끝까지 밀고 나가는 그의 성격과 지조였기에 아들이 바라는 좋은 세상 만들기가 진짜 이뤄질까 반신반의하며 살아온 자신으로써는 어쩔 도리가 없었다. 세월은 봄이 가고 여름이 오고 이제 100일이 되었다. 1년 탈상을 주장했지만 결혼도 하지 않고 남들이 두려워하는 좌익으로 몰려 죽었기에 100일로 탈상을 하기로 했다. 일부 대소가 친척과 영철을 따르던 친구들과 지인들이 참석하였다. 할머니와 어머니는 슬픔에 통곡이었다. 얼마나 세월이 흘러가야 아픔을 잊을지 모른다.

(13)

그해 가을을 보내면서 영철의 죽음에 슬퍼하지만 식구들도 살아가야 했다. 그러기에 여름에 농사에 임하고 가을 추수도 열심히 했다. 다음해가 되어 봄이 오니 1주기가 돌아왔다. 여전히 영철의 기일 날은 꽃샘추위가 기승을 부렸다. 가족들도 이제 슬픔에서 서서히 헤어나고 있었다. 무덤에는 기일을 잊지 않고 동백꽃이 놓여있었다. 지혜의 정성이었다. 동지들도 몇 사람이 희생되고 몸을 사렸지만 대부분 무사했다. 그들은 지난 1년 전 영철동지의 조직에 대한 자백이 없었기에 자신들이 무사했다고 말했다. 그래서 우정이 중요하고 벗을 위해 자신을 희생한 몫이 높은 뜻으로 여겨졌다.

그동안 소문으로 나돌던 6·25 전쟁이 일어났다. 효골에는 7월 하순이 되자 인민군들이 점령하였다. 또다시 휘몰아친 영호의 집이었다. 아버지와 둘째형인 영호가 부역자가 되었다. 3개월 동안에 부역한 아버지와 형은 자수를 했다. 그리고 영호 형은 다시 국군에 입대했다. 몇 개월 사이 남북의 군인이 된 불행이었다, 전쟁와중에 형은 부상을 당했다. 그리고 아버지는 여러 차례 사선을 넘었다. 맏형의 죽음으로 집안이 슬픔에 잠길 때 온갖 재롱을 부려 집안에 그나마 웃음을 띠게 한 숙이었다. 아버지를 잡으러 온 그날 밤이었다.

밤은 더욱 깊어가 자정이 넘었다. 숙은 계속 보채고 울기만 했다. 어머니의 젖도 그 어떤 음식도 먹지 않고 있는 어린 동생이 안타깝게만 여겨졌다. 시간은 새벽 3시경이 되어 울음과 보챔에 지쳤는지 숨소리만이 가느다랗게 들리고 있었다. 한밤을 꼬박 세워 지친 식구들이 비로소 눈을 잠시 부치고 있었다. 숙은 어머니 품에 그리고 영호는 동생 옆에서 잠시 잠이 들었다.

첫닭이 울고 이어서 날이 밝아와 인호는 눈을 뜨면서, 먼저 숙의 이마에 손을 얹었다. 찬 기운이었다. 날씨가 추워서일까 생각하면서 손목을 잡아 보았다. 손목도 차가웠다. 그리고 맥박이 뛰지 않았다. 인호는 애의 가슴에 귀를 대고 숨소리를 들으려 한다. 아직 따스한 기는 약간 있으나 심장이 뛰지 않았다. 인호는 놀라며 얼굴을 바라보았다. 천사와 같이 잠들어 있었다. 영호는 와락 무서운 생각이 들어 바로 어머니를 흔들어 깨웠다. 그리고 나지막한 목소리로 말했다.

"어머니 숙의 몸이 차요. 숨소리가 안 들려요." 어머니는 벌써 알고 있었는지 눈가에 눈물이 고여 있었다. 그제 서야 할머니는 일어나시어 통곡하신다.

"아이고, 불쌍한 것. 난리 중에 태어나서 난리 통에 가다니."

인호도 엉엉 울었다. 2년 전 영철 형의 죽음보다 더 슬프기만 했다. 인호는 숙의 손에 마지막 악수를 했다. 그리고 나직하게 말했다.

"잘 가. 좋은 세상, 저 하늘나라로 가거라. 그 곳은 고통도 무서움도 없는 평화로운 곳 일거야. 그 곳에 큰오빠가 있지. 함께 행복해야 해 꼭."

그리고 인호는 숙의 영혼을 위해 기도했다. 아침이었다. 마을에서는 어젯밤 서로의 안녕을 확인하고 있었다. 그런데 분주 소에 근무했다는 김씨 큰아들과 작은집 머슴이었던 종팔이가 잡혀가 뒷산에서 죽었다는 것이다. 팔만 이와 동수는 붙잡혀 갔다가 도망쳐 갔기 때문에 총소리가 요란스러웠다는 것이었다. 모두다 부역자로서 자수를 한 사람들이었다.

어젯밤의 온 동네를 설치며 잡아간 그들은 위장된 좌익 세력에 의해 죽임을 당한 것이었다. 아버지가 숙의 약을 지으러 가지 않았더라면, 눈이 안 왔다면 틀림없이 붙들려 죽임을 당했을 것이었다. 동생이 죽고 아버지를 살린 것이다. 아버지는 교통이 두절되어 아침 일찍부터 걸어서 집에 도착했다. 그런데 숙이 어제 밤사이에 죽었다는 말에 아버지는 오열했다. 싸늘한 숙의 시신을 안고 통곡하면서 아버지는 말했다.

"이 애비가 좀 더 일찍 왔더라면 너를 살릴 수 있었을 텐데 내가 너를 죽인 거나 마찬가지다." 아버지는 그놈의 눈이 안 왔으면 하면서 흐느꼈지만 할머니와 어머니는 눈이 왔기에 망정이지 아버지가 다섯 번째 죽을 뻔했다고 말씀하셨다. 마치 죽음의 중요도를 따진 꼴이 되었다. 마을은 어른들의 죽음에 따른 아픔 때문에 숙에게는 크게 관심이 없었다. 그의 장례는 애이기에 옹기로 준비하였다. 큰 집형과 아버지 그리고 큰집머슴인 종택이와 함께 도선산 양지바른 곳에 묻었다. 인호는 뒤를 따라 하관을 할 때까지 계속 울면서 따라갔었다. 아이 묘이기에 봉분도 없이 했다. 인호는 제각 뒤 동백나무에 아직 덜 핀 다섯 송이의 꽃을 숙의 묘 앞에 놓고 묵념을 했다.

짧은 인생 5년의 생애, 인호네 집의 모든 슬픔을 그의 재롱으로 감싸주던 숙이었다. 인호가 학교에서 돌아오면 대문으로 들어설 때 오빠를 큰 소리로 부르며 두 팔을 번쩍 들어올린다. 그러면 그를 힘차게 껴안고 뽀뽀해 주면 그렇게 좋아하던 사랑스런 동생이었다. 세상이 바뀌는지 누가 누구를 미워하는지도 모르면서 어머니 젖을 먹으며 할머니 품에서 천진스럽게 자라던 숙은 이제 그 지긋지긋한 전쟁이 끝나 갈 즈음에 짧은 생애를 마감했다.

아버지가 병실에서 3개월을 지내는 동안 셋째 아들인 인호와 나눈 얘기는 여기에서 멈추었다. 아버지는 22살의 아들을 잃고 52년에는 사랑하던 5살의 막내딸을 잃어 두 자식을 가슴에 묻었다. 아버지 역시 전쟁 끝 해에 모함으로 한 달을 맏아들이 받던 고문을 당하면서 아들의 고통을 생각했다. 이어서 무고죄로 판명되어 석방되었으나 심한 고문 후유증에 오랫동안 허리통증을 앓을 때마다 조국의 분단의 아픔을 느끼곤 했다.

아버지는 지난 고문으로 60이 되기 전에 치아 전체가 손상되고 삭신이 쑤시고 허리가 아플 때마다 분단의 아픔과 함께 했다. 세상을 잊고 시조에 심취하여 3남과 함께 남은 생을 보내시다 미수에 사세하셨다. 마지막 병실에서의 지난 반백 년의 분단의 아픔을 토로하시면서 질곡의 세상을 회고했다. 18년 전, 팔순을 맞이하여 가족과 친척들과 친구를 모아 생에 처음이고 마지막 잔치를 하면서 한의 시조를 읊으시어 아픔을 달래시었다. 아버지의 유언은 장남이 말한 " 분단된 조국의 통일이 소원"인데 보지 못한 게 아쉽다고 하신다. 그리고 타향인 진외가에 묻힌 영철형의 무덤을 선산으로 옮겼으면 좋겠다는 말씀이었다.

인호는 아버지가 돌아가신 10년에 진부촌 앞산에 잠든 영철형의 영혼을 선산으로 이전하여 아버지유언을 이루었다. 도선산에는 그동안 분단의 아픔을 함께 했던 가족들이 하나둘씩 모이고 있다. 지난 한솥밥 영혼들이 영원히 함께 하는 묘소에 영철 형과 창숙 누이동생을 기리는 동백나무 두 그루에 꽃망울 움터 있다. 분단의 아픔으로 '못다 핀 꽃'이 언제나 활짝 필 수 있을까….

망예

　　　마로니에 공원에서 하염없이 북을 바라보고 앉아있는 그의 모습을 자주 본다. 늘 외로워 보이는 그는 내가 제대하고 처음 근무한 대학의 오(吳)선생이다. 그가 사무실에서도 잠시 여유가 있을 때도 북향의 창문에 다가가 긴 한숨을 내쉬며 사색에 잠기곤 했다. 나는 그의 망예(望霓)사연이 언제나 궁금했다.

　말씨로 보아 이북이 고향인 것을 알고, 전후 월남했을 것이라는 짐작도 했지만 좀 더 자세히 알지 못해 어느 때고 물어보리라 마음먹었다. 내가 근무한지 얼마 되지 않았기에 그저 깍듯이 상사로만 대했지만 오선생은 마치 부처님 상처럼 인자하고 자상한 모습이었다.

　어느 날 나는 얘기를 나누려고 그에게 점심을 대접하겠다고 약속을 했다. 선생과 나는 조금 일찍 사무실을 나와 대학로에 있는 양식집으로 갔다. 조용한 곳에 자리를 잡고 그가 좋아하는 함박스테이크를 주문했다. 실내는 마침 흘러간 옛 노래들이 이어졌다. '울밑에선 봉선화야'로부터 우리가곡 '기다리는 마음'과 '가고파'에 이어 '그리운 금강산'도 흘러나왔다. 그는 노래에 감흥 한 듯 눈을 지그시 감고 무연 생각한다. 나는 식사를 좀 빨리 끝내고 차를 마시면서 월남하게 된 사연을 물었다.

'그는 6·25 전쟁이 치열하던 1·4후퇴 때다. 노부모를 모시고 전문대학을 나와 공직인 산림조합에 취직을 했다. 전쟁으로 군에 차출된다는 우려도 있었지만 남쪽에 인천상륙작전으로 서울이 탈환하고 난후 북진통일을 이루는 듯 국군과 유엔군이 평양에 입성할 때 어쩌면 전쟁의 끝이 보인 듯 생각했다. 그런데 중공군의 인해전술로 인해 국군과 유엔군이 밀려 1·4후퇴 때 노부모와 처자식을 두고 피난길에 합류했다. 조금 늦게 결혼하여 아내는 3살짜리 아들과 갓 태어난 딸이 있었는데 피난길에 같이 올 수도 없었다. 노부모와 백일도 안 된 딸이 문제였다. 그는 생각에, 잠시 후퇴했다가 다시 돌아온다면 부모님도 처자식도 고생됨이 없이 자신 한사람 고생하면 된다는 소박한 심정으로 혼자 피난민 대열에 합류했었다.'

"그때 진남포에서 배를 타고 나서야 내가 왜 혼자 배를 탔나를 후회했었지. 인천으로 와서 경부선을 타고 부산까지 내려가 남포동 피난민촌에 도착했었소."

"고생 많으셨네요. 그때 피난민들의 비참한 현상을 라디오와 신문으로 보았지만 처절하더군요. 콩나물시루처럼 엉겨 붙은 완행열차 위에 몸을 싣고 가는 모습, 그래도 나은 편이었지요, 걸어서 폭격을 피하면서 한파에 시달린 피난민들은 생사의 기로에서 비참했겠지요. 부산에서는 어찌 지내셨나요?"

"처음에는 막일과 행상도 했었는데 마침 전시 서울대학교직원 모집 시험이 있어 응했는데 합격을 했어. 그래서 지금까지 근무하고 벌써 반 세대를 넘게…."

"남북이 자유롭게 왕래해야 하는데도 아직 요원한 것 같군요. 요즈음 기다림을 어떻게 달래신지요?"

"그동안 사무치게 고향을 그리워했지. 사실 나이가 들면 들수록 그리움은 더하기만 해. 어느 때는 가족들이 보고 싶어 미칠 것만 같은 때도 있었다오.”

“그게 사랑이고 간절함이 아니겠습니까. 이제는 잊을 방도도 찾아보시
지요.”

“내 주변에 친형제처럼 지낸 분들이 있어, 그분들은 젊었을 때부터 재혼
을 권했지만, 자신도 없을뿐더러 양심상 허락하지 않아요. 그동안 죄를 지
었는데 무슨 면목으로….”

“오 선생님께서는 지금까지 기다리셨으니 북의 사모님께 도리를 다했다
고 생각합니다. 아마 선생님이 재혼을 하신다 해도 다 용서하실 것입니다.
분명 행복을 빌어 주실 겁니다.”

“아니야. 절대 그게 아니야.”

“선생님 죄송합니다. 아픈 상처를 건드린 것 같군요. 그 옛날 그렇게 못
잊어 하시는 사모님 얘기나 해주세요.”

그는 눈을 지그시 감으며 조용히 말을 이어갔다.

‘그가 사는 황해도 마을 앞 동네에 사는 21살의 규수였다. 25살의 오 선
생은 부모님이 정해 준대로 장가를 들었다. 얼마나 예쁜 색시였는지 황홀
할 지경이었다. 마치 선녀처럼 보였다. 이름도 이선화(李善花)였다. 예의범
절이 양반가문이었다. 결혼 후 1년만에 아들 인영(仁永)이가 태어나 부모
님이 좋아하셨다. 그리고 2년 후 딸 인화(仁花)가 태어나 다복한 가정을
이뤘다. 아내의 지극정성의 내조로 그는 시계바늘처럼 정시에 출퇴근을
했다. 아내처럼 시부모에 잘하고 자신에게 잘한 여인이 조선팔도에 또 있
을까 할 정도였다. 마을에서도 소문난 효부요 현모양처라 칭송이 자자했
다. 4년간의 달콤한 신혼 생활이 남긴 추억들은 먼 옛날이 아닌 오늘의
일들처럼 마음속에 한 순간도 잊혀 지지 않는다고 했다.’

나는 그의 행복한 가정생활이 눈에 선하게 그려졌다. 결혼이란 제2의
인생이다. 사랑스런 처자식과 부모를 멀리하고 살아온 외롭고 슬픈 이야기

는 나의 가슴을 뭉클하게 했다. 아름다운 가정의 행복을 갈라놓은 자가 그 누구인가. 그래도 꿈을 접지 않고 살아가야 한다고 다짐하며 살아온 그다. 벌써 회갑의 나이에 들었다. 주변의 친구들은 그가 그토록 재혼도 하지 않으니 어떻게 위로할 수 있는 방법이 없을까 의논했다. 북에 두고 온 부인보다 더 예쁘고 착한 여인을 찾아 주선한다 해도 도저히 승낙할 것 같지 않으니, 한 친구가 그럴듯한 아이디어를 냈다. 내용은 부인을 닮은 양녀를 고르자는 것이다. 언젠가 함께 근무한 김 양이 자신의 부인이 젊었을 때처럼 닮았다고 한 말을 되살려 보았다. 단단히 벼르고 날을 잡아 그에게 신중하게 물었다.

"오 선생! 몇 달 후면 회갑이 돌아오지 않소. 회갑연은 어떻든 꼭해야 하니 그 날에 아무도 없으면 어떻게 해."

"무슨 얘기들이야. 부모에 불효하고 처자식에 죄지은 자가 회갑이라니!"

"오형의 회갑이 보통사람의 회갑이요. 그래서 우리들이 준비를 했고 몸만 앉아있으면 되는데 문제는 헌수라도 올릴 누가 있어야 하는데 말이야, 그래서 말인데, 수양딸을 하나 고르기로 했어. 그렇게 알아요."

일방적인 친구들의 말이었다. 처음에는 극구 반대했으나 나중에는 수긍할 태세였다. 더구나 함께 근무한 김 양이 좋겠다고 추천을 하니 그리 싫지 않았다. 이들은 마치 큰일을 하나 해낸 것처럼 기뻐하였다. 그런데 오 선생의 승낙은 얻었으나 문제는 양녀가 될 당사자인 김 양이 순순히 제의를 받아들일지 걱정이었다. 그들은 순서를 바꾸어 먼저 김 양의 동의를 얻어 진행했어야 했는데, 아직 절반의 성공이었다. 그러나 그 언젠가 친구들이 김 양에게 수양아버지 하면 좋겠다고 했을 때 크게 반대하지 않았던 사실을 기억했다. 김 양도 오 선생의 인품에 무척 따르고 있었기에 기대하면서 조용히 김 양을 불렀다.

"김 양! 서론은 빼고 본론부터 말하지, 오 선생이 회갑도 돌아와 헌수라도 올릴 사람을 찾다가 김 양으로 결정을 했는데... 수양딸로 말이야.”

“너무 갑작스런 얘기니 당황되네요. 그러나 사실 그 동안 오 선생님을 아버지 같이 인자하신 좋은 분이었다고 생각하고 있었습니다.”

“그러면 된 거야. 뭐 양녀가 별다른 게 있나. 지금처럼 그런 마음으로 오 선생을 대하면 되는 거지. 됐어 아주 잘됐어, 오 선생도 김 양을 딸처럼 생각하는 것 같더라고.”

“그러나 과연 제가 오 선생님께 딸 노릇을 잘 할 수 있을지 걱정이 드네요.”

친구들은 이번 일이 잘되어 기분이 좋았다. 그 동안 그에게 재혼을 젊어서부터 중년까지 권유했는데 막무가내로 거절했었다. 비록 양녀지만 이렇게 정해지면 친구의 외로움은 조금은 달랠 수 있을 것이다. 다음날 친구들은 두 사람이 정식 양부양녀로 되었음을 알리는 자리를 마련했다. 그는 흐뭇한 미소로 오랜만에 웃어 보인다. 피붙이보다 더한 정을 줄 수도 있고 받을 수도 있을 터이다. 그는 양녀를 맞이한 소감을 말했다.

“친구들! 정말 고마우이. 오랫동안 못난 나를 위해 애써주고 이제 딸까지 갖게 해주었으니, 김 양은 내 마음속에 오래 전부터 딸처럼 여겼고 또 나에게 딸처럼 잘 해주었기에 기쁜 마음이요. 아버지 노릇을 다소라도 할 수 있을지 걱정은 되지만.”

“평소 존경한 분을 아버지로 모시니 기쁘네요. 제가 곁에서 보기에 너무나도 외로워 보이셨고 한없는 그리움과 기다림에 절절한 세월을 보내셨지요. 이제 제가 딸로서 위안이 되신다면 좋겠습니다.”

“자, 오늘 두 분을 위하여 건배합시다. 오늘로 우리 오형은 북쪽의 딸을 만난 것이나 진배없고 김 양은 아버지를 한분 더 두어 모두 기쁜 일이요. 아버지와 딸의 행복을 위하여.”

양녀를 맞이한 뒤 오 선생은 고향의 가족들 꿈을 꾸기도 했다. 특히 딸이 출가하는 꿈도 꾸었다. 그런데 그 후 양녀가 결혼을 하게 되었다. 좀 더 딸로 곁에 있었으면 했으나 그동안 양녀에게 구혼한 청년이 있었다. 그는 자신의 욕심이라 생각할까봐 바로 양녀의 결혼을 승낙했다. 양녀의 결혼식에 참석하여 축복해주고 돌아왔다. 가족을 이루는 결혼식장을 다녀와 잠시 향수에 젖었다. 그동안 잘해 주었던 양딸이었기에 아쉬움도 있었다.

세월은 흘러 이산가족 찾기가 진행되고 85년에는 남북이 30여명이 실제로 만나고 있을 때 그도 몇 번이고 그 현장과 적십자 사무국을 오가기도 했으나 아직은 자신의 차례가 아닌 것 같았다. 그런데 과연 어떤 방법으로 고향의 소식을 알 수 있단 말인가? 하루는 정보계통에 있는 사람을 친구로부터 소개를 받았다.

"소개받은 최 입니다. 오 선생님의 딱한 처지의 말씀을 들었습니다. 그토록 오랜 세월동안 가족을 기다리신다는 말씀에 안타까운 마음이었습니다."

"뭘 요, 그냥 기다리는 것입니다. 살아만 있다면 어느 때고 만날 수 있다고 생각은 하지만 어려운 것 같군요. 혹 안부만이라도 알아볼 수 있는 방법이 있을까요?"

"예, 제가 잘 아는 친구가 중국 선양에 있는데 그 사람이 여러 사람의 생사 확인을 해 주었다고 합니다. 그래서 오 선생님의 정확한 고향 주소와 인적 사항을 주시면 3개월 정도면 알 수 있을 겁니다."

"그래요, 정말 소식을 알 수 있다면 얼마나 좋겠습니까? 그리고 만날 수도 있다면 그 이상 좋을 수가 없지요."

"우선 확인이 되고 나서 다음에 만날 수 있는 방법이 있는가를 알아보겠습니다."

"그에 따른 비용은 얼마든지 부담하겠습니다. 정말 감사합니다. 꼭 알아봐 주십시오."

그는 주소와 인적사항을 똑바로 적어주면서 착수금조로 얼마를 봉투에 넣어 주었다. 사실은 얼마 전부터 조선족을 통한 생사확인과 상봉까지도 가끔 이루어지고 있다는 소문은 들었으나 특권층이나 하는 일로 알았다. 한편 얼마나 진실되게 소식을 알려줄 것인가 의심이었다. 조선족 말고 미국을 통해서도 친지방문 형태로 갈 수 있다는 말도 있었으나 미국은 쉬운 일이 아니었다. 오 선생은 소식을 부탁하고 집으로 돌아왔다.

선양에서의 소식을 기다린 지도 두 달이나 되었다. 그동안 최 선생은 조금만 기다리면 분명 소식이 올 것이라 했다. 기다리는 일은 이제 이력이 났지만 그래도 이번만은 가능성이 있어 보여 믿음이 갔다. 전화가 오면 최선생의 전화인 것만 같았다. 그러기를 한 달을 기다리는 어느 날이었다. 최선생은 선양에서 연락이 왔는데 북한의 탈출 난민이 늘어나고 비공식으로 이산가족 생사확인과 상봉이 보위부에 문제가 되어 철저한 감시로 쉽지 않을 것 같다는 것이다. 그는 실망하였다. 그러나 희망은 버리지 않았다. 세월은 흘러 오선생의 고희가 돌아왔다. 친구들이 벌써부터 준비했고 양녀 또한 한복을 마련하였다.

칠순잔치는 그가 반대했으나 설득하여 대학에 있는 회관에서 했다. 보통사람의 칠순도 아니고 외롭고 고독한 친구요 이산가족의 한사람을 위한 자리이기도 했다. 대부분 10년 전 회갑 때 왔던 인사들이었다. 새로운 사람은 양녀의 딸이 둘이나 있어 외손녀를 앞에 두고 잔치를 할 참이었다.

"오늘 우리 사랑하는 친구의 칠순잔치에 이렇게 많이 참석하시어 축하해주시니 감사드립니다. 본인은 잔치를 만류했지만 저희 친구들과 따님께서 강행했습니다. 40년을 넘게 고향을 그리며 재혼도 하지 않고 인내하며 칠순까지 살아온 친구를 위해 건배합시다."

"지금까지 건강하게 살아오시어 오늘 칠순을 맞으셨습니다. 오늘 이 자리를 마련 해주신 여러 친구 분들께 진심으로 감사드리고 바쁘신 중에도 축하해 주신 여러 어르신들께 가족을 대표해서 딸인 제가 감사의 말씀을 올립니다."

"저는 정말 복 많은 사람입니다. 비록 고향을 떠나 제2의 고향에서 칠순을 맞고 있지만 40년이 넘은 세월을 이곳 남쪽에서 살고 있기에 또 친구분들과 딸이 이렇게 자리를 마련해주니 더할 나위 없는 영광이요 행복한 순간입니다. 그리고 외손녀를 둘이나 앞세우고 맞는 이 자리 더욱 감격스럽습니다."

오선생은 지난 회갑 때보다 사위와 외손녀까지 있어 가족이라는 안온한 생각도 들었다. 이어서 외손녀가 '어버이 은혜' 노래를 부를 때는 눈을 지그시 감고 회상에 잠기며 눈물을 흘렸다. 그는 북쪽의 부모님과 처자식 앞에 서있지 못하는 아쉬움의 눈물이었다. 그는 명절이나 생일 때가 제일 괴롭고 가슴 아픈 순간이다. 다행이 양녀와 손녀들이 있어 큰 위안이 되었다. 친구들도 마이크를 잡고 여흥에 동참했다. '울며 해진 부산항' '가거라 삼팔선아' '두만강 푸른 물에' '굳세어라 금순아' 등 전쟁 후에 불러 진 흘러간 노래들이 계속되었다. 어느 때는 그도 함께 노래를 부르기도 했다. 이제 잔치도 끝날 때가 되었을 때, 최 선생이 갑자기 나타났다. 그는 오선생에게 꾸뻑 절하고 마이크를 잡았다.

"여러분 제가 늦었습니다. 오선생님의 칠순을 축하를 드릴 때 좋은 선물을 갖고 오려고 하다보니 늦었습니다. 오늘 선양으로부터 전화가 왔습니다. 그 내용은 오 선생님의 사모님과 자녀분들이 모두 잘 살고 계신다는 반가운 소식을 선물로 올리겠습니다."

장내는 떠나갈 듯 박수와 환호가 터졌다. 40여 년 만에 아내와 자식의 소식을 그것도 잘살고 있다는 기쁜 소식을 들은 그는 너무도 감격해 쓰러질 듯 몸을 휘청거리다 끝내 통곡했다. 누구의 체면도 개의치 않고 자연스럽게 울어 나온 회한의 눈물이었다.

"정말 감사합니다. 처자식들이 살아 있다니 이는 하느님의 은총입니다. 기다린 보람을 느낍니다. 이제 저의 소원은 절반을 이룬 것이나 다름없습니다. 최 선생 감사합니다. 이렇게 제 일생일대 기쁜 소식을 선물로 주시어 고맙습니다. 이제부터 저는 더욱 열심히 건강하게 살아 그 날이 오면 가족들을 만날 수 있다는 희망을 굳게 갖게 되었습니다."

다시 한번 장내는 환호와 박수가 터져 나왔다. 친구들 그리고 모두가 그에게 다가와 축하를 했고 건강 하라는 격려를 한다. 최 선생은 오 선생과 조용히 얘기를 원했다. 오 선생은 집으로 그와 함께 갔다. 최 선생은 집에 도착하여 현관에 걸려있는 사진을 보았다. 가족사진은 아내와 함께 한 결혼사진이었다. 행복한 가족사진과 백년가약을 맺은 아내와의 결혼사진이 그를 꽁꽁 묶어놓을 수밖에 없었다. 최 선생은 말문을 열었다.

"오 선생님 놀라지 마십시오. 부모님은 10여 년 전에 작고 하셨다고 합니다. 그리고 사모님은 수절하시며 아들과 함께 사시고 손 자녀는 셋이고 따님은 출가해서 둘의 외손자가 있다고 합니다."

"부모님께서 돌아가셨다니 나는 불효잡니다. 나를 무척이나 기다리셨을 텐데 어떻게 눈을 감으셨는지! 그리고 아내가 지금까지 혼자 살아왔다니 나를 얼마나 원망했을까 짐작이 갑니다. 그가 설령 재혼을 했다 해도 나는 할 말이 없습니다. 모두 내 잘못이기 때문에…."

"선생님이 이렇게 버젓이 혼자 살아오셨는데 사모님이 재가를 하시겠습니까. 너무나도 마음이 넓으십니다. 그리고 말씀드릴 것은 이번에 제가 퇴직하고 연변에 사무실을 냈습니다. 선생님 같은 이산가족의 아픔을 덜어주는 사업도 보람 있을 것 같아서요."

"그렇다면 최 선생께서 나의 일을 제일먼저 해주세요. 먼저 신청을 하겠습니다."

"그렇지요. 지금까지는 간접적이었는데 이제는 제가 직접 하는 사업이니 먼저 선생님 가족 만남부터 하려든 참입니다.”

　그들은 마치 의기투합이라도 하듯 시원스럽게 권하고 동의하고 있었다. 그러나 그에 따른 비용이 만만치 않지만 생사가 확인된 이상 만남은 당연하다는 것이었다. 그는 살고 있는 작은집을 팔아서라도 마련 할 생각이었다. 지금 까지는 모범 교직원으로 교회헌금이나 이웃돕기 그리고 집 하나 마련한 것이 고작이었다. 부정을 할 위인도 투자할 배짱도 없는 법 없이도 살아 갈 전형적인 도인(道人)이었다. 최 선생에게 착수금으로 얼마를 주고 만남이 이뤄지면 얼마, 나중 성사금으로 상당한 금액이 들어 갈 것이었다.

　상봉이 비공식적이고 또한 고도의 비밀을 요하기 때문에 모든 일이 순탄하게 잘 될지 의문이었다. 몇 개월이면 상봉이 가능하다고 했는데 근간 북한탈출자가 늘고 감시가 심해 계속 늦어지고 있다고 했다. 선양으로 최 선생에게 전화를 걸어 물었지만 여러 사정 때문이니 조금만 기다려 달라는 것이었다. 지난날에는 그냥 하염없이 기다리기만 했는데 이제는 만날 수 있다는 희망이 눈앞에 다가왔기에 조급하게 좀 더 빨리 만나고 싶어진 것이다. 옛날에 공직생활의 관례를 생각하면 이렇게 비공식적인 일이란 있을 수 없었다. 어느 때는 최 선생 같은 이산가족 상봉사업에 사기가 많다는 얘기도 들었지만 설마 했다. 해를 거듭해 어느 날 소식은 드디어 상봉할 수 있게 되었다고 했다. 여권을 만들고 여행 비자를 받았다. 그곳에서 날짜만 정해주면 출발한다며 준비를 완료했다. 기다리는 마음은 이제야 말로 소원을 풀 수 있어 부푼 가슴이 두근거리고 있었다. 최 선생이 정한 날을 알려왔다.

　드디어 공항으로 갔다. 비행기를 타고 느끼는 심사는 ‘이 비행기가 고향으로 간다면 얼마나 좋을까? 그러면 선산에 가서 부모님 묘소에 절하고 처자식도 자유롭게 만날 수 있으리라’ 는 소박한 심정이었다. 그러다가 ‘아니야, 너무 무리한 욕심이야, 얼굴이라도 볼 수 있다는 것만으로 만족해야지’ 하며 기대치를 낮추었다. 비행기는 4시간여 만에 공항에 안착했다. 최선생이 나와 있어 함께 차를 타고 숙소로 향했다.

“선생님 너무 늦어 죄송합니다. 그놈의 일이 꼬여서 그랬습니다. 그쪽의 연락책이 무슨 사건으로 혼쭐나 얼마동안 연락이 두절되기도 했지요.”

“아닙니다. 기다리다 좀 지치긴 했지만 이렇게 만날 수 있는 때가 왔다니 다행입니다. 나도 이해합니다. 비공식이란 항상 어렵지요.”

약속된 날이 이틀 지났다. 삼일이 된 날에 온 소식은 아내와 자식은 어렵고 친조카가 올 수 있다는 것이다. 그리고 잘 하면 아들도 혹 올지 모른다고 한다. 조카라도 우선 보기로 했다. 조카가 오는 날도 가슴은 마구 뛰었다. 형님의 아들이기에 한 핏줄이 아닌가. 방에 들어선 조카를 얼른 알아볼 수 없었다. 그가 6살 때 보았기에 중년이 된 조카의 얼굴을 쉽게 알아보기 어려웠으나 형님과 아버지 얼굴을 조금 닮아있었다.

“숙부님 절 받으시라요?. 그동안 얼마나 고생이 많으셨어요. 살아 계신다는 소식을 전해 듣고 우리 가족들 기뻤지요. 숙모님도 잘 계시디요.”

“그래, 네가 창호라고? 벌써 중년이구나. 그래 모두들 잘 있다니 내래 기분이 좋다.”

숙모와 함께 오지 못한 사정을 얘기하고 할아버지와 할머니의 죽음에 대해 상세히 말했다. 북에서도 통일해방이 되면 만날 수 있다고 기다렸다는 것이다. 그곳에서도 7·4 공동선언과 그 뒤 몇 번의 술렁이는 때가 있어 남쪽에 살고 있는 이산가족을 만날 수 있을 것이라는 기대가 있었다고 했다. 하룻밤을 조카와 함께 궁금했던 여러 얘기를 묻고 듣고 하느라 한숨도 잠을 이루지 못했다. 그 중에서도 아내의 얘기에 이르러 남편이 남쪽으로 내려간 부인이라는 이유로 그렇게 활발하지 못했다는 말에 남이나 북이나 모두가 연좌제는 계속되고 있다는 사실을 알게 되었다.

어쩌면 그 문제 때문에 이번에도 나오지 못 했는가 하는 생각까지 들었

다. 조카에게 준비한 선물과 회갑과 칠순 때 찍은 사진을 주었다. 조카는
급히 오느라 미처 사진도 준비 못하고 왔다고 했다. 조카가 떠나고 아내와
의 상봉을 한없이 기다릴 수가 없었다. 여행일정도 다되었기에 할 수없이
귀국 길에 올랐다. 비행기 안에서 조카에게서 들은 얘기로 고향을 떠올리
며 아내의 모습을 그려보았다. 사랑스런 아내의 자태를 꼭 한번 보고 손이
라도 잡아보고 죽어야겠다고 다짐을 해본다. 서울에 돌아와 몇 달 동안
조카와 만나 나누었던 얘기를 기억하고 다음에 아내와 상봉할 날을 기다
리기로 했다.

　선양에 다녀온 그는 마음의 병이 도졌는지 며칠째 꿍꿍 앓고 있었다.
양녀가 방문하여 조카를 만난 얘기와 건강얘기도 나누었는데 그는 아무렇
지 않다고만 했다. 그래도 너무나 수척한 얼굴에 병원 진단을 받았는데
결과는 신경쇠약과 언제부터인지 전립선 비대증이 심하다는 결과가 나왔
다. 신경쇠약과 신경성은 이해가 되었지만 하나의 지병이 된 전립선 비대
증은 치료하지 않으면 염증이 암이 되는 경우가 있다는 것이다. 그러나
그는 대수롭지 않게 여기며 걱정 말라고만 했다. 그렇게 세월은 흘러갔다.
그는 아직도 선양에서 소식을 기다리며 신경을 쓰고 있었다. 해를 거듭
할수록 병은 커지고 모든 일들이 꼬이기는 했지만 죽기 전에 처자식을 만
나야겠다는 생각에 변함없는 나날을 보내고 있었다.

　귀국 후 몇 달이 지나 선양의 최 선생이 장문의 편지를 보내왔다. 그동안
조카만을 만나게 된 점에 대하여 사과하고 그쪽의 사정이 어려워 출국이
어려웠지만 조만간 풀리면 만나게 될지 모른다는 기대 섞인 글이었다. 하
긴 그에게 얼마나 많은 돈을 주었는데 그에 대한 대가의 방법은 아내와의
상봉밖에 없었다. 편지가 오고 난 후 1개월 만에 전화가 왔다. 어느 날 비행
기를 타고 오라고 했다. 이번에야말로 아내를 만날 수 있다는 설렘으로
비행기를 탔다.

망 예　113

“최 선생, 여간 어렵다던데 어떻게 만나게 될까요? 너무 수고를 끼치고 있습니다.”

“네, 그쪽에서도 꼭 성사시키려고 노력을 많이 한 것 같습니다. 선생님께서 거액을 주신 보답도 해야지요. 제 생각도 이번에는 만날 수 있다는 생각이 듭니다. 기다려 보시지요.”

그들의 상봉사업은 어려운 듯 했다. 그러기에 처음도 조카만을 만나게 하지 않았는가. 그러나 여기까지 와서 포기할 수도 없는 일이었다. 어찌 보면 그의 마지막 가족 상봉일지도 모른다. 여태까지 반세기를 기다렸는데 며칠을 못 기다리겠는가? 5일째 날이었다. 북에서 오 선생 숙소로 오고 있다는 것이다. 그러나 부인인지는 확실하지 않은 것 같았다. 도착해봐야 안다는 것이다. 오 선생은 긴장이 되었다. 부인이 오는 걸로 알고 있었다. 처음 만날 때 어떻게 대할까, 어떻게 용서를 빌까. 머리는 복잡해져 갔다. 방문을 열고 들어온 사람은 부인이 아닌 아들이었다.

“아버지 제가 인영이야요, 절 받으시라요. 아버지.”

“네가 인영이가, 정말 인영이라 말이지. 네 에미는 잘 계시지.”

3살 밖이 아들이 불혹의 나이가 넘어 부자 상봉을 하고 있는 것이다. 아내는 오지 못했지만 그 분신이 왔기에 서운함을 면하고 있었다. 그런데 그곳의 사진을 챙겨 가지고 왔다. 부모가 돌아가시기 전 사진도 있었다. 손자와 며느리 그리고 사위와 외손자들도 있었다. 그런데 아내의 사진이 이상했다.

“아니, 네 에미가 와 이르노. 제대로 못 앉으신단 말이가. 와 이르노.”

“아버지, 놀라지 마시라요. 어마니가 사촌형이 보여준 아버지 사진과 소식을 들으시고 그만 혼절을 하시고 나서 몸을 제대로 못 쓰시지요.”

“아니 뭐라고, 에미가 몸이 완전하지 못 하다고, 나 때문에 고생한 에미가 또 나 때문에 고생을 또 한다고.”

이번에는 오 선생이 혼절을 하고 말았다. 우황청심환을 먹이며 정신을 차리게 하였다. 부자간의 만남의 기쁨이, 아내의 반신불수 소식에 그만 정신을 잃어버린 것이다. 지금까지 아내와 자식들과 만나기 위해 모든 고통을 이겨내며 이토록 살아왔는데 자신으로 하여금 큰 병을 얻었다니 통탄할 일이었다. 아들과 함께 이틀 밤을 함께 지내면서 이젠 그동안의 모든 의문들이 다 풀리고 오직 아내의 병이 완쾌 될 수 있으면 얼마나 좋을까 하는 생각뿐이었다. 그동안 준비한 아내에게 결혼 때 해주지 못한 다이아 반지와 금목걸이를 전하고 그리고 달러도 얼마를 아들에게 전했다. 아들과 헤어지면서 꼭 아내가 더 이상 병이 악화되지 않게 봉양하여 건강하게 살다 꼭 다시 만날 것을 약속하며 서울로 돌아왔다.

서울에 돌아온 오 선생은 심신의 괴로움과 아내의 병으로 받은 충격에 몸져 누워버렸다. 친구들과 양녀가 서둘러 병원에 입원을 시켰다. 의사의 진단 결과는 충격에 의한 신경이 쇠약하고 지병인 전립선 비대증이 암으로 번지고 있다는 것이다. 오래 전 수술을 권했지만 고집을 부려 암이 된 것이다. 그렇게 만나고 싶어하던 아내는 만나지 못 하고 조카와 아들을 만난 것으로 만족했지만 결국 아내가 쓰러졌다는 사실에 몹시 자괴하고 있었다. 며칠째 잠 못 이루며 괴로웠지만 한 달이 지난 후 기력이 어느 정도 회복되었다. 그동안 들어간 비용 때문에 집을 처분해야만 했다. 학교에서는 그의 처지를 이해하여 정영기숙사에 방한 칸을 마련해 주었다.

몇 달이 지나 우선한 듯 하던 그의 병세가 다시 악화된 것은 아들이 연변을 통해 보내온 편지를 읽고서부터다. 아들의 편지에 아내가 끝내 숨을 거두었다는 비통한 소식에 그만 정신까지 놓아버렸다. 그가 없는 세상이 무슨 소용이겠느냐는 심정이 병을 돋게 했다. 계속 퍼져 가는 암세포는 다른 기관에 영향을 주어 전체적인 밸런스에 문제가 생겨 합병증을 유발한 것이다. 그렇게 아픈 마음에도 아들에게 편지를 썼다. "통일이 되면 아니 이산가족 방문이 이뤄지면 그때 부모님과 너의 어머니 묘에 엎드려 모든 잘못을 빌겠다. 못난 아비가” 이 한마디로 그는 아내에게 사죄를 하였다. 그가 고통을 받으며 병실에 있을 때 어쩌면 다시 그를 볼 수 없을지도 몰라 나는 병실을 찾았다.

“아드님도 조카도 만나셨다는 소식 들었습니다. 선생님이 그렇게 만나야 한다고 벼르시던 사모님께서 운명하셨다니 하느님도 참 무심하군요.”

“고마워요. 윤 선생이 말하던 통일이, 아니 남북이 자유롭게 방문하는 그 날이 오면 고향에 성묘해야지. 그러려면 건강해야 할 텐데!”

“그럼요 꼭 건강하셔야 합니다. 그동안 간절하게 기다려온 세월이 얼마입니까. 이제 조금만 참으시면 됩니다. 정신을 잃지 마시고요.”

“그래요. 참고 기다리지요. 정신을 놓지 않으려고 애쓰는데….”

“이건 우문입니다만, 선생님이 지금까지 독신으로 사신 이유가 무엇인지요. 재혼하시어 건강하게 사시다가 가족들도 부인도 만날 수도 있었을 텐데 말입니다.”

“내 아내와 마음만이라도 하나 되기 위해서고 다음은 두 자식과 아내에 대한 죄의식 때문이요. 그리고 제일 중요한 것은 다시 만날 때 떳떳함을 갖기 위해서요.”

“참으로 대단하십니다. 세상에 선생님 같은 지아비가 또 있을까요. 그놈의 분단과 전쟁 때문에 두 분 사이를 갈라놓았으니, 그러나 희망의 끈을 놓지 마세요. 꿈은 이뤄질 것입니다.”

“그래요, 살아생전 만나지 못하면 죽어서 혼백이라도 만날 것이요. 언제나 나를 위로해줘 고마운 마음이요.”

그는 나와 병상에서 대화가 마치 임종이 되듯 밤을 넘기지 못하고 운명하고 말았다. 지구촌에 마지막 분단국에 사는 설움이었다. 그의 장례는 그 어느 장례보다도 슬픈 장례였다. 살붙이는 가까이 없고 그가 월남하여 대학에서 인간적으로 함께 했던 지인들과 형제보다 진한 친구들. 그리고 사랑했던 양딸과 손녀들의 기도 속에 하관을 하고 묻혔다. 너무도 슬픈 이산가족, 오 선생의 일생은 그렇게 끝났다.

21세기에 반 백 년이 지난 후 남과 북에서 이산가족과 친척까지 매회 수 백여 명이 서울과 평양, 그리고 금강산에서 14차례나 만났다. 만날 때마다 지구촌의 눈물드라마를 연출하는 그 광경을 나는 하나도 빼놓지 않고 보았다. 사연도 가지가지 눈물 없이는 바라볼 수 없는 이산가족의 상봉 장면 중에서 나는 오 선생과 같은 처지의 상봉에 특별하게 눈길이 갔다.

이산가족 상봉 10차 때의 일이다. 오 선생처럼 북에 부인을 두고 월남한 75세의 남자였다. 그 남자는 재혼을 하여 자식도 낳고 여유롭게 살아왔다. 남쪽의 남자가 북쪽의 조강지처를 만나기 위해 신청하여 이루어진 만남이었다. 북의 조강지처는 남편을 눈앞에 보면서도 어렵게 눈길을 주고 있었다. 남쪽에서 재혼한 아내가 어정쩡한 태도의 남편에게 말했다.

"여보 그렇게 기다리던 북의 조강지처를 한번 안아주세요. 얼마나 기다렸는데…"

남자는 그제야 북의 조강지처를 마지못해 안았다. 이때 조강지처는 그렇게 그리워하던 반 백 년만에 사랑하는 남편 품에 계면쩍게 안기면서 살포시 미소 짓는 그 표정을 잊을 수가 없다. 나는 그 모습에 오 선생이 자리했다면 얼마나 떳떳하고 당당하게 껴안았을 것이라. 그리고 오 선생께서 한 2년만 더 살았다면 수많은 이산가족 상봉의 장에서 제일 떳떳하고 반백 년 기다림의 진수를 보여 주었을 터였는데 안타까운 마음이었다.

그 무덥던 한여름 매미들이 귀가 찢어지게 울었다. 그들도 함께 뒤엉키어 울었다. 그 중에서도 끝까지 아내를 기다리며 재혼도 않고 순애보처럼 살아온 사람은 한 사람도 없었다.

나는 북에 두고 온 조강지처를 반 백 년이나 끝없이 기다리다 끝내 운명한 오 선생을 떠 올렸다. 그 원한의 분단으로 그리고 통한의 전쟁으로 이산 가족이 된 수많은 동포들의 아픔을 치유하는 일은 어서 빨리 자유로운 남북의 왕래와 통일이 오는 그날일 것이다.

그런데 61년을 맞이한 분단국의 사정은 여의치 않다. 그간의 끈이 되었던 6·15 선언으로 남북이 많은 교류를 이어왔지만 북미관계의 갈등으로 원활하지 않은 남북관계다. 거기에는 북 핵 관계가 걸림돌이 되어왔다. 9·19 공동선언의 실천도 한반도 평화의 틀이다. 이마저 부진한 현상이다. 그러나 언젠가는 오선생 같은 아픔을 치유하는 그날이 올 것이다.

남북의 칠천 만이 바라는 통일조국이 오는 그날이 오면 아름답고 고귀한 오선생의 부부의 사랑이야기가 살아남은 자식들과 손 자녀들이 함께 기꺼이 나눌 것이리라. 환갑을 지낸 분단의 아픔도 6·15 선언과 9·19 선언으로 서서히 다가가는 모습이다. 이번 2·13합의에 의한 순조로운 북미간의 화해로 녹아들어 반백 년 넘게 흐르든 냉기류가 풀리고 있다.

이젠 한반도는 다시는 전쟁이 없는 평화의 기운으로 가야한다. 모든 것이 풀리면 남북의 자유로운 이산가족이 만날 수 있을 것이다. 그리고 평화가 올 것이다. 남북도 화해와 협력으로 아름다운 삼천리금수강산에서 평화의 꽃이 필 것이다.

이 땅에 다시는 오선생 같은 생이별을 하는 일은 없어야 한다. 한반도에 평화가 정착되고 남북이 자유롭게 왕래하여 서로를 인정 할 때 하나 되는 통일이 자연스럽게 이뤄질 것이리라.

고양이목에 누가 방울을 다나

명동대성당의 종소리가 은은히 들려온
다 명동성당 앞에서는 정초에 서울대학 박 군의 고문치사 사건과 이후 4·
13 호헌조치로 인하여 항의와 시위가 계속되었다. 여기에 5·18 광주항쟁
7주년 기념미사가 예정되어 있었다. 7년 전부터 그날이 오면 응어리진 마
음이 되살아나곤 했다. 그해 1987년 1월14일에는 나라의 동량이 될 청년
박군이 공권력에 의한 고문으로 귀중한 목숨을 잃고 말았다.

나는 무거운 발걸음으로 성당에 들어서니 성당 안은 벌써 많은 신자들
과 일반인들까지 미사에 참석하고 있었다. 이날의 집전은 추기경과 정의구
현사제단 주관의 추모미사이기에 처음부터 무겁기만 했다. 아직도 오월
광주의 아픔이 가시지 않았기에 지난해 미사 때와는 또 달랐다. 7년 전,
광주에서 얼마나 많은 사람들이 죽어갔는지 아직도 발포명령자의 진실이
밝혀지지 않고 또한 시신을 찾지 못한 영령과 중상을 입고 고통 받고 있는
희생자들의 안식을 빌어주는 미사이기도 했다. 추기경은 언제나 그랬듯이
낮은 톤으로 낭랑하게 강론했다. 망월동에 잠들고 아직도 구천을 떠돌고
있는 영원들을 위해 특별히 기도하자고 강조했다. 강론 중에 고귀한 생명
을 잃은 것도 억울한데 폭도로 몰아간 신군부의 오욕의 역사적 진실에 많

은 신자들이 흐느끼고 나도 울었다. 미사가 끝나갈 무렵 장내를 정리하더니 사제단 김승훈 신부의 특별발표가 이어졌다.

"사랑하는 형제자매 여러분! 지금부터 박 군의 고문치사에 대한 은폐조작 사건을 발표하겠습니다. 연초에 박종철 서울대생 고문치사 사건에 당시 경찰발표에 두 명의 경찰관외에 고문치사에 적극 가담한 3명의 경찰이 더 있다는 사실을 지금까지 은폐하여 왔습니다. 이미 고문에 가담했다는 2명의 경찰가족에게 대책회의에서 마련한 두 사람에게 각각1억 원의 통장을 건너면서 고문치사를 축소하려고 무마하려 했고, 그들은 자신 외에 3명의 고문주도자가 더 있다는 사실을 고백해 왔습니다. 우리는 박 군의 고문치사은폐조작사건의 진실을 밝혀줄 것을 정부에 강력히 요구합니다." 김 신부의 역사적 진실을 폭로한 음성은 약간 떨리고 있었다. 미사에 참여했던 모든 사람들이 경악하며 여기저기에서 분노했다. "죽일 놈들! 학생을 죽이고도 진실까지 은폐조작을 하다니, 일말의 양심도 없는 부도덕한 정권을 규탄해야 한다." 며 웅성거리고 격노하고 있었다.

신자들과 함께 참석한 일반인들은 당장 대오를 지어 항의 집회에 들어가자고 했다. 주관한 사제단 또한 그대로 헤어질 수가 없었다. 성당 오르막 계단에 서서 정부에 강력히 항의했다. "정부는 박 군 고문치사사건에 대한 진상을 철저히 밝히고 국민 앞에 사죄하고 책임자를 처벌하라."며 구호를 외친다. 항의 집회는 촛불을 밝히고 있었다. 일부 신부와 수녀들도 동참하였다. 집회는 다음날도 계속하여 이어지고 6월 항쟁으로 계속되었다.

사제단의 7주년 미사 중에 발표한 폭로 사실은 모든 언론사들이 톱뉴스로 보도하였다. 그러나 정부는 사실과 다르다는 고답적인 반응을 보였다. 다음 날도 방송과 신문은 정부의 부도덕성을 지적하며 보도를 계속하였다. 정국은 이미 몇 개월 동안 소용돌이치고 있었는데 마치 타는 불길에 기름을 붓고 있는 셈이었다. 점점 더 활활 타오르는 불길을 잡으려고 긴급 소방수를 찾고 있었다. 소위 민심수습을 위한 내각개편이었다. 총리를 비롯한 내무 등 5개 부처의 장관과 안기부장도 경질하고 있었다. 대통령과 당 대표는 사제단의 폭로에 당황하면서 위기의식을 느끼고 있었다. 그러기에 긴급 국가안보회의를 소집했다.

"아니 일을 어찌 처리했기에 그렇게 허술하게 정보가 새나가?"

"사실은 안기부와 경찰이 철저히 한다고 했는데 감옥 안에서 면회 할 때에 가족간에 그리고 수인들이 전한 사실이 흘러간 모양입니다."

"칠칠치 못한 짓들을 했군 그래. 모든 언론들이 다 들고 일어나고 있으니 앞으로 어찌해야 하는지 의견들 말해 보시오."

"아무래도 민심수습을 위한 대폭적인 개각을 단행해야 할 듯합니다. 그래서 빨리 민심을 가라 앉게 해야지요."

대통령과 안기부장 내무부장관 치안본부장과 당대표가 모인 자리에서 대통령은 화를 내면서 심한 질책을 하고 있었다. 일단 개각에 착수하면서 별도로 대통령과 당대표가 비밀리에 협의를 했다.

"노 대표께서는 어찌 생각하시오. 총리에는 아무래도 온화하고 청렴한 분을 내세워야 하는데 내 생각에는 감사원장을 지내신 이 원장이 어떨까요. 감사원장 재직 시에도 직무를 무난히 수행했다는 평가도 있고 저명한 학자이기도 하시니…."

"저도 이 원장님이 맡아주신다면 적격자일 것 같습니다. 그렇게 하시지요. 문제는 대단히 시급합니다."

"노 대표께서도 동의하시니 그렇게 합시다. 사실 앞으로 정국은 노 대표께서 후보자가 되고 이끌어 가야하기에 의견을 물었습니다. 그럼 내일 이 원장에게 부탁하겠습니다."

다음날이 사제단이 고문은폐사실을 폭로한지 1주일 되는 날이었다. 일주일동안 전국에서 항의시위와 데모는 더욱 계속 번져가고 있었다. 시위자들의 강력한 항의시위에 위기의식을 느낀 정부였다. 그간 언론을 통제하고 안기부의 조정에 큰 사건들도 막아왔는데 이번만은 자체적으로 해결 할 수 없는 지경이었다. 대통령은 특유한 스타일로 아침 일찍 이 원장 댁으로 전화를 걸었다.

"아! 이 원장님이시죠. 저 전두환 입니다. 그동안 안녕하시지요. 다름이 아니고 이번에 국무총리를 맡아 주셔야겠습니다."

"네, 총리요? 저는 정치도 모르고 능력도 없을 뿐만 아니라 건강이 별로 좋지 않은 사람입니다. 다른 유능한 사람을 골라보시지요."

"무슨 겸손의 말씀을 그리하십니까? 그동안 나라가 어려운 때 도와주셨지요. 다른 말씀 마시고 꼭 맡아 주셔야 합니다. 부탁합니다."

"아! 아닙니다. 지병도 있어서 어렵습니다."

이 원장은 총리직을 맡기가 재차 불가하다는 얘기를 하고 있을 때 이미 대통령은 부탁한다며 전화를 끊고 있었다. 그러기에 이 원장의 다음 말은 전달되지 못했다. 전화를 끊고 난 뒤 원장은 갑자기 뒤통수를 얻어맞은 기분이었다. 가족과 얘기를 나눈 후 나에게 전화를 주었다. 평소에도 일이 있으면 전화를 주시곤 했었다.

"윤군! 방금 대통령의 전화를 받았는데 나보고 이번에 총리를 맡으라고 해 정치도 모르고 지병으로 불가하다고 했는데도 도와 달라고 하면서 전화를 끊어버렸는데 큰일이네."

"정말 큰일이군요. 몸도 편치 않으시고 정국도 불안하고 어려운 일인데 걱정이군요. 대통령은 원래 그랬지요. 7년 전, 대통령이 감사원장을 맡으라고 할 때에도 거절했었는데 결국 지상 발령을 내어 할 수없이 하셨지요."

"대통령 전화에 이어 방금 전에는 노태우 대표가 내가 총리를 맡아주셔서 감사하다는 전화를 하기에 분명하게 거절했다고 했지만 그도 역시" 좀 수고해 주시라고 하는 전화였네. 좌우지간 걱정이 되니 집으로 좀 와 주게

나.”

“곧 가겠습니다.”

내가 이 원장의 전화를 받고 댁으로 가까이 갔을 때에 방송은 ‘국무총리
에 이한기. 내무에 고건. 안기부장에 안무혁. 등으로 민심수습을 위한 대폭
개각 명단이 보도되고 있었다. 나는 대통령은 정말 못 말리는 사람이라었
다. 승낙을 받지도 않고 일방적으로 지상발령을 내버렸으니 취임을 거부
할 수도 없었다. 허긴 장관이건 총리이건 뽑아주지 않아서 안달하는 사람
들이 수두룩하지만 이 원장은 그 점에서는 몇 번의 사례에서도 알려진 일
이다. 1961년 국가재건최고회의 의장 고문을 잠간 맡을 때에도 일방적으로
위촉되었다. 나라가 어려울 때 국제적인 문제에 자문을 받겠다며 일방적이
었다. 3년의 군정기간을 끝내고 당시 이 고문에게 외무장관의 제의를 받았
지만 학자는 학교로 돌아가야 한다는 원칙으로 대학으로 복귀하였다. 한마
디로 권력에 욕심이 없는 순수한 법학자였다.

나는 중학 1학년 때 원장을 우연히도 뵈면서 존경하는 어른으로 30여년
의 인연을 유지하여 왔었다. 대학에 15년 근무하면서도 지근에서 조교처럼
보좌했었다. 지금까지 총리께서는 윤 비서관이라 부르지 않고 꼭 제자처럼
윤군이라고 부르곤 하시었다. 그 어떤 조언도 좋다고 하시면서 나에게 직
언을 요구하셨고 나는 사심 없이 의견을 개진하여 충언을 드렸다. 공사를
불문하고 그 오랜 동안 사심 없이 보고와 의견을 올리면 당신이 취사하였
다. 오랜 세월을 그렇게 유지하여 왔었다.

총리 댁에 도착하니 신문방송 기자들로 북새통을 이루고 있었다. 각 사
가 특이한 보도를 하기 위해서 보도경쟁 전쟁을 하고 있었다. 오후 3시에
청와대에서 임명장을 받고 5시에 총리실에서 이 취임식을 하고 7시에 취임
기자회견을 방송으로 하게 되었다. 반 보좌관이 자리를 비운 사이 그 일들
을 내가 수행했다. 다음날 반 보좌관을 다시 불러 근무케 하면서 6월 항쟁

기간 내내 함께 총리를 보좌했었다.

한치 앞을 내다볼 수 없는 대한민국 호는 풍랑의 바다에서 마구 흔들리는 형극이었다. 5월 26일 총리는 취임연설에 "신뢰받는 정부를 만들겠다."를 발표하고 박 군의 고문치사은폐조작을 낱낱이 파헤쳐 신뢰회복을 위해 최선을 다하겠다는 의지의 국정지표를 발표하였다. 그러나 국민들은 믿으려 하지 않았다. 4·13 호헌조치에 반발한 국민들은 5월 27일 전국헌법쟁취국민운동본부를 구성하여 본격적으로 6월 항쟁에 들어갔다.

6월 9일에는 연세대생 이한열군이 연대 정문 앞에서 시위를 하다 경찰이 쏜 최루탄 파편을 머리에 맞고 중태에 빠져 중환자실에서 치료를 받고 있었다. 계획된 6월10일 항쟁 선포 때에는 성공회가 본부였지만 경찰의 이중삼중으로 제지하여 이미 들어간 요원들은 연금 당하고 있었지만 전국에서 6·10 항쟁이 출범하고 있었다. 오전에는 잠실 종합운동장 체육관에서 노태우 대표를 후보로 선출하고 저녁 6시에는 힐튼호텔에서 후보 축하연을 열고 있었는데 항쟁본부에서 하달된 6시에는 전국 다발적으로 항의 집회를 갖기로 하고 교회에서는 종소리를, 도심거리에서는 자동차 경적을 울려 항의의 뜻을 실행토록하고 있었다. 한쪽에서는 현행법으로 대통령선거를 하겠다는 후보를 다른 편에서는 민주헌법쟁취항쟁투쟁을 선언했다. 헌법쟁취 국민운동 본부는 민주선거로 국민이 잃어버린 15년의 주권을 되찾자는 국민운동으로 이미 불꽃이 피고 있었다.

근 현대사에 중요한 역사의 한 획을 긋는 6·10 항쟁이 시작되는 배경에는 유신이후 주권을 잃은 국민들의 주권 찾기 운동이었다. 가까이는 지난해 10월 건국대학에서 있었던 전국애국학생연대와 79년 부마항쟁과 7년 전의 5·18민주항쟁으로부터 이어져온 5공의 집권말기에 접어들었다. 정초에 일어난 서울대생 박 군의 고문치사 사건은 대학과 사회에 파장이 크게 일었다. 장래가 촉망되는 22살의 대학생이 경찰의 고문에 의해 목숨을 잃었다는 "책상을 탁치니 억하고 쓰러졌다."는 경찰의 발표는 지나가는 소도 웃을 일이었다.

어떻게 책상을 탁 쳤는데 사람이 죽었단 말인가? 이로 인해 서울대학을 비롯한 전국대학에서 시위와 데모가 일어나고 종철이를 살려내라고 아우성이었다. 박 군의 아버지는 화장한 아들의 유해를 임진강지류에 뿌리면서 "종철아! 잘 가그래이… 이 아부지는 아무 할 말이 없대이…." 하며 아들의 혼을 가슴에 묻고 육신의 재는 강물에 떠나보냈다.

여기에 정부는 맛 불을 놓았다. 전국으로 번져가는 집회와 개헌요구에 대통령은 "4·13호헌조치"를 발표하여 타오르는 불길에 기름을 붓고 있었다. 박 군의 사인을 단순한 조사를 받다 사망한 것으로 은폐하려다 양심적인 의사의 결단으로 물고문에 의한 치사로 판명되었다. 이로 인해 정부의 신뢰가 땅에 떨어졌는데도 호헌조치로 맞서고 있어 국민들이 의아해 했다. 여기에는 숨은 5공 정권의 카드가 있었다. 지난 12·12로 신군부의 20년 집권시나리오는 대통령제도의 폐해를 이유로 내각제를 상정하고 있었다. 국민들은 유신으로 빼앗긴 주권을 찾겠다는 직선제 개헌을 주장하였다. 그런데 신군부 세력은 역설적으로 정국을 정면으로 돌파하기 위한 특단의 4.13조치로 호헌을 선언했다. 지난 집권세력들이 흔히 써먹었던 대정부 반발 국민들의 동의를 얻어 친위 쿠데타 방식의 정변을 꾀한다는 고도의 작전의 일환으로 볼 수 있었다.

그런데 그동안 수차례 속아온 국민들이 그들에게 다시 속을지는 의문이다. 유신에서부터 직접선거 투표권마저 박탈당하여 쌓이고 쌓인 앙금이 폭발하고 있었다. 조직적인 움직임에 86년 건국대학 사건을 기와로 싹을 자르는 작업을 하다 박 군이 붙잡혔다. 박 군은 주모자도 아니고 동조자였지만 주모자의 행방을 대라면서 고문을 하다 결국 고문치사를 했었다.

명동성당의 계단식 언덕에서는 민주화의 성지로 집회가 자주 열리고 있다. 3·1구국모임이나 박 군 고문치사의 항의집회에 나는 명동에 근무하고 있어 쉽게 참여 할 수 있었다. 익숙한 공권력으로 쩍하면 밀어붙인 그들이었지만 그러나 집회와 시위는 계속 이어졌다. 정권은 야권에까지 내각제 개헌의 의향을 타진하고 선을 대고 있었다. 야당의 이 총재는 미국까지 건너가 한국에서는 대통령제보다는 내각제가 바람직하다며 연설을 하고 기자회견도 했다. 중도를 주장한 이 총재도 내각제가 알맞다는 선언을 두 차례하고 사례를 받았다. 유 의원 등 국회의원 16명은 돈으로 매수되어 야당을 탈당했다. 양김은 오직 직선제를 주장하고 당론을 어긴 이 총제와 결별하기도 했다. 이는 5공 정권의 항구적인 정권유지 시나리오에 의한 계획이었다. 그러나 박 군의 고문치사로 상황은 반전되었다.

박 군의 죽음과 4·13호헌조치와 5·18 박 군 고문치사은폐조작사건으로 분노가 폭발한 것이다. 여당은 예정대로 6월10일 오전 노 후보로 선출하고 저녁 6시에는 축하연을 열었다. 항쟁 시작 첫날 전국에서는 박 군의 죽음에 항의하고 호헌이 아닌 헌법 개정을 요구하며 정권의 부도덕성에 총 궐기하는 항의에 국민의 공감대가 퍼져가고 있었다.

10일부터 명동성동에서 밤낮으로 농성과 집회는 소위 넥타이 부대라 칭하는 시위대로 항쟁의 불길을 이어가고 있었다. 6월 11일 밤10시에는 총리 공관으로 대통령이 전화로 총리에게 직접 명령하고 있었다. "대한민국 한복판 명동성당에서 해방구를 설정했다는데 이를 빨리 해결하시오."라며 마치 군사작전의 명령처럼 내리고 있었다. 전화기를 내려놓은 총리는 "윤 군 큰일 났네. 명동성당 농성을 당장 해결하라는 명령인데…" 총리는 긴 한숨을 내쉬며 걱정이었다. 결국 공권력을 투입하라는 의미의 명령이었다. 이미 안기부와 경찰은 고심한 뒤 공권력 투입을 위한 순서로 총리에게 최후통첩을 내린 것이다. 나는 명동에서 일어나고 있는 진실을 가감 없이 진솔하게 보고하였다.

"제가 살펴본 명동성당의 상황은 절대로 대통령이 명령한 공권력 투입으로 안 됩니다."

"그럼 무슨 좋은 해결책이나 방법이 있나?"

"만약 경찰이 투입된다면 성당에 농성중인 1천여 명을 해산하는데 많은 불상사를 유발하게 되며, 더구나 추기경님과 평화방송 함 신부님, 수녀와 신자들이 저항할 것이 뻔하고 충돌하면 이로 인해 전국의 성당에서 그리고 로마 교황청에서 한국의 명동성당 사태에 대하여 모두 기도하자고 한다면 이는 국제적 여론으로 해결보다는 나라의 망신입니다."

"그래! 자네의 얘기를 들으니 그렇군. 그럼 어떻게 해야 하지."

"일단 안기부장과 고건 내무장관과도 통화해서 대책을 강구 하시지요."

나는 이미 명동성당의 분위기를 파악했기에 사실대로 총리에게 보고하였다. 그리고 안기부장과 내무장관도 통화를 하면서 총리는 공권력 투입보다 대화로 풀자는 제의를 하였다. 그들도 대부분 동의했다. 다음날 아침 조찬을 겸한 회합을 총리공관에서 가졌었다. 안기부와 경찰의 견해는 '명동성당에 전국의 좌익용공 반정부 투쟁가들이 다 모였다'는 정보 보고였다. 소위 해방구 설정이라는 구실로 그들을 이번 기회에 일망타진을 한다는 것이었다. 그러나 명동성당은 일종의 성역이었고 가톨릭과 적대관계가 된다는 것은 사태 해결에 어려움이 있다는 의견을 제시했다. 청와대에서 긴급 안보장관회의가 열린다는 연락이 왔다. 회의에서 대통령은 "참으로 한심하다. 대한민국 한복판 서울 명동에 해방구를 설정한 그들이 활개치고 있다. 나는 한숨도 못자고 화가 났다. 어떤 해결할 방법이 있나 말해보시오. 혹 총리께서 무슨 방도가 있나요?" 사실은 그동안의 전통은 회의 때마다 일방적인 명령이었는데 어인 일인지 총리에게 의견을 개진해 보라고 한다. 총리는 말했다.

"예, 제 의견은 명동성당은 특수한 성역이나 마찬가지이고 천주교와 적대관계는 좋지 않은 결과를 가져옵니다. 어떻게든지 대화로 풀면 합니다."

"다른 장관들은 의견이 없소. 그럼 총리 말씀대로 대화로 풀어보고 안되면 그때는 방법이 없습니다. 그러나 15일까지 풀지 못하면 공권력 투입밖에 없습니다. 아시겠지요."

분위기가 무거운 안보장관 회의였다. 총리는 조찬에 안기부장과 내무장관과도 사전 조율을 했기에 망정이지 만약 의견이 갈렸다면 아마도 공권력이 투입될지도 모를 일이었다. 그 이유는 이미 4·13 호헌 조치로 군대에 비상을 걸었고 군이 출동을 이미 했다는 얘기도 떠돌았었다. 총리와 각료들은 백방으로 천주교 인사들과 대화를 나눌 정부 고위직을 찾고 있었다. 명당성당의 농성장에서는 밤을 새워 유신이후 안보정권의 부도덕을 성토하며 이번 항쟁에서 민주쟁취를 위한 헌법 개정과 이번 기회에 정권 퇴진운동을 펴자는 강경파의 의견들이 주류를 이루고 있었다. 명동성당 시위는 점심시간을 이용한 직장인 넥타이부대가 결집을 하고 퇴근 시간 후에도 그들은 농성에 합류해 시국 토론과 투쟁 방향을 민주토론을 전개하여 결집했다. 농성 자들과 시위대에게 주변 상가의 주민들이 성금과 음식을 전달하며 격려를 하며 연대감을 표시했는데 마치 5·18 항쟁 때에 광주시민의 성숙된 모습과 같은 민심을 엿볼 수 있었다.

정부 관계자와 명동성동 신부와 농성책임자와의 협의를 계속 했으나 농성은 쉽게 풀리지 않았다. 대통령과의 4일 동안 대화의 시간은 다 가는데 수차례 투표까지 했으나 결론을 내지 못했다. 어쩌면 공권력과도 일전을 불사한다는 강경기류였다. 마지막 날 새벽에 최종으로 실시한 투표에서 농성을 풀기로 한 표가 약간 많았다. 농성을 풀기로 결정되었다는 총리공관에서 보고 받고 총리와 나는 얼마나 기뻐했는지 모른다. 내가 건의하고 총리께서 대통령에 제의한 대화로 풀자는 문제가 해결되지 않았다면 아마도 공권력을 투입되어 정국은 어디로 흘러갔을지 모른 일이었다. 그렇다면 앞으로 정국은 어느 방향으로 흐를까. 명동성당 농성사태가 대화로 풀어졌다는 미국의 주요 신문들이 사설로 "한국에서 하나의 철길을 양쪽에서 달리던 열차가 정면충돌 일보직전에 멈추었다. 한국에도 대화의 능력이 있다."는 기사를 읽었다. 총리의 첫 번째 노력의 결과였다. 이같은 결과를 얻기 위해 보좌하고 건의한 반보좌관과 나의 입장에서는 얼마나 다행인 순간이었는지 모른다.

명동성당의 농성을 풀었으나 6월 항쟁은 불꽃처럼 전국으로 번져나갔다. 대도시 물론 심지어는 소도시까지 번져가는 헌법쟁취 국민투쟁은 이제 극에 달하였다. 최루탄을 무한정 발사하고 있었으나 시위대는 물러서지 않았다. 여기에 정부는 수시로 안보장관회의를 계속하면서 국면타개책을 논의했으나 뾰족한 묘안이 나오질 않았다. 총리는 실 국장 간부회의에서 이래서는 안 된다며 총리가 〈발상의 전환〉을 하지 않고는 정국을 풀 수 없다고 말했다. 총리의 솔직한 심정은 청와대의 눈총을 받았다. 공권력 투입을 반대해 대통령의 명령을 거부한 입장인 총리였다.

총리가 청와대 안보회의에 다녀온 후 근심스런 표정이었다. 그리고 나에게 "윤군 큰일이네. 군이 출동을 했다고 하네. 아마 계엄령을 선포하겠다는 뜻이지." 나는 "군이 출동했다고요? 5·18항쟁 슬픔과 후유증이 아직 가시지 않았는데 말도 안 됩니다." 나는 그 길로 여의도 광장에 나가보았다. 거기에는 완전무장한 1개 사단이 이미 와있었다. 그들에게 물었더니 국군의 날 행사준비로 나왔다고 했으나 국군의 날은 10월1일로 아직도 4개월이나 남아있었다. 내가 있던 투금협회와 자매결연 맺은 수도기계화 참모와도 통화를 했다. 자신들은 4·13호헌 조치가 있는 날로부터 비상대기로 명령이 떨어지면 서울을 60분내에 출동한다고 했다. 나는 총리에게 여의도에 군이 출동해 있고 다른 부대는 대기상태라고 보고했더니 총리는 놀라면서 이번에는 국방장관에게 군이 출동을 했다는데 사실이냐고 물었더니 제대로 계통을 밟아 계엄령을 선포하려면 18시간이 소요되는데 출동 시켜 놓고 선포를 하면 5시간이면 된다고 하는 대답을 하더란다. 무서운 발상의 정권이었다. 유추해 보면 지난 4·13호헌 조치가 그냥 발동한 게 아니고 깊은 속내가 끼어있는 바로 친위쿠데타가 아닌가? 20년 집권 시나리오의 일환의 마각이 서서히 드러나고 있었다. 나는 어쩌면 이 나라에 아주 큰일이 필시 벌어질 수도 있다는 생각이 머리를 스쳤다.

"총리님! 만약 계엄령선포 의결기운이 나면 그때는 바로 입원을 하셔야 합니다. 실제 몸도 아프시고요."

"그러면 총칼 들고 병실까지 찾아와 계엄선포 안에 사인하라고 하면 어찌하나."

"그래도 끝까지 거부하셔야죠. 만약 서명하시면 제2의 이완용이 되시는 것입니다."

"내가 그렇게 될 수 없지. 하여튼 정국이 무슨 돌파구가 있어야지 이대로는 안 되겠군."

군출동 문제로 노심초사한 총리는 잠을 이루지 못했다. 최루탄 추방의 날로 정한 6월18일에는 경찰이 시위대에 밀려 충무로 파출소가 불타고 있었다. 총리는 각계각층의 지인들과 언론사의 장들과도 자문을 구했다. 그러나 발상의 전환에 따른 획기적 제안은 없었다. 더구나 군이 나온다면 이는 보통의 문제가 아니었다.

날마다 시위대는 전국적으로 퍼져갔다. 하루는 이총리가 비밀리에 민정시찰을 가자고 했다. 경호차도 따르지 않는 총리와 나와 시내를 돌아보았다. 4,19와 같은 27년 전을 연상하는 서울 거리였다. 이제 혁명이냐 아니면 국민에 뜻에 따르느냐 두 갈래의 길을 상정케 했다. 총리와 단둘이 초저녁에 시내를 돌아보는데 저 뒤에는 만약을 몰라 하는 경호차가 따르고 있었다. 총리는 긴 한숨을 쉬면서 큰일이라는 직감을 토로했다. 나는 이때다 생각하여 강력하게 건의를 드렸다.

"지금 6월 항쟁에 몰입하고 있는 제야와 시민들이 절대로 물러나지 않겠다는 강한 의지의 투쟁입니다. 결국 국민이 원하는 대로 가야만이 해결이 됩니다. 내각제 개헌은 절대 아니고 15년 동안 장충체육관 선거에 주권을 빼앗겼는데 이제는 다시 주권 찾자는 직선제 개헌입니다. 그리고 민주화죠."

"그래 바로 그거야. 그런데 장관들이나 그 누구도 그런 얘기를 하지 않아 답답해, 문제는 정권을 내놓을 수도 있다고 감히 누가 대통령 앞에서 말을 하겠나."

"총리님! 외람되지만 이번에 다시 한번 대통령에게 특별 건의를 하시지요. 군 출동은 절대 안 된다. 광주의 아픔도 가시지 않고 특히 많은 돈을 들여 88올림픽 유치하여 개최하기로 되었는데 그것도 못합니다. 한국에서 반납하면 일본이 하겠다고 하지 않습니까? 그렇게 되면 경제적으로 나라가 어렵지요. 그래서 군 출동은 안 됩니다."

총리는 깊은 생각에 잠겼다. 대통령과 또 한 번 담판을 지라는 나의 의견에 동의하시면서도 자꾸 명동성당 명령을 거부한 일을 상기할 때 대통령과 각을 지지 않는 의견을 피력하시며 '직접 건의보다 노태우 대표를 시켜 건의하면 더 효과가 있지 않을까'하시는 말씀이었다. 직접 건의가 좋지만 간접적으로 노 대표로 하신다고 했다.

그 어려운 때에 평소 알고 지내는 현대사회연구소 전실장이 특급 비밀문건을 갖고 나를 보자고 했다. 총리실 별실에서 전 실장을 만났더니 노란 봉투에 특급비밀이라는 빨간 글씨가 찍힌 대봉투를 건네주었다. 총리에 보여드리고 바로 삭제하라는 것이었다. 나는 이 봉투에 국가의 운명이 달려있다는 심정으로 받아들고 개봉하여 총리께 읽어드렸다. 내용은 6 · 29 선언과 같은 내용에다 몇 가지가 추가되어 있었다. 그 몇 가지가 중요한 내용이었다. 총리는 그동안 날마다 유력한 사람을 만나서 시국 수습방안을 들었던 내용이 들어 있었다. 어쩌면 우리 생각을 그들이 요약했을까? 총리와 나는 전 실장이 말 한대로 내용을 읽어보고 삭제기에 넣어버렸다. 나는 얼마 후에 후회했다. 그때의 그 중요한 시국대처방안을 복사해서 갖고 있었다면 중요한 역사적 자료가 될 터인데 그만 공무비밀업무에 충실하다 보니 없애버리고 지금은 그 특급비밀이라 찍힌 대 봉투만을 간직하고 있다. 그 내용은 총리와 함께 논의한 국민에 뜻을 따르는 것으로 어쩌면 항복선언이나 마찬가지인 직선헌법개정이었다. 그러니까 6·29선언이 8개항에 추가로 된 극비 2항이 적혀있었다.

첫째는 '지금 이대로는 안 된다. 계속 밀리고 밀려 결국은 군이 나와도 안 된다. 혁명으로 갈 수도 있다. 만약 그렇게 가면 5·16부터 군부정권에 연류 된 모두가 죽는다. 그러나 선거를 해서 지더라도 야당으로 존재할 수도 있다. 그러니 이 방법 밖에' 둘째는 '양김을 모두 풀어 경쟁을 시켜 서로 양보하지 않는다면 어쩌면 노 후보가 이길 수도 있으나 장담 못 한다. 그러나 끝까지 단일화가 안 되면 승리한다' 이러한 고도의 전술적 전략과 작전이 적혀있었다. 총리는 당신의 묘안을 실행하기 위해 노 대표를 안가로 불렀다. 시국에 의견을 나누고 노 대표에게 솔직하게 말했다.

"노 대표께서 지금까지 말씀드린 군이 출동하면 안 된다는 사실을 진언하여 주시오. 친구이고 지금까지 같이 혁명을 해왔고 앞으로 후보로써 가려면 이 방법밖에 없다고 생각합니다. 그렇지 않으면 혁명이 일어나든지 나라가 망할지도 모르는데 나라가 망해서는 안 되지 않겠소. 부탁이요."

"저도 총리님 의견에 동감입니다. 그런데 과연 대통령께서 수렴을 해주실까 걱정이 듭니다. 헌데 지금 말씀하신 의견을 총리께서 말씀하신 일이라고 해도 되겠지요?"

"좋소. 제 의견이라고 말해 주시오. 사실은 제가 직접 말씀드려야 하는데 지난 명동 농성사건에 대통령 명령을 어긴 일도 있고 해서 그렇습니다."

"네, 그럼 오늘 중으로 청와대에 다녀오겠습니다. 들어주시면 좋을 텐데….."

총리는 노 대표를 만나고 와서 말했다. "노 대표는 꺼리는 표정이더군. 허긴 자신은 4·13 호헌조치로 대통령에 당선된 것이나 마찬가지라 생각할지도 모르지. 하지만 정국은 그게 아닌데, 은근히 걱정이구만. 그러나 잘 되겠지." 하시며 반신반의했다. 그런데 저녁 10시쯤에 노 대표에게서 전화가 왔다.

"총리님! 저 노태우입니다. 총리님께서 몹시 고심하시던 군 출동문제는 대통령이 윤허하셔서 취소하기로 했습니다. 이제 편히 주무십시오."

"아! 그래요 잘 되었군요. 감사합니다."

전화기를 내려놓던 총리는 이제야 잠을 편하게 잘 수 있게 되었다며 기분이 좋으셨다. 나도 군 출동이 취소되었다는 사실에 참 다행이라고 생각했다. 군 출동문제는 국운을 좌우할 대단히 중요한 문제이고 국가와 민족의 운명이 걸린 역사적인 문제였다. 설령 그들이 반짝 계엄을 해서 한 달 안에 해제한다고 해도 순조롭게 된다는 보장이 없다. 아마 그리 계획한 것은 양은냄비 근성의 국민성을 이용하려는 처사였지만 국민을 모독한 것이다. 그래서 차원 높게 요리조리 따져보고 살길을 찾는 방법은 현대사회연구소에서 분석한 안과 총리의 건의내용이었을 터이다. 부도덕한 정부에 협력한 총리와 나의 입장도 중요하다는 생각이었다. 그러나 만약 받아주지 않았다면 역사는 거꾸로 갈 수도 있었던 게 사실이다.

전국계엄령 발동설에도 전국에서 항의시위와 데모는 더욱 열기였고 참가인원도 늘어났다. 최루탄 추방의 날에 오히려 최루탄을 더 많이 발사한 꼴이었으니 이를 어찌하랴. 18일 증권시장은 사상 최대폭락을 했다. 자본의 이동이 문제가 아니라 한치 앞을 내다볼 수 없는 정국이 소용돌이치고 있는 역사의 물결이 출렁이고 있는 사실이다. 결국 19일 대통령 담화가 아닌 총리의 대국민담화를 발표한다고 예고했다. 과연 어떤 발표를 할 것인가? 다행이 총리 발표로 수위를 낮추었기에 안심하는 눈치였다. 6월 항쟁이후 어수선한 정국과 과격한 시위와 데모에 자제를 부탁한 대국민 설득 담화였다. 말미에 '이와 같은 정부의 호소에도 계속 과격한 시위를 하거나 반정부 투쟁을 계속한다면 엄중히 다스리겠다.'는 경고성 문구가 화근이었다. 퇴근해서 총리공관에 있을 때 빗발치는 담화에 대한 협박을 해오고 있었다. "인격자인 총리가 왜 부도덕한 정권하에서 시녀노릇을 하는가? 국민의 정당한 시위와 데모를 혹독하게 다스리겠다는 총리의 담화는 엄포다. 빨리 사퇴하라."는 등 전화와 빗발쳤다.

나는 끝에 문장을 빼야 한다고 주장했는데 청와대의 지시라고 했다. 바로 군사문화의 전형이었다. 엄포와 협박으로 선량한 국민을 우롱해왔던 지난 30여 년의 군부정권에서의 한계였다. 총리는 계속에서 심화되고 있는 정국에 대하여 걱정을 하면서도 지병인 당뇨를 관리하기 위해 하루에 1시간이라도 나와 테니스를 했다. 외부에 눈치가 보였지만 총리는 "건강이 있어야 국정을 수행한다."고 하면서 눈치 보지 말고 날마다 테니스장에 나가자고 했다. 이때는 경호요원도 제외하고 나와 단둘이 갔었지만 경호차는 자신들의 임무라며 꼭꼭 뒤쫓아오고 있었다. 총리는 당초에 지병이 있다는 이유로 총리에 응하지 않았다. 지상발령에 어쩔 수 없이 취임했으나 수면부족으로 인해 피로감은 당뇨의 혈당치를 높이고 있었다. 이틀에 한번 꼴로 통합병원 의료진의 검사 받고 심하면 인슐린 주사를 투여하기도 했다.

총리에 취임하기 전에는 철저한 운동과 식이요법으로 당뇨와 혈압을 조절하고 있었다. 매일 아침마다 근거리 산과 나와도 테니스로 일과를 시작한 총리는 그런 대로 건강을 유지했으나 지금은 악화된 상태다. 건강 상태가 나쁠 때마다 사표를 내겠다고 몇 번이나 시도하신 것을 나는 만류하였다.

"총리에 지상발령으로 임명되어 들어오셨지만 나가는 것은 쉽지 않습니다."

"내 몸이 이지경인데 어찌 업무를 수행한단 말인가?"

"허지만 지금 사표를 내신다고 수리되기도 어렵습니다. 소문이 뭐라고 나겠습니까?"

"그까짓 소문이 문제인가. 내 건강이 문제인가."

"그렇지 않아도 별 소문이 나는데 정부나 총리님께도 별로 도움이 안 됩니다. 현재 진행형 역사의 한 장면인데 나라가 망하느냐 흥하느냐 합니다. 총리님의 역할이 후사에 기록될 것입니다."

"물론 기록이 되겠지." "앞으로 자연스럽게 사표를 내실 기회가 올 것입니다. 그때 내시지요."

나는 총리를 설득하느라 애를 먹었다. 정승도 싫으면 안 한다는 속담도 있듯이 지금 대통령 승계서열 1순위인 총리다. 그러기에 총리의 일거일동은 감시를 받고 기록하고 보고되고 기사화되면 국민들이 모두 안다. 그러면 바로 역사에 한 장면으로 남고 기록된다. 1인지하의 만인지상이라는 총리가 이렇게 위기의 정국에서 참으로 어려운 순간이기도 했었다.

6월 항쟁은 계속되고 있었다. 6·24 평화대행진은 전국적으로 소도시까지 시위와 항의데모가 일어났다. 수백 만 명의 국민들의 함성은 그동안의 쿠데타와 유신과 군사문화에 억눌린 민중의 함성이었다. 총리는 노 대표와 안가에서 3시간을 만나 6·29선언의 내용을 대통령에게 건의하기로 했다. 5공 정권이 국민에 대한 항복과 노태우 후보의 기득권을 포기하라는 것이었다. 6·29선언이 있던 날 총리는 시국타개를 위한 국무위원 간담회를 조찬을 하면서 가졌다. 8시30분이었다. 식사가 어느 정도 끝나고 있을 때 라디오에서 흘러나오는 노태우 '6·29선언 발표'가 있었다. 나는 라디오를 조찬테이블에 올려놓고 볼륨을 올렸다. 국무위원 중에는 사실을 믿으려

하지 않고 청와대에 전화를 하고 야단들이었다. 특히 통일부 장관이던 허문도의 행보는 남달랐다. 그는 5공의 핵심이었다. 그리고 조영규 정무장관도 분주했다. 대부분 국무위원들이 올 것이 왔다는 표정이었으나 주류는 그게 아니었다. 라디오를 다 듣고서 총리는 목청을 가다듬었다.

"여러분 오늘 발표된 선언은 우리가 가야할 길입니다. 이제 남은 국사에 대하여 열심히 마무리 해주시고 본연의 임무에 충실합시다. 사실 나는 명동 농성 대화로 풀고 군 출동 반대하고 계엄령 발령될까 노심초사했습니다. 이만하게 가는 게 국운이라고 생각합니다. 그동안 발상의 전환을 강조했지만 대통령부터 그 누구하나 고양이목에 방울을 단 사람이 없었습니다. 이제 중립적 선거내각을 꾸려 모범적인 선거를 치르는 게 중요합니다. 국무위원들께서 각 부처로 돌아가 자리를 잘 지켜주세요." 총리는 마치 퇴임사처럼 말하고 있었다.

6·29선언이 있던 날, 항의시위가 극에 달하던 전국은 시위를 멈추고 소공동 가화다방은 "오늘같이 기쁜 날 차는 공짜" 란 표 말을 붙이고 있었다. 그날 오후 5시 노태우 대표는 선언을 하고 난 뒤 현충사로 내려간 후 오후에야 서울에 올라와서 총리에게 전화를 했었다. 삼청동 총리공관 정원에서 주한외교단과 가든 티파티를 가졌다. 총리에 취임하고 처음으로 갖는 모임이었다. 외교관들은 이 총리가 국제법 학자라는 사실에 질문이 많이 쏟아졌다. 대부분 현 사태를 어떻게 이끌고 가겠느냐는 전망과 예견이었다. 당시에는 핸드폰도 없었고 수신하는 의전용 기구밖에 없어 간담회가 끝나는 5시 30분에 다시 전화를 하라고 했었다. 그리고는 어느 정도 정리하고 공관집무실로 모시고 왔다. 노 대표는 5시 30분에 전화를 걸어왔다.

"총리께서 저에게 용기를 주시어 결단을 했습니다. 많이 도와주십시오. 분발하겠습니다. 감사합니다."

"아 참 잘했습니다. 국민이 원하는 방향으로 간다고 선언했으니 앞으로

가 중요합니다. 수고하셨습니다.”

그렇게 6월을 넘기고 정국은 6·29선언의 실천을 위한 마무리 일정에 들어갔다. 전두환 대통령의 노 대표 6·29선언을 받아들인다는 담화발표와 각 정당들과 직선제 헌법 개정을 위한 장치와 8개항에 대한 조치들을 거침없이 진행하고 있었다. 그 어떤 것 보다 직선제 개헌에 대한 준비에는 바쁜 일정을 보내고 있었다. 7월 5일 이한열군이 6월 9일 최루탄을 맞아 사경을 헤맨 지 25일 만에 숨을 거두었다. 아까운 나라의 동량이 공권력에 의해 죽어갔다. 정초 1월14일 박 군이 고문치사로 사망하고 이 군마저 운명하니 허탈한 국민들이다. 시대의 불꽃이 된 박 군과 이군의 죽음으로 미진하지만 민주화의 방향으로 가고 있었다. 7월9일 이한열군의 장례식 날이었다. 수십만이 발인제와 거리제를 지내고 시청 앞을 노제를 치르기 위해서 시청 앞으로 향한 긴 행렬에는 20세기 한국정치의 한가운데서 야권을 이끌었던 시대의 상징인 김대중 김영삼 양김도 무더운 날씨였지만 웃옷을 벗어들고 장중한 장례 행렬을 침묵으로 뒤따르고 있었다.

시청 앞에는 1971년 장충단 공원과 보라매공원 그리고 여의도 광장에서 보았던 수백만의 군중을 다시 보게 되었다. 추모인파가 무려 100만 명이 넘게 보였다. 시청 건물의 태극기를 추모 반기로 내려 게양하라고 시위대는 요구했으나 시청 당국은 국무회의 의결이 없으면 안 된다고 버티었으나 결국 시위대에 의해 강제로 조기로 게양하고 주변의 거물들도 조기로 달았다. 어느 정도 추모제가 끝나고 장례행렬이 광주로 향하고 있을 때 조선일보 앞 광장의 추모인파가 갑자기 중앙청 청와대를 외치며 물결처럼 움직였다. 그날 행사 측과의 약속은 “최루탄에 의해 죽어간 장례에 최루탄은 쏘지 않겠다.”는 묵계가 있었으나 무너지고 있었다. 이 순신 동상 앞에 배수진을 경찰이 버티고 있었고 청와대 가는 양 길 중앙청 주변에는 수경사 전차들이 만일을 몰라 완전무장하고 있었다. 이런 반격의 모습을 보면서 잘못하면 시청 앞 군중들이 청와대로 몰려오면 4·19에 경무대 앞에서 경찰이 쏜 총탄에 죽어갔던 혁명동지를 생각했다. 다행히 이 순신 동상 앞에서 페퍼퍼그를 발사해 항의 시위대는 후퇴하고 다시 중앙청 진입을 시도하다 저항을 받고는 시내거리 시위에 나섰다. 시위대는 애국가를 부르고 아침이슬을 부르며 시청 앞을 거쳐 을지로와 종로를 누비며 승리를 자축했다. 밤2시에 대학로에서 집회를 정리하고 이한열군의 장례행렬은 광주 도청 앞 금남로에서 노제를 지내고 망월동 묘지에 한밤중 3시에 하관하였다. 한열 군이 흑으로 묻히면서 6월 항쟁을 마감하고 새날을 기다리고 있었다.

총리는 한열군의 장례를 마음 아프게 치르고 6·29 선언의 후속으로 중립내각에 대하여 검토하라고 하였다. 일부 신문은 이 총리는 비교적 솔직하게 5공정권에 할 말을 한 총리로 소신이 있어, 연임을 주장하고 일부는 15년 만에 실시되는 대통령 선거는 새로운 총리가 중립적 선거를 치러내야 한다는 두 부류의 주장이 있었다. 그러나 총리는 그동안 제출하려던 사표를 낼 생각을 하고 있었다. 7월12일 밤 공관 집무실에서 두 아들과 나를 불렀다. 이번에 사표를 내기로 했는데 너희들 생각은 어떠냐고 물었다. 아들들도 동의하고 나도 지금이 적기라고 적극 동의했다. 5명의 장관들 사표 위에 당신의 사직서를 맨 위에 올려 13일 오후 4시에 대통령과 독대했다. 이미 아침에 사표제출을 위한 면담을 신청하고 있었다. 대통령은 말했다.

"총리께서 지병으로 고생하신 줄도 모르고 죄송합니다. 제 장인어른도 당뇨로 고생하시더군요. 서리도 못 떼어드리고 죄송합니다. 그동안 수고 많으셨습니다."

"아! 네. 당초에 지병이 있어 못한다고 하지 않았습니까? 다행이 국민의 뜻에 따라 모든 것이 이뤄지고 있는 가운데 떠나게 되어 다행으로 생각합니다."

마지막 대화는 다소 싱겁게 끝났다. 그러니까 대통령은 자신이 의도한 데로 정치가 흘러가지 않아 은근히 섭섭해 훗날에 "대통령의 명령을 어긴 유일한 총리였다."고 말했다고 전한다. 총리는 공관으로 돌아와 간단한 짐을 꾸려 사저로 돌아가면서 말했다.

"하루가 한 달 같고 한 달이 10년 같았던 시간이었다. 지상 발령을 받고 총리가 된 내가 재직하는 동안 혹 나라가 잘못 되는 방향으로 간다면 역사에 죄인이 될까 두려웠다. 그래서 고민을 했고 걱정을 했었다. 다행이 내가 뜻하고 건의한 방향으로 정국이 흘러가 천만 다행이었다. 명동성당 농성에 공권력 자제하고 대화를 풀었던 일과 군이 다시 출동할까 노심초사했었는데 다행이다. 민주화의 길로 가기를 진심으로 바란다. 그리고 난국에 나를 도와준 여러분들에게 감사한 마음이다."

그간 총리를 40년 동안 지켜본 나는 감회가 깊다. 법률학자로 정치도 모른다는 순수한 총리는 법률학자답게 원칙을 중시하고 최선을 다하는 모습으로 총리직을 수행하시었다. 대학에서도 존경받는 드문 스승이었다. 그때 이 총리의 후임으로 김 총리였는데 순서를 바꾸었다면 정국은 어찌 되었을까? 시대의 불꽃인 두 학생은 6월 항쟁에 완결하는데 희생된 귀한 영혼들이었다. 당시 이 총리를 함께 보좌한 반기문 보좌관은 이제 유엔의 수장으로 분주하게 활약하고 있다. 11년 전에 선산에 잠들고 계신 이 총리는 오직 나라와 민족의 장래를 염려한 강직하고 청렴한 학자였다. 독립운동가의 후손답게 살다 사세하시었다. 지금으로부터 20년 전, 1987년 6월 항쟁은 4·19와 5·18에 이어 올해부터 6·10을 국가기념일로 지정되었다. 6월 항쟁 역사에서 "고양이목에 누가 방울을 달았을까?"

남루한 후회

남루한 영혼에 윤기 있는 몸이란 얼마나 저주에 가까운가. 세상에서 가장 뜨거운 눈물은 억울함에서 오지 않고 오직 진솔한 참회에서 흐른다고 한다. 인호는 언제부터인가 메마른 영혼이 겹겹이 쌓인 허울을 씻고자 했지만 기회는 오지 않고 뇌리에서 맴돌기만 하였다. 그가 생각하는 뜨거운 눈물과 남루한 후회는 아득한 먼 옛날, 철부지 없었던 때의 일이다. 너무나도 선명하게 각인되었기에 쉽게 지워지지 않았다. 그러나 그때의 일을 기억해 내기란 그리 어렵지 않았다.

인호는 주말이면 앞산에 오른다. 소가 잠자는 모습이라 해서 우면 산이라 부르는 산이다. 산에 오를 때마다 그는 소처럼 우둔하게 살지 않으리라 다짐하곤 했다. 유월의 짙푸른 잎새들로 무성한 나무들이 저마다 싱싱한 생명력을 자랑하고 있었다. 싱싱하게 살아 있는 모습을 눈앞에 대하면서 지난날 자연스럽지 않았던 죽음들을 떠올린다. 생각하면 너무나도 억울한 죽음들이었다. 이때 갑자기 적막을 깨는 총소리가 들려 왔다. 마치 전쟁으로 격전을 벌인 것처럼 긴장되는 순간이었다. 전쟁도 아닌데 도심에서 총소리는 분명히 평화로운 마음을 갈라놓았다. 정신을 차려 살펴보니 산 넘어 인근 사격장에서 나는 소리였다. 언제부터인가 저산 넘어 골짜기에 사격장이 생겼다고 한다. 주말마다 사격장에서 마치 콩 튀기듯 한 총성을 들을 때마다 인호는 아주 오래 전 고향 마을 뒷산에서 들었던 총성을 바로 기억했다. 총성이 나는 다음날이면 어김없이 무고한 사람이 죽어간 사실을 목격했기에 총소리는 분명 인간의 가장 고귀한 생명을 단절한 살상무기라는 사실을 각인되어 있었다.

인호가 열 살의 어린 나이였을 때의 일이다. 그러니까 반 백 년이나 된 세월이 훌쩍 지나갔지만 그때의 기억은 너무도 확실하다. 밀리고 밀린 국군은 인호의 고향까지 인공이 점령하였다. 그곳에서는 더 이상 어느 곳으로 피난을 갈 수도 없었다. 영호 집은 열 식구나 되는 대가족이었기에 피난을 떠난다는 일은 무모한 짓이기도 하였다. 수백 년을 대대로 이어온 고향을 버릴 수도 없었다. 시내에서 피난 온 사람에게 건너 방을 흔 쾌히 내어 주었다. 이어서 들어 닥친 인민군들은 인호 집을 방문해 아버지를 찾았다.

"아버지께서 오늘부터 면 당위원장입니다. 상부의 명령입니다. 그리고 청년 동무는 의용군 참모로 임명되었습니다."

"나는 아무 것도 모르기에 맡을 수 없습니다. 저보다 유능한 사람을 시키시오."

"아니, 반동하시겠다는 겁니까? 그런 말씀 마시고 부탁드립니다."

인호는 하루아침에 인민 위원장의 아들이 되었다. 작은할아버지와 백부와 당숙께서 면장을 맡기고 했지만 별이 그려진 인공치하에 면장은 장래가 걱정이었다. 인민군들은 주민들을 안심시키려고 낮은 목소리로 "동무들 내래 반갑습니다." 하며 친근감을 표시하곤 했다. 인호는 국군과 인민군의 임무 교대가 신기하기만 했다. 어느 때는 산에 올라 시내에서 전투기의 폭격을 목격하고 교전을 보면서 총탄이 생명을 앗아간다는 사실을 깊게 깨달게 되었다.

얼마 후 인호는 소년의용대가 되었다. 대나무로 만들어진 따발총으로 밤이면 앞산 묘 등성에서 편을 갈라 병정놀이를 하였다. 이때 인민군들이 지나가면서 "소년 동무들 잘 하라우. 열심히 싸우라우"하면서 지나갔다. 원두막이나 재각에 모여 김일성 장군의 노래 "장백산 줄기줄기 피 어린 자국"을 배우며 부르곤 했다. 그 어느 해보다 뜨거웠던 여름으로 밤이슬이 내릴 때까지 훈련과 노래가 계속되었다.

병정놀이는 어른들의 뜻과는 아랑 곳 없이 퍽이나 재미있었다. 어른들도 밤이면 학교 강당에 모여 연극과 민족의 노래인 봉선화를 합창하며 인공이 벌이는 홍보에 적극 참여하였다. 방공호를 파고 공습에 대비하면서 비상 사이렌 소리가 나면 일제히 방공호에 엎드리곤 했었다. 그래서 비행기 폭격을 피해 목숨을 부지할 수 있다는 사실을 배워 실천했다. 이러기를 3개월이 다될 무렵까지 이어졌다. 국군이 다시 들어온다는 소문이 돌았다. 유엔군과 국군이 인천 상륙작전에 성공하여 9월28일에는 중앙청에 태극기를 다시 게양했다는 소식에 남쪽에 있던 인민군들은 물러가고 있었다.

인민군이 물러가고 난 얼마 후 인공에 협조한 자들은 자수를 하라는 공고가 붙었다. 어른들은 모두 자수를 했다. 인호의 아버지도 위원장을 했고 의용군을 한 영호형도 자수했으나 인호는 10살의 어린이기에 자수를 면했다. 동네 머슴 3명도 자수를 했다. 이들은 일자무식이었기에 인민군들이 하라는 대로 따라 했을 뿐이었다. 부역을 안 하면 소위 반동이라는 그들의 위협에 하라는 대로 하였다. 어떤 머슴은 주인에게 그동안 너무도 심하게 당했기에 이번에 약간 거드름을 피기도 했었다. 그 주인은 경찰에게 자기 머슴이 심한 행동을 했다고 고발도 하였다. 이때부터 불려가서 고문을 당하고 서로 못할 일들이 벌어졌다.

국군이 들어온 후 드려온 소식은 국군은 북으로 후퇴하는 인민군을 추격하고 있었다. 제공권을 장악하고 지상군과 탱크도 늘어난 군사력이었다. 어찌 보면 해방 후에 이승만 대통령이 부르짖던 북진 통일이 이뤄질 수도 있다는 자신감을 주는 전황인지도 몰랐다. 정부수립 바로 후는 되지도 않을 북진 통일을 주장하여 북으로부터 북침야욕이 있다는 빌미를 주기도 했었다. 그리고 실현성도 현실성도 없는 주장이었다. 남침을 당하면서 한강을 사수하겠노라 큰소리를 치고 서울시민이 미처 피난 가기 전에 대통령 자신은 이미 남하했던 일이 몇 달 전이었다. 사실 이 대통령의 언명으로 수많은 서울 시민이 미쳐 피난을 가지 못했기에 많은 피해와 희생이 따랐다. 어디 그뿐인가. 미처 피난하지 못한 시민을 남겨 놓고 작전상이란 명목으로 한강 다리를 폭파해 버렸다. 이 일로 서울 시민들이 인민군 수중에 들어가 별수 없이 연좌제에 고역을 치르기도 하였다. 당시에는 살고 죽는 문제였지만 나중에는 번번이 신원 조회 때마다 걸리고 있었다.

전세는 겨울이 오기 전까지 평양까지 진격하였다. 이승만은 평양 시민 환영대회에 참석하여 마치 평소 지론을 달성이나 한 듯이 의기양양하게 연설하고 있었다. 이제 곧 남북은 통일된다고 했다. 벌써 몇 번의 실언을 하였는데 또 하고 있었다. 이제는 그의 말을 믿을 수도 없다고들 했었다. 한편 인호 형은 부역자로 오라 가라 했기에 살아가는 방편은 군에 지원을 하는 것이었다. 제주도에서 기초 훈련을 받고 중부 전선에 투입되었다. 백마고지를 비롯한 전선에서 밀고 밀리는 작전이 계속되었다. 아무리 유엔군의 지원을 받았지만 북한 지역을 완전 점령한다는 일은 쉬운 일이 아니었다. 이 때 맥아더 장군이 압록강 넘어 중공 지역까지 격퇴하겠다는 결전의 의지를 보였으나 미국은 그를 해임시켜 본국에 소한되었다. 그때에 만약 맥아더의 전략대로 만주까지 작전을 확대했다면 제 3차 전쟁이 일어나지 말라는 보장이 없었다. 이로 인해 중국과 소련의 반격도 무시할 수 없는 사태였다. 그러나 다행히도 맥아더의 전술전략은 철회되었다. 그 후 오히려 중공군의 인해전술로 수십 만 명이 밀고 내려와 유엔군과 국군은 1·4 후퇴를 하고 있었다. 인호 형은 중부전선 1사단에 근무하며 작전 중에 수류탄이 손에 떨어져 큰 부상을 입고 울산으로 후송되어 치료를 받았다.

전세는 서울을 내어 주고 남으로 피난 행렬이 이어졌다. 두 번씩이나 피난을 해야 하는 국민들이었다. 정세가 변동되니 부역자들을 특별 관리하느라 야단법석이고 어느 때는 잡아들이고 있었다. 밤에 부역자가 검거되면 그 뒤 총소리가 나고 다음날 아침에 총소리가 난 심씨 제각 뒤 골짜기에는 싸늘한 시체로 부역자들이 발견되었다. 파리 목숨만도 못한 민간인들의 목숨이었다. 큰집 머슴인 김종한도 면 분주소에 근무했기에 자수를 했다. 그런데 어느 날 한밤중이었다. 마을초입에서 개 짖는 소리가 요란하게 들리더니 종한이와 오감이가 잡혀갔다. 한참 후 뒤 산에서 들리는 총성이 온 마을을 뒤흔들었다. 다음날 인호는 어른들을 따라 용감하게 그곳에 가 보았다. 두 사람은 눈을 감지 못하고 싸늘하게 주검으로 있었다.

일 년 전 큰형의 죽음과 머슴의 죽음은 어린 인호에게 큰 충격을 주었다. 총이란 사람을 잡는 몹쓸 무기라고 각인되었다. 그래서 총소리가 나면 가슴이 뛰고 신경이 곤두세워졌다. 그런데 한 달 후 당숙이 죽어 갔고 외가의 외삼촌이, 그리고 이모부가 좌우익에 의해서 죽어 갔다. 또한 당숙 둘이 행방불명이 되었다. 이처럼 동족상잔의 피비린내 나는 전쟁의 뒤끝에서 삶의 허탈감으로 텅 빈 무덤처럼 느껴졌다. 무덤이 집안에 있다는 것은 슬픔이 끝나지 않았다는 뜻이다. 3년간의 전쟁이 끝날 때까지 부역자들의 집안은 안절부절못하며 생사의 기로에서 공포에 떨며 어찌할 줄 몰랐다.

남북은 엄청난 인적 물적 손실을 안고 7·27휴전이 되었다. 그런데 과연 휴전 당사자는 누구였는가? 유엔군과 남북과 중공군이 참전하여 내전이 아니고 국제전쟁 이었다. 그러기에 협정에 조인할 당사자는 유엔 남북 중공이었다. 그런데도 이승만은 북한이 쳐들어와 내전이라며 휴전협정에 참여하지 않았다. 결국 한국이 빠진 가운데 유엔(미국)과 북한이 당사자로 그리고 중공이 함께 조인을 하였다. 당시에 이 대통령의 아집으로 판문점

정전위원회가 개최 될 때마다 한국은 옵서버로밖에 참석할 뿐이었다. 그때 전쟁 당사국이 주도권을 행사하지 못했기에 오늘까지도 작전지휘권 문제에 논란을 빚고 있지 않는가? 참으로 아쉬운 일이 되고 말았었다.

인호가 전쟁의 아픔을 이겨내면서 고3청년이 되었다. 인호가 외로울 때마다 자주 노래를 불러 외로움을 달래곤 했다. 어려서부터 노래를 좋아했기에 진학을 음대로 생각하고 있었다. 동창인 박창구는 작곡과로 인호는 성악과를 지원하기로 했었다. 마을 앞산과 들판에 나가서 발성연습과 노래 연습을 했었다. 벌써 몇 달을 연습하고 있었다. 외로운 인호는 노래를 불러 달래고 노래를 부르면 마음이 편안하기만 했다. 그토록 그에게는 총소리에 목숨을 잃어버린 주변사람들이 생각 날 때에는 자신도 모르게 노래를 불렀다. 인호가 대학에 진학하려고 할 때 5.16을 맞았다. 민주 역량을 발휘하며 많은 목숨을 잃고서 얻은 4·19 혁명도 어느 날 군사 쿠데타로 일순 되고 말았다. 인호가 대학입학 예정인데 1월 하순에 갑자기 입영 통지서가 나왔다. 입영날짜는 2·15일이었다. 어떻게 연기신청을 할 수 없을까 병무청에 문의했지만 당일 날 병력동원이 무난히 되면 연기가 가능하고 부족하면 바로 입대해야 한다고 했다. 그는 등록을 하고 가려했으니 미묘한 순간이었다. 그래서 그는 일단 군대를 다녀오기로 했다. 남자가 군 입대를 한다는 것은 성숙해질 수 있는 한 과정이라고 볼 수도 있었다. 그러나 자유에서 격리되고 군대집단이기에 어려움이 따를 것이란 마음이었다. 우선 짜여진 틀에서 절도 있고 자유롭지 못한 행동일 것이다. 부모 형제와 그리고 사랑하는 사람과 자주 만날 수 없다는 강박관념도 있을 터이다. 그렇지만 군이라는 집단이 사람들이 사는 곳이지 어디 짐승들이 사는 곳이 아니지 않는가. 다만 엄격한 규율에 명령에 죽고 명령에 사는 자기 의사와 정반대되는 행동도 할 수밖에 없다는 곳이다. 그래서 특수사회일 뿐이다. 잘만 견디어 내면 사회에 나가 좋은 경험으로 활용할 수도 있다는 생각이 들었다.

인호는 며칠 있으면 입영한다. 6·25 전쟁 때에 영호 형처럼 전쟁에 참전하는 게 아니기에 큰 걱정은 없었다. 떠나기 전 맨 먼저 선산에 가서 조상님들에게 인사를 올렸다. 할머님과 부모님께도 큰절을 올리고 형제자매들과도 일일이 찾아 작별 인사를 나누었다. 훈련소행 열차에 몸을 실었다. 이제 군인이 된다. 그가 그렇게 경원시했던 총을 3년 동안이나 애지중지 관리해야 한다는 압박감도 있었다. 그러나 인호는 총을 갖게 되기에 총에 대한 이해가 될 수 있을 것이라 생각했다. 처음 사격 연습을 하면서 몸에 느껴지는 묘한 전율이 있었다. 자신이 쏜 총탄이 적군을 비롯한 사람을 죽게 한다는 괴물이라 생각하니 그 옛날 총소리가 나면 사람이 죽어가던 기억이 되살아났다.

인호가 군 생활을 1년여 동안 하고 있을 때에 부대 본부에서 장교 모집을 한다는 전언통신문이 왔다. 그 부대에서 10명 정도 응시했으면 하는 요청이었다. 그러나 그는 썩 내키지 않았다. 총에 대한 거부 반응과 장교는 7년 이상 오랜 기간 근무한다는 것과 더 큰 문제가 되는 것은 장교임관에는 신원조회가 까다롭다는데 있었다. 설령 합격을 한다 해도 신원 조회에 걸릴 거라는 판단이었다. 부대장은 몇 번이고 권유를 했다. 지휘관 자질이 있다는 것이다. 그는 초등학교 때에도 전체 회장을 했고 중 고등학교 때도 장을 맡기도 했었다. 그러나 모험으로 휴가를 내어 장교시험에 응시했다. 인사계의 강력한 반대가 있었지만 대대장이 특별히 허락하였다. 그러나 시험을 거의 다 보았을 때 부역자나 연좌제에 해당하는 사람들은 아무리 성적이 뛰어나도 임용이 불가하다는 시험관의 말에 그만 포기해 버렸다.

인호는 처음부터 부대 행정병으로 근무했다. 정기적인 작전 훈련과 사격 훈련만은 참가했다. 만약 총만을 다루는 화기병이나 보병 또는 포병이었다면 인호는 군복무가 퍽 이나 괴롭게 근무했을지도 모른다. 군 생활을 중반을 넘기고 제대 말년을 맞이했다. 처음 입대해서 여러 생각에 날자가 잘 가지 않았지만 어언 말년이 되었다. 이제 서무계 조수를 하나 골라야 할 판이었다. 자신보다도 더 잘 해 낼 수 있는 행정병에게 인계인수를 준비해야 했다. 입대가 엊그제 같은데 벌써 제대라니 정말 세월은 아무리 가지 말라고 해도 잘도 갔다. 고참 대우도 받고 서무계이기에 시간도 있었다. 책도 볼 수 있고 글을 쓸 수도 있었다. 말년은 흔히들 고문관 취급당한다고들 하는데 그는 결코 그렇게 되지도 않았고 오히려 열심히 부대 행정에 임했다. 해가 지나 6개월 만 있으면 제대를 하게 되었다. 연말을 보내고 연초를 맞이하려니 마음은 벌써 고향에 가있다.

쓸쓸한 군대의 연초에 사회라면 세배도 다니고 친구들과 사랑하는 사람과 질펀하게 술도 한잔씩 했을 것이다. 내무반에는 언제나 잠이 부족한 전우들이 있다. 틈만 나면 눈을 감는다. 눈을 감는다는 것은 잠이 오기도 하지만 무언가 보기가 싫을 때 모든 걸 잊겠다고 할 때, 눈을 감기도 한다. 인호도 그들과 함께 누워 눈을 감았지만 잠은 오지 않고 오직 고향의 할머니와 부모님의 형상으로 나타나 말씀하시는 것 같았다. 군대 잘 마무리하고 돌아오라고… 끝이 좋아야 한다고 조심을 언제나 당부하시었다. 불쌍한 할머니께는 군대에서 나온 적은 봉급이지만 모았다가 할머니께 담배 값으로 보내곤 했었다. 그래서 인지 할머니는 효자 손자가 당신의 곁으로 몇 달이면 돌아온다는 사실에 하루하루를 손꼽아 기다린다는 것이다. 할머니는 18살에 시집오신지 3개월만에 할아버지가 병사하시어 66년을 집안의 열녀요 열부로 살아오신 분이었다.

당신께서 아이도 없이 청산과부가 되시어 오직 꿈이 손자들뿐이었다. 그렇게 애지중지하며 키운 큰손자가 청년 때 죽임을 당하고 둘째는 전쟁에 참전하여 부상당한 후 명예제대를 하고 이제 셋째인 인호가 군대에 가서 제대 말년에 있었다. 두 형들의 할머니에 대한 효도가 중단되자 인호가 이어서 받아 하고 있었다. 사랑도 자식도 손자도 잃어버린 텅 빈 가슴을 안고 살아오신 할머니셨다. 인호는 중 고등학생 때에 고학을 하면서도 할머니에 대한 효 마음을 계속하였다. 한 가문의 번성은 자손을 많이 두는 것도 있지만 자녀 중에 효자 효녀가 있는가가 기준 되기도 한다.

인호는 제대말년 군대에서 마지막 신년을 맞이하여 본부 사무실에서 당직 근무를 하고 있었다. 요란한 전화벨 소리에 다가갔다. 군사령부에서 보내는 전언통신문이었다. 내용은 뜻밖이었다. "해외 파견 지원자 긴급모집"이었다. 해외 파견이라니 과연 어느 나라일까? 전통은 곧바로 인사계와 부대장에게 결재를 득 하였다. 인호는 부대장에게 물었다.

그런데 어느 곳인지 모른다고 했다. 일단 부대원들에게 공람을 시키라고 한다. 부대원들은 열람을 하면서 서로 가보겠다는 의사 표시를 하면서도 과연 어느 나라냐고 물었으나 대답을 할 수 없었다. 잠시 후에 파견될 나라는 자유월남이라는 것이다. 사실 부대 내에서는 신문을 접할 수도 없었기에 월남이라는 나라가 어떤 나라인지도 현재 상황에 대해 잘 알 수가 없었다. 다만 옛 안남 국으로 안남미 쌀이 우리에게도 낯 익은 기억만이 있었다. 우리와 비슷한 시기인 1945년 다음해 제네바 협정에 의하여 17도선으로 남북이 갈라진 나라라는 사실만 겨우 안 것이다.

인호는 자세히도 알지 못하고 오직 베트콩의 공격이 심해 수도인 사이공까지 베트콩의 구정공세가 심화되고 있다는 사실만을 들은바 있었다. "가면 다 죽는다."는 그곳에 왜 연민을 느끼는 것인가? 평소 모험심을 좋아했고 젊어서 고생은 사서라도 한다는 옛말을 기억하면서 특히 "평화의 사도 비둘기부대"라는 명칭도 마음이 끌린 원인이 되었는지도 모른다. 그러나 한 가지 찜찜한 것은 역시 신원조회였다. 그리고 그렇게 경원시했고 미워한 총소리를 내가 직접 내야하고 들어야 한다는 사실이 걸렸다. 용감하게 지원을 했는데 부대장은 일방적으로 취소하여 버렸다. 그러나 인호는 다시 지원을 했다. 이번에는 군종 지도 김 소령이 또 취소했다. 그러나 인호는 다시 지원했다.

"윤 병장! 너는 부대 서무계다. 네가 가버리면 부대는 누가 일을 보나. 그보다 사실은 만약 죽는다면 너희 부모들에게 어떻게 낯을 들고 해명할 수 있단 말이냐."

"내가 하느님께 기도 해보니 위험한 곳이니 우리 신자들은 가지 않았으면 좋다고 생각하여 윤 병장을 비롯해 몇 사람을 취소 시켰다. 그리 알라."

그러나 인호는 한번 결심을 접지 않았다. 자신은 사나이 기질이라는 것이다. 인호는 지원자 대열에 합류하여 부대 서무계로 업무를 보았다. 부대 편성은 어디까지나 지원병으로 했다. 많은 지원자 가운데 신체검사에 불합격하거나 3대 독자이니 대를 이어가기 위해 갈 수 없다는 하소연도 있었다. 마지막으로는 신원조회가 문제였다. 그곳의 적이 배트공과 월맹군인데 공산주의가 아닌가. 싸우다 넘어간다면 결국 이북으로 넘어간다는 것이다. 그래서 철저한 신원조회가 있을 거라는 얘기들이었다. 사실 인호는 신원조회라면 자신이 없었다. 결국 탈락 일 것이라 생각되니 괜히 지원했나 했다. 신원조회는 합격이었다. 그런데 이번에는 군사령부의 인사참모라는 이 중령이 찾아왔다. 인호가 베트남 파병지원을 철회하도록 한 영관장교였다.

"윤 병장은 서울대학교 이 한기 교수를 아는가? 나는 교수님의 제자로 부탁을 받고 찾아왔다. 용건은 베트남지원을 철회하라는 말씀이다."

"네! 잘 아신 분이죠. 그런데 저는 두 번의 철회를 종용받았지만 다시 지원하였습니다. 꼭 가기로 결심했습니다. 죄송합니다."

"윤 병장은 그곳의 상황이 얼마나 긴박한지 알고 있는가. 구정공세에 사이공에 있는 미군가족들이 철수 할 정도로 심각하다. 목숨도 중요하고 이 교수님 부탁도 있고 하니 철회하라. 내 생각도 이 교수님 생각과 같다."

"말씀은 잘 알겠습니다. 죽고 사는 문제는 하느님께 맡기고 갈 것입니다."

"결심이 지독하군. 그렇다면 할 수 없지 파견근무 잘하고 꼭 살아 귀국하기 바란다."

이 중령이 떠난 후. 인호는 여러 가지 생각이 떠올랐다. 모두들 반대하는 월남을 끝까지 가겠다는 자신의 결심에 대하여 스스로 자문해 보았다. 만약 살아오지 못한다면 그분들에게 큰 누를 끼치는 일이요 할머니와 부모님에게는 큰 불효가 될 터이다.

파병훈련에 돌입한지 한 달이 되었다. 영하20도를 오르내리는 양평 광탄의 몹시도 추운 겨울날씨였다. 그런데 베트남은 보통 35도를 넘는 뜨거운 여름의 날씨가 일 년 내내 덥다는데 견딜 수 있을까 하는 생각도 들었다. 정반대의 기온에서 풍토병과 말라리아를 예방해야할 일들도 있었다. 정글전의 특색과 베트콩과 월남 민병대와의 불분명한 식별 등 사전 교육에 임하면서 만만치 않은 전쟁지역이라고 한다. 비둘기부대는 말로는 비전투부대라도 한다. 학교와 고아원을 짓고 도로와 교량을 건설하는 것이 비둘기의 임무라고 교관은 말했다. 그러나 전선 없는 전쟁지역이 틀림없다. 사이공 수도가 공격당하는 소식만 봐도 그렇다.

현리에서 비둘기부대 창단 식이 있었다. 2천명 여단 규모의 비둘기부대는 이제 월남 현지로 출발을 앞두고 서울운동장에서 범국민적인 환송을 받고 있었다. 박정희 대통령이 참석하고 가족과 친지 그리고 수많은 시민들이 환송해 주었다. 시가행진도 있었다. 마지막에 가족들과의 면회시간에는 울음바다가 되었다. 인호의 부모님들은 아예 몸 져 뉘시고 서울의 고모와 작은누이 그리고 이 교수님 따님이 찾아왔었다. 그런데 인호는 부대서무계로 파견자들에 6개월 봉급을 지급하는 업무에 윤 병장 대신 김 상병이 인호의 옷을 입고 환송장에 나갔다. 인호 가족들은 의아해 하였다. 혹 훈련받다 사망했는가 하는 의문도 가졌다고 했다. 그런 사정을 김 상병이 윤 병장에 알려주었다.

인호는 집과 고모 댁으로 편지를 썼다. 그리고 월남에 간다는 말도 없이 신원조회로 들통이 난 것이다. 인호는 무사히 꼭 살아 돌아오겠다는 약속을 편지에 하였다. 편지라도 올려서 어른들이 안심하도록 하는 게 도리였다. 월남 출발준비를 완료하고 일단 부산으로 열차를 타고 갔다. 그곳에서 3일 동안 있다가 제3부두에 정박 중인 해군 LST함정에 승선했다. 망망대해를 2주간 밤낮으로 항해한 후 월남에 도착했다. 먼저 붕타우에서 이미 가 있던 이동외과병원 의료지원 부대원들의 환영을 받고 4시간 동안 걸리는 메콩 강과 사이공 강변의 풍광은 열대 지방이기에 야자수 나무와 이름 모를 꽃들이 만발하여 그야말로 아름다웠다. 이렇게 아름다운 나라에 무슨 놈의 전쟁이 있다는 말인가? 의문이었다. 들판을 바라보니 농부들이 한가롭게 모내기를 하고 소가 논을 갈고 써레질을 하고 있는 모습은 우리와 별반 다를 바가 없었다. 우리가 한 때 농업국이었듯이 월남도 삼모작이나 하는 농업국이었다. 식량으로 대신 되는 바나나와 야자수 등 이름 모를 많은 열대과일들이 풍성하기만 했다.

부산에서 출발 13일 만인 2월 23일에 밤낮으로 항해한 후 베트남에 도착하여 사이공 항구에서 환영식이 있었다. 판칵수 대통령과 티우 국방장관 키 공군사령관과 실권자 칸 장군이 참석한 환영식이었다. 베트남 영화여배우들과 대학생들이 꽃다발을 전해 주었다. 식이 끝난 후 하루 사이공 항구에서 정박하고 다음날 주둔지인 지안으로 갔다. 2천명의 비둘기부대 병력 중에 1차로 600명이 선발대였다. 지안은 베트콩이 프랑스와 수 십 년 전쟁을 하고 이어서 미국과 8년 전쟁을 한 격전지였다. 비둘기부대는 반경 2킬로를 중심으로 진지를 구축했다. 미국 다음으로 군인이 많이 파견되었기에 베트콩은 미국다음 공격의 대상으로 주의를 요한다는 정보였다. 3월 27일 나머지 1천4백 명 비둘기 본대가 도착하였다. 그동안 베트콩의 공격이 예상된다고 했는데 아니나 다를까 본대가 온 주둔 후인 4월2일 밤이었다. 밤7시부터 경계병을 제외한 전 장병이 식당 앞 연병장에 모여 "또순이"란 우리 영화를 보며 향수를 달래고 10시 30분에 취침을 했다. 모두가 쉽게 골아 떨어졌다. 그리고 밤11시경이었다.

박격포 탄이 연속으로 수십 발이 떨어지고 이어서 동쪽의 진지를 베트콩 2개 중대가 공격을 해왔다. 인호는 비상벨을 울리고 각자의 진지로 신속히 이동하였다. 한 시간을 포탄소리와 총소리가 뒤범벅이 되어 격전이 벌어지고 있었다. 인호는 이제 죽을 수도 있고 또한 사람을 죽일 수도 있다는 사실을 직감으로 느꼈다. 총을 격멸하고 총소리는 사람의 생명을 앗아간다고 단단히 각오했던 심정이 요동치고 있었다. 실전에 임하며 앞에 나타나면 총을 쏘아야 할 운명의 순간이었다. 제발 나타나지 말아다오. 나는 그대들의 목숨을 죽이고 싶지 않다고 속으로 외치고 기도했다. 1시간 동안 총소리는 요란스러웠다가 그들이 물러간 후 조용했다. 이따금 조명탄이 터지면 대낮처럼 밝은 진지 주위는 모두가 숨소리를 죽이고 사주경계를 펴고 있었다.

비둘기의 반격에 그들은 허겁지겁 헐레벌떡 도망을 쳤다. 반격을 가하고 그들이 도망가는 곳을 향하여 박격포를 쏘아 뎄다. 아침이 되어 현장을 가보니 베트콩 한 명의 시체가 보였다. 처음 보는 죽음이었다. 인호는 베트콩의 영혼에 안식을 기원했다. 부대원들은 아군도 7,8명이 중 부상을 당했지만 사망자는 없어 다행이었다. 베트콩들은 동료가 죽더라도 절대로 그대로 버리고 간 일이 없다는 것이다. 어떻게든 흔적을 남기지 않는데 아마도 예상하지 못한 반격에다 워낙 다급했기에 동료 시체도 미처 챙기지 못하였을 것이었다. 아군도 몇 명이 중경상을 입었다. 국방부 전사기록은 "한국군 해외최초파견 최초전투수행" 이라고 적혀있다는 것이다. 그러나 생각해보면 만약 그들이 박격포를 1시간 앞당겨 영화관람 중인 곳에 떨어졌다면 수백 명이 함께 죽었을 것이고 또한 단 본부가 명중했다면 단장과 인호도 죽었을 터였다. 그리고 부대 공격 때 외곽에서 사전에 발견을 못했다면 이 또한 많은 부대원들이 중사상자를 냈을 것이었다. 그들은 미숙했고 아군은 방어를 완벽하게 해냈다. 그 뒤 그들은 좀처럼 공격하지 않았다.

실전에 임해본 비둘기 전우들은 전선 없는 전쟁의 쓴맛을 보고 평화를 더욱 갈망했다. 부대의 구호가 "살아서 돌아가자. 경계 철저"였다. 이 구호는 단장인 조문환 장군의 제창에 모두가 공감을 하고 있었다. 사실 월남군은 베트콩의 공격과 매복 전술 및 기습공격에 수수방관한 것 같았다. 따지고 보면 화가 날 일이지만 그들의 실재를 알고 나면 이해 할 수가 있었다. 프랑스와 진저리나는 전쟁에다 미국과의 끈질긴 항전으로 지쳐 있었다. 제발 전쟁이 끝나고 평화가 왔으면 했다. 솔직한 그들의 속마음은 외세는 떠나야 하고 이념 같은 것이 별 중요하지 않게 생각하였다. 오직 민족성이 강한 통일이 되어 평화롭게 사는 게 최대의 희망이었다. 이러한 나라에 자유 민주주의를 심겠다고 홀연히 참전했던 인호 자신이 부끄러워 졌다.

한번은 이런 일도 있었다. 비둘기 경비대 전초병이 보초를 나갔다. 앞을 지나는 여인을 보고 성욕이 발동하였다. 병사는 강제로 추행하려다 여인이 반항하자 여인 발에 총격을 가했다. 그 여인은 총을 맞으면서 도망을 갔다. 그리고 월남 정부에 고발을 했다. 며칠 후 비둘기부대는 경고서한을 받았다. "다이한 병사들이 베트콩 100명을 사살하는 것보다 월남의 양민 한사람의 생명과 인권이 중요하다." 라는 수치스러운 경고를 받았다. 얼마나 뼈있는 말인가? 그들은 결코 같은 민족의 죽음을 원치 않았다. 어찌 보면 민족적 자존심이 세계 어느 나라보다도 크다고 할 것이었다.

그 해 9월 소문으로만 나돌던 전투부대가 드디어 베트남에 파견되었다. 맹호와 청룡이 퀴논과 나트랑에 도착하여 주둔하였다. 그리고 곧바로 베트콩 소탕작전에 들어갔다. 들리는 소문은 맹호와 청룡이 무리한 작전을 편다고 했다. 군종신부는 비둘기부대 천주교 신자들을 탄산누트 공항으로 불렀다. 그곳에는 수백 구의 유골상자가 정돈되어 있어 깜짝 놀랐다. 비둘기는 6개월이 되었어도 단 몇 명의 전우가 유명을 달리했는데 그들이 온지 얼마나 되었다고 이렇게 많은 전우가 죽어갔단 말인가. 눈물이 글썽거렸다. 정신을 차리고 그들의 영혼이 안식을 얻도록 기도했다. 이러기를 한 달이면 여러 차례 있었다. 여느 때는 청룡 1개 소대가 전멸하여 유해 앞에서 억장이 무너지듯 괴롭기만 했었다. 물론 전쟁경험도 없이 정글전도 처음으로 지형지물도 몰랐다. 베트콩 마을의 한계도 잘 모르고 무리한 작전과 지휘관의 공명심 때문에 억울하게 희생된 전우들도 많았다는 소문도 들렸다. 목숨이 얼마나 중요한데 타국의 전쟁터에서 죽어가다니 미사를 볼 때마다 괴로운 심정이었다.

그런데 전우들의 희생자 속출과 같이 월남민간인들의 죽음도 함께했다. 월남정부로부터 항의서한을 받고 있었다. 너무나 많은 양민이 살해되었다는 현장사진과 증언 및 고발장을 접하고 보낸 서한이었다. 사령관은 베트콩 작전에 신중을 기하라고 명령하고 있지만 막상 작전에 임하면 동료가 피 흘리면 쓰러지면 닥치는 대로 사살했을 것이라는 생각은 충분히 예견되는 것이었다. 심지어는 확인사살도 했으며 베트콩 첩자라면서 목을 잘라 수통처럼 메 달고 다녔다는 소문이 있고 나서 다이한 병사에 대한 경계심이 고조되었다. 그들이 오기 전까지 비둘기부대는 평화의 사도처럼 건설과 고아원 짓고 도로 놓아주고 대민 봉사에 열심히 하였기에 다이한 넘버원이라고 격려까지 해 주었지만 이젠 한국군 모두 다같이 증오의 대상이 되어갔다. 미국이 그리고 한국군이 당장 철수한다면 월남전은 그 날로 끝장이 날판이었다.

인호는 13개월 동안 근무하면서 몇 번의 위험한 고비가 있었으나 그때마다 잘 넘기었다. 외출할 때에도 경계태세를 게을리 하지 않았다. "살아서 돌아가리라"는 굳은 약속도 있기에 허망하게 죽어 갈 수는 없었다. 그러나 아무리 살아가겠다고 발버둥 쳐도 폭탄이 내 몸에 떨어졌다면 총알이 심장을 관통했었다면 별수 없었으리라. 이제 베트남 전선 없는 전쟁터에서 귀국을 하는 순간이었다. 그러나 맹호와 청룡 그리고 백마부대까지 속속 파견되는 모습을 보면서 걱정이었다. 베트남에 도착하여 베트남 민간인들의 솔직한 고백은 외세는 물러가라는 것이었다.

인호는 그들의 진솔한 말에 은근히 마음이 아팠다. 따지고 보면 같은 분단국이라는 사실을 베트남에 몇 달을 근무하면서 알았다. 인호는 38선을 생각하고 155마일 남북 휴전선으로 분단되어있는 조국을 생각했다. 그리고 보니 초록은 동생이라고 같은 분단의 아픔이었다. 심지어는 자신들의 나라 통일도 못 이루면서 남의 나라 통일을 방해하고 있다는 사실을 확인하면서 부끄럽고 남루한 모습이었다. 한국보다 너무도 오랜 전쟁을 치루고 있는 베트남에 평화가 오기를 염원했었다. 그러니까 불쑥 생각나는 일은 미국과 한국군이 철수하면 바로 그때가 베트남은 통일 되는 날이었다.

17도선으로 분단되면서 남베트남에는 소위 베트콩이란 "베트남인민해방전선"이란 남부 해방 전선 세력을 두고 호치민 월맹수상은 북쪽으로 갔었다. 언제고 남쪽에서 승리하여 남북이 하나 되는 통일베트남이 된다는 원대한 꿈을 가지고 있었다. 그러기에 월남병사들도 베트콩과 작전을 하다 불리하면 바로 손들어 자수하고 투항해 버린다는 것이다. 그래서 한국군사원조단인 비둘기 부대 주변에 소위 베트콩 첩자들이라고 붙들어 베트남 방첩대와 함께 신문을 하면 번번하게도 베트콩 첩자가 아니라고 하였다. 어쩌면 맥 풀리는 일이었다. 분명하게 그들이 지뢰를 사전에 장치하고 한국군을 위해하기 위한 군사시설을 했는데도 아니다는 그들의 결정에 한국군이 무엇 때문에 베트남에 파견되어 왔는가를 생각하게 되었다.

그러나 이 문제는 인호만의 문제가 아니고 베트남과 한국간의 국가적인 문제에다 더구나 용병으로 파견되었다는 엄연한 사실에 가슴이 아려왔었다. 말없이 죽어가는 전우들의 영혼을 위해 자주 탄산누트 공항 영안실에 다녀오면서 느끼는 심정이다. 어서 빨리 베트남에 전쟁이 종식되기를 간구했다. 베트남인들은 남북을 아우르는 세계적인 지도자 호치민이라는 국부적인 존재에다 호치민 다음의 뷔엔푸안 전쟁의 영웅인 지압장군을 존경하고 어느 때는 그들의 영도 하에 통일이 가능하다는 갈망을 하고 있었다. 베트남의 집권세력들은 미국의 앞잡이라고 몰아붙이기도 했다. 이제 슬슬 인호는 짐을 꾸려야 했다. 일부 전우들은 6개월 또는 1년을 연장하고 있었지만 인호는 하루 빨리 귀국하고 싶었다. 그것은 남루한 자신의 모습이 자꾸 웅크러지고 있었기 때문이었다. 13개월만의 무사귀국은 그동안 비둘기부대원으로 24명이란 전우가 목숨을 잃었고 50여 명이 중경상을 입었다. 인호의 부대에서도 이건이 하사의 죽음이 있었다.

귀국하는 제 1진을 전송하러 공항으로 가던 때였다. 300여 명의 귀국 전우들을 태운 디젤수송차가 사이공 묘지 앞을 지날 때에 베트콩의 공격을 받았다. 귀국전우들에게는 다불 빽만 있지 무장을 하지 않아 일대 혼란이었다. 마지막 귀국하는데 공격을 받아 전사라도 한다면 어찌 할 것인가. 난감한 순간이었다. 그러나 사고 없이 무사히 귀국하게 되었다. 전선 없는 전쟁의 나라의 수도인 사이공에서의 일들이었다. 얼마나 허술한 안보 국인가? 그러한 나라에 용병으로 미국이 6·25전쟁 때에 수만 명이 목숨 바쳐 혈맹국가라는 한미관계에서 보은을 갚는 차원의 용병이라는데 씁쓸한 마음이었다. 비둘기부대가 베트남을 갈 때는 시속 18km 가는 느린 우리해군 함정으로 밤낮 2주간을 갔지만 귀국할 때는 비엔호아 비행장에서 군수송기로 7시간도 채 걸리지 않았다. 비행기를 타고 마치 어린애처럼 들뜬 마음으로 김포공항에 무사히 도착했다. 출발 때보다는 왜소한 환영식이었다. 최초의 해외파견 그 중에서도 선발대로 갔던 비둘기부대 여단 규모의 전우는 주임무인 평화와 심고 건설지원을 하는 임무였다. 때로는 베트콩의 공격으로 작업 중에 전쟁을 해야 했기에 전우가 죽고 중부상자를 냈지만 당초 10프로의 손실보다 훨씬 적은 0.2프로의 최소한의 손실이었다. 이는 비 전투요원이란 점도 있으나 지휘관인 조문환 장군의 부하사랑과 부대원들의 철저한 임무수행의 결과였다.

귀국하자 현충일 날 이었다. 인호는 무거운 발걸음으로 국립묘지를 찾아 이건이 하사 묘에 이르렀다. 그런데 어쩐 일인가. 그와 똑같은 사람이 서있는 것이었다. 그는 쌍둥이 동생이었다. 흐느끼는 어머니 앞에서 용서를 빌었다, 이하사의 전사 통지서를 작성하여 보낸 인호였기에 살아 돌아온 자신이 죄인이란 심정이었다. 동생에게 "형 몫까지 효도해 달라"는 부탁의 말을 남기고 주변 파월 전우들의 묘를 둘러보았다. 무려 3천여 명이나 되었다. 그 중에는 인호가 영결미사를 보아준 전우도 있었다. 1년여 동안 이렇게 많은 전우들이 죽었다니 믿어지지 않았다. 초창기였기에 무경험과 무리한 작전으로 희생된 아까운 전우들도 있었다.

인호는 귀국하자 한 달의 휴가를 얻었다. 서울의 이 교수 댁을 찾았다.

"윤 군 이렇게 살아 돌아와 반갑군. 나는 일 년 전 너무나도 급박한 월남 전황이기에 고향의 부모님 요청도 있었고 해서 극구 말렸는데 대단한 고집이야. 이제 무사히 귀국하였으니 자네의 의지가 관철됨 셈이네, 하여튼 반갑네."

"죄송합니다. 저의 안위를 걱정해 주셨는데 옹고집만 부린 샘입니다. 전선 없는 그곳의 상황은 어려운 점이 많았습니다. 모두가 도와주시어 살아 왔습니다."

"도대체 월남이라는 나라는 현지에서 보니 어떤 나라든가."

"한 마디로 외세는 물러가라. 전쟁은 끝내자. 이념을 떠나 민족감정만 앞세운 것 같았습니다. 그렇게 고마워하는 것 같지도 않고요."

"그래, 그렇다면 큰일이군. 우리의 젊은이들이 많이 죽었다는데 죽음의 의미가…."

"사실 그게 문제입니다. 저희보다 전투부대가 오고부터 무리한 소탕작전과 그에 따른 인적 손실은 컸습니다. 경험 없고 무리한 공명심도 작용하고 있었습니다."

"그래서 전쟁이란 무모한 짓이지. 이기적이고 지도자나 지휘관은 자신의 업적으로 치부하기도 하고 그래서 인류의 적이요 평화의 적이라 하지."

"전투에 참가한 전우얘기는 전투 중에 전우가 쓰러 지만 악이 받친다는 거죠. 눈앞의 모든 것은 적으로 간주하고 순간적으로 눈감고 방아쇠를 당긴다고 합니다."

"그래 전쟁이란 그래서 살생공장이란 말도 있지. 베트남전쟁이 끝나면 베트남도 우리도 얼마나 좋겠는가?"

이 교수님은 국제법 학자이기에 전쟁에 대하여 관심이 많았다. 자유 월남에 평화정책이란 어렵겠다고 말씀도 있었다. 인호는 자신이 전쟁에 참여했다는 사실에 괴로워하고 있었다. 살아서 돌아와 전쟁과 평화란 무엇인지를 알게 되었고 무모한 전쟁은 고귀한 생명을 앗아간다는 사실도 깊이 느끼고 알았다. 서울에서 하루를 보내고 고향을 찾았다.

할머니와 부모님은 말할 수 없는 기쁨이었다. 온 마을 사람들이 찾아와 인호가 살아 돌아 온 것이 기적인 것 같이 반기고 있었다. 그것은 이웃 마을에 월남에서 전사한 사람과 부상자가 있었기 때문이었다. 부모님께 큰절을 올리니 할머니는 덩실덩실 춤을 추시며 손자의 생환을 기뻐하시었다. 고향의 마을 사람들은 돈도 많이 벌어온 줄로 알고 있었다. 사병이 무슨 돈을 번단 말인가? 워낙 가난하게 살았기에 월남에서 받은 전투수당은 적은 돈은 아니었다. 그러나 실제 병사들에게 지급되는 수당은 소액이었다.

인호는 휴가를 끝내고 제대를 하였다. 제대말년에 참전으로 40개월의 복무를 한 셈이다. 10개월 더 복무한 기간에는 베트남 참전1년이 포함되었기에 인호로서는 인생에 있어 큰 경험을 한 것이다. 돈으로도 살수 없는 값진 경험이었다. 제대 후에도 베트남의 상황에 대하여 계속 관심을 갖게 되었다.

참전 10년째 월남은 종전의 기운이 있었다. 인호가 예견한데로 미국과 한국이 손을 떼면 그때가 바로 종전이었다. 한국전보다 10배에 가까운 전비가 소모되었고 전사자 또한 한국전보다 더 많이 죽었기에 당초 참전반대의 미국여론과 국제적 비난에 굴복한 것이었다. 한국군은 연인원 33만명 참전과 전사자 6천여 명을 내었다. 중경 부상자는 사망자의 3배의 숫자다. 종전에 따른 베트남의 변화에 대하여 국제평화연대에 근무하고 있는 인호 친구가 있었다. 그 친구는 이교수의 제자로 국제문제에 관한 연구를 하고 있었다. 인호와는 평소에도 월남전에 대하여 관심을 얘기하곤 했었다. 월남전으로 인한 한미관계며 동남아 정세와 한국의 위상에 대하여 말한 바도 있었다. 이제 막상 종전이 되니 할 얘기가 많아졌다.

"인호, 오랜만이군. 보도 봤지? 결국 자네나 내가 주장한데로 그렇게 끝장이 났군."

"그래, 그렇게 될 것이라 했지만 막상 공산화로 통일이 된다니 허전하고 또 참전군인들의 위상은 어찌 될 것인가? 그것도 문제고."

"인호를 비롯한 참전자는 패잔병 신세지. 미국과 한국도 패전국이나 마찬가지고."

"이렇게 되면 월남에 평화 운운한 게 허상이었어. 이제 적국이 되었고 결국 강대국 놀음에 놀아나 청부전쟁이니 용병이니 해서 위상이 추락했었지."

"월남이 사회주의로 통일이 되었지만 호치민이 이끄는 세력은 그 오랜 세월동안 외세와 싸워 민족의 체면을 세웠다고 대단한 자부심이 커 있지."

"맞아, 내가 참전했을 때 베트남인에게 들은 얘긴데 호치민은 남북이 모두 존경하는 민족의 지도자요 베트남 지도자들은 모두 미 제국주의의 앞잡이들이라고 하더군."

"자유진영으로 통일이 되었다면 엄청난 전후복구사업에 한국이 톡톡히 재미를 볼 텐데 물 건너갔군."

"맞아! 그러나 베트남 참전으로 박 정권은 어려웠던 경제난을 이겨가고 국군현대화와 실전의 경험을 쌓은 일들은 큰 혜택이요 대단한 성과지. 그래서 정권안보도 튼튼하게 하고."

"그런데 전쟁의 후유증에는 항상 전 사상자와 민간인들이 있기 마련인데 베트남에서 근간 한국군에 희생된 양민들이 정부에 항의를 한다는 보도였어."

"나도 그 문제가 제일 가슴 아프고 앞으로 계속 제기될 문제라 생각하네. 우리도 일본과 미국이 저지른 전쟁의 상처에 대하여 항변하고 있듯이 말이야."

그칠 줄 모르는 두 사람의 대화는 자정이 가까워 오고 하룻밤을 함께 할 정도였다. 인호는 사라지지 않은 베트남의 일들이 변화가 있을 때마다 다시 기억에서 되살아나곤 했다. 누구나 자신이 경험했던 특별한 일들은 오랫동안 각인되어 사라질 줄 몰랐다. 열 살의 한국전과 4·19며 베트남 참전이며 그리고 월남의 패망과 통일들이 그것이다.

세월은 흘러. 베트남이 통일된 후 적국이었던 우리와 수교가 되었다. 파월 장병들은 큰 짐을 벗은 기분이었다. 그런 대신 참전 때부터 일고 있던 양민학살 사건을 정식으로 제기를 하기 시작했다. 어쩌면 당연한 일이었다. 그동안은 그들이 오랫동안 참고 있었다. 베트남 현지의 위령비와 증언과 청룡 중대장의 양심고백도 있었다. 국제연대의 친구가 다시 빈번히 물어왔다. 실제로 베트남에서의 양민에 대한 학살이 어떻게 자행되었는가 묻고 있었다. 마침 신문에서 제기되고 속속 사실 확인되어 국제연대는 본격적으로 이 문제를 다룰 태세였다.

"글쎄! 나는 비둘기부대에서 일어났던 사건은 여인강제추행 하려다 반항해서 다리에 총상을 입힌 사실밖에 모르는데 청룡과 맹호 백마 등 전투부대의 상황은 구전으로만 들었지. 문제는 베트콩 마을 공격과 첩자 또는 동조자들에 대한 살상이 많았다는 것 사실이야. 우리 군도 베트콩에게 많이 죽고 하면 열불이 날 일이겠지."

"그렇다고 양민을 우리 군인이 죽은 숫자만큼 학살했다는 항의가 있는데 너무하지 않았나. 아무리 전쟁이지만 무고한 양민을 그렇게 많이 사살했다는 게 사실이라면 당사자도 정부도 책임을 면할 수 없다고 생각해."

"나도 하나의 공범이지 내 총으로 행동하지 않았지만 참전군인들이 저질렀다는 것은 모두가 책임이고 그래서 나는 베트남에 평화구축을 위해 갔다가 학살이나 하고 평화를 깨는 꼴이 되었으니… 그래서 내가 후회하고 있는 것이네. 정말 괴로워."

"참으로 아이러니 하게도 우리는 종군위안부다 노근리다 최근에는 매향리까지 항의한 처지인데 한편으로는 똑같이 나쁜 일을 저질렀다는 사실, 그러니까 똥 묻은 개가 재 묻은 개 나무라는 꼴이지. 베트남정부보다 당사자 유족들이 당연히 항의하겠지."

"그래서 나도 개인적으로 사죄하고 그때 젊었을 때 뭘 모르고 참전한 잘못이었지. 이렇게 잘못된 전쟁이었다면 지원하지 안 했을 거야. 이제 절실하게 나는 남루한 후회를 하고 있다네."

월남이 통일되고 평화를 얻고 있다. 우면 산 총소리는 멈추었다. 어쩌면 우리 전방에도 총소리가 멈출지 모른다. 전쟁이 없는 세상이 왔으면 좋겠다. 다시 한 번 월남에서 산화한 전우와 양민들의 영혼들에 명복을 빌며 인호는 자신의 지난 날 행동에 부끄러운 후회를 하면서 산을 내려왔다.
비둘기 한 쌍이 산자락을 평화롭게 날고 있다.

꽃잎처럼

그해 겨울은 어느 해보다 몹시도 추웠다. 어린 내 동생 숙은 네 번째 겨울을 맞고 있다. 숙이 태어나면서부터 슬픈 기운이 감도는 집안분위기가 해가 바뀌어도 풀릴 기미가 보이지 않았다. 식구들은 살아갈 의욕도 희망도 보이지 않았다. 마을도 사회와 나라까지도 을씨년스럽기만 했다. 이때 숙이는 한 송이 연약한 꽃잎과도 같았다.

숙은 4년 전만 해도 어머니 뱃속에서는 험난한 세상과는 아랑곳하지 않은 채 마냥 평화로웠다. 열 달이 되어 세상에 나오면서 숙은 부모형제들의 아픔에도 마냥 젖을 빨고 있었지만 집안은 좀처럼 기쁜 소식이 오지 않았다. 전쟁은 평화로움에서 사람들이 살아가기에 정신을 차릴 여력도 없이 모두가 혼란과 갈등 속에서 허둥대고 있었다. 이런 때에 세상은 위험하다. 그러나 편안한 삶만을 고집할 수도 없고 어떻게든지 목숨만은 부지해야 한다. 어찌 보면 이미 정해진 운명이기는 하지만 발버둥 쳐야했다.

숙은 어머니가 젖을 먹이고 나면 할머니가 안아주었다. 어머니 뱃속에서 나온 순서 대로면 그 애는 아주 늦게 태어났다. 큰오빠가 18살이나 되고 내가 6살이었을 때에 태어났다. 어머니 나이 마흔에 태어났기에 늦둥이인 편이었다. 오빠를 넷이나 두고 언니를 둘이나 두었다. 어머니가 맏딸로 효골 윤문에 시집온 후 자식 농사가 풍성한 편이었다. 딸 형제가 많았던 외가에 비하여 아들이 넷이나 되었기에 주위로부터 부러움을 샀다. 막내가 딸이기에 할머니와 어머니는 은근히 섭섭해하였다. 아들 넷에 딸 셋이면 아주 잘된 농사였는데도 그 때의 어른들의 아들욕심은 끝이 없었다.

숙이는 귀엽고 예쁜 아이기에 언제나 우울한 집안분위기를 바꾸어 놓아 웃기도 해준 아이였다. 이제 막 재롱부리는 숙은 세상을 잘못 만난 큰오빠에게도 위안이 되었다. 그때 22살이면 장가를 들어 충분히 동생 아닌 귀여운 딸을 보았을 터인데 벌써 2년을 피해 다니는 신세이고 보니 어쩔 도리가 없었다. 할머니와 어머니는 형에게 빨리 장가를 들어 귀여운 손자를 안겨달라고 했지만 형은 묵묵부답이었다. 이유는 간단했다. 겉은 좋은 세상이 오면 그때에 장가를 가겠다고 했으니 내면에는 할일이 많은 사나이에게 결혼은 부담이라는 것이다. 쫓기는 몸으로 자유롭지 못한 자신이 언제 어느 때 영어의 몸이 될지 모르는 위기의 나날에 결혼은 한가한 사람들의 신세타령이나 마찬가지라 여겼다. 만약 결혼해서 세상에 묶이고 보면 또 한 사람에게 슬픔을 안겨줄 수 있다는 것이었다.

좋은 세상이 온다는 형의 꿈을 어른들도 알지 못했다. 형은 숨어 다니니 식구들 속을 태우고 있었지만 꿈만은 원대하고 거창했다. 혼란한 세상에서 좋은 세상이 온다는데 그 누가 반대하겠는가. 그러나 그 꿈을 이루기에는 무리였는데도 버리지 못한 것은 일관된 의지인지도 모른다. 이미 강대국에 의한 분단으로 남북은 각각의 정부를 세워 이미 출발하고 서로 체제를 다지는데 혈안이 되어 있었다. 좋은 세상 만들기는 난망할 뿐이었다. 그런데도 형의 소망과 꿈은 사라지지 않았다.

숙의 첫 돌날에 형은 바람처럼 나타났다. 할머니와 어머니의 걱정스러운 애기는 몸조심하라는 것이다. 형의 대답은 요즘 더욱 감시가 심해 집을 자주 찾을 수가 없었다고 했다. 그러기에 어른들은 아예 자수를 해서 편안하게 살면 좋겠다고 했지만 형은 그게 아니었다. 돌떡을 맛있게 먹고 있는 모습을 보면서 안쓰러워하는 할머니와 어머니였다. 어린 내게도 형의 고집에 안타까운 마음이 들고 어두운 그림자가 밀려오고 있다는 생각이 어렴풋이 들었다. 숙이 잠들어 있는 모습에, 형은 토실 포실한 예쁜 딸 같은 누이동생의 얼굴을 부비며 낮에 오지 못했음을 아쉬워했다. 좋아하는 장난감 하나도 사주지 못했다고 미안해하는 형의 마음이 안쓰러웠다.

그로부터 보름이 지났을까, 형은 시내에서 체포되고 말았다. 그리고 조직을 불라는 고문이 시작되었다. 근 한 달 동안 고문을 가했지만 형은 조직이 없다고 했다. 오직 자신이 혼자서 좋은 세상을 위해 운동을 하고 다녔다고 했으나 믿어주지 않았다. 모진 고문에도 불지 않자 그들은 다른 방도를 찾아보았다. 자신들이 파악한 좌익용의자와 대질신문을 하기 위해 진부촌에 가기로 했다. 사복형사 두 사람이 형을 포승줄로 묶어서 갔다. 그러나 대질도 무위로 끝났다. 서로가 아니라고 하니 그들도 더 이상 고문만을 시킬 수도 없어 수군거렸다. 차라리 죽여 버리자고 하면서 밤이 되면서 진부촌 야산으로 끌고 갔다. 세 발의 총성이 울렸다. 이런 과정을 진부촌에 형의 절친한 친구가 마음 졸이며 지켜보았다. 혹 영철 친구가 자신을 지목하여 붙잡힐까 전전긍긍했는데 엉뚱한 사람과의 심문에 안심이었다. 한경수 친구는 총소리가 난 뒤 다음날 새벽에 그곳으로 달려갔다. 이곳저곳을 뛰어 다니며 겨우 찾았다. 관자놀이에 총을 맞아 흥건한 피가 흘려있었다. 친구의 죽음은 곧 자신의 죽음이었기에 주저앉아 한없이 울었다. 그리고 시신을 수습하려면 영철 친구의 집으로 연락을 해야 했다. 진외가인 동산골로 달려가 알렸다. 법이 있었는데도 재판도 없이 주검을 당하고 말았다.

어머니는 맏아들이 체포되어 고문을 당하고 죽어가는 줄도 모르고 숙과 나를 데리고 외가에 갔다. 마침 외할아버지의 기일이었기에 맏딸로서 참례한 것이다. 어머니는 제사를 준비하면서도 하루 종일 이상한 예감에 사로

잡혔다. 꿈에 형이 선명하게 눈에 보이며 이별하는 꿈을 꾸었다. 아침에 외할머니에게 꿈 이야기를 하니 평소에 신경 써서 걱정한 것이 꿈으로 나타난다며 별 관심을 두지 않는다. 그러나 어머니는 계속 꿈이 기억나고 있었다. 그런데 효골에서 인편이 왔다. 큰집 머슴 종한 이었다. 그는 형을 무척이나 따랐다. 평소에 마을 양반이라고 거들먹거리는데 형만은 인간적이고 정 다감한 형제처럼 대해주어 존경하고 있었다.

"서창면의 한경수라는 친구가 알려왔는데 영철 도련님이 서창면 진부촌에 총을 맞고 운명했다고 합니다."

"뭐라고! 아니 내 아들 영철이가 죽었다고? 아니 그게 참말이냐."

어머니는 혼절 하고 말았다. 어머니가 쓰러져 어린 숙이 울고 있어 나는 숙을 달래느라 정신이 없었다. 제사에 모였던 친척들은 어떻게 어머니를 위로할 수도 없었다. 잠시 후 어머니는 숙을 둘러업고 진부 촌으로 급히 줄달음치신다. 큰아들의 행동이 항상 불안했지만 설마 죽음까지 몰고 올 줄은 꿈에도 몰랐다. 맏아들 주검이 눈앞에 있다니 도저히 믿어지지 않았다. 항상 바르게 모든 일에 분명했기에 군청에서 그리고 면사무소에서 장차 큰 인물이 될 것이라는 주위의 격려에 기분이 좋기만 했었다. 그렇지만 여순사건이 일어나고 떠도는 소문에 의해 아들이 무척이나 고생을 하고 있다는 것쯤은 알고 있었다. 그래서 항상 불안한 마음속에 살아오신 어머니였다.

진부 촌에 가까이 도착할 때는 이미 형의 시신은 죽관에 하관하고 있었다. 어머니가 마지막 얼굴이라도 한번 보게 해달라고 몸부림을 쳤지만 소용이 없었다. 어머니의 통곡으로 묘일을 하던 모두가 눈물을 흘리고 있었다. 자식을 잃은 어머니의 애절한 울음을 함께 하였다. 장례를 끝내고 돌아오면서 형의 죽음으로 닥쳐올 집안의 앞날이 걱정뿐이었다. 형이 떠난 뒤 일년 내내 산사람처럼 밥상을 차리고 형의 이름을 부르며 세월을 보내고 있는 할머니와 어머니의 모습은 너무도 슬프기만 했다. 그러나 이제는 제발 그만 잊고 거두자고 했었다. 비록 9살의 어린나이였지만 그렇게 운다고 죽은 형이 살아오느냐고 역정까지 냈었다. 지금 생각하면 어린 나의 말이 무리한 행동이었음을 기억한다.

슬픔 속에 한 해를 보내고 나니 숙은 세 살의 나이였다. 아직도 어머니 품에 젖먹이다. 그리고 말도 곧잘 하며 언제나 오빠를 찾았다. 큰형의 일주기를 맞아 진부 촌 묘소에 갔다. 비록 형의 육신은 땅에 묻혔지만 묘소에 잔디만은 푸르게 돋아나 영혼이나마 생명력을 더해주고 있는 것처럼 보였다. 살아있다면 얼마나 좋을까? 무럭무럭 자라는 숙을 더욱 사랑스럽게 안아주었을 것이다. 할머니와 어머니의 통곡만이 산천에 울리고 있었다. 형이 언제나 부르짖는 좋은 세상으로 간 형이었을까? 고문의 고통을 형이 더 이상 당 할 수는 없다. 그러나 살아있는 가족들의 고통은 연속이었다.

형의 1주기를 지낸 지 3개월이 지났을까. 어느덧 효골들판에 봄은 가고 여름이 오고 있었다. 소문은 38선이 무너지고 서울이 함락되었다는 것이다. 하늘에는 굉음을 내는 전투기가 날아 다녔다. 2주일이 지나니 효골에도 인공기가 나부끼고 인민군들이 들어 닥쳤다. 꿈에도 생각하지 못한 세상으로 뒤바뀌고 있었다. 그때까지 태연하게 학교에서 공부하고 집에 돌아오니 언제나 반겨주는 숙이는 할머니 등에 업히어 동네에 가고 없고 아버지와 어머니와 둘째형과 큰누나가 집에 있었다.

나는 마루에서 땀을 닦고 있을 때 대문이 열렸다. 군관장교와 군당위원장이 거침없이 대문에 들어섰다. 어린 마음에 은근히 떨렸다. 1년 전에 형이 목숨을 잃었기에 총을 보면 무서움이 앞섰다. 총칼은 곧 사람의 목숨을 앗아갈 수 있다는 감정이 앞서고 있었다. 그러나 군관장교는 정중하게 아버지께 경례를 한다. 그리고 영철형의 죽음을 말하고 아버지에게 효지면 인민위원장을 둘째형에게는 인민의용군 가입을 명했다. 아버지는 사양했으니 맡지 않으면 반동이라 했다. 아버지는 반동이라는 군관장교의 말에 말문을 잃고 말았다. 더 이상의 사정도 들어줄 기미가 없었고 맡지 않으면 죽을지도 모른다는 생각이 앞섰다. 세상은 바뀌고 있었다. 나는 어른들 일에 참견도 못하고 위험스럽다는 생각만을 했다.

나는 비록 열 살의 나이였지만 대충 흐름을 알고 있었다. 학교를 갔는데 선생님들도 일부는 피난을 가고 몇 분이 있었는데 당분간 학교에 나오지 말라고 했다. 아직도 여름방학까지는 일주일 정도가 남았는데 학교를 오지 말라니 공부를 못하게 되어 답답하기만 했다. 숙이는 내가 학교에서 돌아오면 오빠 오빠하며 목청껏 소리 내어 불렀다. 그러면 나는 달려가 꼭 안아주곤 하였다. 그 애가 두 살 때 큰오빠를 잃고 셋째오빠인 나의 사랑만을 받고 자라고 있는 숙이었다. 어머니도 큰자식을 잃은 설움도 숙의 재롱을 보면서 억지로라도 웃으시곤 하시었다.

그런데 세상이 뒤바꿔지고 어찌 된 영문인지 몰랐다. 숙이는 아직도 가끔 어머니의 젖을 물기도 하고 나와 밥도 함께 먹는다. 그리고 들로 산으로 손잡고 나들이 가고 기뻐하며 놀고 있었는데 전쟁의 기운이 효골까지 몰아닥쳐 폭격기가 마을과 우리 집 위를 아주 낮게 날기도 한다. 이럴 때면 나는 숙과 땅에 엎드렸다. 도선산에 올라 광주시내를 폭격하는 모습을 마치 전쟁영화를 보듯 했다. 저런 폭격이 있으면 다음에는 죽음이 있다는 것쯤은 알고 있었다.

밤이면 비상 동원령이 내려 초등학교 강당에서 민족의 슬픔을 노래한 '울밑에선 봉선화'를 연극한 공연이 있었고 노래와 춤으로 면민들을 사로잡았다. 그들은 말했다. "인민여러분! 우리는 결코 남조선 인민들을 해치려 온 게 아니고 하나 되는 조국과 민족을 통일하기 위해 왔노라"고 했다. 내가 공부하는 초등학교의 교실에는 설탕과 쌀과 광목과 솜털 등이 가득히 있었다. 어디서 옮겨왔는지 모두가 군대에서 필요한 물건들이었다.

한여름 무더위는 계속되고 있는데 폭격기의 폭탄세례와 인민군들의 이동으로 더욱 덥기만 했다. 도대체 저 폭격이 언제나 끝날 수 있을까? 들리는 소문은 인천상륙작전으로 중앙청이 국군의 수중에 들어갔다고 한다. 곧 국군과 경찰이 올 것이라는 말들도 있었다. 작은 땅덩어리에서 전쟁으로 정부가 몇 달 사이에 뒤바뀌고 있다는 사실에 어리둥절했다. 이제 인민군이 어느 사이 물러가고 없었다.

인민군이 떠나고 난 뒤 효지초등학교 교실마다 쌓인 설탕과 백미 광목 등을 열쇠를 부수고 면민들이 훔쳐가고 있었다. 이런 광경을 본 나는 이것이 바로 난리구나 하면서 교실 앞으로 가보았다. 그곳에는 아버지와 부위원장이 물건을 지키고 있었다. 아버지는 위원장으로 당연히 공적인 물건에 대하여 보호할 의무를 느끼고 있었다.

"나라 것인데 이리 마음대로 가져가면 안 됩니다. 자제들 하세요."

간곡하게 말했으나 누구하나 듣지 않았다. 오히려 아버지의 신분을 아는 어떤 면민이 큰소리로 아버지에게 말했다.

"당신, 효지면 위원장이죠. 지금 세상이 바뀌었는데 곧 국군과 경찰이 오고 있는데 이렇게 태연하게 창고 관리나 하고 있다니 무사태평이군. 빨리 피하시오. 그렇지 않으면 그들에게 붙잡혀 총살이요."

내가 듣기에도 맞는 말이었다. 그런데도 아버지는 선량한 관리자로서 물자관리를 태연하게 하고 있었다. 인민군하의 정부도 국군하의 정부도 모두 내 나라라는 소박한 생각을 갖고 있었던 아버지였으니 얼마나 순진한 아버지였는가. 열 살밖에 되지 않은 내 마음보다 순진한 마음이었던 아버지였다. 그러기에 마을에서나 면에서나 그 사람은 법이 없어도 사는 순진하고 고진이라고 했었다. 나는 이런 얘기를 듣는 아버지가 좋았다. 그런데 생각해 보니 지금의 순간이 위기의 순간인 것이 분명했다.

"아버지, 피하셔야 해요. 방금 그분의 말이 맞아요. 곧 군과 경찰이 올

거예요. 어서 피하세요.” 그제서야 부위원장과 귓속말을 나누더니 나에게
말했다.

“할머니와 어머니께 잘 말씀 드려라. 아버지는 잠시 피신하러 가니 염려
마시라고….”

“네 빨리 떠나세요. 그리고 몸조심하시고요. 빨리 집에 돌아오세요.”

아버지가 가시는 모습을 한없이 지켜보고 있던 나는 두려움이 밀려왔다.
과연 어디로 가시는 것일까? 외가나 진외가는 아닌 것 같았다. 그렇다면
무등산으로 가신 것이다. 아버지의 모습이 사라질 때까지 한없이 바라보고
있던 나는 처음으로 아버지와의 이별을 하고 있었다. 어쩌면 다시 만나지
못할지도 모르는 이별….

집으로 돌아와 할머니와 어머니께 아버지가 잠시 피신해 갔다고 말씀드
렸다. 근심스런 두 분의 얼굴은 오직 한숨을 쉬며 그동안 아들 때문에 걱정
이 이제는 남편의 걱정으로 이어져 가는 고난의 길이 염려되었다. 할머니
는 근심스런 말씀을 하신다.

“큰일이다. 산 속으로 간다고 안전하겠느냐. 언제까지 숨어서 지낼 수도
없고 또한 뭘 먹고 버틴단 말이냐? 자식이 갔던 길을 애비도 가고 있으니
이 무슨 운명이냐.”

“너무 걱정 마세요. 아버지는 곧 돌아오신다고 하셨어요.”

“글쎄, 무사히 돌아온다면 좋겠다. 세상을 잘못 만나서 자식 잃고 자신도
고생하고 불쌍한 너의 애비다.”

할머니의 탄식이었다. 3년 전, 숙이 태어나고부터 형은 피해 다니고 그
애 첫돌을 지내고 있을 때 형은 세상을 떠났다. 그리고 세 살이 되어 아버
지가 피해 다니는 것이다. 어린 숙의 운명과도 무슨 연관이 있을까? 그러나
숙이는 아무 것도 모른 어린애다. 그저 배가 고프면 젖을 찾고 할머니와
오빠의 등에 업혀 놀았다. 모든 식구들의 귀여움을 독차지하는 숙이다. 아

버지가 몇 일째 보이지 않으니 할머니와 어머니의 근심걱정뿐이다. 나는 아버지가 생전에 자필로 쓴 그때의 아버지 위기를 상세하게 기록한 것을 기억한다.

아버지는 그 어느 곳으로 가도 안전하지 않을 것 같아 일단 무등산으로 가기로 했다. 과연 산 속으로 피신을 하면 안전할 수 있을까, 의문이었지만 한참을 가다가 산자락에 있는 낡은 가옥으로 들어갔다. 우선 허기진다고 사정을 하니 노파가 고구마 찐 것을 내놓았다. 그리고 딱해 보였는지 말을 걸어왔다.

"보아하니 피신을 가는 것 같은데 목적지는 어디로 잡고 있소?"

"예, 아무래도 무등산인데 노인장께서 보시기에 무등산으로 피신하면 안전할까요?"

"글쎄요, 우리 동네에 사는 한 분도 피신을 가야할 처지여서 산 속으로 간다고 갔으나 소문에는 산 속으로 들어가면 나오기가 쉽지 않다고 합디다."

"그래요, 난감하군요. 어디를 가도 검문이 심해 안전하지 않을 것 같군요. 하여튼 고구마 요기도 잘하고 말씀도 고마웠습니다."

노인장 얘기를 곰곰이 생각해 보니 아버지 생각과 일치했다. 무등산으로 들어가면 다시 나오기는 어려울 것이었다. 많은 부역자들이 산 속으로 피신을 가고 있지만 산 속으로 가면 어쩌면 영원한 빨치산이 되는 것이었다. 살아나간다는 보장도 없을 터이다. 그러나 시내로 나가기는 겹겹이 싸인 군경합동 토벌대의 검문을 어찌 통과할까? 그게 문제였다. 한참을 가다가 삼거리가 나왔다.

이제 운명의 길을 선택해야만 했다. 오른쪽 길로 가면 무등산으로 입산하여 빨치산이 되는 길이고 왼쪽으로 가면 시내로 나오는 길이다. 이제 선택을 해야 한다. 아버지는 운명의 기로에 선 것이다. 그동안 살아오면서 생각했던 온갖 지혜를 짜내 보았다. 그래서 나온 결론이 노모와 처자식을 위해 시내로 가는 길을 택했다. 약초를 캐는 사람으로 가장하기로 했다. 우선 약초 꼴망태와 호미를 준비하는 일이었다. 한집 두 집을 살피고 있었는데 마침 약초 캐는 도구가 걸려있어 둘러 멨다. 그리고 산에 있는 몇 가지 풀뿌리를 캐서 망태에 넣고 시내로 나오고 있었는데 군경합동 수색 대가 총부리를 들이댄다.

"누구야, 멈추어라. 어디를 다녀오나?"

"네, 저는 서창면에 사는 박석천입니다. 약초를 캐러 산에 갔다가 내려오는 길입니다."

"정말인가? 혹 빨치산과 내통을 하는 자가 아닌가? 조사를 하라."

"정말입니다. 저의 노모께서 위독하시어 용한 약 뿌리를 캐러 왔습니다."

"보아하니 효자군. 그리고 순한 농민 같은데 험한 곳을 다니면 안 되니 빨리 가시오."

"고맙습니다. 그런데 대장님! 부탁이 있습니다. 증명 하나 해주시오. 가다가 또 검문을 당하면 꼬치꼬치 물을게 아닙니까? 그러니 하나 해주시오."

"이 양반, 꽤 귀찮게 하네. 그래 써 드리지."

이렇게 해서 군경합동 검문을 할 때마다 증명을 제시해서 위기를 모면했다. 무려 세 번 이나 검문을 당했으나 시내로 무사히 빠져 나와 한숨을 내쉬었다. 아버지 자신도 어찌 그런 기지를 발휘했는지 알 수 없었다. 이때 가 아버지의 첫 번째 죽을 고비였었다. 사선을 넘은 아버지는 우선 서창면 만호리 진외가로 몸을 피했다.

효골 집에서는 하루 이틀도 아니고 근 열흘째 소식이 없자 불안하기만 했다. 사방으로 수소문했으나 별무소식이었다. 열하루만에 진외가에서 인편이 왔는데 무사하다는 소식에 안도의 한숨을 쉬고 있었다. 숙이는 아버지가 보고 싶다고 재촉하다가 오빠들과 언니하고 놀면서 잠이 들곤 하였다.

가을이 되었다. 효골의 들판에는 황금빛으로 물들고 이제 추수를 준비하고 있었다. 그러나 아버지가 아직도 피해 다니고 있어 가을 내기는 어머니와 누나들만이 할 수밖에 없었다. 지난해부터 험난한 집안의 형편에 농사에 열중할 수도 없었으나 가뭄까지 겹쳐 수확이 반으로 줄었다. 어찌하든 식구들은 살아야 했기에 반밖에 되지 않은 가을 내기라도 정성들여 해야 했다.

국군은 38선을 넘어 평양까지 진격했다. 정부는 인공기간에 본의 아니게 부역한 사실을 신고하면 불문에 붙인다고 공고했다. 공고문 끝에는 이번 기회에 사실대로 신고하면 부역사실에 죄를 묻지 않을 것이며 만약 신고를 하지 않고 발각되면 그때는 이적행위로 간주하여 엄한 처벌을 받을 것이란 경고문도 들어 있었다,

아버지와 둘째형은 덤덤하게 별 죄의식도 없이 한 부역이라고 생각했다. 신고하면 모든 죄를 묻지 않는다니 기간 내에 신고를 했다. 아버지와 둘째형은 당시 협력을 하지 않으면 반동으로 몰려 죽임을 당할까 두려워 살기 위해 할 수 없이 부역을 했노라고 솔직하게 자술서를 썼다. 따지고 보면 나도 원두막에서 북의 애국가를 배우고 김일성 장군 노래를 부르며 병정놀이한 소년단원으로 참여했기에 해당되는가 했는데 초등학생까지는 면제가 되고 중학생부터는 자수를 해야 한다는 것이다.

신고 자술서 끝부분은 "앞으로는 어떠한 일이 있더라도 부역하지 않을 것을 서약한다고 썼다. 이렇게 자술서를 쓴 사람들이 부지기수다. 효골만해도 당숙들이 3분이 쓰고 청년3명과 큰집 머슴 종한이를 포함한 3명이 자수를 하였다. 이렇게 부역자 명단이 파악되었으니 철저하게 관리를 할

터이다.

그동안 아버지와 형은 자수를 하고 가을 내기에 여념이 없었고 겨울이 돌아와 새끼 꼬는 기계를 사들여 가사에 보탬이 되도록 새끼를 꽈 내다 팔고 있었다. 흉년으로 절대 부족한 식량을 준비하기 위해서는 일할 수밖에 없었다. 나는 4살의 숙과 함께 부모님과 형이 일하는 작업을 열심히 보고 있었다. 어느 때는 집단을 운반하기도 했다. 한겨울의 농촌풍경은 한가했지만 우리 집과 마을 몇 집은 바쁜 부업의 일손이었다.

그들은 죄과를 절대 묻지 않는다고 했으나 해가 지나고 중공군의 인해전술로 밀리고 밀려 1·4후퇴를 하고 있을 때 소문은 부역자를 잡아들인다는 것이다. 소문에 아버지는 진외가로 형은 외가로 피신을 하였다. 저녁을 물리치고 막 잠들 때였다. 마을 입구의 개가 짖어대니 덩달아 온 마을 개들이 짖어댄다. 마치 도둑들이 집집마다 든 것처럼 대혼란이었다. 나는 늦게까지 등잔불에 공부를 하고 있었는데 어머니가 불을 끄고 빨리 자라고 하신다. 잠시 후에 울타리를 뛰어넘는 소리가 났다. 그리고 곧바로 마루로 올라와 잠겨져 있는 문을 열어젖힌다. 할머니와 어머니, 누나와 함께 자고 있었다. 이불 속으로 파묻고 들어갔다. 무서웠다. 그들은 대뜸 지껄인다.

"뭐, 윤석천이 개새끼들에게 자수를 했다고 배신자 같은이라고, 윤석천 나와라."

이렇게 몇 번이고 광으로 부엌으로 다니며 아버지를 찾고 있었다. 할머니는 말했다.

"댁들은 누구요. 우리 아들은 집에 없어요."

"벌써 도망을 갔군. 배신자 같으니."

식구들은 세상에서 그렇게 떨어보기는 처음이었다. 숙이 잠이 들다가 깨서 울어댄다. 너무나도 무시무시한 군화 발과 그들의 언어들이었다. 개새끼란 좌익들이 경찰을 칭하는 말로. 마치 좌익이 배신자들을 잡아 간

걸로 위장하기 위한 무서운 언어였다.

이날 밤, 마을을 휩쓸고 간 부역자 색출은 건너 마을에서 2명과 우리 마을에서 2명 그리고 이웃마을에서 1명이 붙잡혔는데 새벽 무렵 뒷산에서 들리는 수십 발의 총소리가 났었다. 온 마을 사람들이 뜬눈으로 밤을 꼬박 센다. 그리고 다음날 아침 뒷산을 다녀온 큰집 머슴 종택이는 동생 종한이가 죽었다고 대성통곡을 한다. 그곳에서 어젯밤에 붙들린 5명이 죽어갔다. 까마귀 때들이 어디서 날아왔는지 울어댄다. 한겨울 뒷산고랑에 꼬꾸라진 시체를 가족들이 옮기면서 우는 광경은 차마 볼 수가 없었다.

할머니와 어머니는 혹시 아버지와 형이 붙잡혔는지도 모른다는 생각도 했으나 미리 피신했기에 모면했다. 틀림없이 어제 집에 있었다면 붙들려 참살을 당했을 터인데 천만 다행이었지만 다시 불안뿐이었다. 정부는 분명 자수하면 죄를 묻지 않고 평안하게 살도록 하겠다는 공고는 거짓임이 드러났다. 그들의 계략은 1·4후퇴로 계속 인민군이 다시 쳐들어오면 부역자들이 합세하여 보복을 할 것이라는 정보에 따라, 미리 그 근원을 제거한다고 했지만 그러나 너무나도 무고한 양민을 재판도 없이 죽이고 있으니 과연 온전한 세상인가? 부역자가족들은 계속 불안과 초조감에 나날을 보내야만 했다.

이번에는 19살의 형이 가족회의를 열어 국군에 입대하기로 했다. 그때는 군에 소집이나 지원을 해서 가면 면에서 환송대회를 열어주었다. 무운장구란 머리띠를 메고 전쟁터로 향하는 그들에게 살아 돌아오라고 했다.

몇 달 전까지 국군의 반대편인 의용군이었던 형이 이제 정반대되는 국군에 입대하고 있었으니 분단국의 아픔이었다. 6·25 한국전쟁은 중공군까지 가세하여 장기전을 펴고 있었다. 날마다 전투에서 죽어간 병사들은 늘어나고 있어 전투병이 절대적으로 부족하기에 부역자를 가릴 겨를이 없었던 상황이었다.

　형을 보내고 무려 한 달이 넘도록 소식이 없으니 불안하기만 한 부모님이었다. 3년 전 큰자식을 잃고 또다시 자식을 전쟁으로 내몰고 있는 현실이 안타깝기만 했다. 기다리던 편지가 왔다. 훈련소에서 간단히 기초훈련을 받고 중부전선 1사단에 배치되었다는 것이다. 걱정이었지만 건강하게 복무하고 있으며 전쟁이 끝나면 살아 돌아가겠노라고 했다. 편지에는 나와 귀여운 숙이 동생의 안부도 적었다.

　전세는 밀리다가 전진하고 일진일퇴를 거듭하고 있다. 유엔군의 증강에 따라 전세는 역전되고 있었다. 잠시 남쪽은 평정을 찾으면 부역자 색출은 잠시 멈추고 전세가 악화되면 다시 잡으러 다녔다. 아버지는 지난 밤 두 번째 사선을 넘고 이제는 평온하기에 집으로 돌아왔다. 아들까지 전쟁에 참전했으니 이제 위험한 순간을 넘겼나 싶었다. 그런데 전선이 밀리고 부역자에 대한 단속 강화라는 지시를 받았는지 또다시 소문이 돌았다.

　어느 날 오후였다. 아버지와 나는 울타리 일을 하고 있을 때였다. 나도 이제 12살로 아버지 일을 돕고 있었다. 옆에는 5살의 숙도 거든다고 이리저리 왔다 갔다 했다. 수숫대와 싸리나무 일부를 합하여 만들고 있는 울타리였다. 그런데 잠시 일손을 멈추고 다리 건너 쪽을 바라보고 있을 때였다. 거지처럼 행세하고 찢어진 바지사이로 개머리판이 없는 칼빈 총을 차고 이쪽 우리 집 앞으로 오고 있었다. 아버지는 일을 쉬지 않고 계속하고 있는데, 분명 사람들을 잡으러 다닌 사복형사들이었다. 그런데 점점 다리를 건너 아버지 앞으로 다가오는 그들을 보고 아버지께 말해야 하는데 그들이 들을까봐 귀속 말로 할 틈도 없이 위기일발의 순간이었다.

　"아버지, 빨리 도망가요. 잡으러 와요 빨리빨리"라고 해야 하는데 혀는 움직이고 있었지만 그러나 소리를 낼 수가 없었다.

　'어쩌지, 아버지가 꼼짝없이 붙잡히게 되었네. 큰일이네' 순간 그들이 아버지 앞에서

"저 말씀 좀 물읍시다. 이 마을에 윤석천이란 사람이 어느 집에 살고 있나요?"

'과연 아버지는 무어라 대답할까? 가슴이 조여 미여터질 것만 같았다. 나요, 라고 하실까? 큰일이다. 그런데 기적이 일어났다. 분명 기적이었다.'

"나는 모르오. 다른 마을에서 일하러 왔기에 잘 모르오. 저 안으로 가서 물어보시오."

"아! 그래요. 고맙습니다."

그들은 아버지 앞을 빠른 걸음으로 지나갔다. 나는 꼭 꿈만 같았다. 아버지가 어찌 그런 말씀을 하실까? 어떻게 그런 기지가 발동했을까? 하긴 지난해 인민군이 물러가고 무등산으로 피난을 갔다 빠져 나오면서 보였던 때와 같은 임기응변의 순간이었다. 그리고 아버지는 어디론지 바람과 같이 사라졌다. 참으로 신기한 순간이었다. 나도 빨리 그 자리를 뜨고 육모정자로 가서 애들과 노는 척 했다. 그리고 그들의 동태를 살피는데 그들은 마을 안을 뒤진 후 아랫마을로 내려가고 있었다. 나는 아버지가 위기의 순간을 또 모면하셨구나 하며 긴 한숨을 내쉬었다.

그날 저녁에도 세 사람의 목숨이 뒷산에서 사라졌다. 아버지도 체포되었다면 별 수 없이 숨을 거두었을 것이다. 아버지는 그길로 곧장 진외가로 피신을 하시었다. 한편 전쟁 막바지에 접어든 전선의 상황은 또다시 일진일퇴를 거듭하고 있었다. 정전과 휴전협정을 맺는다는 비밀정보가 서로 유리한 상황에서 휴전선을 긋고 싶어 무리한 작전을 펼치고 있었다.

이때 중부전선에서 복무하던 형이 손목에 수류탄을 맞아 중상을 입고 울산 후송병원으로 치료를 받고 있다는 소식이었다. 죽지 않고 살아있다는 소식에 안도하면서도 중부상이라니 걱정이 되어 어머니는 그 멀고먼 울산으로 면회를 갔다.

어머니는 아들의 얼굴을 보고 돌아오니 살 것 같았다. 그런데 휴전 막바지에 전투가 격렬해 한차례 부역자 검거에 열을 올리고 있었다. 전쟁 내내 전황에 따라 소용돌이치고 있는 부역자들의 생사문제였다. 전쟁은 2년을 지나고 6개월이 흘렀다. 추운 겨울 어느 날, 숙은 열이 심해서 보채고 있었다. 할머니와 어머니는 잔 밥을 먹이며 성주 삼신께 빌고 또 빌었으나 소용이 없었다. 이대로 두었다가는 무슨 일이 일어 날것만 같았다. 나주에 있는 아버지 친구가 한약방을 하는데 그곳에서 약을 지어오기로 했다.

근간 부역자들의 동태를 살핀다는 소식에 아버지도 조심해야 했다. 그러나 아들이 전투 중에 부상당했는데 어쩌겠느냐, 지금 당장 문제는 막내딸의 생사문제였다. 눈이 내리고 있었지만 서둘러 출발했다. 이제 아버지가 약을 지어오면 숙이는 금방 나을 것이다. 숙은 너무도 아픈지 계속 울고만 있었다. 내가 숙을 업고 동네 한바퀴를 돌면 그때는 울음을 그쳤지만 열이 심해 불덩이 같았다.

집안의 분위기는 싸늘했다. 둘째형이 죽음은 면했지만 중 부상을 입고 고통을 받고 있다. 그간 집에서 슬픔이 밀려와도 숙은 재롱으로 웃음을 주었는데, 언제나 나를 따르며 함께 놀았는데 심하게 아프니 짜증만 부린다. 그러나 약을 지러 가신 아버지가 돌아오시기만을 몹시도 기다렸다.

그러나 아버지는 오시지 않고 숙은 열이 떨어지지 않고 오히려 더 높기만 했다. 아무리 물수건을 이마에 올려 열이 내리게 해보았으나 효과가 없었다. 한밤중이 되었다. 숙이 좋아하는 설탕물도 토해낸다. 답답해서 견딜 수가 없다. 오직 아버지만을 기다릴 뿐이다.

밤늦게까지 아버지는 오시지 않았다. 울며 보채는 그 애를 도저히 달랠 수가 없다. 자정이었다. 마을입구에서 또 개 짖는 소리가 요란했다. 혹시 아버지가 오시는 걸까! 그런데 울타리를 뛰어넘어 마루에 다다른 구둣발 소리다. 식구들은 숨죽이고 있었다. 잠겨 있는 문고리를 낚아채더니 문을 활짝 열어젖힌다. 할머니는 누구냐고 물었지만 전등을 비추며 아버지를 찾고 있었다.

"윤석찬이 나와라. 어디에 숨었느냐? 빨리 나오지 못해!"

"아들은 집에 없어요. 손녀가 아파서 약 지러 갔소. 아픈 애를 봐서 돌아가 주시오."

"어디다 감추고 없다는 거야? 벽장에도 없고 부엌에도 없으니 벌써 도망 갔군."

이 순간 더욱 울어대는 숙을 나는 꼭 껴안고 숨소리도 내지 않고 이불 속에 있었다. 무자비한 그들이었다. 어린애가 죽어간다고 해도 소용이 없었다. 이불을 젖히며 일일이 손전등을 비춘다. 할머니만이 그들에게 항의하고 있었다.

"제발 돌아들 가시오. 어린 손녀가 다 죽어가고 있다는 데도, 당신들이 사람들이요?"

그들은 아버지를 검거 못해 화를 내며 돌아갔다. 이렇게 실랑이를 벌이고 있던 시간이 새벽3시부터 4시 사이였다. 한 시간 후 뒤에 뒷산에 두발의 총성이 울렸다. 또 사람이 죽어가고 있는 것이다. 만약 아버지가 집에 계셨다면 그들과 함께 저 총탄에 목숨을 잃었을 것이다. 식구들이 공포에 떨며 질려있었다. 그런 후 정신을 차려 숙을 살피니 앓은 소리도 내지 않아 잠이 들었나 했다. 나도 깜박 잠이 들었다 깨어나니 6시경이었다. 나는 얼른 숙의 이마에 손을 대보았다. 싸늘했다. 순간 불길한 예감이었다. 심장에 귀를 대어 보았다. 숨소리가 들리지 않았다. 그러나 심장은 약간 따스했다. 나는 어머니께 말했다.

"어머니! 숙이 숨소리가 안 들려요. 이마도 차고요. 왜 이러지요?"

어머니는 이미 숙이 숨이 끊어진 것을 알고 있었기에 눈물만 흘리고 있었다. 나는 그제서야 그를 흔들어 깨워보았다. 한없이 울며 숙을 불렀다. 아무대답이 없었다. 마치 편안하게 잠이든 것처럼 눈을 감고 있었다. 그렇게 높던 열도 식었다. 나는 그제야 숨이 끊어진 것을 알고 마지막 악수를 하며 이불 속에 그대로 누워 있었다.

잠시 후에 대문소리가 나더니 아버지의 헛기침 소리가 들렸다. 할머니가 아버지를 맞이했다. 왜 이제 오느냐며 약간 질책을 하신다. 그러고는 숙이 잠든 쪽을 향한다.

"애가 죽었다. 어제 밤에 너를 찾은 그들이 와서 야단을 치던 그 순간에 숨이 끊어졌다. 어찌 보면 저 애가 애비를 살렸다. 애비가 나주로 약을 지러 가지 않았다면 아마도 어제 밤에 죽었을 것이다. 새벽 뒷산에서 총소리가 나고 두 사람이 죽어갔다고 한다."

"어머니 죄송합니다. 눈이 하도 많이 와서 올 수가 없었어요. 어제 왔으면 숙이를 살릴 수 있었는데…." 하시며 눈물을 흘리신다.

"난리 통에 태어나, 난리 통에 가는 구나. 태어나지 말았어야 했는데 어린 것이 무슨 죄가 있다고 이 난리에 숨을 거두다니…."

어머니는 당신의 뱃속에 10개월 그리고 4년을 한 몸처럼 살아왔던 지난 날을 되돌아보며 애통해 한 말이었다. 그 난리 중에도 숙은 어쩌면 어머니의 생명과도 같았었다.

숙이는 4년 동안 세상을 살면서 그저 재롱만 떨었다. 집안의 슬픔이 가득할 때 귀염둥이로 억지로라도 웃게 했는데…. 막 피어난 가냘픈 예쁜 한 송이 꽃잎이었는데 거센 비바람에 피어나지도 못한 채 지고 말았다.

몹시도 추운 겨울이기에 춥지 않게 두꺼운 옷을 입히고 사기동이 속에 넣어 도선산 양지바른 곳에 묻었다. 아버지와 종택이 머슴과 나도 따라갔다. 어린 아이이기에 봉분도 없이 쓴 묘에 막대기로 만든 십자가를 세워 기도를 하고 산을 내려왔다.

분단으로 인한 난리 통에 태어나 전쟁이 채 끝나기도 전에 짧은 생을 살다간 내 사랑하는 숙이다. 학교에 가거나 밖에 나갔다 집에 그렇게 반갑게 뛰며 오빠! 오빠를 부르던 그 애 모습이 반 백 년의 세월이 흘렀지만 지금도 지워지지 않고 내 가슴에 살아있다.

꽃잎처럼 연약한 숙의 삶은 너무도 아픔의 기억들이다. 세상에 연약한 꽃잎처럼 져버린 어린 영혼이었다.

첫사랑

　　며칠째 계속되는 꿈 때문에 인호는 상념에 잠긴다. 꿈은 상상을 초월하여 제멋 대로다 요즘에 꾼 꿈은 오래 전 잊기로 한 첫사랑에 대한 꿈이었다. 나와 그녀가 사랑이 무르익어 갈 때 그는 "첫사랑은 이루어질 수 없다하지만 우리는 꼭 이뤄 결혼하고 행복하게 살아요." 했으나 그와의 약속은 이루어지지 않았다. 지난날 그녀가 손가락을 걸면서 약속했던 첫사랑이 어느 날 더 이상, 사랑할 존재와 가치가 없어 절교 하고 서로의 길을 가고 있었다.

　이제 첫사랑은 그저 희미한 옛사랑의 그림자처럼 추억으로만 남아있었다. 그녀와 헤어지고 난 후 2년 결혼하여 직장과 가정에 충실하며 살아가고 있었다. 그러나 강산이 변한다는 10년의 세월을 사랑했는데 헤어지기로 했지만 그렇게 쉽게 잊을 수가 없었다. 이렇게 자주 꿈에 나타난 것은 지난 날 너무 사랑하였고, 잊지 못하기 때문에 잠재적으로 쌓여있는 생각에서 나타났을 터이다. 헤어지고 10년이 지난 어느 날 우연하게 그녀를 언니라 부른다는 여인을 만나서 궁금했던 소식을 들었다. 내가 그렇게 걱정을 하던 그녀가 혹시 나 때문에 결혼을 하지 않았거나 또는 못하고 있다면 어찌하나 하는 일종의 책임감과 도덕적 양심까지 겹쳐 생각할 때도 있었다.

다행하게도 그녀는 사업을 하는 남자와 결혼해서 세 자녀를 둔 엄마가 되었다는 소식에 안도하였다. 그런데 그녀는 "자신이 진정으로 사랑했던 사람은 공부 때문에 서울로 갔다"면서 아직도 그녀가 나를 잊지 못하고 있다는 말해 가슴이 아렸다.

나는 오직 그녀가 행복하게 잘 살기만을 바라고 있었고 한동안 꿈에서도 보이지 않았다. 그런데 새삼스럽게 그녀가 밤마다 자주 꿈속에 나타나고 있으니 혹 그녀의 신상에 어떤 변화가 있을까? 하는 생각도 해 보았지만 모두가 꿈이라는 사실로 치부하고 말았다. 프로이드의 꿈의 해몽학에서 '뇌리에 지워지지 않은 각인된 사건이나 또는 큰일을 자신도 모르게 염두에 두고 있으면 꿈에 형상화 될 수 있다'는 해설을 나는 믿고 있다. 그래서 그동안 꿈에 나타난 그녀를 이해하고 있었다. 그런데 지금은 그녀와 헤어진지도 오랜 세월이기에 뇌리에 맴돌거나 기억하고 있지 않았는데 웬일일까? 물론 영화나 드라마에서 첫사랑에 대한 장면을 볼 때나 아니면 주변에서 진지하게 첫사랑에 고백을 늘어놓을 때는 내 첫사랑과 비교도 하면서 다시 기억을 떠올리게 된 적은 자연스러운 일이었다.

내가 희미하게 사랑이라는 단어에 접근했을 때가 초등학교 3학년인 것 같다. 그러니까 열 살 때인가 보다. 예쁘게 생긴 여선생님이 담임이었는데 지서주임과 연서를 주고받는데 나에게 심부름을 시키고 있었다. 나는 그 편지를 전하면서 과연 이 편지내용에 어떤 얘기가 적혀있을까? 궁금해 뜯어보고 싶었으나 단단하게 봉해진 편지를 뜯어볼 수가 없었다. 아마도 사랑타령의 구절들이겠지 하면서 계속 주시하고 있는데 어느 때는 학교운동장에 지서주임이 자전거를 타고 있으면 수업 중에 여선생님은 창문을 활짝 열고 그 방향을 물끄러미 바라보고 있었다. 그리고 웃음 띤 얼굴에 나중에는 손까지 흔들어 준다.

나는 그때 생각했다. 아! 저 모습이 사랑인가 보다. 나도 커서 사랑을 해야지, 하면서 동경하는 마음이었다. 거기에다 여선생님은 학예회에 내게 '고향생각'이라는 노래로 독창을 하라고 하시어 선생님이 쳐준 풍금에 맞추어 노래연습을 했었다. 그 때 선생님의 화장품 냄새가 특이했다. 사랑하는 사람에게 잘 보이려고 화장한 선생님의 마음속에 들어가 보았다. 선생님의 사랑은 이루어질까? 그런데 선생님의 사랑은 이루어지지 않았다. 아마 첫사랑이어서 일까?

내가 졸업반이 되었을 때 나를 따르는 예쁜 2년 후배가 있었다. 오빠라고 부르면서 졸졸 따라 다녔다. 그때 나는 전교회장으로 조회 때 구령을 하였기에 알려지긴 했지만 소문은 연애한다고까지 번졌다. 어린애들이 연애는 무슨 연애? 일부는 이를 첫사랑이라고 몰아치지만 그렇지 않았다. 그러나 그 정도도 사랑이라면 사랑일까? 그러나 결코 어린시절에 있었던 동심의 사랑은 좋아하는 정도이다. 중학교 때는 좀 더 또 다른 연애 감정이었지만 고학으로 공부를 해야 했기에 그럴 여유가 없었다. 그러나 마음만은 사랑하고픈 여학생이 눈앞에 있다면 좋겠다는 생각이었다.

그 후 우리 집은 고향을 잠시 떠나야 했다. 선대가 450년이나 대대로 살아왔고 그리고 내 태를 묻고 자란 아름다운 꿈을 꾸었던 고향이었다. 효골 들판에는 가을이면 풍성한 오곡이 황금들녘을 이루고 감 밭들에는 다양한 감나무와 여러 가지 채소와 참외와 수박, 그리고 삼실과가 풍만하게 있어 우리의 입맛을 돋아주었다. 흐르는 개울가에서 올챙이와 미꾸라지 붕어 가재와 메기를 잡고 뛰놀던 정든 고향을 떠나는 심정은 아쉽기만 했다. 그러나 영원히 떠난다는 생각은 하지 않았다. 이삿짐을 챙기면서 눈물이 핑 돌았다.

내가 시골에서 도시 변두리로 이사한 날이었다. 도시라고 하지만 그곳에는 아직도 수도가 들어오지 않아 자가 펌프를 이용하여 식수로 사용하였다. 그런데 동네 팔 거리 한가운데에 우물이 하나 있었다. 대부분 이 우물은 허드레 물로 사용하고 우물가에서 빨래나 하였다. 나는 이사 후에 집안 청소를 하려니 물이 필요했기에 우물가로 갔다. 두레박을 우물에 넣는 순간 앞에 여학생이 나타났다. 그녀도 우물 속에 두레박을 넣고 있었다. 물을 떠 끌어올리면서 마주친 서로는 가벼운 눈인사를 했다. 그곳으로 이사해 처음 만난 여인이어서인지 가슴이 뛰었다. 사춘기 절정이었던 고교시절에 여학생을 보면 예사롭지 않았다. 그녀가 두레박질을 끝내고 돌아가는 모습을 넋을 잃고 유심히 바라보았던 기억들!

그때 그랬다. 이렇게 아름다운 소녀가 있다니! 감탄하면서 그가 두레박질을 끝내고 있을 때 그를 쳐다보려는데 그녀는 얼른 그 순간을 피했다. 그리고 집으로 가는 그를 곧장 뒤따라가면서 그녀의 집을 알게 되었다. 그녀를 보내고 난 내 마음은 오직 그녀생각뿐이었다. 그녀는 마치 천사와 같은 하얀 얼굴에 연분홍색 원피스를 입었는데 그동안 여학생을 보았지만 한눈에 반하여 마음이 끌렸다. 집으로 돌아와 그녀 집을 살폈는데 우리 집과의 위치는 바로 뒷집이었다. 그날 후 수없이 그 집 앞을 지나면서 '그 집 앞' 노래를 부르며 걸었다. 그녀 집이 판자로 만든 울타리였는데 그 사이를 기웃거리면서 그녀를 바라보려고 했지만 좀처럼 그녀는 나타나지 않았다.

그녀를 처음 본 후부터 잠을 이룰 수가 없었다. 어찌하면 그녀를 만날 수 있을까? 오직 우물가에서 그녀를 기다리는 방법밖에 없었다. 그러기에 시간만 나면 우물가를 한바퀴 돌고 그리고 그 집 앞을 지나면서 살피곤 했으나 그녀는 여전히 나타나지 않았다. 학교에서 돌아와 우물가로 나갔는데 마침 그가 나타났다. 나는 사람들의 눈을 피해 그녀에게 다가갔다. 오늘 저녁 7시에 앞 개울가 탱자나무 울타리에서 만나자고 했다. 그는 아무런 대답을 하지 않고 그저 알아들었다는 식으로 휭 가버렸다.

그와 약속한 시간은 더디기만 했다. 난생 처음 여학생과 약속하였기에 마음이 초조하기도 했다. 처음 만나서 어떻게 말하면 그가 호감을 가질까?

여러 생각을 하면서 30분전에 미리 가 있었다. 해는 산마루에 걸쳐 지고 어둠이 서서히 몰려오고 있었다. 과연 그녀가 나타날까? 나에게 조금이라도 호기심이 있다면 나타나겠지… 그러나 단 한 번의 약속에 호락호락 나올 수 있을까? 여러 생각이 들었다. 아직 어린 소녀인데 과연 나이는 몇 살이고 학교는 어느 학교를 다닐까. 그때까지 그녀의 학생복 차림을 한 번도 보지 못했기에 궁금할 뿐이었다. 그가 과연 나올까? 그러나 어쩌면 안 나올지도 모른다. 시간은 7시를 넘어 10분쯤 되었을까? 마음 졸이며 기다리고 있었는데 저만치에서 나비처럼 걸어온 그의 모습은 처음 본 느낌과 같이 천사와 같았다. 사뿐사뿐 마치 백조처럼 걸어오는 모습에 내 마음 흐뭇하고 안도의 마음이었다.

“나와 주셨군요. 고맙습니다. 약속을 지켜주셔서.”

“저도 엉겁결에 약속을 해서 한없이 기다리실 것 같아 나왔습니다.”

“나는 인호라고 하고요 고2입니다. 이곳으로 이사는 한 달 전에 왔지요.”

“저는 정단이라고 하고요. 중2입니다. 이 동네에서 10년을 살고 있지요.”

“난 이제 동네 신출내기 촌놈이니 잘 봐주세요. 우리 시간 나는 대로 자주 만나요. 이곳으로 이사 와서 낯설기도 하지만 친하게 지내서 좋은 사이가 되고 싶어요.”

“저는 시간이 없어요. 학교에 다녀오면 공부하고 부모님께서는 외출을 하지 말라고 감시가 심해요.”

“물론 나도 공부도 하고 일도 하고 시간이 없지만 시간이 없는 가운데 만남의 기쁨이 크지 않을까요?”

이렇게 처음 만나서 상견례를 무난히 끝냈지만 아직 나이 어린 소녀와 연애를 한다는 게 좀 걸리는 것 같았다. 그러나 그는 마치 고2 정도의 생각과 행동으로 성숙해 있는 소녀였다. 그를 만나기 전에는 그 어떤 여성을 딱히 사랑해 보지 않았으니 이 여인이 첫사랑이었다. 그러기에 소중한 만남인 것 같은 생각이었다. 그가 앞으로 어찌 나올지 모르지만 그녀를 만나면 황홀한 기분이 들어 기쁜 마음이 되고 처음으로 느낀 사랑의 감정이기에 첫사랑이라고 말하고 싶었다. 만약 그가 받아주지 않으면 짝사랑이 되는지 모른다. 첫사랑은 그저 맹목적으로 그냥 좋기만 하는 것이라 생각했다.

나의 첫사랑은 이렇게 만났다. 몇 개월이 흘러갔을까. 우리는 무언중 약속을 하고 있었다. 둘은 한번 약속하면 죽음이 몰려오지 않은 한 꼭 지키자고 했다. 우리가 만나는 장소는 주로 탱자나무 울밑이다. 봄이면 자운영 꽃이 만발하여 연보랏빛 꽃 속에 두 사람 사랑의 마음을 담아보고 여름이면 탱자나무에 탱자꽃이 향기롭다. 앞산 얕은 언덕빼기에 나란히 앉아 순수한 마음으로 이야기를 주고받는다. 바로 옆에 흐르는 냇가에 발을 담그며 여름을 보내고 그리 넓지 않은 들판을 수없이 오가며 걸었다. 그녀와 함께 있는 순간은 행복했고 모든 것들을 다 잊을 수가 있었다. 그러기에 사랑하는 마음은 순수하고 아름답게만 보인다는 생각이다.

계절이 바뀌었지만 아직 손도 잡아보지 못하는 이 신중한 행동은 왜일까? 그것은 순전히 상대방을 존중함이요, 그리고 아직은 서로가 함께 정맥과 동맥이 움직임을 함께 나눌 수 없는 사이이기 때문이기도 하다. 한마디로 밀착되지 않은 서로의 육체다. 신사적이고 점잖다는 얘기를 듣고 싶지는 않지만 그러나 나는 그렇게 습관적으로 몸에 배어있었다. 그이유가 무엇인가를 생각해보면 그 잘나빠진 양반의 후예라는 얘기를 수없이 들었던 것이기도 했으며 철저한 가정교육이 중요한 원인이기도 하였다.

그러나 세월이 흘러 만나는 횟수가 늘어나고 정이 담뿍 든 얘기들이 오가는 순간에 서로가 자신도 모르게 아! 이것이 사랑하는 마음이다. 라고 느끼고 있었다. 우리는 탱자나무 울밑과 앞산에 오르면 자연스럽게 흘러나오는 노래들이 있었다. 아직은 어리지만 우리가 좋아하는 우리가곡은 물론 이태리가곡까지 심지어는 오페라의 아리아까지 부르곤 했다. 노래가 끝나면 그녀는 박수치고 내 품에 안겨 행복하다며 가쁜 숨을 내쉬곤 했다.

"어쩌면 그렇게 아름다운 목소리를 낼 수 있어요? 참으로 고운 목소리에요. 테너라고 하나요."

"웬 칭찬을, 그저 노래가 좋아 노래를 부르지요. 정단도 노래를 좋아하나 봐요."

"내, 저는 부를 줄은 모르지만 노래 감상을 좋아해요. 특히 클래식 음악을요."

"우리 이렇게 음악까지 함께 좋아하니 좋은 인연 같군요."

우리는 두 마음이 곧잘 동화되고 있었다. 이제 손도 맞잡고 포옹도 자유롭게 하는 처지가 되었다. 그러나 키스만큼은 아직 이라고 했다. 화끈 달아오른 마음이었지만 그러나 입맞춤은 조금 더 참기로 했다. 키스는 그만큼 몸이 다가가고 있는 것이며 어쩌면 모든 걸 줄 수 있는 분수령인 것 같았는지도 모른다. 나는 성질이 다소 급하면서도 이 소녀 앞에서만은 이렇게도 침착하니 여성은 남성을 성질까지도 옥죄이고 있는 것 같았다. 사랑하는 사람이 싫다면 참는 것이 도리이고 기다리는 게 미덕이고 인내 인줄만 알고 있던 나였다. 그러나 그녀가 키스는 아직 이라고 했지만 손잡고 포옹한 지 한 달도 못되어 허락하고 말았다. 19살 소년에 16세 소녀의 맹목적인 사랑, 아무 조건 없는 청순한 사랑이 막 피어나고 있는 순간이었다. 서로가 진실로 마음의 문을 열고 고백하는 순간이다.

"사랑해요. 진정으로, 그동안 제가 자꾸 멀리하려 한 것은 아직은 내 마음이 열리지 않아 서지요. 그러나 오늘 이 순간부터 저는 인호 씨를 영원히 사랑하기로 마음 정 했어요"

"그래요. 고마워요. 나도 정단을 처음 보는 순간 사랑하는 마음이었지요. 그러나 속도를 조정했어요. 이만큼의 시간이 흘러야 정단에게서 사랑한다는 고백과 신호를 받을 수 있을 거라 생각했는데 내 생각이 맞아떨어졌네요."

첫사랑은 이렇게 무르익어 가고 있었다. 아직 청소년 소녀들이 마치 어른처럼 사랑을 노래하고 있었다. 지금까지 주고받는 언어도 존대어를 쓰고 반말을 쓰지 않았다. 청순한 사랑나누기를 꿈꾸고 있어서 일까? 이제 사랑한다는 고백을 하고 나니 이제는 그녀의 육체도 함께 할 수 있을 것이란 망상에 빠지지도 했다. 순진한 마음이 어떻게 그런 용기가 날까? 육체관계를 맺으면 애가 생기고 그러면 결혼을 해야 하는데 과연 나에게 그런 순서가 왔다고 할 수 있는가. 그것은 절대 아니었다. 그러기에 육체적 접근은 삼가 하기로 했다. 아무리 내 성욕이 왕성하고 풍만하다 해도 그 일만은 불가한 짓이라고 다짐하고 있었다.

그런데 어느 날이었다. 나는 꿈 많은 소년으로 일찍이 자립하여 고학을 하고 있는 자유인이었다. 그러나 가끔은 현실을 타파하고 싶은 생각이 들었다. 어느 날 독서 삼매경에 깊이 빠져 읽었던 글 중에서 현실에 집착하지 말고 먼 장래를 위해 정진하라는 글귀와 사람은 경험이 중요하다는 글귀가 내 가슴을 훑었다. '그래 그 말이 맞아.' 그러면 어떻게 해야지? 이럴 때는 현실을 탈출하는 거지. 그래서 나는 또다시 두 번째 고향을 떠나 먼 곳으로 가고 싶었다. 옛말에 남자는 서울로 여자와 말은 제주도로 보낸다는 말이 어떤 의미를 지니고 있을까를 곰곰이 생각해 보았다. 아마 남자는 지방에 머물지 말고 넓은 중앙무대로 가라는 뜻이라고 여겨지니 서울을 생각하게 되었다. 한데 딱 하나 걸린 게 있었다. 다름이 아닌 지금 막 불타오르고 있는 첫사랑이었다. 그러나 꼭 그녀 곁에 있어야 사랑이 익어간다고는 생각하지 않았다. 멀리서 그리움으로 더욱 사랑을 키워나갈 수 있다는 생각도 들었다. 그래 사나이가 한번 결정을 했으면 실행을 해야지! 여자 때문에 흔들리면 안 된다고 선대 현인들이 말하는 것 같았다. 그러나 그녀에게 의견을 물었다. 적어도 사랑하는 사람에게 대하는 예의라는 생각이 들었기 때문이었다. 과연 그녀는 나를 순순히 떠나보내 줄까?

"정단! 놀래지 말고 내말 잘 들어요. 나 서울로 가려해요. 이곳에서 공부하기보다 서울에서 공부할 수 있는 기회가 있다니 가려는데 정단의 생각은 어때요?"

"말리고 싶지만 인호 씨가 장래를 위해 서울을 간다는데 말릴 수가 없군요. 열심히 해서 성공하길 빌겠어요."

"고마워! 이렇게 내 결정에 동의하고 격려를 해주니 정말 나를 사랑하고 있군요."

나는 그녀가 말려주었으면 하는 일말의 생각도 있었다. 그런데 쉽게 허락을 하고 있으니 약간은 섭섭한 마음이었다. 그러나 한편으로는 나의 결심에 적극적으로 동조하니 이 또한 고마운 일이었다. 이별은 무조건 슬픈 것이었다. 나는 사실 뚜렷한 계획도 없이 무작정 상경이었다. 오직 서울의 사촌누이 댁 주소하나만 덜렁 들고 떠나는 것이었다. 돈도 겨우 차비와 약간의 용돈뿐이었다. 부모 형제에게도 친구와도 그 누구와도 협의하지 않고 내가 사랑하는 빛 고을을 탈출하는 것이었다. 학업을 중단하고 이런 결단을 하기란 쉬운 일이 아니었다. 부모님도 형제들에게 미안한 생각이 들었다. 만약 나의 상경계획을 알리면 불을 보듯 반대할 게 뻔한 일이었다.

그러나 부모님이나 형제들이 마련한 학비로 학교를 다닌 게 아니고 오직 내가 벌어서 학교를 다니고 있기에 나는 자유인이었다. 부모님에게는 그저 자식하나 없는 셈치고 나중 잘되면 된다는 생각만 하시라고 극단적인 얘기를 한 적도 있었다. 불효라는 생각도 들었다. 오직 그녀만이 내가 떠난다는 사실을 알고 있을 뿐이었다. 그러나 처음으로 멀리 가는 나는 고향을 떠난다는 슬픔이 잠시 밀려왔다. 내가 고학생이기에 나는 집에 얽매인 존재가 아니기에 내 맘 대로였다. 가끔 어머니는 아들의 생일날을 챙기셨지만 나는 생일도 잊고 지낸 게 다반사였다.

서울행 완행열차는 서서히 광주 플랫홈을 빠져나가고 있다. 전송하는 사람은 한사람도 없었다. 오직 나를 전송한 것은 무등산이었다. 학교 뒷동산에 오르면 가까이서 보이는 무등산은 내가 어려서부터 곧잘 오르던 산이기에 떠나오기 전날에도 산을 찾았다. 증심사로 약사까지 들러 원효사로 한번 돌고나면 무려 4시간이 소요된다. 펄펄 뛰어다니는 산양처럼 단숨에 오르고 단숨에 내려왔다. 무던히도 사연이 많은 무등산과 이별의 등산을 하고 나려온 나에게 말했다. "그래 네가 떠난다고! 잘한 짓이다. 무등산을 사랑하는 자존심만은 버리지 말라. 그리고 그 어느 때 쉬고 싶으면 내게로 오라."고 환청으로 들려왔다.

열차는 역마다 서고 더디게 가더니 아침 6시에도 서울역에 도착했다. 눈 안에 들어온 남대문 앞을 가보고 싶었다. 그때도 남대문 문턱이 있느니 없느니 하는 판국이었다. 막상 남대문은 울타리에 둘려져 있었고 문턱은 없었다. 합승 차만이 청량리요. 동대문이요. 왕십리요. 뚝섬이요를 부르짖고 있었다. 일단 서울에 왔으니 사촌 누이 댁에는 한번 가보기로 했다. 청량리에서 제기동으로 접어들어 주소와 문패를 보고 찾아간 곳이 누이 집이었다. 생각보다 작은 적산가옥으로 허름했고 다행히 매부가 출장 중이었다. 나도 어려서부터 꽤 청백이라는 소리를 듣곤 했는데 아마 성격이 남에게 신세를 지는 일이 마음에 내키지 않아서였다. 철면피가 되거나 안아무인이 되어 체면이고 뭐고 잘 따라 붙으면 그런 대로 좋으련만 그렇지 못했다. 어느 때는 나 같은 청백의 성격이 나을는지도 모른다. 즉 남의 신세를 지지 않겠다는 곧은 뜻이 청백이기 때문이다. 그렇지만 서울을 좀 알 때까지 관망하며 신중해야했기에 누이 집을 찾았었다.

누이집에서 하루를 묵고 이틀이 되니 도저히 더 이상 누이집 신세를 질 수가 없었다. 내가 서울에 가면 신세를 지겠다는 양해를 얻은 것도 아니고 불시에 들이닥친 사촌 동생을 내 팽개칠 수도 없었을 것이다. 말이 없는 누이의 심중을 읽는데 어려웠다. 누나에게도 3명의 애들이 있어 어려움이 따랐다. 그래서 일자리를 찾아 종로 1가에서 6가까지 걸어서 일자리를 알아보았다. 우선 잠자리와 밥만 먹을 곳이 있으면 되었다. 종로 3가에서 남쪽방향 그러니까 청계천이 복개되지 않은 지저분한 냇물이 흐르던 그쪽의 사무실에서 같이 일 하자고 했다. 나는 쾌히 승낙을 하고 일을 시작했다.

비록 광주의 촌놈이지만 떨떠름한 소년은 아니었다. 인쇄와 프린트를 하는 업종이었는데 봉급도 신통치 않게 주면서 밤이면 사무실을 운영하는 주인 격인 그들에게 시달려야 했다. 아직 동 소년인 나는 사무실에서 어느 때는 함께 자는 때가 있었다. 그러면 그들은 술을 먹고 들어와 잠자리에서 나의 손을 끌어다 자신들의 그것에 갖다 대면서 만져달라는 것이었다. 사춘기 때 동네친구들과 어설프게 장난을 했지만 도저히 용납되지 않은 행위였다. 그들은 1·4후퇴 때 월남하여 내려와 서울에 일자리를 잡았으나 별로 돈을 벌지 못하는 업자들이었다. 나는 그들이 요구하는 행위(이제 생각하니 동성애)를 요리조리 피하면서 밤을 새웠다. 아무리 그들이 주인이라고 하지만 나는 그들의 성욕을 점잖게 잠이든척하고 거절하고 있었다. 생각하면 참으로 기분 나쁜 일이었지만 그러나 다음날 같이 일하며 볼 사람들이 아닌가? 어느 날 그들이 사는 집에도 가보았는데 버젓이 부인도 있고 자식도 있었다. 그들이 돈이 있었다면 바로 건너편 종삼에 있는 매춘가에 가서 몸을 풀 수 있었을 텐데 그들에게 돈이 없었던 것 같았다. 이런 순간을 잘 이겨내는 것이 앞으로 사회생활에 그리고 살아가는데 도움이 될 수 있다는 생각으로 위로하며 풀었다.

내 상경의 의도에 부합되지 않은 현실에 짜증이나 있었다. 야학이라도 할까 했지만 녹록치 않은 봉급과 직장 형편은 불가했다. 그런 후 운수사업을 하는 먼 친척 벌 되는 일가 아저씨가 함께 일하자고 했다. 나는 야간학교를 보내준다면 같이 하겠다고 했더니 6개월 후에는 그렇게 해주겠다고 했다. 나는 운수업의 차주를 대신해서 합승택시를 한대를 운영했는데 수지가 괜찮았다. 아저씨는 나에게 착실하다며 월급도 상당히 올려서 주었다. 나는 돈을 모으며 학교를 가는 기회만 엿보고 있었는데 약속과는 달리 이행하지 않았다.

그때 창신동에 차주집이 있어 오가는데 길거리에서 아가씨들이 "총각! 학생! 놀다가. 잘해 줄께. 싸게" 하며 손을 끌면서 유혹을 했지만 그때마다 돈도 없었지만 사실은 고향에 두고 온 사랑하는 정단이 때문에 이겨내고 있었다. 그때만 해도 나는 분명히 "내 동정만은 사랑하는 첫사랑에게 주고 싶다"는 무슨 공약 같은 다짐을 하고 있었다. 그러기에 나에게 접근한 그 어떤 유혹도 물리칠 수가 있었다. 복개되지 않은 청계천 1가부터 6가까지 지저분한 임시방편의 다리 밑에는 서울 중심부의 더러운 물이 흐르고 있었다. 군사정부가 들어서 김현옥 시장 때인가 청계천 복개를 하고 양택식 시장 때는 고가도로를 개설하고 그때 서울시 하천부지를 자기들 마음대로 처분하고 공사를 시행하여 정치자금도 상당히 모았을 터이다.

운수업 차주대행도 친척이 약속한 학교에 보내주지 않아 불만이었는데 차도 매도 처분했기에 서울에 남아 있을 필요가 없었다. 이래저래 잘되었다고 생각해 공부를 하기 위해서는 다시 고향을 찾는 것이 순리라고 생각해 내려갈 준비를 하고 있었다. 그러나 뜻을 펴지 못하고 접어야 하는 마음이 아팠다. 그때 마침 3·15 부정선거로 전국에서 그리고 마산 앞바다에서 김주열 학생의 시체가 떠올라 야당과 학생들이 부정선거를 규탄하고 이승만 독재에 항의하는 서울 데모가 국회 앞에서부터 있었다. 그때가 1960년 4·6데모였다. 중 고등학교 때 집단항의는 해보았으나 이렇게 서울 한 복판에서 데모하기는 처음이었다. 시청에서 을지로와 종로 그리고 광화문 남대문까지 큰 도로를 누비면서 외치고 다녔다. 부정선거 다시 하라! 이승만은 하야하라! 경무대로 가자고 했지만 기마병과 소방차 물대포에 저지당하고 시내를 중심가를 누비며 데모를 계속하다 경찰에 붙잡혔다.

데모만 한 것으로는 부족했던지 내가 군복 상의와 군화를 신었다는 이 유로 경범자로 소년원 가 위탁에 보내어 영창생활이 시작되었다. 소위 경 범죄라는 죄명으로 불광동 소년원가 위탁에 1주일을 지내면서 감방 안에 서 팔씨름 대회가 열러 당당히 부 댓 방이 되어 자유 없는 감방생활을 그런 대로 지낼 수 있었다. 일주일만에 소년원 순회재판소에 출두한 나는 훈방 으로 풀려나 서소문 순화동에서 덕수궁 돌담길을 끼고 돌아 광화문에 도 착했다. 갇혔던 감옥에서의 1주일 보내면서 나는 이것도 나의 유익한 자산 이다. 감옥생활을 경험한다는 자체가 큰 경험이라고 생각하면서 아버지와 영철형의 감옥생활도 생각했었다. 돈이 한 푼도 없으니 배짱이 생겨 지상 전철에 올라 "감방에서 나와 돈 없으니 공짜로 동대문까지만 태워주시오." 하니 차장은 알았다고 했다. 동대문역에서 내려 창신동으로 갔다. 두부를 먹고 목욕을 하고 이발을 하니 이제 일상으로 돌아와 자유시민이 되었다.

일주일간의 가 위탁 감방생활은 수없이 사회의 요소들이 죄를 저지르게 만들어 져있는 부도덕한 환경 속에 양심이 바른 사람도 누구나 쉽게 죄를 짓게 될 수 있다는 사실을 보았다. 나처럼 수양으로 생각하고 일주일이 내 일생에 큰 교훈으로 받아들이면 좋지만 그렇지 않은 청소년들은 다시 재범과 삼 범 심지어는 7범까지 만날 수 있었다. 오히려 별을 하나씩 추가 하면 그것이 큰 위세가 되어 대접을 받고 그 위선과 아집에서 헤어나지 못하는 꼴이 되었다는 사실을 내 눈으로 똑똑히 보았다.

나는 더 이상 서울에 머무를 필요가 없었다. 더구나 그동안 아끼고 아낀 내 봉급을 기거하던 벽장 가방에 넣어놨는데 그 돈이 없어졌다. 누구의 소행일까? 아무도 몰랐다. 그때 돈 3만원은 지금은 적어도 3백만 원은 값이 다. 만약 서울에서 돌을 벌려고 생각했다면 한밑천이었고 학비가 충분했는 데 모두가 꿈처럼 날려가 버렸다. 서울이란 곳이 이런 곳이구나. 그래서 쩍하면 코 벼가는 서울이라는 말이 있었다. 60년 4월18일 오후 호남선 완행

열차에 몸을 실었다. 1년 반만의 무시무시한 서울 생활의 청산이었다. 그런데 내가 열차에 몸을 실코 어디쯤 가고 있을 때, 고대생들이 데모를 벌이고 을지로 4가로 해서 학교로 돌아가는데 임화수 이정재 깡패들에게 큰 부상을 당하고 있었다. 이로 인해 아침 광주역에 도착하자 광주에도 4·19데모가 시내를 누비고 다녔다. 나도 그 대열에 서서 이승만 하야를 부르짖었다.

심지어는 초등학생까지 거리로 나와 부정선거와 독재정권을 규탄했고 마지막으로 4·26대학교수단 데모에 이승만은 하야를 하고 있었다. 그가 12년의 독재정권에서 하야하기 전 데모대가 경무대를 향하고 있을 때 그들의 총칼에 196명이나 꽃잎처럼 귀하고 귀한 생명이 땅바닥에 떨어지고 있었다. 나도 그때 광주로 가지 않았다면 그 경무대 앞에서 죽어갈 목숨이었는지도 모른다. 서울의 모든 일들이 나의 목숨을 연장하지 않았나 하는 생각을 했다.

나는 4·19 와중에 복학을 했고 그녀는 고2가 되었다. 그동안 가끔씩 주고받은 편지의 사연은 그리움과 외로움 그리고 만나고 싶다는 내용이 주종을 이루었고 성숙해 가는 연애감정을 드러내 보이기도 했다. 나는 다시 일을 하면서 학교를 계속했다. 음악을 좋아하는 친구와 함께 진학문제를 논하면서 뭐니 뭐니 해도 인생에 있어 음악처럼 인간의 품성을 안온하게 하는 게 없다며 함께 음대진학을 권했다. 그는 작곡과에 나는 성악과에 진학해 자신이 심오한 작곡을 하면 내가 멋들어지게 노래를 소화한다면 우리는 함께 음악에 살고 사랑에 사는 영원한 친구가 될 것이라고 얘기했다. 내가 초등학교 때부터 중 고등학교 사이, 음악을 좋아해 서구의 타리아비니나, 스테파노, 파파로치 같은 테너 성악가가 되겠다고 생각한 적이 있었다. 그리고 글을 잘 쓰는 작가, 그리고 붓글씨를 잘 쓰는 서예가. 연설을 잘하는 대중연설가 등 꿈이 많았다. 그러나 내 눈앞에는 음악이나 법률이 나를 선택하는 순간이었다.

그러나 운명은 그는 어느 정도 집안에 돈이 있어 주간인 음대에 갈수 있었지만 나는 고학을 해야 할 판이었기에 법정대에 진학을 하면서 운명이 갈라지고 말았다. 그러기에 나의 노래는 전문성에 접근보다 일반적으로 슬프거나 괴롭거나 자신을 다스리는 영혼의 노래날개처럼 사랑하면서 부르고 있는 것이다. 나는 5 · 16군사 정권의 병역 기피자 색출에 신검이 늦었기에 기피자로 강제 징집을 당해 입대 영장을 받고 있었다.

그녀와 다시 활기에 찬 사랑의 감정으로 다가가고 있었는데 어느 날 밤 달 밝은 탱자나무 울밑에서 만나 외로움과 그리움이 가득한 노래들을 불러주었다. 그가 좋아하는 「물망초 사랑」도 불러주고 「그대 창문에 어둠 가득하네」도 불러주었다. 그리고 사랑의 묘약 중에서 「남몰래 흐르는 눈물」도 불러주었다. 죽어간 영혼의 사랑을 노래한 푸치니 곡 「별은 빛나고」「아리아」도 그는 좋아했다. 그리고 맨 나중에는 이태리 가곡들 중에 「돌아오라 소렌토로」」를 좋아했다. 마치 노래로 이별을 하는 것 같았다.

이제 군대에 가는 입장에서 앞산 소나무 밑 잔디밭에서 정열적으로 그녀에게 열정의 키스를 하면서 나는 그의 육체를 요구했었다. 이제는 우리가 정신과 육체를 하나로 합칠 때가 되지 않았느냐고 했다. 그러나 그는 그동안도 잘 참아주었는데 조금만 더 참으면 그때는 내가 요구하지 않더라도 허락하겠다고 하면서 자기를 사랑하면 참아달라고 했다. 그렇게 참고 참아온 육체적 결합은 그녀의 반대로 실패하고 말았다.

그녀는 내가 군대에 가면 담배를 피우게 된다면서 나를 사랑한 정표로 멋있는 라이터를 사주었다. 30개월의 군대생활이 순탄하기만 할까. 군에서는 안전사고도 많다는데 하면서 그녀는 많은 걱정을 해주었다. 나는 자신만만했기에 세월은 그리 어렵게 더디게 가지 않고 우리가 다시 만날 수 있게 될 것이라고 말해 주었다. 군에 있을 때 그녀가 보내온 위문편지는 떨어져 있어 더욱 사랑이 깊어만 간다면서 진심으로 보고 싶다고 했다.

그동안 한 차례의 휴가를 나와서 만나 역시 탱자난무와 앞산을 오가며 사랑을 속삭였다. 그녀는 빨리 제대하고 공부가 끝나면 결혼하고 싶다는 장래의 일정까지 예감하면서 가까이 다가왔다. 나는 그녀에게 다시 시도한 육체는 그녀의 완강한 거부로 물러섰다. 뭐 섹스가 다냐. 책임감이 따르는 무거운 짐인데… 하며 곰곰이 생각하니 참는 게 잘했다는 생각이 들었다. 어차피 그때는 결혼도 함께 살수도 없는 상황이었다. 군 생활은 이제 제대가 6개월밖에 남지 않았다.

나는 제대를 손꼽아 기다리던 1965년1월 내 인생에 전환점이 될 전선 없는 전쟁터 베트남전에 참전해서 느끼는 감정은 한마디로 생의 애착이었다. 무모한 베트콩과의 작전으로 수십 명이 죽어간 영혼들을 달래고 있는 나의 영혼미사시간은 죽지 말고 살아서 돌아가자는 맹세였다. 점점 파견의 의미를 알면서부터 무모한 전쟁에 희생물이 되어 죽어갈 필요가 없었다. 몇 번의 사이공과 붕타우에 휴가와 외출을 나가서도 함께한 전우가 꽁까이 와의 연애를 하겠다고 했을 때 잘못하면 죽을지도 모르는 위험한 장난이라고 충고하곤 했다. 그러나 그들은 위험을 무릅쓰고 섹스를 즐기고 있었는데 나는 그들의 보초를 서준 적이 여러 번 있었다. 헐레벌떡거리며 빠르면 30분 그리고 1시간동안 본전을 뽑는다고 욕심을 부리는 전우 때문에 나는 베트콩의 공격을 받을까 두렵기도 했다.

2인 1조로 함께 외출한 전우는 나에게 "너는 왜 섹스를 안 하냐"고 시비를 걸어온다. 월남 여성은 가격도 싸고 예쁜 여자도 많은데 왜 기피를 하느냐는 것이다. 그러면서 혹시 고자가 아닌가 하는 의구심까지 보낸다. 그럴 때마다 "섹스가 그렇게 좋으냐? 차라리 자위행위하면 그만이지 국제매독이니 장화를 신고 꼭 해야만 하냐."하며 맞받아치곤 했다. 그러니 그것이 얼마나 좋은지는 해보지 않고서는 모른다고 하면서 제발 내가 섹스 하는 광경을 보는 게 소원이라고 하는 녀석도 있었다. 나는 그럴 때마다 한국에서 애인에게도 동정을 주지 않았는데 창녀에게 내동 정을 주는 일은 있을 수 없다고 다짐하곤 했다.

붕타우에 휴양을 갔을 때 일이다. 코리아하우스란 맥주 집에 마치 정단이와 비슷한 몸매와 나이를 가진 여인이 있었다. 마음이 흘깃했다. 그런데 그녀는 이미 여러 남자들과 섹스를 한 여인이라고 생각하니 정이 떨어졌다. 설령 그녀가 나에게 접근을 해온 다해도 고향의 애인을 생각하면 있을 수 없는 일이다. 그렇게 동정을 지키며 1년 1개월 동안의 베트남 생활도 마감을 해야 했다. 어떤 전우는 월남여인과 섹스를 하면서 장화를 신지 않고 했기에 병이 생겼다고 했다. 줄줄 흐르는 국제매독에 감염된 그 전우는 어쩌면 그것을 잘라내야 한다는 말도 있었다. 그렇게 무서운 병이 있는데도 용감하게 뛰어드는 전우를 생각하면 웃음만 나온다. 그 잘나빠진 월남 사창가에서 태극기를 누가 많이 꼽았느냐고 내기를 한 장면도 우스꽝스럽기만 했다.

목욕탕에서 그것이 크다고 당당하게 활보하는 전우가 있는가 하면 아주 어린 고추처럼 적거나 아니면 번데기처럼 미약한 전우들도 많이 있었지만 내 물건은 중간은 간 것 같았다. 그러나 분명 외형적인 크기에 있어 단연 으뜸인 고하사의 물건이었다. 실제로 말처럼 성난 물건처럼 한줌이 넘기도 하다. 거시기가 성이 나봐야 그 크기에서 별로 벗어나지 못한다는 것이다. 이를 실험해보기도 했지만 이걸 잘 모르는 여성들은 오직 연장이 큰 것에 눈독과 군침을 돌린다는 현실에 일침을 해주고 싶었다. 그러니까 번데기나 작은 고추처럼 작은 그것이 성이나면 5배나 확대된다는 사실은 소위 "작은 고추가 맵다"는 일반적인 말들의 뜻이 담겨있는 것이다.

"경계철저 살아서 돌아가자"는 구호는 잘 들어맞아 떨어졌다. 해외 최초 파견에 첫 귀국이라는 그것도 죽지 않고 살아 귀국한다는 자부심도 대단했다. 평균 30도가 넘고 어느 때는 40도까지 육박한 아열대 지방의 베트남에서 귀국한 날 서울의 3월말 날씨는 꽃샘추위로 영하 10도가 넘어 벌벌 떨면서 보충대에 편입하여 휴가를 득하고 제대를 기다리는 있었다. 일반군 대생활 30개월보다 10개월을 더한 40개월을 복무하고 제대증을 찾으러 향토사단에 갔다. 평온한 군대생활보다 전선 없는 전쟁터 베트남 파병이 주는 나의 감회는 크기만 했다. 전쟁과 평화라는 목숨 건 군 생활과 우리와 같은 분단국의 슬픔도 함께한 마음이었다.

나는 귀국해서 제대직전 휴가를 받은 기간에 나에게 열렬히 위문편지와 격려를 보내준 사람들을 찾아 나섰다. 그 중에는 사랑하는 정단은 당연히 우선이었다. 그녀는 어쩌면 내가 월남에서 죽을지도 모른다는 생각이 들었다는 것이다. 그 이유는 자기 사촌 오빠가 참전 중에 전사하여 국립묘지에 묻혔기에 자꾸 그런 생각으로 마음이 갔다는 것이다. 그래서 많은 기도를 했다며 더욱 반갑게 맞아주었다. 그리고 단순하게 나에게 위문을 해준 몇 사람의 여인들도 반가워했다. 그 중에는 양양의 숙이란 열렬 위문자가 있다. 작은 선물도 전달하고 진심으로 고맙다는 인사를 나누었다.

그런데 내 첫사랑 정단은 학교를 졸업하고 회사에 취직을 하여 동생들 뒷바라지를 하고 있었는데 많이 변해있는 사실을 발견했다. 그것은 떨어져 있는 동안 정이 식었는지 아니면 누구의 유혹에 시달리는지 알 수가 없었다. 어느 때는 약속시간도 옛날보다 지키는 율이 적고 가끔은 취소가 되기도 했다. 그 언젠가 그녀와 에스언니 에스오빠 이렇게 셋이서 의남매를 삼았다는 얘기를 하면서 자랑했다. 나는 그 에스오빠가 마음에 걸렸다.

"정단! 그 에스오빠 하면서 의남매 맺은 것 별로 마음이 내키지 않아."

"왜요. 그분은 제가 오빠가 없어 친오빠처럼 대해주고 중간에 언니가 있어 의남매로 변함이 없을 거예요."

"글쎄, 잘 지내겠지만 세상에 이성으로 남매간을 맺는다는 것은 믿기 어렵지."

“아니에요. 우리는 진실해요. 만약 의남매를 그렇게 의심하면 난 인호씨를 경멸할 거예요.”

“뭐 경멸한다고! 그렇게 자신하나. 그렇게까지 말하니 믿어야 하겠네.”

“믿어주세요. 그는 우정의 오빠로, 인호씨는 사랑하는 사람으로 믿고 살 거예요.”

그런 논쟁을 벌인 지도 얼마의 세월이 흘러갔다. 나는 다시 서울로 상경했다. 이제야 말로 서울에서 취직을 하고 공부를 마저 하겠다는 속셈이었다. 그녀는 또다시 상경하는 나를 순순히 놓아주었다. 하긴 아직 결혼할 처지도 아니고 돈도 더 벌어야 하고 공부도 더 해야 하기에 나의 각오와 결심에 따르고 있었다.

서울에서 취직을 하고 공부를 계속하고 있던 중에 어쩌다 고향에 내려가 그녀를 만나면 반갑게 맞아주었지만 예전 같지 않은 그녀의 태도였다. 그와 10년이란 세월을 사랑한다고 했지만 실재로 가까이 함께 지낼 수 있던 세월은 몇 년도 안 된다. 군대에 갔고 서울로 월남으로 그리고 또 서울로 이별의 횟수가 많기에 사실은 편지로서 그리움으로 사랑을 메우고 하였던 것이다. 좀 더 많은 시간을 그녀와 함께 했다면 이처럼 미지근한 정으로 나타나지도 않았을지도 모른다. 따지고 보면 우리는 그동안 몇 번이고 헤어졌고 다시 만나고 하기를 거듭했다. 그러나 사랑하는 불길이 꺼지지 않은 한 헤어져도 다시 만나고 싶어했다. 이제 나이도 들대로 들어 결혼이라는 얘기를 나눌 수 있었다. 그는 언젠가 나에게 물었다.

“인호 씨! 첫사랑이란 이뤄지기 어렵다지요. 그러나 나는 꼭 이루고 싶어요.”

“나도 그렇게 생각해! 그러나 사랑의 결실을 이루려면 각고의 노력이 필요하지.”

“물론이죠. 우리는 헤어질듯 하면서도 다시 만나고 했잖아요. 우리는 큰 인연이지요. 서울로 군대로 그리고 가면 죽는다는 월남까지 가서서 살아오셨는데.”

“생각하면 나도 목숨이 질긴 놈이지. 이렇게 오랜 세월동안 정단을 사랑하고 있는 이유는 첫사랑이요. 우리가 서로 사랑하고 믿음이 있기 때문이지.”

“우리 결혼해서 인호씨가 출근하면 배웅하고 돌아오면 반갑게 포옹하며 맞아주는 현모양처가 되고 싶어요.”

이렇게 우리는 희망에 부푼 장래를 약속하고 있었다. 그러나 그녀는 결정적으로 나에게 육체를 허락하지 않았고 나도 억지로 요구하지도 않았다. 순진한 오랜 연인들이었다. 그렇게 지내면서 결혼의 시기를 말한 적이 있는데 앞으로 2년은 기다리라는 것이었다. 부모님이 능력이 안 되어 동생들의 학비를 대야하고 결혼준비도 해야 하기에 그렇게 계획을 세웠다고 했다. 허긴 나도 그렇게 빨리 결혼할 수가 없었다. 그런데 그녀를 만나러 고향을 내려갔는데 그녀가 약속시간에 나타나지 않았다. 나는 몹시 화가 나 있을 때 동생이 나타나, 누나는 회사일이 바빠 오늘 약속을 못 지킨다는 전갈이었다. 나는 동생을 돌려 보내놓고 그녀집 앞 골목으로 갔다. 무려 3시간을 기다리고 있었는데 통행금지 10분전에 그때 흔하지 않던 택시가 멈추더니 그녀와 에스오빠라는 정 차장이 함께 내리는 게 아닌가? 나는 그들을 불러 세웠다. ‘잠깐만 서!!’ 나의 억센 외침이었다.

“정 선생, 에스 오빠라고 이렇게 늦게 정단을 데리고 뭐하는 짓이야? 당신은 집에 처자식이 있는 줄 아는데… 그리고 정단이 너는 여자가 이렇게 늦게 돌아다니면 되나. 빨리 들어가라.”

이렇게 호통을 치고 있었을 때 그의 부모들이 집에서 나오고 있었다. 에스오빠는 정단에게 이 사람이 도대체 누구냐며 마치 깡패로 취급하고 있었다. 나는 뒤돌아 한참을 오고 있는데 그녀가 내 앞에 나타나 울며 말한다.

“인호 씨! 오해하지 마세요. 내일 만나 자세히 얘기할 테니 오늘은 이만 돌아가 주세요.”

“뭐 오해라고? 우린 오늘로서 끝장이야!”

나는 그녀의 뺨을 후려갈겼다. 더 심하게 하고 싶었지만 정신을 가다듬었다. 그리고 터덜터덜 통금을 위반해 가면서 걸어가고 있는 나의 모습은 사랑하는 애인을 남에게 빼앗긴 심정이었다. 그들이 의남매라고 하더니 결국 저렇게 늦게까지 붙어 다니다니 어떤 일을 저지르고 있는지 알 수가 없었다. 그러고도 나를 사랑한다고… 나 또한 그를 어찌 사랑할 수 있단 말인가? 이젠 끝장이다. 그의 변명이 어떻게 나온다고 해도 나는 용인되지 않을 것이다. 그러나 다음날 나를 꼭 만나고 싶다는 연락에 오랫동안 사랑한 사람의 얘기나 들어보자고 약속을 하고 말았다. 충장로 다방으로 들어서 그녀 앞에 앉으니 그녀는 하념 없이 울고만 있었다.

“뭣 때문에 값싼 눈물을 흘리고 있나.”

“인호씨 볼 면목이 없어요. 허지만 믿어주세요.”

“뭘 믿으라는 거야? 그렇게 통금이 다 되도록 붙어 돌아다니는 현장을 봤는데도.”

“정말 아무 일도 없어요. 그리고 한 2년만 기다려 주세요.”

“우리는 더 이상 사랑할 가치가 없어. 언젠가 내가 얘기했지! 이성간은 우정으로 끝까지 가기란 어렵다고.”

그녀의 애걸복걸하는 말들이 있었지만 나는 귀에 들어오지 않았다. 그것은 믿음이 깨진 하소연이라고 치부했기 때문이다. 십년의 세월동안 그토록 어려운 여건 속에서도 사랑했건만 결과는 슬픔이었고 첫사랑은 결코 이루어질 수 없다는 진리를 내가 맛보고 있는 형극이었다. 그녀는 아마 평생에 흘릴 눈물을 그날 다 쏟아 냈을 것이다. 그녀를 보내면서 생각했다. 내가 3시간을 기다려 그 현장을 목격하지 않았다면 그토록 사랑했던 사람을 내치지는 않았을 지도 모르는 일이었다.

상경해서 마음을 정리하여 그녀에게 편지를 썼다. 이제 더 이상 우리들이 사랑할 가치를 잃었기에 절교한다는 내용이었다. 절교장은 두 장을 보냈다. 한 장은 서명을 해서 회송하라는 것이었다. 편지와 사진도 모두 보냈다. 회신이 오지 않아 일차로 독촉장을 그리고 한 달 후 이차로 독촉장을 보냈는데 3개월만에 절교장에 서명을 하여 편지를 보내왔다.

"인호 씨에게! 그동안 오랜 세월동안 사랑해 왔어요. 몇 번의 이별이 있었지만 우리는 다시 만났지요. 그러나 이번 이별은 인호 씨의 돌이킬 수 없는 진심인 것 같군요. 그동안 사랑해주어 행복했어요. 앞으로 성공하시고 행복을 빌겠어요. 당신을 사랑했던 정단 올림."

나는 그의 마지막 편지를 읽으면서 눈물을 흘렸다. 그리고 그가 비록 헤어지지만 마지막 한번 만나고 싶다는 간절한 요구에 응답했다. 사실은 독한 마음으로 끝장이라는 말을 몇 번이고 했지만 그 오랜 세월동안 그에게 쏟아 부었던 정열이 한없이 아쉽기만 했다. 언젠가 탱자나무 울밑에서 약속시간을 1시간이나 어겨 몹시 화가 난 내가 그의 뺨을 강하게 때렸을 때 그는 "인호씨 사랑해요. 제가 잘못 했어요." 하며 품안에 안겼었다. 나는 그녀의 뺨을 어루만지니 후끈한 열기가 있어 미안하다고 했다. 그는 더욱더 가슴에 파고들면서 사랑한다는 고백을 몇 번이고 말하고 있었다. 우리는 달 밝은 밤 달님에게 우리의 사랑을 맹세했고 "달밤"이란 노래로 그녀를 위로했다.

정말 마지막 만나는 날 밤이었다. 한동안 서로는 말이 없었다. 나는 첫사랑이 아름다움에 새로운 제의를 하고 있었다.

"정단! 진정 나를 사랑한다면 당장 우리 결혼하자."고 요구했으나 2년이란 세월을 기다려 달라고 했다. 나는 그녀의 사랑의 힘을 마지막 정리하였다. 그녀는 나를 불같이 사랑하고 있지 않다는 사실을 확인하였다. 그녀의 마지막 제의는 이러했다. "인호씨 우리 헤어지지만 3년 후에 탱자나무 울 밑에서 한번 만나요. 서로 얼마나 변화했는지 보고 싶어요. 우리가 십년이 란 사랑 했기에 아쉬운 마음속에 드리는 약속입니다." 나는 단호히 말했다. 마지막 모든 걸 뿌리치고 그를 용서하려고 했던 제안은 당장 결혼을 그녀가 거절했기에 더 이상의 미련은 버리겠다는 각오였다. "정단이 3년 후 울 밑에서 만나자는 약속은 지킬 수가 없다. 기다리지 말라."고 했다. 그녀는 "인호씨가 나오지 않더라도 저 혼자라도 그곳에 갈 거예요" 하며 말했다.

마지막 그녀가 약속했던 장소에 나는 가지 않았다. 그래서 그녀의 모습이 자꾸 꿈에 나타난지도 모른다. 세월이 얼마나 흘렀는데 아직도 꿈에 나타난다고… 아닐 것이다. 그러나 나에게 아직도 남아있는 첫사랑의 아름다운 추억 때문에 잠재의 뇌리가 요동치고 있는 것이다. 사실 그녀를 사랑한 10년의 세월은 나의 청년의 절정기였다. 19살 사춘기 말부터 28세까지 내 머리에는 언제나 그가 자리 잡고 있었다. 그러기에 다른 여인들이 적극적으로 구애를 해 왔지만 모두 물리치고 있었다. 아름다운 순애보 사랑을 꿈꾸었는지도 모른다.

그러나 나의 첫사랑은 내가 생을 다 할 때까지 아니 내 기억에 남아있을 때까지는 아득하고 희미한 추억의 사랑으로 남아 있을 것이다. 이루지 못한 사랑이었지만 나는 그를 사랑했었기에 첫사랑이기에 그의 행복을 빌었다. 또한 그도 사는 동안 나와의 인연이 아름답게 기억되기를 바랄 뿐이다.

그는 세 아이의 엄마로 알 수 없는 이 세상 하늘아래 어디엔가 살고 있다. 나 또한 세 아이의 아빠로 살아온 동안 문득 생각날 것이다. 소년소녀의 순수했던 첫사랑은 대부분 맺어질 수 없다는 전례가 사실화되었다. 그러나 첫사랑은 영원한 추억으로 그리워지다.

어머니 유산

성호가 성년의 나이가 되었다. 이제 책임과 의무가 따르지만 한편으론 자신이 결정할 수 있다는 자부심을 갖기도 했다. 19년의 세월은 학교와 사회로부터 특히 아버지로부터 제약이 고통이었다. 지난 삶을 돌아보면서 자신의 존재가 어머니로부터 유산이었다.

그동안 성호에게 비밀스런 일이 있었다. 가장 사랑하고 존경해야 할 부모와의 미스터리가. 자신을 오늘까지 있게 한 부모, 아버지는 항상 자신의 일거일동을 감시하듯 했었다. 그러나 자애로운 눈빛으로 대해 줄 어머니가 존재치 않았기에 너무도 슬픈 일이었다. 세살 때부터 어머니를 대신한 계모가 들어와 친어머니처럼 여겼지만 자신을 낳아준 생모에 대한 그리움에 눈물 지울 때가 많았다.

한 집안의 장남으로 태어난 성호는 두 살 위의 누나와 16년 전에 어머니와 슬픈 이별을 해야 했다. 성호 어머니가 갑자기 세상을 떠나자 아버지는 바로 새엄마를 얻었다. 어렸을 때는 친 엄마로 알았지만 3년 전에 생모가 아니라는 사실을 알면서부터 충격을 받고 어머니에 대한 그리움이 사라지지 않았다.

성호는 생각만 해도 의구심만 가득한 어머니의 죽음에 따른 유산을 물려받은 성호는 지난날 어머니의 비밀을 파고들고 싶었다. 그러니까 2년 전 성호는 중 고등학교 6년 그리고 재수 1년까지 7년이란 지루한 입시 지옥의 터널을 빠져 나왔다. 대학 진학을 위한 전공과목 선택에서부터 아버지와 갈등이었다. 고 1때에 인문계냐 자연계냐 에서부터 아버지에게 전공 선택을 박탈당하면서 부자지간의 냉전이 일기 시작했다. 신경정신과 의사인 아버지는 기회가 있을 때마다 너는 내 뒤를 이어야 한다는 말을 반복적으로 했으나 성호는 어머니를 생각하며 반감이 생겼었다. 그러나 엄한 아버지에게 반발을 하지 못했었다. 그것은 자식이라는 굴레요 그리고 교수요 의사라는 권위를 앞세운 아버지에 지고 말았다.

성호도 어려서는 남들이 부러워하는 교수와 의사가 되고 싶었다. 그러나 어머니의 죽음에 관한 비밀을 조금씩 알면서부터 더욱 아버지를 따르려 하지 않았다. 아버지에 대한 이유 있는 반항이었다. 의사인 아버지가 어머니를 죽게 했다는 사실이 제일 큰 이유였다. 그래서 권위와 가식이 필요 없는 오직 진실한 삶 속에서 더불어 살아가는 공동선의 가치를 추구하는 직업으로 성직자였다. 그러나 아버지의 추상같은 명령은 기필코 의사가 되어야 한다는 것이었다. 그래서 자신의 모든 것을 물려주고 싶다고 했다. 세상의 모든 아버지가 그와 같은 생각일 것이다. 그러나 성호는 아버지의 유산보다 어머니의 부름에 다가가는 마음이었다.

새엄마는 교수요 의사이기에 아버지 신분에 만족하고 있었다. 전처 자식인 5살의 딸과 3살의 아들에 대하여 친자식처럼 잘 하기로 마음을 단단히 먹었다. 그리고 별 탈 없이 전실 자식을 키웠다. 그도 애를 셋이나 낳았기에 동등한 입장에서 현명한 어머니가 되고 싶었다. 그러나 전처의 비밀이 조금씩 밝혀지면서부터 집안의 분위기가 냉랭해 지기만 했다.

성호가 아버지의 직업에 대하여 고등학교를 입학하여 생활기록부를 제출하면서 의사라는 직업 대신 교수라고 했다. 교수이면서 의사이고 의사이면서 교수이기에 겸직이지만 그래도 의사라는 말이 어쩐지 낯설기만 했다. 그것도 사람을 살리는 의사인데 어머니가 의사인 아버지 앞에 죽어 갔다는 사실에 아버지는 의사가 아니다 는 생각이 들었다. 그때부터 의사에 대한 회의가 깊었다. 어느 날 아버지가 성호의 진학 관계로 담임선생을 찾았다. 담임은 성흐의 기록을 아버지에게 말했다. 아버지는 어느 대학의 교수고 본인 장래 희망은 수도자라고 적었다. 담임의 말을 듣고는 너무나도 황당한 사실에 그날 저녁 성호는 아버지에게 심한 추궁을 듣고 있었다. "그래 아비가 의사인데 의사가 싫으냐. 그리고 웬 수도자야? 아버지가 그렇게 못 마땅하냐? 내가 너를 잘못 길렀다."며 마구 흥분하면서 꾸중했다.

성호는 아무 소리도 않고 순순히 꾸지람을 들었다. 그러나 아버지에 대한 반감은 높아만 갔다. 성호가 2학년에 올라가 부모와 상담이 있었다. 이때도 성호는 문과 사회 계열을 택하고 장차 수도자가 되겠다고 썼던 것을 아버지가 보았기에 또다시 담임선생 앞에서 화를 냈다. 그리고 집에 돌아와 "그렇게 네 마음대로 하려면 부모 자식 간에 인연을 끊자."고 까지 했다.

성호는 그렇지 않아도 일방적인 아버지가 이성을 잃고 이제는 막말까지 하는 아버지의 태도에 실망뿐이었다. 그러나 아버지의 체면과 집안의 화합을 무시할 수가 없었다. 그래서 최종적으로 이과를 택했고 의과대학에 진학하기로 결정하면서 아버지와의 진로에 대한 논쟁이 일단 끝이 난 듯했다. 성호가 고 2때만 해도 어떻게든 아버지를 이겨 보겠다고 속으로 다짐하기도 했었지만 물거품이 되고 만 것이다.

한 번의 가출과 단식도 해 보았지만 그 때마다 아버지의 압박은 더욱 심하기만 했다. 옛날에는 그렇지 않았지만 요즘 세상에 자식을 이긴 부모가 없다는데 성호 아버지는 자식을 당당히 이기고 있었다. 그러나 거기에서부터 골이 깊어지고 틈새가 생긴다는 사실을 알지 못하는 아버지였다. 언제까지 자식을 이길 수 있단 말인가? 성호는 원래 성품이 온순하고 착한 학생으로 초등학교 때부터 줄곧 반장이었다. 아버지는 성호가 공부도 우등생이었기에 인류 대학을 갈 수 있고 그리고 의예과도 무난할 것이라고 낙관하고 있었다.

그런데 고3때 아버지와 전공 문제로 방황하면서 자신이 가고픈 인문 사회 계열 학과를 지원했으면 무난히 합격할 실력이었는데 아버지의 의예과 고집으로 처음 패배를 맛본 것이었다. 이때에도 갈등이 증폭되고 있었다. 과연 대학을 가서 아버지가 원하는 의사가 되면 어떻다는 것인가. 권위주의와 거드름만 피우는 직업이 과연 인간적일까? 도저히 자신과는 맞지 않을 직업인데 강요를 당하고 있으니 해도 너무 한다는 불평이었다. 그러다가도 생각을 접고 재수 기간에 열심히 하였다. 1년 후 아버지가 바라는 대학의 학과에 무난히 합격을 하였다. 일 년 동안 성호의 집안에서는 온통 대학의 진학에 신경이 곤두서고 아버지는 자신의 대를 이을 진학에 대단히 기뻐하였다. 그것도 자기보다 좋은 인류 대학의 의사 된다는 자부심 때문이었다. 이렇게 해서 성호는 의사가 되기 위한 의예과 수업을 열중하고 있는 것이다.

성호의 성년 잔치는 학교에서 수업이 끝나고 했다. 학과에서 30여명의 대상자 중 20명이 참가하였다. 학과장 교수의 축하의 말과 각자의 소감을 얘기하는 순서가 있었다. 이 자리에서 학과장은 "이제 성년이 되었으니 자신의 언행에 책임져야 한다."는 격려사였다. 각자의 소감을 말하는 순서에서 성호는 "그동안 나는 아버지에게 고분고분 했는데 이제 성년이 되었으니 아버지를 이기는 사람이 되겠다." 고 말했다. 항상 얌전하게 공부만 열심히 하던 그가 그리고 아버지가 의사였기에 아버지의 뒤를 순순히 이어가리라 여겼는데 아버지에 불만을 토로했다는 사실에 모두 놀랐다. 혹시 술을 먹어서 한 얘기일까? 아니면 아버지와 무슨 큰 갈등이 있는 것일까? 특히 같은 의사 교수인 학과장도 어리둥절하기만 했다. 성년 모임 끝 순서에 학과장은 "성호의 말대로 이제 여러분들은 어린애가 아니고 어른이 되기에 아버지도 이겨낼 수 있는 힘을 기르고 바른 일을 해 사회와 국가에도 일조 하는 사람이 되어 주기 바란다."는 말로 성년 파티를 끝내고 있었다.

성호는 마로니에 공원을 혼자 걸었다. 성년의 날이라는 의미를 다시 한 번 생각해 보았다. 방금 전 교수와 동문들 앞에서 어떻게 아버지를 이겨내겠다는 말을 했을까. 아니 어디서 그런 용기가 났을까? 자신도 의외였다. 벤치에 앉아 오가는 사람들은 모두가 쌍쌍이다. 연극을 보러 가는 사람, 차를 마시러 가는 사람, 모두가 정다운 얘기를 나누며 걸어가는 연인처럼 보였다. 성호는 잠시 후에 만날 정희를 생각해 본다. 대학 초에 그를 미팅에서 만났다. 수줍어하고 말없이 얌전한 그였다. 더구나 계성 여고를 졸업했기에 자연스럽게 같은 계통 학교라는데 공통점이 있었다. 그렇다고 가톨릭을 신앙으로 갖지는 않았지만 신앙에 대하여 그리고 신앙이 인간에게 어떤 것인가 등 여러 대화를 나눌 수 있는 상대적 친밀감을 얻을 수 있었다. 정희는 얌전하고 인간성이 풍기는 여자였다. 그러나 무엇인가 고민이 있는 것 같았다. 또한 성호가 동질감을 느끼는 것은 그녀도 자신과 같이 외롭고 고독함을 지닌 여자처럼 보였기 때문이다. 둘은 좀처럼 속내를 털어놓지 않아 마치 자물쇠로 입에 잠금 장치를 한 것처럼 집안의 얘기는 꺼내지 않았다. 불과 1년여 밖에 안 되기도 하지만 부모에 대하서도 말한 적도 없고 가족 관계도 대충 얘기한 것뿐이다. 어느 한쪽이 비밀스런 고백을 한다면 따라 할 수도 있지만 그렇지 않을 때는 혹 상대방에 부담을 주지 않을까? 하는 생각이었기에 본심을 말하지 않은 사실에 서로 이해하고 있었다.

성호는 조용하고 분위기 있는 찻집 되쉬네에 일주일에 한번 정도 정희를 만나곤 하였다. 성호는 의학도로서 쉴 틈 없는 공부와 실험 실습 때문에 시간이 없었다. 정희도 인류 사회학을 전공하는 학생으로 집안의 형편이 어려워 과외를 하며 공부하는 처지였다. 그러기에 서로는 없는 시간에 쫓기어 데이트를 하는 것이었다. 만났다 하면 죽고도 못사는 사랑에 빠지기에는 시간이 없었다. 서로가 조심스러운 접근이기도 하지만 1년이 되도록 손도 못 잡아 보고 포옹이나 키스는 엄두도 못내는 순수한 이성간의 처지였다.

"성호씨 성년을 진심으로 축하해요. 이제 성년이 되었으니 함부로 말도 못 하겠네요."

정희는 준비한 만년필을 선물하며 축하 말을 건넸다.

"고마워요. 성년이면 어른스러워야 한다는데 과연 잘 할 수 있을지 걱정이네요."

"지금까지 잘 했는데 앞으로도 잘 할 거예요. 성호씨는 착하시고 신중하시니까."

"자 우리 차 한 잔 하고 나가요. 오늘은 내가 술 한 잔 사지요."

그들은 꼬박 반말이 아닌 상존 하는 말들을 하였다. 차를 마시면서 침묵이 흘렀다. 사람은 어떤 계기에 그리고 분위기에 휘말릴 때가 있는데 그들은 좀처럼 파격적인 행동을 하지 못하였다. 어쩌면 서로가 경계하고 있는지도 모른다. 둘은 차를 마시고 마로니에 공원을 걸었다. 정희는 갑자기 성호의 팔을 끼었다. 오늘은 특별한 날이니 그렇게 했다는 것이다. 성호는 약간 당황해 하면서도 기분이 좋았다. 마치 연인이 된 기분이었다. 명륜동에 있는 카페는 두 번째 찾는 곳이다. 그때 맥주 한잔씩 나누며 조용하게 얘기를 나누었다. 그들은 서로가 술도 못 할뿐 아니라 동정을 지키려는 듯 경쟁을 암암리에 하고 있었다.

"성호 씨 성년의 날이니 술 좀 들어요. 언제인가 술을 한잔밖에 못한다 했는데 남자가 술 좀 해야지요."

"그래 좋아요. 정희 씨가 특별히 사주는 술이니 오늘은 몇 잔 할 거요.

그러다 주정을 부릴지 몰라요.”

　그들이 제법 술을 먹을 것 같은 얘기를 했으나 두세 잔에 취기가 올랐다. 성호는 오늘 학교에서 있었던 일을 말하고 있었다. 아버지를 이겨내겠다는 말을 하였는데 자신이 불효자이냐고 물어 보기도 했다. 어리둥절한 정희는 성호가 도저히 그럴 것 같지 않은 사람으로 알았는데 아버지에 불만을 토로했다니 분명 무슨 사연이 있다고 생각했다. 정희에게도 아버지와의 갈등이 있기에 어쩌면 같은 처지라고 생각했다. 언제인가 어머니로부터 조용히 말한 기억을 났다.

　“너의 아버지는 외국으로 공부하러 가서 영영 돌아오지 않았다.” 고 만 했다. 정희는 더 이상을 묻지 않았다. 어머니 혼자서 정희를 키우며 지금까지 살아왔다. 어려서 아버지를 물으면 유학을 갔다는 말을 몇 번이나 들었기에 외국 가면 그렇게 쉽게 돌아오지 못 하는 줄 알았지만 커 가면서 차츰 알 것 같았다. 가끔 어머니는 남자란 못 믿을 존재라고 중얼거렸다. 그 말의 진 뜻을 새겨 갈 때가 사춘기 시절 고1때부터다. 그때부터 아버지의 그리움도 잊고 사랑도 잊고 오직 이겨내겠다는 결심을 한 때가 있었다. 그러기에 정희는 늘 성호의 가정 형편은 특히 아버지에 사랑에 대하여 자기와 비교가 안 된다고 생각했는데 동조자를 만나 오히려 위안을 보내야 하는 순간이었다.

　“성호씨? 너무 자신을 학대하지 말아요. 어차피 남자들은 아버지를 이겨낼 수 있을 거예요. 성호 씨는 너무 착한 게 흠 이지만 이제 성인이 되었으니 충분히 이길 거예요.”

　“고마워요. 그러나 아버지와 감정이 깊어지기만 해요. 나도 정희 씨처럼 사회학을 전공해서 외롭고 가난한 사람들을 돕고 사는 것이 좋겠다는 생각이었는데 아버지에게 여지없이 망가졌어요.”

　“의사로서도 얼마든지 사회에 봉사하는 길도 있을 거예요. 낙심하지 말아요."

성호는 어머니의 비밀스런 이야기와 아버지의 모순 된 모습에 따른 상처의 얘기는 아직 간직하고 싶었다. 얼마나 진부한 치부인가. 치부를 들어내 볼까 하다 오늘은 아니라고 생각했다. 거나한 취기기에 홍당무가 된 얼굴을 거울을 통해 보면서 정신을 차렸다. 서로는 정신을 바짝 차리며 부모로부터 받은 상처와 갈등을 공동으로 느끼고 있었다. 서로가 고교 시절 종교시간 때에 약간 배웠던 아가페적 사랑이 그들에게 지고지순한 최고의 사랑이라는 것쯤은 알고 있었다. 모든 사람이 이런 사랑을 나눈다면 아마 이 세상은 사랑의 천국이 되어 평화와 행복이 가득하겠지만 그 꿈은 그렇게 쉽게 이뤄 내기 어려울 것이다. 그러나 그들이 꿈꾸는 그런 사랑은 우선 자신들의 부모들로부터 깨졌다는 사실에 번뇌와 고통을 안고 살아가야 할뿐이었다.

그들은 학교생활에 대한 얘기와 그리고 좋아하는 것들에 대하여 얘기를 주고받으며 시간 가는 줄을 몰랐다. 더 이상 술을 먹을 수가 없었다. 취기를 잠재우려 얼음물을 한 컵씩 들이키고 정신을 가다듬었다. 이쯤 해서 각자 집으로 돌아갈 심산이었다. 성호는 아버지의 얼굴이 떠오르고 정희도 밤에 늦지 말라는 어머니의 말이 귀에 울렸다. 아무리 반항을 한들 그래도 부모가 아닌가. 자정에 가까운 시간 명륜동의 밤거리는 네온사인으로 휘항찬란했다. 술기운이 가득한 젊은이들은 천태만상이었다. 꼭 껴안고 키스 세례를 퍼붓는 쌍, 흥얼거리며 거리의 가수가 된 연인들이 북적거렸다. 그들은 그런 거리를 빠져 나왔다.

지금까지 만 남에 오늘이 제일 늦은 시간까지 함께 하였다. 각자 헤어지면서 상념에 잠긴다. 성호는 정희가 그토록 팔짱을 끼고 접근해 왔는데 너무도 신중을 기한 게 아닌가. 혹 남자가 배짱이 없다고 얘기할지도 모른다는 생각도 들었다. 그러나 만약 상처를 입는다면 하는 두려움이 앞섰기에 신중한 자신의 행동이 옳았다고 했다. 정희도 성호가 잘생기고 얌전한 학생으로 장차 의사가 될 그였기에 그만한 남자도 드물었다. 그러나 자신의 처지를 생각하면 신중치 못하게 접근하다 상처를 받으면 어쩌나, 또 어머니의 신중한 몸가짐을 당부했기에 조신한 행동을 할 수밖에 없었다. 성호는 집에 들어서면서 아버지가 주무셨으면 했다. 그러나 아버지는 늦게까지 성호를 기다리고 있었다. 아버지 앞에 다가갔다. 아버지는 성년의 날이기에 아들에게 할 말이 있었다.

"오늘은 너무 늦었구나. 오늘부터 성인이 되었으니 이제 너도 어른의 모습을 보여야 한다. 그동안 이 아비가 너에게 자유를 주지 않았다. 사실 네가 두려웠다. 세상에서 제일 사랑하는 아들인데 말이야."

성호의 입에서는 술 냄새가 풍기었다. 아버지도 오늘만은 아들에게 정다운 얘기를 하고 싶었다. 그런데 솔직한 말, 아들이 두려웠다는 그 말이 나오고 말았다. 성호의 마음을 훔쳐본 느낌이었다. 오래 전부터 아들의 마음을 읽었을 것이다. 그렇다고 아무 때고 불쑥 얘기를 꺼 낼 수도 없었다. 세월이 가면 아버지의 마음도 이해하고 차차 나아지리라고 믿었었다. 그런데 성호는 세월이 가면 갈수록 아버지에 대한 애증이 커 가기만 했다. 그로서도 어찌 할 방법이 없었다. 그는 어느 때, 대학 졸업반인 성란 누나에게 내숭을 떨면서 어머니의 비밀에 관에 의견 접근을 꾀했으나 실패하고 말았다. 성란이 누나는 어느 정도 알고 있을 비밀 상자를 조금은 열 수 있을 텐데 막무가내로 닫았다. 그래서 한때는 원망도 해 보았다. 성호는 이럴수록 정신을 차리고 어느 땐가 마음먹었던 얘기를 하고 싶었다.

"아버지! 오늘 한잔했습니다. 아니 여러 잔 했습니다. 그동안 아버지 말씀대로 술을 자제 해 왔는데 오늘은 좀 먹었습니다. 죄송합니다. 그 동안 아버지께 반항 한 것, 잘못 됐다고 생각하지만 제 마음 제가 어찌할 수 없었습니다."

“그래 이해한다. 그래 잘 자라 왔고 내 원한대로 의사공부를 하고 있으니 이제 이 아바보다 더 훌륭한 의사가 되는 길만이 남았다.”

성호는 아버지다운 얘기라고 생각했다. 그런데 아버지가 말한 훌륭한 의사로의 정신을 살리라고 말했을 때, 당신은 과연 의사의 본분을 다했는가 묻고 싶었다. 어찌 보면 당신이 잘못 살아왔기에 어머니와 아들에게 짐을 씌운 게 아닌가. 성호는 아버지가 의사의 사명인 희생과 봉사와 사랑의 정신을 다했다고 생각하지 않았다. 그러기에 아버지에 대한 미움과 갈등이 아버지를 이겨내겠다는 생각이 커지기만 했다. 성호는 아버지를 보고 자신도 과연 “히포크라테스 정신에 의한 훌륭한 의사가 될 수 있을까?” 자신이 없어 문과 사회계 수도자의 길을 생각했는지도 모른다.

성호는 의예과를 끝내고 본과에 올라가면서 혹독한 학업에 시달려야 했다. 선배에게 요령 있는 공부 방법에 대하여 조언도 받아 보지만 그 많은 원서 강독과 인체의 구석구석에 대한 탐구와 해골을 앉고 실습을 하며 어느 때는 해부학 실습에 참가하였다. 사람의 신체 전부를 마구 자르고 찢어발기는 실습은 참으로 고역이었으나 그 모두가 의사들이 해야 하는 당연한 인간의 아픔을 치료해야 하기 때문에 익히고 계속 사랑을 해야 할 판이다. 또한 모든 걸 실습과 성적으로 판가름 나는 대학에 남는 일 그리고 부속병원에 근무하는 일이 결정되기에 마치 공부와 실습이 전쟁이나 마찬가지라고 생각되었다. 그러다 보니 성년 때 있었던 정희와 달콤한 데이트도 시간이 없어 차나 한잔하고 얼굴 보는 것으로 만남이 되었다. 그러나 성호는 이성의 감정으로 만나고 있기에 그리움이 일기도 했다.

본과의 공부는 의학도로서 완성된 공부였다. 그동안 아버지에 대하여는 대학의 교수요 의사라고 알려졌지만 어머니에 대해서는 어려서 몰랐지만 그런데 나이가 들어감에 따라 어머니에 대한 그리움과 비밀에 대하여 신경이 써지기만 했다. 사실 어머니에 대하여 이상하게 생각한 때는 중학을 입학하면서 호적등본을 학교에 제출하면서부터다. 친어머니는 두 살 위의 성란 누나와 성호를 낳고 어머니가 죽고 새엄마가 들어와 삼 남매의 이복 동생을 두었다고 등재되어 있었다. 성호는 마치 못 볼 것을 본 것처럼 너무나 황당했기에 어린 마음을 어찌 달랠 수 없어 중학3학년인 성란 누나를 조용한 공원으로 불러내어 넌지시 물었다.

"누나! 도대체 어찌된 일이야? 우리 엄마는 죽었잖아. 그런데 나는 지금의 엄마가 친 엄마인 줄만 알고 있었지, 바보처럼 말이야. 누나 말해 줘 진실을?"

"나도 잘 몰라. 내가 다섯 살이고 네가 세 살 때니 어찌 기억을 할 수 있겠어. 나는 잘 모르고 어머니 장례를 지켜보았지. 너는 그냥 웃고 돌아다니고 아무것도 모르고 말이야. 그 기억밖에 없어."

"그러면 도대체 어머니가 어떻게 돌아 가셨는데? 말해 봐 누나! 거짓없이 말이야."

"아버지께서 엄마는 급한 병으로 심장이 멈추어 돌아가셨다고 말씀하셨어. 난 그것밖에 몰라."

남매는 눈물을 흘리고 있었다. 어머니의 죽음에 대하여 아직도 어린 중학생으로 희미한 옛 기억을 찾는 것이었다. 성호는 이때부터 더욱 의심을 갖게 되었고 뇌리에 남게 되었다. 이 세상에 엄마보다 더 귀한 존재가 또 어디 있느냐며 파고들었다.

성호 아버지는 남매를 두고 죽은 아내의 자리를 빨리 메워야 했기에 49제를 탈상으로 재혼을 하였다. 그래서 마치 새엄마가 아닌 친 엄마처럼 빨리 자식을 연결시키려 했었다. 재혼의 조건도 친 엄마 노릇을 하겠다는 굳은 약속을 하고 재혼하였다. 새엄마는 좋은 사람이었다. 자신의 애가 생기기 전이나 애들을 두고 친 엄마처럼 온갖 정성을 다하여 애들을 돌보았다. 그러기에 애들은 친 엄마 인줄만 알았다. 물론 다섯 살의 성란 누나는 약간의 몇 장면을 기억하고 있었지만 아버지의 단단한 단속에 아무 소리도 못하고 가정의 평화를 위해 넘어간 것이다. 그러나 성호는 달랐다. 자신은 10여 년을 속으며 살았다는 생각이 들었고 어머니의 사진이라도 보고 싶었다. 새 엄마는 남매가 평소와 다른 행동을 보이기에 성란에게 이유를 물었을 때 성란은 호적등본 때문에 성호도 알았다고 했다. 큰일 났다고 생각하여 남편에게 말했다. 몰라주기를 바란 아버지는 걱정을 한끝에 애들과 조용히 대화를 갖기로 했다.

"너희들 잘 들어라. 너희들을 낳은 친 엄마는 너희들이 어렸을 때 병으로 갑자기 돌아가셨다. 그 때 심정은 나도 죽고 싶었지만 어린 너희들이 불쌍해서 주변의 권유도 있어 빨리 재혼을 했다. 지금의 새엄마가 너희들에게 친자식처럼 잘해 주었고 앞으로도 잘 할 것이다. 이복형제들과도 지금까지 잘 한 것처럼 잘 지 내면 좋겠다. 일찍 말해 주어야 하는데 상처받을까 봐 그랬다 미안하다. 이 아비를 용서해라."

아버지는 오랜만에 자신의 본심을 얘기하고 있었다. 그러나 성호는 아버지의 얘기가 어디까지 진실인지를 분간하기 어려웠다. 특히 급한 병사라는 사망 사유에 대하여 의구심이었다. 그러나 어리고 공부만 해야 할 나이기에 어느 때곤 알 수 있겠지 하면서 지나온 세월이었다. 그 동안 새엄마가 잘 해주었지만 어느 때는 섭섭한 일들이 친 엄마가 아니기에 그랬나 보다고 느끼기도 했다. 남매는 엄마가 보고 싶어 하루는 아버지에게 엄마의 사진이라도 보여 달라고 했다. 그런데 아버지는 화를 냈다.

"이미 죽은 엄마의 사진을 본들 무슨 소용이 있겠느냐. 쓸데없는 요구나 말들을 하지 마라. 이미 이 세상에 없는 어미에게 누만 끼칠 지도 모른다."

"그러면 산소라도 가서 인사를 올리고 싶어요. 비록 어리지만 자식이 아니어요."

"화장을 했기에 산소도 없다. 어머니의 쓰던 물건도 모두 불살랐기에 없다. 다시는 얘기 마라.”

남매는 아버지가 왜 저토록 화를 내는 것일까? 어머니의 시신을 불사르고 사진과 모든 유물까지 없애 버렸다는 뜻은 어머니와 모든 인연을 끊어 버렸다는 사실이 아닌가. 친자식인 자신들이 살아 있고 자라고 있는데 어느 때고 분명히 찾을 어머니의 유물들을 소실했다는 사실에 너무도 매정한 아버지라고 생각했다. 마치 증거 인멸이라도 없애듯 했다는 무서운 생각까지 들었다. 그리고 아버지는 어머니를 사랑하지 않았는지도 모른다는 생각이었다. 무언가 석연치 않은 일이 있을 것 같다는 생각도 들었다. 어찌 보면 사랑하지 않은 두 사람 사이에서 태어난 자신들은 무엇이냐는 의문점도 갖게 되었다.

이토록 성호는 지난날의 갈등을 오직 대학이라는 입시 문제에 그냥 흘러가 버린 것이었으나 이제 성년의 나이도 먹고 대학에서도 안정을 유지하기에 자신의 정체성을 가끔 생각하기에 이르렀다. 그러면서도 오래 전에 제기했던 어머니의 그리움에 따른 사진과 묘소 문제에 대하여 성란이 누나와 심도 있게 얘기하고 싶었다. 대학로 찻집으로 불러낸 누나였다.

“성호가 어쩐 일이냐? 실습과 공부에 시간이 없다면서. 건강에 조심하면서 해라. 의사란 건강해야지.”

“그래, 누나의 격려에 항상 열심히 하고 있지. 그런데 누나에게 할 말이 있어. 이제 우리도 성년이 넘었고 누나도 졸업하면 결혼도 해야 할 텐데 그때가 아니라도 어머니에 대한 의문을 풀어야지. 그리고 어머니가 보고 싶어 죽겠어. 어떻게 생겼는지, 어떤 분이었는지. 그리고 묘소는 있는지.”

“나도 어머니 사진이라도 보고 싶어, 난 여자이기 때문에 너 보다 더 어머니 상을 생각해 보면 슬픈 마음이야. 그래도 참 아 왔는데 이제 어머니에 대한 문제에 대하여 알아보자.”

“그래서 내가 생각 한 건데 호적으로 추적하면 외가 집을 찾을 수 있을

거야. 외삼촌들도 교수와 의사로 그리고 이모가 한 분 계신다. 아버지가
아량을 보이면 외가와도 자유롭게 왕래하면 얼마나 좋을까 하는 생각도
든다.”

“그렇다면 아버지 몰래 외가 집을 찾아보자고. 분명 외가에는 어머니의
사진은 물론 묘소도 그리고 어머니의 사망 원인도 알 수 있을 거야. 그래서
어머니의 체취를 맛보자고.”

“그래 알았다. 허나 아버지와 새엄마에게는 당분간 비밀로 해야 한다
알았지?”

사실 그랬다. 성호의 아버지는 애들이 외가를 가는 것을 경계했다. 그것
은 떳떳치 못한 아내의 죽음에 대한 공포였다. 더구나 외가에서도 성란
이와 성호에게 이제는 성인이 되었으니 어머니 당시의 진실에 대하여 말
해 주자고 이모가 주장했다. 이모는 착하고 예쁜 동생을 제부가 죽였다고
원한의 마음을 갖고 있었다. 그러기에 외가의 식구들은 고모가 애들을 만
나는 일도 피하고 있었다. 만약 애들이 사실을 알게 되었을 때 어떤 결과가
올 수 있을까 걱정이었다. 잘 자라고 있는 조카들에게 상처를 주지 말자는
뜻이었다. 성란은 외삼촌의 생일날을 기억하고 있었기에 그날에 자연스럽
게 찾으려 했다. 고향으로 물어 서울의 집 전화까지 알게 되었다.

성란이가 기다린 외삼촌의 생신날이었다. 너무 놀랄까 봐 미리 전화를
걸었다. 10여 년 이상의 세월이 흐른 뒤 성란 이를 맞이한 외가는 은근히
걱정하면서도 사전에 성란이가 충격 받을 수 있는 말들일랑 하지 말라고
모두에게 말했다. 특히 원한에 사무친 이모가 혼자되어 친정에 있었기에
특별히 주의하도록 했지만 워낙 돌출적인 분이기에 걱정도 되었다. 성란도
감회가 깊은 외가의 방문이었다.

“얼마나 보고 싶었는데 왜 이제야 오느냐? 성호 동생도 잘 있느냐? 정말
반갑다.”

"이모님 외숙모님 죄송합니다. 진작 찾아뵈어야 했는데 아버지의 뜻도 있고 참고 견디었습니다. 희미하게 기억나는 어머님의 모습을 잊지 않고 있습니다. 성호가 중학에 가면서 호적을 보고 알았지요. 엄마의 사진을 보고 싶어 해요."

"그래 찾아보기로 하자. 우선 인사를 해야지. 외삼촌과 그리고 외사촌 남매들이다."

혈육이란 이렇게 좋은 것이었다. 이 세상 모든 사람들이 외가가 없으면 태어나지 못한 게 아닌가. 그러기에 외척이란 사람들의 뿌리요 텃밭이다. 이모님이 역시 입빠르게 말하고 있었다.

"성란이가 너의 엄마를 많이 닮았다. 얼마나 예쁜 얼굴이었는데 너희들을 낳고 한번인가 친정에 온 적이 있다. 너희 남매들 모두 잘생기고 예쁜 얼굴은 모두 엄마를 닮았기 때문이라고 말 한 적이 있다."

"그래요. 그래도 사진을 찾아 한 장 주세요. 성호도 보여주어야 해요. 그 애도 이제 성년이 되었는데."

"그동안 너희들이 보고 싶어도 혹 해가 될까 봐 참고 있었지. 새엄마가 너희에게 잘하고 있다는 소식은 종종 듣고 있었다."

"외숙모! 이모님! 혹 어머니 산소를 아시나요. 성장한 자식으로 성묘하고 싶어요."

"그래 당연하지, 시골 외가의 뒷산이다. 언제고 나하고 같이 가자."

아버지는 어머니를 화장했다고 했는데 산소가 있다니 아버지가 원망스러우면서도 반가웠다. 살아 계시어 만날 것 같은 마음이었다. 아버지는 왜 거짓말을 했을까? 분명 산소가 있는데. 하긴 기억에서 살리고 싶지 않기 때문일 것이라 생각은 들었으나 어머니와 자식 간의 혈육의 정을 너무나도 무시하고 있는 아버지가 미워졌다. 이모는 차타는 곳까지 나오면서 너의 "아버지가 나쁜 사람이라"고 했기에 도대체 그 이유가 뭘까 하고 궁금하였다. 아마도 어머니에 대한 사랑 부족 아니면 갈등 그리고 그 무엇이 있을까. 허긴 아버지의 여러 가지 정황으로 봐 의심스러운 게 한두 가지가 아니었지만 성란이는 넘어가고 싶었다. 집요한 성호 동생의 입장은 그게 아니다. 앞으로 이모의 포문에 어떤 회오리가 몰아칠까 걱정도 되었다. 이모는 동생의 사진을 한 장 찾아서 주겠다고 약속했다.

다음 날 이모가 사진을 찾았다고 성란에게 연락이 왔다. 어머니의 사진을 받아 들고 정말 자신과 그리고 성호가 너무도 닮은 얼굴이었다. 더구나 성란의 나이에 어머니는 세상을 떠났다. 이렇게 아름다운 엄마는 세상에서 없을 거야. 그런데 왜 우리 어머니는 그리도 빨리 죽었을까? 그리고 아버지의 거짓말과 이모의 아버지에 대한 분함을 어떻게 이해할 수 있을까. 모든 것이 의문이었다.

한 달 전, 엄마의 비밀이 하나씩 알려지면서부터 집안의 공기는 싸늘하기만 했다. 성란과 성호가 갑자기 말수가 적어졌고 아버지와 새엄마의 물음에 의례적인 말만 했다. 집안은 은근히 비상이었다. 마침 아버지가 지방 학회에 세미나에 참석한다는 얘기에 이때 성호와 성란은 조용한 시간을 갖고 싶었다. 비원의 창덕궁은 한가로운 고궁이었다. 도심에 이처럼 좋은 정원이 있다는 사실을 몰랐던 남매는 집에서도 가까우니 자주 만나자고 했다. 언제 터놓고 얘기를 나눠 보지 못했기에 이런 시간은 소중했다.

"성호야! 이제부터 내가 하는 말을 잘 들어. 우리가 궁금해 하는 비밀을 어느 정도 알았다. 외가 얘기로는 너를 낳고부터 시름시름 앓다가 돌아가셨다고 했어."

"글쎄 누나! 병으로 돌아가셨다는 얘기는 아버지에게 들었잖아. 문제는 무슨 병으로 왜 어떻게 병을 얻고 치료는 잘했는지? 더구나 아버지가 의사 인데 왜 죽게 내버려두었는지 하는 의문이야."

"외가에서도 정확한 얘기가 없었어. 오직 우리들이 잘 자라 주어 고맙다고 하시고 다음에 어른이 되면 상세하게 알려주려 했데. 어머니 때문에 아버지 신뢰도 떨어지고 하여튼 속상했나 봐."

"그렇지 분명 외가에서도 화가 나고 속상했을 거야. 의사인 남편이 어머니를 죽인 꼴이니."

성호는 역시 의사답게 아버지의 잘못을 말하고 있었다. 상식적으로 의사가 그 정도는 고쳐야 하는 게 아니냐는 논리였다. 성란은 성호의 감정을 가라앉으며 조용히 사진을 내 놓았다. 성호는 어머니의 모습을 모면서 환희에 찬 눈동자가 정지되었다. 한참 동안 눈을 떼지 못하고 있다 억장이 무너진 듯 괴성을 지르며 우는 것이었다. 성란이도 함께 엄마의 사진을 안고 서로 우는 것이었다. 말하자면 어머니와의 상봉이었다. 남매는 어머니가 살아 계신다면 얼마나 좋을까? 생각해 본다. 학교를 입학하고 졸업할 때 손잡고 정답게 사진도 찍고 마구 어리 꽝도 부려 보고 얼마나 좋았을까. 그러나 어머니는 분명 이 세상 사람이 아니다. 성호가 오히려 어머니를 더욱 닮은 것 같았다. 남매는 어머니를 불러 보았다. 해맑은 웃음 띤 어머니의 얼굴이었다. 산소도 고향에 있다는 말에 성호는 통곡하며 아버지를 원망했다. 남매는 이제 어느 정도 알았으니 공부 열심히 하고 우리가 잘되면 아버지도 이겨낼 수 있고 지하에 계신 어머니도 기뻐 할 것이라고 서로가 격려하였다. 그러나 어머니의 마지막 비밀인 사망 사연은 아직도 오리무중이었다.

성호가 본과 4학년이 되었다. 앞으로 졸업 논문과 의사 면허 국가고시가 남았다. 그동안의 대학의 성적은 중간이기에 학교에 남기란 어려울지도 모른다는 것이다. 전문의 과정에 들어갈 때 아버지와 한바탕 소동이 벌어졌다. 아버지는 어떤 과목을 전공하겠느냐고 물었다. 물론 아버지는 생각이 있을 터이다. 자신은 아버지와 다른 가정 의학과를 하고 싶었다. 가정 의학이야말로 앞으로 전망이 있는 과목이었다. 모든 질병이 환경에 의한 것이 대부분이기에 이 과목이 흥미롭게 생각했다. 그런데 아버지는 당신의 전공인 신경 정신과를 요구하고 있었다. 그러나 아버지는 자신이 먼저 올바른 신경 정신과 의사인가를 따져 볼 때 아닌가, 성호는 생각했다. 그래서 아버지의 실패는 성호에게도 자신이 없었다. 그런데 아버지는 자기의 후계자로 가업을 이어가기를 바라고 있었다. 그것은 당신의 생각이라고 잘라버리고 싶었다. 그러나 아버지는 꼭 신경 정신과를 전공의로 택하라고 강권하였다. 싫다고 해도 소용이 없을 없었다.

누나가 대학원을 졸업하자 서둘러 약혼을 한다고 했다. 다행히 누나에게는 치과 전문의를 졸업한 약혼자가 있었다. 집에서는 명년에 성호도 졸업하면 결혼시켜 그동안 멍에로부터 탈출하고 싶은 아버지였다. 그러면 이제 남은 새엄마의 자식들만 남을 것이게 문제는 없을 것이다. 약혼을 하게 되는 누나는 아버지에게 고분고분한 편이었다. 그래서 성호는 항상 불만이었다. 아무리 여자이지만 당당하게 큰 딸 로 행동을 바랐다. 그러나 성란은 새엄마와 이복 남매들과의 관계를 생각하면 조용하게 화목 하는 것이 제일 급선무라는 생각이었다. 그래도 성호는 누나를 불렀다.

"누나 먼저 약혼을 축하해, 그런데 누나는 아버지 말에 너무 고분고분해. 우리가 아버지를 이기자고 해놓 고 너무 약하게 굴면 어떻게 해, 하긴 누나만 행복하다면 괜찮아."

"성호야 미안하다. 나도 아버지의 직업인 의사가 싫었어. 대학 때 나 좋아하는 사회학 전공하는 그 청년 아버지가 받아 주겠어. 그래서 포기하고 아버지가 고른 사람을 택했어. 미안하다."

"하여튼 누나는 굴복했지만 난 그렇게 호락호락 넘어가지 않을 거야. 분명 돌아가신 어머니를 위해서라도 아버지를 이기고 말 거야. 지금까지는 그냥 넘어갔지만."

성호는 기회가 있을 때마다 아버지를 공격하고 있었다. 누나는 여자이기에 어쩔 수 없지만 누나도 어머니의 실패된 삶을 이겨 나가려면 좋은 남자를 만나야 했다. 약혼자인 그 청년은 착하게 보였지만, 하나뿐인 누나가 자기 곁에서 멀어져 간다는 사실에 불안하기만 했다. 그러나 어느 때고 시집을 가야 할 누나가 아닌가. 성호도 결혼과 여자란 문제에 이르면 아버지와 어머니의 일이 떠오른다. 결혼은 사랑하는 사람과 영원히 함께 하는 것인데 그것이 아니다 라는 사실을 알고부터 결혼을 하지 않고도 좋은 일 하며 살아가는 방법은 수도자의 길밖에 없다고 생각했다. 그래서 대학 진학 때도 그 방면을 생각했지만 아버지의 일방적 저지에 좌절되고 말았었다.

누나의 약혼식 날에는 외가 식구들도 불렀다. 누나는 결혼을 하고 둘이서 미국으로 떠나기로 되어 있었다. 외가 식구들이 성호를 처음 본 순간 어쩌면 어머니를 꼭 빼 닮았냐는 것이다. 자신이 사진을 보면서도 느꼈지만 눈 쌍꺼풀까지 닮은 것이다. 외가의 집안이 전통을 이어온 유학자 집안이고 신학문 집안이었기에 성호는 마음이 든든하면서도 아버지의 생각만 하면 서글퍼지기만 했다. 성호는 이제 외가 식구들과 만나는 것이 제일 기쁜 일이었다. 외가란 이렇게 편안한 것인지 미처 몰랐다. 물론 외가가 있으면서 외가의 맛을 보지 못했기에 당연했다. 외숙모의 인자함과 외사촌 형들의 반가운 만남이 성호의 즐거움이었다. 그러나 외가에서는 이모를 만나는 것은 경계를 하고 있었다. 이모는 동생의 죽음을 제일 잘 알고 있었기에 그 사실이 알려지면 어찌 될까 하고 걱정이었다. 결국은 알게 될 것이다. 이 세상에 비밀이란 어디 있는가.

성호는 어머니에 대한 사실 알기에 박차를 가하고 있었다. 그래서 외사촌 형을 찾아 나섰다. 사촌형은 성호를 만나면 분명 고모에 대한 것을 집중으로 질문을 할 터인데 걱정이었다. 어디 정도 알고 있는 고모의 진실을 그대로 얘기를 할 수 없는 금기 사항이었다.

"형, 혹 우리 어머니에 대해서 알고 있지. 병으로 돌아 가셨다는데 무슨 병인지도 모르고 특히 아버지가 의사인데 왜 못 고치고 돌아가시게 했을까 궁금했어."

"응, 조금은 알지. 그런데 자세히는 몰라. 나도 어릴 때 일이라서. 큰 고모가 작은고모의 죽음에 방방 뜨고 야단을 치신 적은 있지만 확실히 무슨 병인지 알지 못해. 어머니는 참으로 미인이시고 똑똑하시어 아까운 분이셨다."

외사촌 형은 이렇게 말해 놓고 찔린 데가 있었다. 성호가 본격적으로 어머니의 비밀을 캐고 있으니 보통 일이 아니었다. 그래 세상에는 비밀이 없다는데 불과 20년 전의 일인데 비밀로 영원히 간직 할 수 있을까? 외가 식구들도 결국은 알려야 하는데 그 시기를 성란이 결혼하고 성호까지 졸업하고 결혼해 아기를 낳은 뒤에는 충격도 적을 것으로 생각되어 그때 알려주기로 합의했었다.

성호는 이번에도 어머니의 추억과 그리움만을 살폈지 의문점은 밝히지 못하고 돌아왔다. 성호는 졸업반으로 시간이 너무 빨리 갔다. 오랜만에 정희에게서 전화를 받고 찻집으로 나갔다. 워낙 바쁜 시간이기에 일주일을 건너뛰면 2주가 된다. 이번에는 오랜만에 만나자는 정희에게 무슨 변화가 있나 궁금했다. 실은 성호에게는 큰 변화가 있었다. 그러나 그녀에게 어머니 일로 외가 집을 찾았다는 애기를 하고 싶지 않았다.

"웬 일이야, 바쁠텐데. 그렇지 않아도 소식도 못 주고 듣지도 못해 궁금했었지. 반가워."

"뭐 별일은 아니야. 나도 성호씨 생각처럼 소식도 없고 궁금해서 전화했지."

몇 달 전 까지 꼬박 서로 존대어를 썼지만 지난번 술도 하고 손도 잡고 한 후부터 서로가 허물없는 친구처럼 지내기로 했었다. 이렇게 서로 말을 놓으니 정다운 사이처럼 되었다. 사랑하는 사이가 아니기에 잠 못 이루고 하루가 멀다 하고 전화하며 보고 싶고 해야 했는데 그렇지 못한 것은 서로 가 조심스럽게 대하기 때문이었다. 헌데 오늘만은 무슨 말을 할 것 같았다. 한 참 후 성호가 먼저 말했다.

"정희! 근간에 무슨 일 있었지? 꼭 일이 있었던 것만 같아. 사실 나도 일이 있었지. 퍽 오랜만에 외가를 찾아 다녀왔어."

"나도 실은 미국에 다녀왔어. 아버지 일로, 거의 20년 만에 아버지를 만 났었지. 운명적으로."

서로는 그동안 가족사 문제로 한 번도 접근을 못했는데 이번에 그 장벽 을 뛰어 넘고 있었다. 언제고 이런 아픈 상처를 드러내야 했었기에 그 기회 가 오기를 기다렸는데 오늘 같았다. 정희가 태어나 돌 지날 때 미국으로 떠나 버린 아버지의 애기와 성호의 세 살 되던 해 의문스럽게 죽은 어머니 의 얘기가 자연스럽게 나누고 있는 것이다. 아버지가 뻔히 미국에서 살아 있고 어머니는 20년 전에 세상을 떠났다. 실물과 사진으로 만난 자식들의 부모 이야기였다. 사실 정희의 노력이 없었다면 아버지를 영영 만나지 못 했을지도 모른다. 성호 또한 자신의 끈질긴 집념이 아니었다면 외가도 찾 을 수 없었고 어머니의 사진도 못 볼 수 없었다. 자식들의 끈질긴 혈육의 정이통했고 발동하였기에 부모에 대한 무한한 사랑의 힘이 솟아났으리라. 그러나 만남으로 끝나지 않고 이제 더욱 갈등이 시작되었다. 상처의 일부 분만 드러나고 있는 것이다. 성호는 다소 비장한 심정으로 먼저 말을 하고 있었다.

"사실 난 어머니가 일찍 세상을 떠났어. 지금의 어머니는 계모야. 나에게 친 엄마처럼 잘해주었지만 중학교에 들어가면서 호적을 보고 알았지. 그때 까지 나는 계모가 친 엄마인줄만 알았지. 집에서는 비밀로 했었기에 그렇 게 믿었지. 그 사실을 아는 순간 갑자기 고아처럼 느껴졌었지. 나는 그때부터 의사인 아버지가 왜 어머니의 병을 고치지 못했을까? 의문뿐이었어. 모든 게 즐겁지 않아 일류대 의사가 된다는 것도 기쁘지 않고 오직 아버지에 대한 연민만이 생겨나 어느 때는 격멸까지 했었지. 그렇게 중 고등학교와 대학 초를 지냈었어. 그래서 정희에게 당당한 행동도 그리고 고백도 못 했어 미안해.”

"성호씨도 아픔이 있었네. 나는 성호 씨가 나를 만날 때마다 어쩐지 우울한 표정이기에 혹 내가 싫어서 일까 생각도 했었지. 성호씨도 나에게 그렇게 느꼈을 거야. 사실 어머니는 아버지를 만나지 말라고 했지만 기어코 만났지. 아버지는 유학 가서 미국인과 재혼, 아니 정식으로 결혼 해 두 명의 자식까지 있더군. 학술교류 학생으로 가서 몰래 만났지. 아버지는 당신의 혈육인 나를 잊지 않았지만 이미 미국식 사고에 젖어있었기에 놀라지도 않더군. 한때 어머니를 사랑했고 그래서 동거에 들어가 내가 태어났는데 아버지 집에서 결혼을 반대하고 미국으로 유학을 가면서 헤어진 아버지야. 혈육이란 참 이상하더군. 꼭 한번은 만나고 싶었어. 그리고 따지고도 싶었지만 그곳에서 행복하게 살아가는 모습을 보면서 비록 아버지를 빼앗긴 거나 다름없지만 운명이라고 생각하니 마음이 좀 편하더군.

서로는 고백을 하면서 눈물을 흘리고 있었다. 좀처럼 드러낼 수 없었던 아니 드러내고 싶지 않았던 상처였다. 서로는 동병상련의 심정으로 마치 동지를 얻은 것처럼 힘이 되었다. 어쩌면 부모들이 갖는 이기심과 욕심으로 자신들이 낳은 자식들이 이처럼 고민하고 상처를 받고 있다는 사실을 얼마나 진솔하게 이해하고 있을까? 정희는 아버지에 대하여 어느 정도 화해를 한 듯 했으나 성호는 아직도 멀고 먼 산이었다. 어머니가 어떻게 해서 죽었는가를 꼭 알아야 의문의 갈등이 풀릴 것 같았다. 그래서 외사촌들과 만남에서는 도저히 비밀의 상자가 열어질 것 같지 않았기에 이모가 비밀의 열쇠를 쥐고 있다는 생각이 들어 본격적으로 이모에게 접근하기로 했

다. 이모에게 연락을 했는데 시골에 있어 거의 두 달 만에 약속을 할 수
있었다.

　한편 성란 누나의 결혼 일이 정해졌다. 8월에 결혼하고 9월에는 미국으
로 떠난다는 것이다. 그래도 유일한 살붙이인 누나가 떠난다니 성호는 벌
써부터 허전해 지기만 했다. 누나는 행복을 찾아 떠난다. 그러기에 그도
떠나고 싶었다. 그러나 어머니의 비밀을 파해치지 못하고 어떻게 떠날 수
있단 말인가. 성호가 당장 할 일은 어머니의 모든 사실이었다. 의사가 되는
일도 중요하겠지만 그보다 앞서 어머니 비밀을 알아 내기였다. 며칠 전에
약속한 창경궁 앞으로 나갔다. 이모는 벌써 와 기다리고 있었다. 이모를
만나는 일이 어머니를 만나는 것처럼 들뜨고 설레 인 마음이었다. 이모에
게 드릴 선물도 준비했다. 마치 어머니께 드리는 선물처럼 내복이었다. 이
모는 지난번 외삼촌 생신날보다 더 반갑게 맞아 주시었다. 손을 꼭 붙잡고
궁 안 정원으로 갔다. 이모는 자꾸 성호를 쳐다보면서 말씀하였다.

　"젖 때기 우리 성호가 이렇게 어른이 되다니 참으로 세월이 빠르구나."

　"이모님 정말 고맙습니다. 마치 어머니를 뵌 것처럼 기쁘군요. 하긴 어머
니가 계시지 않으면 이모가 어머니를 대신한다는 말이 있지 않습니까. 그
렇죠."

　"그래 내가 너를 얼마나 만나려 했는데 외가 식구들이 모두 말렸다. 그
래서 이렇게 늦었다."

　"사실 얼마나 벼르고 벼른 이모님 만남인지 모릅니다. 그동안 외사촌
형들도 만났지만 모두가 쉬쉬한 것 같았어요. 그래서 이모님 밖에 어머니
의 비밀을 알려줄 분이 없다고 생각했습니다. 이제 저희들도 성인이 되었
으니 너무 걱정 마시고 사실대로 말씀해 주세요."

　"그래. 말하마. 냉정하게 들어라. 그러니까 의사로 있던 너희 아버지와
결혼한 어머니는 사진을 보아서 알겠지만 아주 미인이었다. 신혼 초부터

아버지는 어머니의 외출을 심지어는 시장을 간 일도 의심을 하고 있었다. 그래도 누나를 낳고 너까지 낳았으니 의심이 풀릴 줄 알았는데 그래도 의문을 했었다. 그것이 아마 의처증이라고 하는 모양이었다. 너의 어머니는 너무나도 억울해 한번은 나에게 왔었다. 너희 아버지가 모든 일에 의심을 하니 도저히 살아갈 수 없다고 하면서 어찌하면 좋으냐는 것이다. 외할아버지와 상의했었지. 외할아버지는 가끔 남자들이 의처증이 있는 일이니 출가외인이 친정으로 오는 것은 용납하지 않겠다고 혼을 내시는 것이었다. 그러면서 참고 살라고 했지만 너무도 참을 수가 없도록 심해서 어느 때는 믿어 달라고 하면서 부부가 믿지 못하면 어찌 사느냐고 엄마가 항변을 했지만 소용이 없었다. 조금의 틈에 어머니가 보이지 않으면 어떤 남자를 만났느냐고 다그치는데 더 이상 견디지 못하고 죽음으로 결백을 주장한다며 목을 매어 죽고 말았단다.”

성호는 이모의 한마디도 놓치지 않고 듣고 있었는데 어머니가 목매 자살을 했다는 말에 이모의 품안에 엉엉 울고 있었다. 그동안의 추측이 사실로 들어 났기에 아버지가 어머니를 죽였다고 생각하니 분통이 터져 어찌할 줄을 몰랐다. 이모는 성호를 껴앉아 냉정하도록 했다. 언젠가 이모님이 성란 누나에게 한 말을 기억했다. 아버지는 몹쓸 사람이었다고 한 말이 사실이었다. 이모의 얘기는 계속되었다.

“언젠가 어머니와 아버지가 외가에 왔다. 외할아버지가 너희 아버지에게 의논을 했다. 의심만 말고 자네 스스로 진단을 한번 해보라고 하셨다. 그런데 네 아버지는 화를 내면서 제가 신경정신과 의사인데 그걸 모르겠습니까? 하며 오히려 아내가 의심스러워 해명을 요구했는데 해명을 못했다고 하면서 모든 사유를 어머니에게 돌렸다. 고칠 수 없는 병을 앓고 있는 아버지였다. 의사가 그러니 무슨 도리가 있었겠느냐.”

“알겠습니다. 그래요. 아버지는 새엄마에게도 조금만 빈틈이 생기면 따지고 그랬습니다. 어느 때는 시장을 날마다 못 가게 일주일 분을 자동차에 몽땅 사다나 썩은 음식이 되기도 했지요. 그때마다 새엄마는 아내를 못 믿는 병통 이라고 내질렀지요. 아버지는 큰 중병의 환자임에 틀림없습니 다.”

　정신과 의사가 정신병 환자라는 말들이 있다. 그러니까 신경정신과 의사인 성호 아버지도 신경 정신병 환자로 자기 병은 못 고치면서 남의 병을 고치는 꼴이었다. 이 세상에 역설적인 일들이 얼마나 많은가. 그러나 사람이 죽고 사는 더구나 아내가 결백을 주장하다 스스로 목숨을 버리는 일이란 너무나도 불행한 일이 아닐까. 자기 자신을 모르는 사람이 남의 병을 치료하고 있으니 얼마나 황당한 일인가.

　성호는 아버지가 어머니를 죽음으로 몰아넣고 그러고도 급한 병으로 병사했다고 거짓말을 한 사실과 또한 어머니를 화장하여 묘소도 없다는 말을 기억했다. 이렇게 가증스러운 사람이 아버지라니! 지금도 현역 의사라니 도저히 용납되지 않았다. 이런 아버지의 의사직업을 대대로 이어가야 한다니 성호는 환멸을 느끼고 있었다. 이모의 품에서 실컷 울고 나니 조금은 한이 풀린 듯 했다. 그러면서도 어머니의 모습을 상상해 보았다. 아버지의 억지 변증법으로 말할 때 얼마나 괴로웠을까? 아버지 스스로 빠진 거짓의 합리성이 얼마나 졸렬했는지를 모르고 있었을까? 하는 의문이었다.

　“이모님 말씀을 들으니 이제야 모든 진실을 알 것 같습니다. 그 동안 비밀에 쌓였던 장막이 걷히니 마음이 다소 편합니다. 어찌 보면 아버지도 하나의 피해자인지도 모릅니다. 자신의 병을 모르는 무지의 환자라고나 할까요? 우리 가족들이 아니 사회가 어떻게 받아들여야 하는가. 이것은 하나의 과제인 듯합니다. 이 세상에 아버지 같은 환자가 많을지도 모릅니다. 하지만 하나의 성역이기에 의사의 권위를 뛰어 넘어야 하는데 걱정이 되는군요. 어쩌면 좋지요. 저는 아버지를 용서 할 수 없으니 어떻게 하면 아버지와 화해 할 수 있을까요. 나는 더욱 어머니에게로 다가가고 있습니다."

"성호야, 약하면 안 된다. 어떻게든 아버지를 이기는 방법은 아버지보다 더 잘되는 방법밖에 없다. 결혼해서 잘살고 훌륭한 의사가 되고 형제들과 그리고 이웃과 함께 살아가는 훌륭한 의사가 되면 된다."

"이모님 솔직히 자신 없어요. 그래서 수도자가 되고 싶었어요. 그런데 아버지는 자신의 좋지 않은 유산을 물려주려고 지금까지 강요했지요. 정말 싫었어요. 이모님의 말씀 이전부터 아버지의 비인간적인 행동에 회의를 느끼곤 했지요."

성호는 이모와 담담하게 대화를 나누고 눈이 퉁퉁 붇도록 울었기에 얼굴을 들 수가 없었다. 이모께 선물을 전하고 생전 처음 어머니를 대신한 이모에게서 모성애를 느끼었다. 이모도 20년의 비밀을 풀고 나니 마음이 후련했지만 한편으로는 성호가 상처를 받을까 두렵기도 했다. 이모를 보내 드리고 명륜동으로 갔다. 도저히 지금의 기분으로는 아버지가 기거한 집으로 들어 갈 수가 없었다. 성호는 오늘의 얘기를 성란 누나에게 말해야 되나 생각해 보았다. 당연히 누나와 자신이 알아야 할 비밀의 내용이었지만 깊이 생각해보니 누나의 행복을 위해 말하지 않은 게 좋겠다는 생각이었다. 그리고 보니 성호 혼자서 아버지에 대한 증오와 어머니의 억울함을 이겨 내는데 너무도 버겁다는 생각이 들었다. 이럴 때 얘기를 나눌 수 있는 사람은 정희 밖에 없었다. 그를 부를까 했는데 나타나는 것이 아닌가. 어느 때도 이곳에서 약속 없이 나타나기도 했던 적이 있었다. 이럴 때는 인연처럼 너무도 반가운 것이었다. 정희는 성호의 우울하고 헬쑥한 모습을 보면서 무슨 일이 있느냐고 물었지만 아무 일도 없다고 했다. 그러면서 맥주나 한잔 하자며 카페로 갔다.

술 한 잔씩을 하면서 평상시와 다르지 않게 정 다감한 사이처럼 대화를 나누었다. 며칠 사이에 성호에게 큰 일이 있었지만 이것만은 말하고 싶지 않았다. 정희도 할 말은 있는 듯 했으나 입을 다물고 있었다. 서로는 침묵을 흘러 보내고 있었다. 정희에게 어떤 변화가 왔을까? 혹 자기 곁을 떠나는 것은 아닌가. 며칠 후 성란 누나가 결혼하고 난 후 떠나면 이제 남은 사람은 정희 밖에 없는데 그도 떠난다면 어쩌나 하는 불안한 마음이었다.

성란 누나의 결혼식 날이다. 하객들이 많이 북적거렸다. 성호는 아버지 곁에 서서 하객들을 맞고 있었다. 가끔 성호를 소개했다. 의대에 다닌 아들이라고 자랑스럽게 얘기하는 아버지가 밉기만 했었다. 하객들은 아니 매형 될 집안도 성호집안의 비밀을 모를 일이었다. 만약 알았다면 혼사가 되었을까? 식이 시작하니 아버지는 누나를 데리고 결혼 행진곡에 입장했다. 아버지 자리 옆에 새엄마가 앉은자리에는 분명 성호의 친 엄마가 앉아야 할 자리라고 생각하니 성호는 울아 통이 났다. 이렇게 혼사를 치를 때나 애사를 있을 때에 흔히 있는 결손 가족의 비애를 누가 알 수 있을까. 예식은 성황리에 진행되었다. 누구와 누구 여사의 맏딸이라는 소개에는 수궁이 가지 않았다. 친 엄마의 이름이 아닌 계모의 이름을 부르지 않은가. 이것 또한 불쾌 한 일이었다. 언제고 있을 성호의 예식에도 방법이 없으리라. 이런 일들이 못 마땅한 것이었다. 혼례가 끝 날 무렵 친정부모에게 드리는 인사 순서에 "이렇게 예쁘게 낳아 길러주시고" 하는 대목에 성란 누나는 눈물을 흘리고 말았다. 그 순간 그리운 어머님의 환상이 보였는지도 모른다. 성호도 누나의 눈물에 함께 눈물을 훔치고 있었다. 이럴 때 진짜 우리 엄마가 있다면 얼마나 좋을까 생각하면서…

성란 누나는 결혼식이 끝나고 신혼여행을 가야 했지만 일주일 후 미국으로 떠나게 되어있어 시집으로 떠났다. 누나가 없어 집안은 텅 빈 것 같았다. 식구가 하나 없는 게 이렇게 허전할까. 특히 성호에게는 언제나 누나와 둘이었는데 이제 혼자라고 생각하니 텅 빈 가슴을 달랠 수가 없었다. 성호

아버지는 20여 년을 죽은 아내와 자식 때문에 노심초사했다. 특히 목메 자살을 했다는 사실이 밝혀 질까봐 외가 식구들을 경계했다. 이제 골치 덩어리인 성란을 치웠으나 성호가 있었다. 지금의 순간은 성호를 경계하고 있을 것이었다. 근간 갑자기 외가 집을 드나드는 회수가 늘어났기에 혹 진실을 알았을지도 모른다는 생각이 들었다. 성호의 심각한 표정을 읽으면서 마치 태풍 속의 고요 같은 느낌이었다. 누나를 생각하면 성호는 가슴만 더욱 아파 왔다. 도저히 혼자서 버틸 수가 없을 것 같았다.

누나의 결혼식이 끝나고 마음의 평정을 잃은 성호는 외사촌 형을 만나야겠다고 생각했다. 이제 남은 일이란 아버지와의 정리였다. 어떻게 해야 하는가? 도무지 묘안이 떠오르지 않았다. 이럴 때 외사촌 형이 정답을 갖고 있을 것만 같았다. 몇 번의 만남을 시도했는데 형은 연구소 설립으로 바쁘기에 조금 있다가 한번 만나자고 자꾸 연기가 되었다. 마지막 약속을 했는데 형이 바쁘기에 만날 수가 없었다. 성호는 몹시 서운했다. 형을 만서 그 동안 어머니의 모든 얘기를 나누고 자신이 계획한 아버지를 이겨내는 지혜를 얻고자 했는데 실망이었다.

이럴 때 만날 수 있는 사람은 그래도 정희 밖에 없었다. 그동안 몇 년을 좋은 사이로 지내온 처지이기에 모든 얘기를 나눌 수 있는 친구라 생각했다. 정희가 아버지의 비밀을 털어놓았기에 자신도 어머니의 비밀을 얘기하고 싶었다. 그를 만나자고 부르면서 그 어느 때보다 심각한 순간이었다. 정희는 힘없는 목소리로 만나자는 성호에 대하여 잔뜩 긴장하면서 나왔다.

"성호씨 안색이 안 좋아 보여요. 누나와 이별이 원인이겠죠. 어차피 보내야 할 누나가 아니나요."

"그래요. 누나가 막상 집을 떠나 아주 먼 곳으로 간다니 나는 이제 어떻게 상아야 하나 암담해요. 정희씨에게 그 동안 심난한 일들을 얘기하고 싶었는데 용기가 나질 않았어요."

　성호는 차분하고 담담하게 어머니의 비밀을 털어놓고 있었다. 한없이 눈물을 흘리며 말을 이어갔다. 정희도 눈물을 훔치며 성호의 얘기를 듣고 자신의 상처는 성호에 비해 약하다고 생각했다. 이렇게 성호에게 큰 상처가 있을 줄은 상상도 못 했다. 그동안 성호는 여리고 얌전하고 착실하기만 했기에 이렇게 큰 상처를 어떻게 이겨낼 수 있을까 걱정이었다. 이럴 때 성호를 위로해 주어야 했는데 사실은 정희에게도 더 큰 일이 있었다. 여름 방학 때에 어머니의 소개로 나타난 남자가 있었다. 성호의 집안에 비하면 너무도 평범한 집안이었다. 어머니는 아버지에게 당한 수모를 딸에게는 절대로 넘길 수 없다며 교사로 지극히 평범한 집안의 남자를 택하였다.

　정희는 너무도 급하게 선을 보고서 어떻게 이 사실을 성호에게 말해야 할까 망설이고 있던 중이었다. 지금순간 자신이 성호의 위로 자가 되어야 하는데 오히려 괴로움을 안겨 주게 된다고 생각하니 가슴이 아팠다. 그러나 지금까지 사랑한다는 말 한마디 못해본 사실은 성호가 자신과는 너무나도 차이가 있다고 생각했기 때문이었다. 사랑이나 결혼 얘기가 나온다면 거절 할 심산이었다. 그것은 어머니의 뜻이기도 했다. 좀 잘살고 학벌 있는 집안은 쳐다보지 말라는 분부였다. 아버지 없이 오직 자신만을 위해 일생을 희생하신 어머니의 말을 거역한다는 일은 있을 수 없는 일이었다. 정희는 너무나도 외로워하는 성호에게 오늘만은 차마 말을 할 수가 없었기에 다음으로 미루었다. 그가 좀 더 밝은 표정으로 마음이 안정될 때 하는 게 도리라 생각하였다.

　성호는 어젯밤 정희에게 모든 걸 고백하고 나니 이제 남은 것은 아버지뿐이었다. 아버지를 이겨내는 방법은 하나밖에 없다고 생각했다. 사랑하는 어머니의 부름에 응답하는 것이 가장 확실한 방법이었다. 또 다른 방법이 있다면 언젠가 이모님이 하신 말씀이었다. 아버지를 이겨 낼 수 있는 것은 아버지보다 훌륭한 의사가 되는 것이라 하였다. 그 방법도 하나일 것이다.

그렇게 한다면 아버지는 성호가 가업을 이어가 자신의 후계자가 되었다고 좋아 할 터이다. 그러기에 성호는 가식이 잔뜩 들어간 허구의 삶을 살아가 겠다는 아버지의 뒤를 간다는 일이 싫었다. 도저히 자신 없는 일이기에 갈등이 커져 가기만 했다. 모두가 아버지 스스로 만들어낸 갈등이요 상처 이지 않은가.

오늘은 성란 누나가 떠나는 날이다. 식구들과 함께 전송을 했다. 성호는 어쩌면 다시 못 볼지도 모른다고 생각하니 눈물이 쏟아졌다. 이제 정말로 떠나는 누나였다. 결국 혼자만 남았다고 생각하니 여러 생각이 떠올랐다. 남매라는 것도 결국은 헤어지고 마는구나. 그래 사람은 언제고 만났다 해 어지고 다시 인연이 되면 만나고 하는 것이 인생이리라. 그러다가 영영 만나지 못하기도 하지 않은가?

집으로 돌아오는 길에 아버지와 그리고 새엄마와 함께 동승했다. 한참 침묵이 흐르고 난 후 아버지는 말했다. "성호야 섭섭하지! 누나를 보내는 네 마음을 안다. 너도 앞으로 졸업하면 내 곁을 떠날 것이다. 그동안 아비 는 너희들에게 너무 못할 짓을 하였다. 모두가 내 욕심인 줄 알면서도 한편 으론 너희들 스스로 이 아비의 뜻대로 해주길 바랐다. 그 동안 잘 따라주어 고맙게 생각한다."

아버지의 솔직한 말처럼 들렸으나 마음에 와 닿지가 않았다. 그래서 인 지 화해로 가기는 늦은 것 같은 생각이 들뿐이었다. 특히 어머니에 대한 진솔한 반성이 없었고 아직도 당신의 뜻대로 모든 게 이루어지기를 바라 고 있었다. 일종의 아집이 살아 있다고 할까. 성호는 아버지에게 진정한 회개를 건의 해볼까 하다가 투박 맞을 것 같아 접고 말았다. 이제 두려움도 아버지에 대한 경외심도 없기에 마음 놓고 얘기할 수 있다고 생각은 했지 만 아버지에게 상처를 주고 스스로 상처를 받을 뿐이라는 생각도 들었기 에 생각을 접었다.

집으로 돌아온 성호는 책상 앞에 엎드려 그동안의 아버지와 새엄마에 대한 감정들을 생각해 보았다. 유아 때는 어렸고 초등학교 때도 몰랐고 중학생이 되면서 갈등이 자라고 있었으니 벌써 10여 년이나 되었다. 근간에 더욱 악화된 아버지에 대한 감정은 어찌 추수 릴 수가 없었다. 스스로 언제 어떻게 행동 할 지도 불안했기에 아직 마음을 정리할 수 있을 때 그동안 육영해 준데 대하여 감사하다는 뜻을 표하고 싶었다. 성호는 마치 화해라도 한 듯 안방으로 건너가 정중하게 "그 동안 아버지와 새엄마에게 너무 괴로움만 드려 죄송하다."고 했다. 그들은 성호의 새삼스런 말에 어리둥절했다. 마치 마지막 말처럼 하고 있어 성호가 왜 저럴까 하며 의아해 하면서도 지 누나가 떠나니 마음이 허 해서 그런가 보다고 했다.

성호는 아버지의 다음 대답을 들을 시간의 여유도 주지 않고 자리에서 일어나 거리로 나왔다. 마치 어떤 사건을 하나 해결 한 것 같은 생각도 들었다. 착실하게만 살아왔던 성호로서는 아버지와의 갈등이 제일 괴로웠고 다음이 유일하게 이성의 감정으로 사귀고 있는 정희가 마음에 걸렸다. 설령 정희에게 좋아한다고 고백한다면 과연 받아 줄까 생각해 보면서도 아니다 라고 치부해 버렸다. 그것은 아버지의 욕망의 기준으로 정희를 용해하지 못할 것이라 생각했기 때문이다. 아버지는 자신의 결손은 생각하지 않고 정희의 가정사를 물고 늘어질 것이 뻔 한 일이었다. 사생아나 다름없는 정희의 위치가 아닌가. 그래서 망설이고 또 망설였다. 오늘은 아버지에게 무슨 작별의 인사처럼 말했기에 정희에게도 얘기해 주고 싶었다. 그래서 정희를 불렀다. 정희는 자리에 앉자 먼저 말을 하였다.

"성호씨 누나를 보내고 섭섭하지요. 그런데 사실은 저도 떠나요. 진작 말씀드리려 했으나 성호씨가 너무도 쓸쓸해 할까봐 못했지요. 어머니가 선택한 남자예요. 평범하고 성호씨처럼 착한 분이어요. 제가 성호씨 곁에 있기란 너무도 초라하고 나약해요. 그래서 진작 마음을 먹었어요. 용서해요."

“그래요. 누나가 가고 정희마저 떠난다니 나는 이제 누구와 얘기를 나눌 수 있을까? 그래도 정희씨는 나의 유일한 좋은 친구였는데. 섭섭하군요. 그래요 잘까요. 인생은 어차피 이별이지 않아요. 정희 씨의 행복을 빌어 드릴게요. 부디 잘 살아요.”

이제 성호 곁에는 아무도 없다. 정희에게 사랑한다고 말은 하지 않았지만 어찌 보면 자신과 처지가 같았기에 좋은 친구로 아니 사랑의 감정이 들 때도 있었는데 모두가 끝이 나고 있는 판국이었다. 성호는 너무나 슬펐다. 어차피 세상에서 결국은 혼자라고 했지만 막상 모두가 떠나고 있으니 아무 희망도 생각도 없는 무아지경의 순간이었다. 그는 울부짖었다. 그래 난 혼자다. 어머니도 가고 누나도 그리고 정희마저 떠나니 정말 난 혼자다.

성호는 정처 없이 하루 종일 자신의 흔적이 조금이라도 묻었을 것이란 곳은 모조리 찾았다. 중 고등학교의 교정, 대학의 교실, 그리고 임상연구실도 들러 보았다. 그리고 정희와 함께 했던 찻집과 카페도 가 보았다. 그리고 마로니에 공원의 벤치에도 앉아 보았다.

이제 마지막으로는 어머니의 묘소에도 다녀오고 싶었다. 이모에게서 알아둔 차편과 지도를 펴고 찾아가기로 했다. 성란 누나와 함께 가야 하는데 이미 떠나버린 누나였다. 다음 날 일찍 기차에 몸을 실었다. 처음으로 혼자서 가는 긴 여행이었다. 다시 한 번 지난날의 아름다운 추억들과 애환들이 어른거린다.

어머니의 묘소는 양지바른 곳이었다. 성호의 나이처럼 스물 네 송이 백합꽃을 바쳤다. 그리고 사진을 꺼내고 절을 올리고 엎드렸다. 너무도 늦게 어머니를 찾아 왔음을 사죄하고 용서를 빌었다. 어찌 말로 쏟아 부을 수도 없었기에 소리 질러 통곡만 했다. 얼마나 울었는지도 알 수 없는 순간 어머니의 목소리가 들려오는 것 같았다.

“성호야! 내 사랑하는 성호야! 어찌 이렇게 찾아왔느냐. 20년이란 긴 세월에 너희들을 만나고 싶었다. 그리고 잘 자라주길 바랐다. 누나랑 잘 자라 주었구나. 어머니의 따뜻한 정도 받지 않으면서! 고맙고 또 고마울 뿐이다. 어미의 비밀을 알고 얼마나 슬퍼했느냐. 어떻게 그 고통을 견디어 낼 수 있겠느냐 걱정이었다. 그래서 너희들이 끝까지 어미의 비밀을 몰랐으면 했다. 먼 훗날 내가 사는 저 세상에서 모든 진실을 말해주고 싶었는데 이모 가 그렇게 원한을 마음이시더니 결국 알게 되었구나. 부끄럽다. 이제 모든 게 다 끝났다. 그리고 아버지를 너무 원망하지 마라. 어쩔 수 없이 자신을 이겨내지 못하고 아니 이 어미를 너무 사랑한 나머지 그랬는지도 모른다.”

성호에게 들려오는 어머니의 말들은 환청이었다. 너무나도 분명하게 들 린 어머니의 잔잔하고 아름다운 목소리였다. 성호가 어머니에게 하고 싶은 말을 하려는 순간 어머니의 환청은 단절되어 버렸다. 성호는 환청으로 들 린 어머니의 말을 기억해 본다. 그 중에도 아버지에 대한 용서였다. 어쩌면 어머니는 이처럼 아름다운 천사의 마음이실까? 신자도 아니면서 마치 원 수를 사랑하라는 예수의 말을 실천하는 사람 같았다. 그러나 성호는 차라 리 어머니가 아버지에 대한 원망의 도가 높았다면 생각이 달라 질 수도 있었는데 반대의 방향으로 마음이 가고 있었다.

성호는 어머니 곁에서 영원히 잠든다면 이것이 행복이 아닐까 하는 생 각이 자꾸 들었다. 어머니는 자신의 자식들이 잘 되기를 바랐지만 한편으 론 함께 있기를 은근히 바라지나 않았을까. 생가에도 들렸다. 그러나 어머 니와 함께보다 아버지를 이겨내야 하는 선결 문제가 있었다. 어머니의 묘 소를 찾아 환청으로나마 어머니의 목소리를 들었으니 미진한 일들이 하나 씩 풀려 마음이 가벼워져 갔다.

서울에 올라와 집에 도착하여 자리에 누웠었지만 잠이 오지 않았다. 시 간은 자꾸 흘러갔다. 이미 자신이 가는 길을 묘소에서 결정하였었다. 비록 어머니는 아버지를 용서하고 먼 훗날 만남을 원하셨지만 자신은 그게 아니었다. 어머니를 닮고 싶었다. 그리고 부름이 응답하고 싶었다.

아버지를 이기는 길은 어머니의 길을 가는 길이라 생각했다. 그리운 어머니가 저승에서 성호를 부르고 있었다. 현세에서는 어머니를 만날 수가 없었다. 언제고 가겠지만 성호는 조금 더 빨리 가고 싶었다.

아무도 성호의 길을 막지 못했다. 누나도 떠나고 아버지는 마음에서 멀어진지 오래다. 다음 날 새벽 성호는 집 차고에서 어머니가 갔던 그 길을 택하여 가고 있었다. 한없이 사랑하는 어머니를 부르며……

망상

　　　　　　"숙부님! 오늘 장인께서요, 당을 탈당하고
무소속으로 후보등록을 하고 말았어요."

　"뭐 탈당, 무소속? 형수나 자네가 적극 만류했어야지 먼 산만 바라보듯
했단 말인가?"

　"글쎄요, 안 그래도 장모님이 우시면서 극구 말렸지요. 숙부님도 아시지
만 장인어른 고집을 꺾기는 어렵지요."

　"고집도 그렇지, 해볼 수 있는 싸움을 해야지. 상대방 후보들은 몇 십억
에서 몇 백억 재산가라고 신문에 났던데. 바위에 겨란 치기인데 큰일이네!
정말 못 말리는 분이야."

　숨 가쁘게 걸려온 조카사위의 전화였다. 5·16으로 지자제가 중지된 뒤
30년만에 우여곡절 끝에 부활된 선거다. 그동안 기회가 오기를 절치부심하
던 영호 형이었다. 그러나 공천이 문제였다. 오전까지만 해도 당의 공천을
받지 못하면 출마하지 않겠다고 나와 약속한 형의 목소리가 채 가시기도
전에 약속을 뒤집고 있었다.

　나는 전화통화를 끝낸 후, 형이 집착한 선거에 대하여 생각해 보았다.
해방이후 과도기적 정치 행태가 계속되었다. 그동안 뜬구름 잡는 식의 정

치와 선거 바람에 일생을 바쳤던 형이었다. 40년이나 긴 세월 동안 형이 집착해온 그 일들이 떠올랐다.

그러니까 형이 25세 청년으로, 자유당 때였다. 우연하게 서울에 상경하여 한강 백사장에 갔다. 그 날이 마침 야당 대통령후보 연설회 날이었다. 당시 서울의 인구 절반에 가까운 40만 군중이 모여들었다. '못 살겠다 갈아보자' 라는 구호를 외치며 사자 호를 토해 내는 해공 신익희 선생의 명연설에 감동하여 그만 넋을 잃고 말았다. 그때 번뜩한 생각이 있었다. "아 이것이 정치고 세상을 바꾸는 일이구나!" 형은 고향에 내려와 누구와 상의도 없이 야당에 입당하면서 정치에 뛰어들었다. 바로 선거운동원으로 동분서주했다. 야당원이 되기는 쉬운 일이 아니었다. 여당과 권력기관에서 방해가 심했다. 그러나 형은 당당하게 대통령 연설원으로 참여하여 "못 살겠다 갈아보자."를 목이 터져라 외치고 다녔다. "갈아봤자 소용없다." 란 구호로 대응한 자유당이었다.

그런데 투표 날을 일주일 남기고 비 내리는 호남선 열차에 몸을 실었던 유력한 야당 후보였던 해공선생이 운명하고 말았다. 어쩌면 정권이 바뀔지도 모른다는 국민의 여론이 높아가자 정권이 바뀐다고 생각한 형의 마음은 부풀대로 부풀어 있었다. 자신이 대통령을 만들었다는 자부심으로 이어진 심리상태였을 것이다. 그러나 후보의 사망으로 첫 번째 꿈을 접어야했다. 일부 유권자는 진보당 후보에게 표를 던지고 일부는 기권하기도 했으나 결국 자유당 후보인 이승만 후보가 당선되고 부통령에 야당 후보인 장면 후보를 선택하였다. 그때도 국민들은 이승만의 독주를 견제하느라 야당부통령을 뽑았다.

그 후 형은 시의원 선거에 피선거권이 갓 된 25세 나이로 출마하였다. 비록 지방 자치단체 의원선거였지만 그래도 선거에 필요한 것은 다 있어야 했다. 선거벽보와 기호 표를 제작하고 운동원을 동원하는 일이 여간 어려움이 아니었다. 야당을 비밀리에 지원하는 것도 어려운 일인데 신분이 노출된 직접선거 운동원이 된다는 것은 보통용기론 불가능 한 일이었다. 할 수없이 중학생인 나와 누나들 그리고 친척들이 나서 호호 방문을 하며 기호 표를 돌리고 잘 부탁한다는 반복된 말로 선거운동을 하고 다녔다. 당시는 선거운동에 연령제한이 없어 어린 나도 운동을 할 수 있었다. 그러니까 온 집안 식구들과 친척들만이 나설 수밖에 없었다.

출마한 형은 평소 말을 잘 하기로 소문이 났다. 중학교를 다니던 때 6·25 전쟁에 자원입대하여 중부전선에 투입되었다. 격전의 전투에서 팔에 부상을 입어 울산 후송병원으로 후송되어 치료를 받고 상이 명예제대를 하였다. 이윽고 시청에 군경원호 서기로 재직 중에 우연히 서울을 다녀오면서 태도가 일변해 직장도 사직하고 말았다. 그 때 나는 어린 마음으로 형의 무모한 행동에 제동을 걸지 못하고 부모님 또한 어쩔 수없이 논과 밭을 팔아 선거자금을 퍼붓고 있었다. 주위사람이 보기에도 청산유수처럼 웅변이 뛰어난 형이기에 정치인이 되기에 알맞은 사람이라 여겼을 터이다. 선거란 여론몰이, 금전 살포도 있지만 조직이 제일인데 형은 조직이 일천하여 불리한 면이 한두 가지가 아니었다. 오직 타 후보 보다 유리한 것은 젊은 패기와 박력인데 시골 냄새가 풍기는 갓 편입한 선거구에다 보수색채가 강한 주민들에게 표를 얻기란 어림도 없었다.

그렇지만 후보자나 운동원과 후원자 입장에서는 어찌어찌 잘하면 당선될 수도 있을 것이라는 막연한 기대심리였으나 결국은 고배를 마시게 되었다. 비밀 투표여서 함 속에 들어있는 주권자 개개인의 심리를 파악 할수도 없을뿐더러 만나보면 모두가 도와주겠다고 하고 된다고 하면 모두가 자기편인 줄 착각할 수 있는 게 정치요 선거였다. 15일간 고된 선거운동을 끝내고 개표가 시작되었는데 야당이라 개표 참관인을 누가 서주질 않아

할 수없이 후보자가 참관인이 되어 개표를 지켜보았지만 결국 아슬아슬한 차점으로 낙선하고 말았다.

　형은 개표가 끝나자 허탈한 모습으로 해장술을 들이키고 집으로 돌아와 대성통곡을 하였다. 그것은 자신이 기대했던 만큼, 그리고 믿었던 표가 나오지 않자 인심이 이런 것인가? 모두들 격려해 주더니 결국 찍기는 다른 후보를 찍었다는 사실에 분노하고 있었다. 경험이 부족하고 아직 풋내기 정치인이 민심을 제대로 읽을지도 모르고 선거에 임했다는 사실을 뒤늦게 이해하면서 쓴 맛을 이겨내야 했다. 가족들은 형을 위로하느라 눈치를 보고 있었고 저러다 실망이 커서 무슨 일이라도 저지르면 어쩌나 은근히 걱정을 했다. 그러면서도 좋은 경험을 했으니 모두 다 잊고 새 출발을 했으면 하는 바람이었다. 그러나 한번 정치에 물들면 노름과 아편에 빠지듯 못 빠져 나온다는데 형은 망상(妄想)에 사로잡혀 헤어나지 못하면 어쩌나 하는 우려도 했었다.

　이제는 삼십여 년 전 한 두 번의 경험과 실수로 접어야 했는데 오히려 정치에 대한 야망은 더해 가기만 했다. 지자제 선거는 군사문화가 도입되면서 폐지되었지만 몇 차례 국회의원을 꿈꾸면서 더욱 더 정당 활동과 정치에 몰입되어 갔다. 그동안 함께 정치를 시작했던 사람들이 국회의원이 되고 국회부의장이 되는 사실을 보면서 자신도 잘하면 의원이 될 수 있다는 자신감을 심어갔다. 몇 십 년을 지구당 부위원장으로 활동할 때 위원장이 국회의원이 된 일이 몇 차례 있었다. 그 때마다 자신이 출마했으면 당선이라는 도식에 빠지기도 했다. 언젠가 야당 일색으로 국회의원에 당선되는 선거가 있었는데 이때도 공천헌금 몇 천 만원이 없어 국회의원이 못 되었다고 한탄을 하고 있었다. 오래 전 선거 두 번 치르고 논과 밭뿐만 아니라 대지가 500평이나 되는 넓은 대지의 집마저 팔아 이제는 작은 오두막집에 기거 하게 되었다. 장남의 형편이 이러하여 차남인 내가 부모님을 모시게 되었다.

자식이 부모님을 모신다는 것, 어쩌면 당연한 일이다. 그런데 이 당연한 자식의 도리를 지켜 가는데 따른 이견은 있었다. 우리는 육 남매로 아들 셋 딸 셋이다. 그리 많지 않은 재산이 몽땅 형의 뒷바라지에 사용되었다. 동생들의 공부도 심지어는 형님 자식들의 공부도 안중에 없었다. 아무리 살기 어려워도 멀쑥한 신사복에 정장을 하고 정당사무실로 그리고 다방으로 자유 분망하게 활동이 계속 된다. 부모님은 수답을 벌고 나무를 하며 실생활의 모두를 맡아 하시었다. 아직은 어린 자식과 손 자녀들에 대한 최소한의 삶을 이어가기 위해서다. 나는 이런 어려운 집안형편에 자연히 탈출하였다. 신문 배달과 고학으로 학교를 다니며 17세에 청상과부가 된 불쌍한 할머니와 부모님에 대하여 도리를 다하려 했다. 그래서 결혼 전에 부모님을 서울로 모시고 동생들을 학교에 보내며 청년가장이 되어 있었다.

결혼할 무렵 약혼자는 결혼해서도 부모님을 모시느냐고 넌지시 물었다. 왜 묻느냐고 되받아 물었다. 자식이 부모님 모시는 게 당연하지 않느냐고 했더니 그는 말이 없었다. 그래서 나는 기준을 마련했다. 부모님을 모시는 데 있어 다음의 기준에 따른다고 마련한 것이다.

먼저 부모님이 그 자식 집에서 함께 사시겠다는 의사가 있을 것이고 다음에는 아들이나 며느리가 부모님을 모시겠다는 의사가 있을 것이며 마지막으로는 두 가지 조건이 일치해도 여건이 나은 아들집에서 모시고 차후에 어느 자식이고 형편이 나아진다든지 모시겠다는 효의 정신이 높다든지 하면 모실 수 있다는 우리집 나름대로 정해진 일종의 법이다.

이렇게 정하고 따져 보니까, 형님이 장자로서 당연히 모셔야 하지만 그리고 부모님도 장자와 함께 살고 싶어하시지만 집안형편이 허락하지 않았고, 동생은 아직 집 장만도 못하고 자신들의 살기도 어려울 뿐 아니라 셋째에 신세지기는 싫다는 부모님의 뜻도 있어서 결국은 둘째인 내가 부모님을 모시는데 제일 적합하다는 결론으로 모시게 되었다.

그런데 며느리는 기꺼이 모시지만 따지고 보면 부모님의 유산은 이미 없어졌고 교육도 안 시켰으며 유산도 물려받지 못한 처지로 부모님을 모셔야 되느냐고 이의를 제기하기도 했었다. 이럴 때 법을 정한 나는 느낀 점이 많았다. 역시 며느리란 시부모님 모시는 문제가 부담이 된다는 사실을 알았지만 또 다른 논리로 며느리들을 설득하였다. 즉 부모에 대한 자식들은 무조건 효(孝)라는 기본 의미를 망각해서는 안 된다는 것이다. 우리를 이 세상에 있게 한 뿌리요 근원이 부모이기에 부모는 자식들에게 끝없는 사랑을 주시고 또한 운명할 때까지 우리를 위하여 베푸신다. 어떤 부모는 자식들에게 유산과 더 많은 사랑을 주기도 하지만 그렇지 못한 부모 또한 가슴 아파 하신다. 그만큼 부모님은 자식들에게 끝이 없다는 사랑이다. 또한 살아생전에 효를 해야지 돌아가신 뒤에 효를 하고 싶어도 못하는 우를 범하지 말자는 것이다. 사랑은 주는 것이지 받아야 주는 것이 아니다 는 사실을 말해주었다. 차남으로서 부모님을 모신다는 자부심 또한 있지 않느냐며 부모님을 모시는 일은 자식들의 도리이고 의무라는 사실을 설명하여 이해를 하게 하였다.

지금까지는 가부장적인 남자들의 경우이고 이제는 아들내 집보다 딸집에 사위집에서 부모님을 모시고 있는 사실이다. 그만큼 남녀동등권에서 여남 동등권으로 바뀌고 여성 상위시대에 살고 있기에 아내가 부모님을 모시자고 하면 별수 없이 모시는 경우가 많다는 사실이다. 변화하는 핵가족 대가족 제도의 변화무쌍은 호적법 개정도 한몫을 하고 있다고 볼 수 있다. 특히 시집가지 않는 딸들이 부모님 모시기를 자청하고 있는 현상이다.

나는 모시는 동안 부모님 회갑 때와 고희를 집에서 대소가 식구들만 모여 간소하게 생신 상을 차렸었다. 이렇듯 잔치한번 제대로 치르지 못해 죄송했지만 팔순이 되실 때 여러분들을 초청하여 큰 잔치를 베풀겠다고 약속을 드렸다. 세월은 흘러 부모님 팔순이 돌아와 부모님 친구 분들, 그리고 친척들을 빠짐없이 초청하여 다른 집 수연에서 보여준 노래하고 춤추는 자리를 마련하였다. 아버지 팔순잔치 순서에 있는 가족대표 인사를 형님이 집안의 장남으로 마이크를 잡고 일장 연설을 하였다.

"만장하신 귀빈 여러분!! 바쁘신 가운데도 이렇게 저희 부모님 팔순 연에 참석하시어 축하해 주심에 진심으로 감사를 드립니다. 저는 장남이지만 불효자입니다. 좋은 세상을 만든다고 어언 30여 년을 동분서주했지만 저의 꿈은 아직도 이루지 못하고 부모님도 모시지 못해 죄인이라고 고백합니다. 다행히 제 아우가 저를 대신해서 부모님께 효도를 다하고 있는 모습을 보면서 자랑스럽기 한이 없습니다. 아무쪼록 부모님 만수무강하시고 여러 귀빈들 차린 것 없지만 많이 드시고 즐거운 시간이 되었으면 대단히 고맙겠습니다. 감사합니다."

장내는 우레와 같은 박수가 터져 나왔다. 인물도 좋고 말도 잘하니 국회의원 감이라고 다들 말했지만 듣기 좋은 말일 뿐이었다. 자격으로야 형보다 못한 사람이 국회의원이 되어 떵떵거리고 거드름까지 피우고 있는 사실을 알고 있는 터이다. 그러나 우리나라의 국회의원에 아무나 되는 게 아니다. 엄청난 돈과 조직과 끈이 있어야 하고 기본적으로 유권자를 사로잡아야 한다는 사실이다. 물고 물리는 흑색선전과 금전살포 관권부정 또한 무시할 수 없는 현상이다. 야당은 적어도 크게 리드하지 않고서는 이길 수 없는 관권조직선거는 비일비재하다. 그런데 이런 선거도 어느 때부터인가 지역선거로 전락하여 무의미해졌다. 그래서 이번에는 금권선거에 지역의 우세 당 공천선거가 되어 버렸다. 공천만 받으면 무조건 당선이라는 사실이었다. 심지어는 막데 기를 공천해도 당선될 것이라는 우스갯소리도 들렸다.

선거 풍토가 과연 이대로 좋은가? 라는 캠페인도 벌리지만 헛수고였다. 근본적으로 차별적인 지역감정과 지역 이기주의에 기인된 현실이었다. 삼십 여 년 전부터 오랫동안 심어진 지역감정이 극에 달하여 일어난 현상은 민주선거의 실천과 공명정대한 모범선거도 한낮 구호에 머물고 있는 것이었다. 특히 야당은 양면 공략을 받으며 고전을 면치 못하는 것이 그간의 선거였다. 조직은 물론이고 자금 동원이 어려운 것이다. 어느 기업이 또는 개인이 야당에 자금을 조성해 주었다는 사실이 알려지면 세무조사와 기타 여러 가지 방법으로 기업운영 자체가 어렵고 개인은 불이익을 받게 되기에 일찌감치 포기해 버린다. 이것이 그 때 당시의 선거풍토였다.

이렇게 선거의 어려움을 잘 알고 있는 형이 오랫동안 정치에서 손을 빼지 못하는 것은 정치가 하나의 마술이기 때문이었다. 이 마술에 걸리면 누구도 손을 털기 어렵다는 것이다. 형을 만날 때마다 “이젠 그만 하시지요. 지겹지도 않으세요. 그리고 수신제가(修身齊家)치국 평천하(治國平天下)란 말도 있지 않습니까?” 하고 넌지시 물으면 ‘이제 마지막이다. 이번에는 꼭 이길 것이다. 여론이 좋다. 모두들 나에게 좋게 말한다.’ 라고 대답했다. 그러니 망상도 보통의 망상이 아닐 수 없다. 이 세상 진실 되게 충고나 조언하는 사람이 몇이나 되는가! 앞에서 가능한 듣기 좋은 말을 해 데니 그 말에 형은 우쭐되는 것이었다. 심지어 총재께서도 이번에는 꼭 공천이 될 것이라느니 경합하는 지역구 위원장인 현역의원도 다음에는 윤(尹)동지가 해야지요. 라는 사탕발림의 얘기를 그대로 믿고 있었다. 정치적 수식어에 더 감염되어 있었다. 그동안 몇 번의 국회의원 공천에 번번이 낙천되면서 나에게 하소연하는 말이다.

“동생이 돈 오 천만 해주었으면 이번에는 틀림없이 공천이 될 것인데.” 하며 아쉬워 한 적이 있다. 부모님 모시고 있는 집이 오천만 원 되는데

집 팔아 공천자금 대라는 논리였다. 노름꾼이 집 땅문서 잡히고 돈 잃으면
마누라까지 잡힌다드니 동생 집팔아 마련된 돈으로 공천을 받겠다니 도대
체 바른 정신이 있다면 생각도 못할 일이었다.

　"형님 제발 망상된 꿈에서 깨세요. 뭐니 해도 정치는 돈이고 조직인데
현역이고 돈 있는 후보자가 꽉 차 있는데 제발 은퇴하세요. 그동안 고생
많이 하셨지만 인생의 큰 경험이라 생각하시고 포기하세요." 동생의 간곡
한 호소에도 아랑곳하지 않았다.

　그런데 형이 말하는 이제는 정말 마지막 기회가 왔다는 것이다. 국회의
원은 어렵더라도 지방 의회의원이나 자치 단체장에는 그동안 갈고 닦은
정치 기반과 인맥으로 돈 없이도 충분히 선거에 임할 수 있다는 것이다.
참으로 오랜만에 지방자치 선거일이 다가 오고 있었다. 문중 일로 고향에
내려갔을 때 형은 신문과 잡지에 난 기사를 보여주며 마지막 미련을 토해
냈다. 기어코 출마를 또 하려는 심보라는 것을 알았다. 그러나 쉽게 동의할
수가 없었다. 그러면서 단서를 달았다.

　"형님, 정 그렇게 지방의원이라도 하시는 게 소원이라면 공천을 받으십
시오. 공천을 받으시면 나가시고 못 받으시면 출마 안 하신 겁니다."

　"그래, 동생 말대로 공천 못 받으면 깨끗이 포기하지 약속할게."

　"잘 생각 하셨습니다. 공천이 안 된다면 돈을 얼마를 쓴다고 해도 당선
은 어렵습니다."

　나는 덧붙여서 형이 공천이 안 되면 절대 출마포기를 못 박고 있었다.
나뿐만 아니라 부모님도 형수도 자식들과 형제자매들도 또 선거에 나온다
는 소문에 고개를 내둘렀다. 두 번 씩 이나 출마해서 집안재산 날아가 버렸
는데 이제 남은 오두막집도 없애려 한다고 야단이었다.

　한편으로 생각해 보면 삼십 년 이상 집착한 정치에 대한 환상을 접기란
그리 쉽지 않을 것이다. 나이도 이순이 넘어 이번 아니면 다음은 기회가

없다고 생각을 하고 있었다. 또한 그동안 여당으로부터 그 수난을 당하면서도 홀로 굳건하게 야당의 길을 걸어왔다는 사실도 있다. 많은 사람이 그 사람 대단한 지방의 야당 투사라고 곧 잘 말하기도 한다. 함께 고생한 누구는 다 들 정치적으로 원로의 위치에서 잘살고 있다. 그러나 이 날 이때까지 지구당 수석 부위원장이라는 직책에 메 달려 있고 돈이 생기는 것도 아니고 돈만 들어가는 고등 룸팬이란 낙인이 찍히고 만 사실이다. 그래서 동정의 여지도 있었다. 주위에서 이번 기회에 꼭 의회에 진출하라고 격려를 한 것이다.

그래서 그런지 이번만은 치밀하게 선거 전략을 짜고 있었다. 기초의원으로 나갈 사람을 구역으로 내정하고 그 사람들의 선거운동과 병행하면 당선 후에는 시의회 의장이 된다는 야무진 전략이었다. 형이 짠 선거 전략대로 진행되어 성공한다면 분명 의장이 될 수도 있을 것이다. 그러면 시장과 동격의 자리가 아닌가? 참으로 기발한 망상의 꿈이었다. 우선 첫째 관문인 의원후보 공천을 받는 일이었다. 그런데 공천 경합자는 같은 부위원장 한 사람과 재력이 몇 백억 대의 졸부출신이 중앙당의 배경을 앞세워 당당히 공천경쟁에 끼여들었다. 형은 지난날, 총재도 나에게 언질을 주었고 위원장인 국회의원도 수석인 자신에게 배려를 해주지 않겠느냐는 마지막 기대를 하고 있었다. 또한 신문과 방송에 자신의 공천희망 지역에 여러 명의 경합자 중 오랜 세월 동안 당을 지켜온 배려로 한다면 당연히 형이 공천에 유리하다. 그러나 전국적 선거를 치러야 할 입장에 있는 당에서 공천 헌금 위주로 할 때는 졸부후보 경쟁자가 유리 할 것이라는 전망까지 나오고 있었다.

공천 발표 마지막 날 운명의 순간이었다. 오랜 당 생활을 함께 한 부위원장들이 함께 지구당에서 농성을 하기 시작했다. 그것은 당에 성금을 많이 낸 자를 공천한다는 중앙당 정보를 입수하면서부터, 이래서는 안 되겠다고 최후의 발악을 해보는 것이었다. 현수막도 내걸었다.

"목숨 걸고 야당 지킨 자 배제하고 졸부공천 웬 말이냐? 즉각 중지하라. 탈당도 불사한다."

지구당 위원장이며 국회의원은 부위원장들을 설득하느라 진땀을 빼고 있었다. 아직 확정된 것도 아닌데 기다려 보자는 것이었다. 그리고 어떤 형태로던 상응한 보상을 한다는 회유도 있었지만 농성 자들은 미동도 하지 않고 농성을 계속했다. 공천 발표 시간이 되었다. 역시 오랜 당료 생활을 한 부위원장들 모두가 공천에서 탈락되었다. 일제히 사무실 집기를 던지고 위원장 실을 점거하며 위원장 나오라고 외쳤으나 위원장은 어디로 사라진지 오래였다.

형은 생각했다. 마지막 꿈을 접어야 하는가. 현실적으로 공천이 안 되면 당선이 어렵다는 엄연한 사실을 알고 있지만 너무도 억울하고 아쉬운 것이었다. 서울의 동생과 약속도 있었다. 당사를 나오며 참모들과 구수회의를 하였다. 먼저 당에 대하여 성토를 하였다. 그래도 이번 기회가 마지막이고 그동안 고생하며 기다려 왔는데 무소속이라도 출마를 하라고 권하고 있었다. 이들 참모들은 즉 간접으로 형의 선거 경비를 대주고 있었으며 한 사람은 집을 담보라 몇 천 만원을 대부해 주고 있었다. 그래서 그런지 그 사람들이 더 분개 해 하면서 사나이가 한번 칼을 뽑았으면 써야지 그냥 버릴 수는 없지 않느냐고 부추기고 있었다. 참모 중 한 사람이 빨리 탈당계를 내고 등록시간이 몇 시간 안 남았으니 서두르자고 졸랐다. 형은 이제 형 자신이 어떤 결정을 할 수 있는 위치가 아니었다. 참모들과 또한 부추기는 선거꾼들에 메어 꼼짝 못하고 그들이 하자는 대로 따라만 갈 수밖에 없었다.

등록을 하고 이어서 기호 추첨까지 하고서 집으로 돌아왔다. 형수와 사위와 딸은 올 것이 왔다고 생각하는 편이었다. 고집스러운 남편을 알고,

망상에 사로잡힌 장인을 알고 있었지만 더 이상 말리지 못하고 오히려 선거진영에 가담하고 있었다. 우선 기호 표를 인쇄하고 포스터 준비며 각 구역별로 조직책 선정에 들어갔다. 공천에 대비한 조직책 선정은 모두가 뒤바뀌어 새로운 진영을 구성하고 있었다. 사무장의 자리가 중요해 믿을 수 있는 사촌동생을 지명하였다. 선거사무소를 얻고 집기를 준비했다. 선거사무소 간판을 건다고 서울에서 남매들이 내려 왔으면 했지만 너무 급박한 일이고 또한 빈손으로 내려 갈 수 없는 노릇이었다.

나는 입후보 등록을 했다는 전화를 받고 우선 어머니께 말씀드리고 누나와 동생들에도 알렸다. 어머니는 걱정과 고민이었다.

"기어코 일을 또 저지르고 말았구나. 그동안 집안 다 탕진했으면 됐지 그 오두막집마저 없애려고 하니 보통 정신이 아니다. 옆 사람 형제간에 얼마를 피해 줄려고 그러는지!"

"글쎄 말입니다. 한 달 전에도 그리고 오늘 오전까지도 분명, 공천이 안 되면 출마를 포기한다 했는데, 삼십 년 전 그 병이 또 도진 것 같네요. 큰일입니다."

어머니는 근심이 가득한 얼굴이었다. 처음 출마하고 두 번째 출마할 때 그때는 아무것도 모르고 당신의 금반지며 외가 집에까지 가서 맏 외손자가 좋은 일 한다고 출마했으니 친정에서 성의가 있어야 된다고 쌀 두가마를 보내왔다. 그리고 그 넓은 선거구역을 돌면서 선거운동을 하느라 발이 부릅뜨고 몸살이 나서 어지간한 고생을 하시었다. 선거 빚 때문에 논과 밭이 넘어가고 집까지 줄여 어쩔 수 없이 작은 아들집에 기거하시는 심경이 여간 불편하기도 하셨다. 그때는 있으나 없으나 큰자식이 부모를 모시고 사후에 제사도 당연히 지내 주기를 바라는 심정이었다. 그런데 이번에 돈도 없는 주제에 일을 치러야 한다니 답답할 뿐이었다.

나는 어머니까지 참석한 가족모임을 가졌다. 누나들과 동생들도 모두가 불가능한 일인데 도대체 오빠는 또 일을 저질렀다고 불평들을 토해냈다. 어머니는 그냥 내버려두라고 하시었다. 그러면서 오래 전 당시의 일들을 회고하시었다.

"지난날에는 처음 인지라 얼떨결에 선거 운동에도 참여하고 패물도 팔아 선거자금에 보탰다. 당선이 되면 출세하는 줄 알았다. 그러나 그 후 생각하니 부질없는 망상이 곧 선거였다. 아직도 못 버리고 있는걸 보면 분명 마약 중독자나 다름없다. 그때도 주위 사람들에게 많은 신세를 졌기에 미안스러운 마음이 지금도 있다."

어머님의 그 때 기억은 선명했다. 그러나 어디 혈육 관계를 그냥 모른 체 할 수가 없는 일이다. 모두들 말리지 못 했다고 주위 사람들은 무얼 했느냐고 했으나 본인의 버릴 수 없는 고질병 인 것을 어찌하랴?

"자 이제 엎질러진 물이니 어쩔 것인가. 내가 생각해도 공천이 안 되면 불가능한 일인데 저렇게 탈당까지 해서 무소속으로 출마를 형님 마음대로 했으니 정말 난감한 일이지요."

"출마하면 당선이 보장된다면 어떻게든 선거자금을 마련하겠지만 떨어질게 뻔 한일인데 돈만 날리는 것이 아닌가. 돈도 없지만 난 못 내겠다."

"그래도 선거는 해 봐야 하는데 저렇게 삼십 년만의 꿈을 실현하겠다는데 형제간에 모른 체 할 수는 없지요."

"다 들 일리가 있는 말이요. 좌우지간 최대한 성의를 표해야 하니까 얼마씩 낼 것인가 정해주면 일단 내일이 첫 합동 유세 날이라고 하니 나라도 내려가서 인사 하는 게 도립니다. 그렇게 합시다."

어렵게 사는 누나들은 몇 십 만원, 그리고 조금 나은 동생은 백만 원 나도 몇 백 만원을 내기로 하고 우선 절반의 돈을 갖고 내일 아침 출발하기로 했다. 누나 동생들이 떠나 간 뒤 돈을 한 푼도 못 내겠다는 누나에게 인정머리 없는 딸이라고 어머니는 말씀하시었다. 당신은 형의 출마에 대하여 괘씸하니 도울 것 없다고 하시면서 당신께서 자식들이 가끔 드린 용돈을 아끼고 아껴서 저금한 오 십 만원의 통장을 내 놓으시며 모은 돈에 보태라고 하시었다. 이처럼 어머니는 자식에 대한 끝없는 사랑을 주고 계시었다. 그래서 형제들이 형을 비판하면 불쌍한 인간이다 고 방어막을 치시곤 하시었다.

나는 새벽 첫차로 고향을 향해 고속버스에 올랐다. 차창 가에 들어오는 산과 들판은 완연한 봄기운으로 푸름이 넘쳐 보였다. 세월이 그렇게 흘러도 강산은 별로 변하지 않은 것 같았다. 그런데 집안의 면면을 보면 변화무쌍하기만 했다. 6·25전, 똑똑한 큰형을 잃고 집안이 중심이 흔들렸던 일, 그래서 둘째형이 장남이 되면서 정치에 발을 들여놓아 다시 한 번 소용돌이쳤던 일, 셋째인 내가 가면 죽는다는 월남전에 참가하여 할머니와 부모님 애간장 녹게 했던 일, 그래도 살아야 한다고 아등바등하며 살아 지금까지 부모님 모시고 밥술이나 먹고 집이라도 한 채 장만해 살아가고 있는 자신을 되돌아본다. 큰자식이 여의치 않으면 둘째와도 살 수 있다고 했다. 그래서 기둥이 되어 망상 같은 것 접고 진실 되게 법대로 아니 법 없이도 살아 갈 수 있는 생활을 영위했던 자신이 아니었던가. 돌다리도 두들겨 가며 건너는 심정으로 부모와 자식에 대하여 그리고 형제간 우애에 대하여 진지하게 생각하며 살아가고 있는 나였다.

이 생각 저 생각하다 보니 선거사무소에 도착했다. 형과 운동원들은 대부분 합동 연설회장 주변지역에 방문을 나가고 없었다. 사촌동생인 사무장과 두 사람만이 사무실을 지키고 있었다. 사전 선거운동은 일 년 전이나 또는 한 달 전부터 했겠지만 정식 선거 운동기간은 15일간 이었다. 벌써 이틀이 지났으니 이주도 못남은 투표일이었다. 요란한 전화 벨 소리는 이곳저곳에서 왔다. 대부분 후보께서 한번 방문해 달라는 청탁성 전화였다. 열심히 전화 받고 메모하는 사무장에게 전반적인 선거 분위기를 물었다.

"현재까지 분위기는 좋은 편입니다. 공천자가 정치에 초년병이고 졸부이기에 돈으로 공천을 받았다고 여론이 안 좋은 게 사실입니다. 형님에 동정한 여론이 많은 편인데 그러나 전체적인 분위기는 아무래도 공천자가 돈도 쓸 것이고 공천 힘도 있어 그것이 문제지요."

"그래 수고가 많다. 내 생각도 어려운 싸움인 것 같다. 밖에서 들은 소문은 무조건 공천자가 당선이라는 등식을 무시 할 수 없다. 아울러 상대방은 수 백 억대 마을금고 회장이니!"

"저도 같은 생각입니다. 다행이 문중에서 그리고 종친들이 얼마씩 성금을 보내 왔고 이곳저곳에서 작은 성의가 답지하고 있습니다."

"그래, 선거란 돈 싸움이나 마찬가지다. 그런데 이번 선거는 돈으로 해결되는 게 아니고 유권자에게 얼마큼 신뢰를 받느냐 하는 점이다. 깨끗하고 공명정대한 선거를 해야 한다. 선거 끝나고 불법이니 부정이니 하여 입건된다면 잘 싸우고도 헛된 일이다."

동생은 착실하고 영리하여 나의 말뜻을 알아차리고 있었다. 재정상태는 후원성금을 형님이 직접 챙기기도 해 선거비용 관리에 어려움을 털어놓았다. 현재 공적자금은 한 삼일정도의 자금밖에 여유가 없다고 했다. 각박한 선거자금이다. 선거란 자금 관리에 있어 무분별하다면 돈은 돈대로 들어가고 표로 연결되지 않은 게 일반적이다. 합동유세 시간이 가까워 연설회장으로 향했다. 후보자들은 연설회장 입구에서 열심히 악수를 건네고 허리를 굽혀 한 표를 부탁하고 있었다. 형이 나를 보면서 굳게 악수를 나누며 고맙다고 하였다. 비록 지방의회 선거지만 오랜만에 선거여서 인지 많은 청중이 모여들었다. 모두가 처음 유세에서 기세를 잡아야한다고 열변을 토하고 있었다. 연설 순서 추첨에 첫 번째로 형이 등단했다.

"친애하는 유권자 여러분! 저는 사십 년 전부터 정치에 입문하여 초지일관 바보같이 야당에 있었습니다. 자유당정권에서도 혹독한 군사정권과 목숨 걸고 이 나라 민주주의를 실현하고자 노력해 왔습니다. 그런데 여러분이 잘 아시다시피 돈이 없다는 이유로 공천을 받지 못했습니다. 진정한 야당원이 무슨 돈이 있겠습니까? 그런데 중앙당은 공천헌금을 많이 낸 신출내기 졸부인 사람을 공천하였습니다. 저는 총재에도 따지고 위원장과도 따졌지만 전국적인 당이 살기 위해 불가피 했다는 변명입니다. 그래서 40년 동안 정든 당을 떠나 무소속으로 여러분들의 현명한 심판을 받기 위해 이 자리에 섰습니다. 진정한 민주정치를 구현하고 우리 지역의 발전을 위해 헌신할 것을 약속드립니다.”

연설이 끝나자 열렬한 박수가 터져 나왔다. 그도 그럴 것이 달변이요 연설원고도 보지 않고 웅변조로 제스처를 써가며 군중과 함께 연설을 했기에 일단 호흡이 맞았기 때문이다. 그리고 돈 없고 오랫동안 당을 위해 헌신했는데 공천 탈락이라는 동정의 박수였을 것이다. 계속된 후보의 연설에서 라이벌로 지목되는 졸부 후보의 연설은 이러했다.

“존경하는 주민 여러분!! 앞에서 어느 후보께서 비난하신 졸부가 아닙니다. 정정당당히 돈을 좀 모았을 뿐입니다. 정치도 잘 모르는데 왜 나왔느냐 하면 이제부터는 구 정치인은 물러가고 새로운 젊은 정치를 원하기 때문에 이 자리에 나왔습니다. 솔직히 말씀드리면 공천 헌금이 아니고 중앙당에서 당에 기부금을 내라고 해서 좀 냈습니다. 야당이 돈이 없지 않습니까? 그래서 저 같은 사람이 기부한 자금이 야당을 튼튼히 하고 저 또한 열심히 일하겠습니다. 여러분의 현명한 선택을 기대 합니다.”

졸부 후보의 유세 중간에 돈 공천자라는 야유도 있었지만 솔직한 그의 고백에 긍정하는 사람도 많았다. 아울러 어지간한 사람들은 졸부 후보의 술이나 밥 그리고 선물을 암암리에 안 받아본 사람이 없을 정도로 다양한 선심 작전을 쓰고 있었다. 들리는 소문은 선거비용 한도가 오 천만 원인데 중앙당에 십억은 내고 지역에 적어도 오 억 원은 쓸 것이라는 얘기고 보면 형님의 선거비용은 한숨만 나올 수밖에 없었다. 형은 이번 선거에 후원금이, 동생들이 몇 천만 원, 잘 산다는 외사촌이 한 1억원, 그리고 자신이 5천만원 정도 해서 도합 2억 정도를 쓴다면 해 볼 수 있다는 사무장의 얘기를 듣고서 과연 형이 말한 대로 선거자금이 모아 질 것이며 설령 모아져 쓴다고 될 일인가를 생각해 보았다. 지방의원 선거에 돈을 못 쓴 사람이 적어도 2억원이라니 말문이 막혔다. 결국 졸부들의 돈 자랑이 아닌가? 그런데 가난뱅이 형이 오두막집 한 채밖에 없는 사람이 2억을 만들어 선거를 치른다는 계획이니 정말 망상중의 망상이었다.

유세가 끝나고 선거사무소가 아닌 큰 식당 홀에 마련한 참모들과 운동원 그리고 후보자와 간담회와 선거 전략회의가 있었다. 이 자리에 나를 참석시키고 있었다. 먼저 선거 참모장인 사람이 오늘의 합동유세의 평가를 하고 있었다. 한 마디로 후보자에 대한 격려요 듣기 좋은 사탕발림 소리를 늘어놓고 있었다.

"정말 우리 윤 후보께서 잘 하셨습니다. 우렁찬 목소리에 호소력 있는 언변에 논리적으로 민주정치를 할 수 있다는 각오까지 피력하니 모두가 공감하며 박수도 제일 많이 나왔지요. 한 마디로 대 성공 입니다. 앞으로 이 대로만 가고 자금을 쓴다면 당선은 따 놓은 당상입니다."

"사무장입니다. 오늘 유세는 좋았고요. 자금 문제를 보고하자면 어려운 실정입니다. 후보님이나 참모님 그리고 운동원 여러분께서 절약하여 최소한의 비용으로 최대한 효과가 있는 선거운동 방법을 강구해 주셨으면 합니다."

"여러분 감사합니다. 미약한 저를 위해 이처럼 열성적으로 지원해 주신데 대하여 고맙게 생각합니다. 유세결과는 과찬의 말씀이고 사무장의 재정보고는 곧 자금문제가 해결 될 것으로 믿고 있습니다. 마침 유세장에 그리고 이 자리에 내가 제일 사랑하는 아우가 공무 중에도 틈을 내어 이 자리에 왔습니다. 아우에 대하여 아신 분도 있겠지만 서울대학에도 오랫동안 근무했고 중앙무대의 공직에 근무하고 있는 어쩌면 저와는 반대편에서 근무했지만 관직에 있다고 모두가 여당이 아니고 특히 동생은 공직자로서 재야운동에도 참여하는 등 저보다 훌륭한 동생입니다. 잠깐 인사를 드리도록 하겠습니다."

"안녕하십니까?. 서울에 사는 동생입니다. 형님께서 오래 전에 꿈을 펴셔야 했는데 못 펴시어 아쉬웠고요. 마지막이라고 또 출마하시어 고생하고 계신 듯 합니다. 제 생각으론 공천을 받았으면 좋았을 탠데 세상도 정치도 올바르지 못한 상황입니다. 이왕 나오셨으니 좋은 결과 있었으면 좋겠고요. 헌신적으로 도와주시고 고생하신 여러분들께 감사한 말씀드립니다."

나는 그 외에도 노골적인 말, 공천이 안 되어 당선이 어렵다느니 돈 선거인데 무리라느니 형이 갖고 있는 망상적 사고는 오래 전의 버리지 못한 사고라느니 하며 말할까 하다가 잔뜩 부풀은 후원자들이나 형님에 대한 예의도 아닌 듯 해 말을 접고 말았다. 사실 좋은 방법은 확실한 충고와 조언이 중요한데 모든 일에 이 문제가 명확하게 안 되어 있어 실패를 몇 번이나 거듭하면서 나중에 후회만 하는 것이다.

사무장의 말도 있고 해서 나는 서울에서 일차로 준비한 몇 백만 원의 돈을 형님과 사무장이 함께 있는 때에 내 놓고 형님에게 돈이 약소해 죄송하다고 했다. 형은 약간 실망의 빛을 보이면서 자금이 조금만 여유 있으면 훨씬 유리한 선거를 치를 수 있다고 말하고 있었다. 나는 형이 다소 언짢아한다 해도 딱 잘라 말했다. "이번 선거는 돈으로 당락을 결정짓는 선거가 아니니 어떻게든 동정표에 호소하는 길 밖에 없습니다. 무리하지 마세요. 동생의 진정한 조언입니다. 직접 뛰시는 형님과 선거참모, 운동원보다 옆에서 보는 제가 더 잘 압니다."라는 나의 말에 말없이 고개만 끄덕이고 있었다. 더구나 공천 안 되면 불출마를 약속한 형이었기에 할 말이 없었다.

그날로 서울로 돌아와 가족들을 모았다. 나의 현지 선거사정이 어렵다는 말에 예견이나 한 듯 동의하면서 이미 결정하여 각출된 돈도 불필요하다면 전달하지 않았으면 하는 심사들이었다. 그러나 너무 가혹한 일이었다.

"어려운 싸움인 것은 분명해 보였습니다. 그렇지만 형님이나 주변 인물들은 한번 해 볼만하다고 하면서, 선거자금 타령을 하고 있었습니다. 형에게 조용히 말씀드리긴 했습니다. 돈으로 당락을 결정하기란 한계가 있다고, 그 옛날 치렀던 두 번의 선거가 차라리 순수했고 스릴이 있었는데 이번은 공천과 지역 이기주의에서 온 결과가 뻔하다는 것입니다. 그곳을 고립시키니 똘똘 뭉칠 수밖에 없지요. 형 개인으로 보면 불운이지요. 그래서 망상이라는 것입니다. 주변에서도 선거 한번만 해도 집안 망한다는 얘기는 사실이지요. 그러나 한번 더 내려가 나머지를 갖다 드려야 도리일 듯합니다."

"지금까지 얼마가 들어갔고 앞으로 얼마나 더 필요하다는 겁니까? 우리가 도운 다는 것이 간에 기별도 안 가겠네요" 동생들의 말이었다.

"총2억을 잡고 있더군. 문중에서 이곳저곳에서 성금이 들어와 몇 천만 원을 쓰고 이제 남은 돈은 몇 백 뿐이다 고 하니 적어도 일억을 더 필요로 한다는 얘기더군. 큰일이지."

"결국 집도 넘어가겠구나. 내 생각에 틀림없이 너희 형이 빚을 얻어 쓰고 있을 거야. 옛날에도 그랬다. 그래서 전답이 넘어갔지. 돈을 안 빌려줘야 하는데 그렇게 한 놈들이 있어."

어머니가 얘기하신 게 정확했다. 분명 사전 공천 운동하면서 상당한 돈을 얻어 쓰고 아직 말을 않고 있을 것이었다. 얘기를 나누고 있는데 두 번째 유세가 모래쯤 있다고 사위전화가 왔다. 이제 선거는 막바지였다. 앞으로 한 차례 합동유세가 있으면 곧 바로 투표 날이다. 지상의 보도는 각

지역별로 우세가 드러나고 각종 여론은 형이 출마한곳이 야당공천을 받은 후보가 유리하다고 보도 되고 있었다. 다시 한 번 내려 갈 때에는 누나와 동생까지 내려가기로 했다. 내 마음 같아서는 휴가를 내서 열심히 선거 운동이라도 해 드리면 원이라도 없으련만 사정이 여의치 않았다. 형제라는 것은 그렇게 하면 안 되는 줄 알면서도 어쩔 수 없었다. 그러나 혈육 관계란 최선을 다 한 정성이었다.

하루에도 두 번씩 들려오는 선거상황을 사무장과 조카사위를 통해 듣고 있으면 마치 국회의원 선거나 다를 바 없었다. 지역만 좁았다 뿐이지 전략과 운동방법 그리고 유권자의 동향파악 등 광범위한 범위였다. 한 두 명이 중도 사퇴를 한다는 소문도 있다 했다. 그런데 그 후보는 형과 라이벌 관계의 후보를 지원하겠다는 소식은 결국 졸부후보가 이번에는 돈으로 상대후보를 매수했다는 엄연한 사실이라고 했다. 나는 확실한 증거를 잡아 다음 유세에서 폭로하는 방안을 강구해 보라고 권했다. 그런데 그 증거를 무슨 수로 수집할 수 있단 말인가. 있다면 후보 본인이 돈에 매수되었다고 양심선언이라도 해야 하는데 그렇게 되면 자신도 처벌받는 일을 바보처럼 하겠는가 하는 점이다. 하여튼 약간 비열한 방법이긴 하지만 그러나 분명 부정한 방법이고 선거법에 위반하는 사례에는 틀림이 없었다.

또한 루머가 형에게 유리하게 돌아간다는 것이다. 내용은 졸부후보가 터무니없는 공천헌금을 냈다고 신문에서 보도가 되고 있었다. 이는 공천에 영향을 주었다면 이 또한 불법적인 사례로 당선이 되더라도 당선무효가 된다는 루머였다. 그러니 당선 후 선거 다시 치르지 말고 아예 확실한 후보를 뽑아 달라는 호소를 한다면 이 또한 호재 일수 있다는 것이다. 별 시안 없이 한 소문과 소식이 전해졌지만 내가 생각하긴 모두가 부질없는 소문이요 하나의 루머처럼 생각되었다. 지난 선거의 뒤끝을 보면 부정이다. 불법이다. 하며 정식으로 고소를 해 보지만 그것이 명확한 증거와 자료가 없이 소송을 냈기에 모두 기각되고 재선거나 당선무효가 된 일들이 드물었다. 그래도 3·15 부정선거로 정권이 바뀌고 6·8 부정선거로 국회 의원 재선거가 있었지만 이번의 선거가 그렇게 크게 이슈화 될 것같이 보이진 않았다.

지난날의 선거들이 어떻게든 수단과 방법을 가리지 않고 선거에 이긴다면 그것은 이긴 것이었다. 특히 힘 있는 여당이 관권과 금권을 동원하여 불법으로 이겼다면 선거 소송이건 고발이건 흐지부지되고 말았던 전례가 있었기에 기대하기는 난망 했다. 이 나라 선거사에 부정 없이 깨끗한 선거가 있었던가. 얼룩진 선거 역사라 할 것이다. 시골에서 다시 한 번 전화가 왔다.

"숙부님 내일 합동연설회에 서울에서 모두들 내려 오셨으면 하는 장인의 말씀입니다. 요즘 고전하시고 있지요. 가능한 오시면 해서요."

"안 그래도 이번에는 몇 사람 내려간다고 했네. 선거는 잘 되가는가? 하여튼 최선을 다 하는 수밖에 별 도리가 없는 것 같네. 그럼 내일 보세."

내려오라는 얘기는 다른 게 아니고 선거자금을 갖고 오라는 말이었다. 그런데 돈 모으기가 쉬운 게 아니다. 당선도 불투명 할 뿐 아니라 안 될 일을 저질렀다고 믿고 있기에 더 이상의 자금 염출은 무리였다. 그러나 예정 한데로 유세장에 도착하여 유세에 경청을 하였다.

"유권자 여러분! 최근 묘한 소문이 돌고 있는데 사실로 말씀드리면 절대로 불법으로 헌금을 낸 게 아니고 정정당당히 합법적으로 냈습니다. 그리고 사퇴한 후보가 저에게 매수되어 사퇴했다고 하는데 사실이 아닙니다. 뭐 당선이 되어도 당선 무효가 될 것이라는 루머를 퍼뜨리는 후보가 있는데 사실 확인되면 후보 비방 죄로 고소할 것입니다. 믿어주세요."

"앞에서 모 후보는 스스로 켕기는 데가 있어 변명을 한 모양인데 신문에도 보도되었습니다. 당선시켜 헛수고하느니 저를 뽑으시면 확실합니다. 돈 없고 바보 인생처럼 이 나라 민주화를 위해 끝까지 싸워온 저를 밀어 주세요 이번에 마지막으로 호소합니다.”

합동 유세장은 설전을 거듭하고 상대방 후보 운동원끼리 몸싸움을 벌리고 옥신각신 혼탁한 선거가 되고 있었다. 이번에도 형님은 역시 웅변조로 연설은 잘 했는데 처음보다 밀리는 듯 박수도 적고 상대방의 박수 부대에 압도당하는 분위기였다. 선거사무실로 돌아와 형님과 대화를 나누는 순간 형님의 선거참모라는 두 사람이 나를 잠깐 보자고 한다.

“나는 댁의 형님과 한 형제처럼 몇 십 년 지내고 있소. 형을 이번에는 꼭 당선을 시켜 원한을 풀어드려야 하는데 돈이 부족하여 밀리는 편이요. 서울의 동생들과 외사촌이 큰돈을 대준다고 들었는데 이번이 마지막이요. 형을 위해서 힘을 좀 써 봐요. 옆에서 보기에 안타까워 이렇게 초면에 부탁하는 거요.”

“말씀은 잘 알겠습니다. 그러나 형이 말씀한데로 그렇게 많은 돈을 마련할 길이 없어요. 저는 봉급생활자로 부모님 모시고 있고 외사촌도 그렇게 낼 형편이 아닙니다. 형님이 무리한 기대지요. 제가 보기에 이 선거는 돈싸움이 아닙니다. 돈이면 졸부 후보를 어떻게 당해낼 도리가 있겠습니까? 공천이 안 되면 선거에 출마가 불가했습니다. 형님과 주변에서 잘못판단을 한 것입니다. 제 말씀이 서운하게 들릴지 모르나 이것은 진실입니다.” 나는 단호하게 그들의 헛된 요구를 뿌리치고 사무실로 들어왔다. 그들은 선거 전문가였다. 이런 사람이 주변에서 충돌하여 탈당하고 무소속 출마를 결심한 것이었다. 그들이 이미 집문서를 잡고 뒷돈을 상당히 대고 있었다고 했다. 이어서 형님은 나를 조용한 방으로 불러 사정을 하였다.

“동생, 사실 할 말이 없네만 이제 막바지 오일 남았는데 돈이 삼천만 있으면 될 것 같네. 아직 오리무중이지만 졸부후보 무효를 비롯한 몇 가지가 나에게 유리하게 될 수도 있네. 집을 팔아서 갚을 테니 금융기관에서 집 잡고 얻어 주게. 부탁이네. 선거를 하다 말수 없지 않은가?”

“형님? 딱한 사정 이해합니다. 그러나 상황 판단을 잘 해야 합니다. 앞으로 몇 억을 쓴다고 될 일이 아닙니다. 애초에 말씀드린 데로 공천이 문제지요. 이 지역에는 무조건 공천자가 당선입니다. 중도에 포기 할 수 없으실 테니 최소한 비용으로 선거를 치릅시다.”

나는 그 어느 때 보다 단호한 입장을 보이며 사무장과 조카사위 그리고 참모로 활동하는 분까지 연석회의를 소집해 달라고 했다. 그리고 현재의 선거 자금을 파악했다.

“자 여러분 제 말씀을 잘 들어주세요. 방금 형님과도 협의했지만, 앞으로 남은 오일을 최소한의 선거비용으로 치릅니다. 현재 잔고 천만 원 있고 제가 오백만 원 갖고 왔습니다. 합해서 천 오 백입니다. 하루 비용 운동원 일당 밥 값 후보 비용해서 400만원씩 2천만 원 중 부족 분 5백은 제가 서울 가서 내일까지 송금하겠습니다. 이렇게 해서 선거를 치릅니다. 그동안 고생 많이 하셨고 남은 기간 잘 부탁합니다.”

이렇게 확실하게 계획과 자금까지 마련하기로 하고 서울로 돌아왔다. 돌아오는 차안에서 누나들은 불가능한 일에 몇 천을 꼬러 넣어야 되느냐며 섭섭해 했지만 이렇게 하는 것이 마지막 출마한 형에 대한 최소한의 예의로 생각하자고 설득했다. 서울 도착 후 시골에서 사무장과 조카사위의 걸려온 전화내용은 이번 내려 오셔서 잘 결정해 주시어 다행이었다고 했다. 만약 그렇지 안 했다면 급전을 꾼다. 딸라 이자 돈을 얻겠다느니 야단이었을 것이다 는 것이다. 숙부님이 확실한 선을 그어 주셨기에 홀가분하게 마지막 선거전을 치르고 있다는 것이다. 형님도 더 이상 발버둥을 치지 않는다고 했다.

마지막 합동 유세까지 참가한 형은 15일간의 아니 30여 년간의 대 장정의 선거를 마감하고 있었다. 약관 25세로 아수라장 같은 어쩌면 투전판 같은 정치의 장에 청춘을 불사르고 아버지가 되고 할아버지가 되는 순간까지 세상을 바꾸겠다는 소박한 꿈으로 발버둥 쳤던 형이었다. 여권의 탄압을 무자비했었다. 생나무 배었다고 산림직원의 고발로 경찰에 붙들리고 야당원이라고 동생들이 취직하면 신원조회까지 불이익을 당하게 하면서 당신 스스로 돈 한 푼 벌지 못하고 무직으로 40 여 년의 세월을 지켜 왔다는 사실이었다.

한 때는 민주투사로 한 때는 고참 정당인으로 행세 한때도 있었다. 경찰과 형사들도 무서워하지 않으며 당당히 맞서던 형이었다. 형이 청년이었을 때도 당의 직책으로 김대중 총재가 청년 부장일 때 형은 청년부차장 이었다. 또한 국회부의장 정성태가 선전부장일 때 형은 선전부차장 이었다. 그리고 김록영 국회부의장이 지역구 위원장 일 때 수석 부 위원장이었다. 그뿐이 아니었다. 자신이 국회의원을 4명이나 당선시키는데 주역이었다는 자부심을 갖고 있었다. 그들이 국회의원 후보로, 형이 선거를 총괄할 때 가난한 우리 집에 와서 보리밥 먹어가며 열심히 싸우던 모습을 나도 보았다.

이제 마지막 순간 그 잘라 빠진 지방 의회의원 되겠다고 세 번의 도전이었다. 가망이 없어 보였다. 그러니 그의 망상적 인생행로를 누가 바로 잡을 수 있을까? 나는 형을 대신하여 그동안 부모를 모신다음 천수를 다하시어 선산에 모시었다. 그리고 마치 장남처럼 부모 형제들을 추수럿다. 그래서 대대로 내려온 전효당(傳孝堂)의 명맥을 이어 왔다. 고조부모가 효자와 열부(烈婦)로 할머니가 열녀로 아버지와 내가 효자로 이어온 이면에는 형처럼 망상을 꿈꾸는 자손이 있는가 하면 오직 바른 꿈만을 실현 기키는 효자 또한 있었다.

형은 스스로 불효자요 인생의 패배자라 칭한다. 해방이후 6·25 전쟁 때 조국분단의 슬픔을 삼키며 참전한 후 제대하여 팔팔한 청년으로 정치에 입문한 것이 평생의 망상이 될 줄이야! 당신 스스로도 몰랐을 것이다. 비합리적인 정치구조, 과도기적 나라와 정부가 이어가는 속에서 마치 사기 꾼들의 집합체 같은 정치 속에서 소박한 꿈, 민주화 그리고 조국통일이라 는 명제 앞에 자신도 모르게 함몰되어 갔는지도 모른다. 어쩌면 형은 이 나라의 오욕 된 정치 역사에 피해자인지도 모른다. 벌써 세상을 등질수도 있었지만 아직까지 목숨을 부지하고 있는 것만으로 형은 인생으로 절반의 성공인지도 모른다.

6·25때 중부전선 제1 사단에서 사병으로 전투에 참가하여 손목에 부상 을 입었을 때가 죽을 수도 있었다. 그리고 두 번의 선거 실패로 집안이 몰락 할 때도 자살을 기도했지만 미수에 그친 적이 있었다. 자유당 독재정 권에 맞서 수난을 당하면서도 또한 이어진 혹독한 군사정권까지 사십 년 의 기나긴 야당 생활에서 좌절을 맛보았던 형이었다. 일확천금을 노린 사 나이처럼 금방 봉황이 손에 잡힐 듯 한 망상 속에 헤어나질 못 하였었다. 사나이가 태어나서 청운의 큰 뜻을 펴고자 무한히 정진하는 모습은 보기 좋았지만 뜬구름 잡기 게임에 휘말렸던 그로서는 그 어떤 충고와 조언도 마이동풍 격이었다. 강산이 네 번이나 변할 수 있는 연륜 속에서 자신에게 속고 또 속아 스스로 말했듯이 바보처럼 인생을 살았다고 유세장에서 울 부짖기도 했다. 그를 아는 사람이면 일말의 동정도 보냈지만 집안사람들은 허공을 맴도는 풍운아로 스스로 선택한 자신의 모습이었다고 말 할 뿐이 다.

초등학교 강당에 마련된 개표장에는 속속들이 투표함이 도착되고 이어 서 개표가 시작되었다. 그 어떤 후보가 돈을 많이 썼던 연설을 잘 했던 간에 결국 지금 개함 되는 투표용지에 자신들의 이름 밑에 붓 대롱으로 동그랗게 찍혀 있어야 진짜 자기의 표인 것이다. 가슴을 졸이며 개표 장면 을 응시하고 있던 후보자들과 운동원들은 개표 종사관계자의 일거일동에 온 신경이 집중되어 있었다. 형과 운동원들은 처음 개함에서 크게 차이가 나 실망의 눈빛이 역력했다. 남은 개표는 설마 하며 초조히 기다렸다. 절반을 개표했을 때 자꾸 더 벌어지는 표 차이에 형은 그 자리를 박차고 나왔다. 망연자실한 형을, 운동원들은 감싸고 있었지만 서로 할 말을 잃고 있었다. 모든 것을 체념한 듯 돌아가자 며 그동안 수고했다는 말로 작별을 하고 있었다. 현실은 냉혹하기만 했다. 사십 년 동안 꿈과 희망이 마지막 무너진 순간이었다.

지방의 한 청년이 얼 키고 설 킨 이 나라 정치판에 아무것도 모르고 휩쓸려간 형의 모습이 오늘의 정치인 자화상이 아닐까? 곧 잡힐 듯 하지만 쉽지 않은 그 무엇을 향해 한없이 몰입한 형의 말로였다. 그래도 남자라면 한번 해볼 수 있는 것이 정치라는 것이라고 한다. 여기에 귀신에 홀린 듯 마약에 중독된 듯 몰입해 가는 과정을 자신은 모른다. 오직 할 수 있다. 하면 된다는 무리수가 따른 것이다.

해방 후 반세기동안 형과 같이 빠져들어 가 재산을 소진하고 가정이 파기되고 이에 따른 주변까지 얼마나 많은 고통을 안겨 주었을까? 생각하면서 앞으로의 형의 삶이 걱정되기만 했다.

아무리 말려도 소용없는 그 의지 그 꿈이 결국은 좌절로 인생의 낙오자로 남지 않았는가! 형은 자신이 꿈을 키우며 걸었던 길을 터벅터벅 걷고 있었다. 강산이 네 번이나 변한다는 세월 속에 이룰 수 없는 꿈을 꾸며 살아왔다. 바보처럼 우직스럽게 자신의 신념만을 믿고 살아왔다. 결과는 모두가 망상이었다. 하늘에는 보름달이 유난히도 밝게 비추고 있었다. 도선 산에 올라 조상들 묘소에 엎드려 용서를 청했다. 다시 하늘을 바라보니 뭉게구름이 두둥실 떠있다. 마치 자신의 신세처럼 보였다. "그래 나는 뜬구름 잡기 인생을 살았어." 중얼거리며 산을 내려오고 있었다.

가랑나무산으로 간 영혼

효골에서 알부자요 잉꼬부부로 소문난 부부가 어느 날 갑자기 세상을 떠났다. 일가친척들과 위아래 동네사람들이 지켜보는 가운데 가랑나무산으로 상여가 나가던 날이었다. 반 백 년을 넘게 한마을에 살았던 이들의 입에서 한마디씩 흘러나왔다. 그들의 말속에는 애석해 하고 마음 아파하는 말들과 한편은 은근히 시기가 묻어있는 말들도 있었다.

"찢어지게 가난한 효골부자가 그리 일찍 세상을 떠나다니 인명은 제천인가!"

"죽도록 고생해 이제 보란 듯이 살만하니 이승을 떠나다니 이건 너무한 거야!"

"돈번 사람 따로 있고 쓰는 사람 따로 있다는 말이 틀린 말이 아닌가봐!"

"아니야! 그들 부부처럼 어느 날 바람처럼 저세상으로 가는 게 제일 행복하지!"

"이 사람아! 앞날이 구만리인데 제수명도 못살았는데 이건 불행이지, 안 그래…."

"아무리 잉꼬부부로 살았지만 며칠사이 세상을 하직하다니 운명의 장난치고는 너무 심한 거야!”

　무에서 유를 일궈낸 신화 같은 존재, 일촌부부였다. 그들은 단돈 천원을 헤프게 써 본 일이 없는 근검절약의 화신으로 열심히 땀 흘려 재산을 모은 부부였다. 일확천금, 금광맥에서 노다지를 캔 것도 아니고 복권을 사서 횡재를 한 것도 아니었다. 밑바닥 인생에서 나무를 하여 장에다 팔고 효골 들판에서 피땀 흘려 심고 가꾼 과일과 채소를 팔아 모은 재산이었다. 심지어는 그 누구도 꺼리는 시내에서 변을 퍼다 자신의 논밭은 물론 이웃농민에게 변 파는 장수도 했었다. 그들 부부는 남들이 꺼려하는 일, 창피하고 부끄럽다고 생각하는 일들이라도 돈이 된다면 가리지 않고 해냈다. 재산 모으기는 한두 해가 아니고 한 세대가 넘게 땀 흘려 벌어서 모은 재산이었기에 값진 것이었다. 그러기에 그들을 자수성가한 일가를 이루어 주변의 부러움을 사고 존경을 받았다. 열심히 일하면 그만한 성공을 한다는 귀범이기도 했다. 또한 일벌레 부부요 금슬 좋은 잉꼬부부라고도 불렀다.

　그들의 생활이 좀 나아질 때 자신들의 삶을 돌아본다. 너무도 고생했던 지난날이었지만 그러나 오늘이 있기까지 초석을 다졌던 가랑나무산을 생각했다. 그들의 살림이 늘어나기 시작할 때가 가랑나무산으로 나무를 하러 다닌 때었다. 부부는 칼귀 나무를 열심히 해서 장에 가서 팔아서 모은 돈으로 논밭을 사고 재산을 불렸기에 그곳을 잊지 못했다. 부부는 그 때의 순간들이 이루 말 할 수없는 고생이었지만 이제는 고생에서 행복함을 느끼고 있기에 언제고 죽는다면 그 가랑나무산에 묻히고 싶다고 했다. 어린 시절 논밭이 하나도 없고 남의집살이를 하며 끼니를 굶던 때를 생각하면 이제는 천 평이 넘는 대지에 안채와 사랑채가 있고 널따란 마당까지 있으며 집 주변에 또 다른 집이 세 채가 더 있어 누구와 비교할 수도 없는 부동산을 지니고 있었다. 또한 전답도 수십 마지기가 되고 밭 또한 오십 두락이 넘는다. 많은 전답을 다 지을 수 없어 일부는 수답을 주기도 하였다.

집도 논밭도 없이 무일푼으로 출발한 그들이 남들이 부러워하는 부자가 된 것이다. 재산의 값을 친다면 수십 억대의 부자다. 결혼 초, 곧 허물어져 가고 비가 샌 오두막집에서 근근히 살았던 때에 비하면 한 세대의 세월이 흘렀지만 상상을 초월한 천문학적 재산을 모아, 남들이 부러워할만한 형편이었다. 그러기에 효골에서는 부모들이, 자식들에게 근검절약과 노력을 얘기하면 꼭 일촌부부의 예를 들고 있었다. 그렇게 효골에서 세도를 부렸던 참봉집안의 몰락과 일촌부부의 자수성가는 패자와 성공 한자의 기준이 되었다. 또한 그들 부부는 재산만이 아닌 자식들의 공부에도 열성을 부렸다.

일촌부부가 가난 때문에 배우지 못했음을 한탄하며 자식들이 공부를 하겠다면 얼마든지 지원을 해주었다. "사람은 알아야 한다. 알려면 배워야 한다. 그래서 인격과 소양을 기르며 인간다운 사람이 되어야 한다."고 입버릇처럼 말하며 실천했다. 그래서인지 아들 가운데 학교의 교사가 둘이나 있고 내노라 할 수 있는 회사에 다닌 아들과 가내공업을 하는 아들이 있었다. 자신의 젊은 시절과 비교하면 비교할 수 없을 정도로 좋은 여건 하에서 애들이 출발한 것이었다. 외동딸도 아들에 비해서는 대학을 못 가서 부족한 면이 다소 있지만 처음 좋은 집안으로 출가를 시켰기에 자식 농사도 다른 집에 비해 잘 지은 편이었다. 이렇게 재산도 있고 자식들도 번성하고 농사까지 잘되는 그들을 보고 효골에서는 제일 행복한 사람이라고 부러워하였다. 그리고 팔순을 넘어 구순에 가까운 홀어머니까지 잘 봉양하여 효자와 효부라는 소리까지 들으며 모범적인 삶을 살아왔다. 그들은 갖은 고생을 하면서 언젠가는 번듯한 집 장만을 하겠다고 다짐했었다. 그때 천석꾼 세도였던 참봉내의 집을 구입해 살면서 그 옛날 참봉양반 밑에서 일하며 수답을 벌었던 시절을 떠올리곤 했다. 그 때 어찌 감히 참봉 집을 넘볼 수 있단 말인가. 그러나 이제 참봉의 부를 대신하고 있어 대단한 자부심을 느끼는 것이다. 참봉 댁 후예들은 재산도 없이 사방으로 뿔뿔이 흩어지고 말았다. 궁궐 같은 사랑채와 널따란 마당이며 별채들이 서너 채가 있었으나 도두 남의 수중에 넘어가 버렸기에 그 많던 재산과 위상까지도 완전히 무너지고 말았다.

참봉집안이 몰락해도 그렇게 몰락하고 일촌 댁이 흥해도 그렇게 흥할 수 있을까? 마을 사람들은 천지차이로 변한 두 집의 처지를 그렇게 말했다. 세월은 한 세대를 뛰어 넘었지만 참으로 격세지감이었다. 부자 3대를 지키기가 어렵다는 말도 있었지만 참봉의 집안은 3대까지는 잘 먹고 잘살았다. 그러나 4대에 들어서는 재산이 거의 없고 후손들 교육도 시키지 못해 마을을 떠나고 있었다. 그러나 일촌부부는 재산이 불어나 재미가 들렸고 돈이 돈을 벌어들이고 있어 해마다 재산이 늘어났었다.

회갑을 눈앞에 두고 일촌부부는 자식들을 불러모았다. 그렇지 않아도 아들딸들이 동갑내기인 회갑잔치에 부모님의 의견을 듣고 싶었다. 일촌부부는 자식들의 결정에 따른다고 하면서도 한편으로는 그 어떤 잔치보다도 거창하게 하고 싶다고 의사를 간접적으로 표했다. 그 이유는 회갑이란 60년의 삶에 대한 결산이기에 자연스럽게 자랑할 수 있는 기회이기도 해서다. 도시에서는 환갑의 나이가 청년이라고 대부분 집안 식구들과 식사를 하고 여행을 가는 것이 통상관례였다. 그러나 시골은 대부분 회갑연을 경쟁적으로 하고 있었다. 어른들은 그 누구의 집 회갑잔치는 대단했다느니 아니면 초라했다느니 말들이 많았다. 회갑잔치가 마치 그 사람의 인생성공에 대한 척도처럼 여기고 있었기에 그들도 그와 같은 생각을 한 것이었다

그들의 회갑잔치는 집에서 하기로 했다. 옛날 참봉이 살았던 넓은 마당이었다. 천막을 치고 소리꾼까지 불렀다. 이웃마을은 물론 타지 사람들까지 초청된 하객들이 속속 몰려들었다. 황소 한 마리와 돼지 2마리까지 잡았기에 많은 하객들이 몰려들었지만 푸짐하게 대접하였다. 술도 마음껏 먹을 수 있도록 별도로 특별 주까지 담았다. 그들은 감회가 깊었는지 자식

들의 헌수에 이어 부모님의 은혜를 노래 할 때에는 눈물을 펑펑 흘리기도 했다. 이어 그의 인사말 순서에는 너무나 흥분이 되었기에 말문이 중간 중간에 막혔다. 마지막에 "그동안 고생도 많이 했으나 지금 이 순간 행복합니다. 옛말에 고생 끝에 낙이 온다는 사실을 믿고 열심히 살았습니다. 많이 드시고 유쾌한 하루 되십시오. 감사합니다." 그의 인사말은 하나의 가식도 거짓도 없는 진실이었다. 그러나 그의 지난날의 삶은 결코 순탄치만은 않았다. 그런데도 그들은 성공하여 마을 사람들뿐만 아니라 인근에서도 부러워한 입지적인 존재가 되었다. 밑바닥에서 일궈낸 성공적인 삶이었다. 그들은 다른 사람들과 다른 삶을 산 것이다.

효골 마을은 가을 내기가 거의 끝나고 이제 겨울나기 준비를 하고 있었다. 마을에서 이름난 일꾼 부부이며 잉꼬부부인 그들 부부는 올해도 모든 농사가 목표량의 수확을 올렸다고 만족해하면서 효골의 들판을 걷고 있었다. 남들이 부러워하는 그들의 결혼 후 댁 호를 받기 전까지는 철수와 순애였다. 철수는 몰락한 양반의 후예로 가난 극복을 위한 피나는 노력을 한 청년이요 순애는 성씨는 철수만 못했으나 먹을 만큼 사는 한씨 집안의 외동딸이었다. 얼굴도 예쁘고 공부도 중학을 다닐 정도로 넉넉한 집안이기에 철수의 청혼에 시큰둥하기도 했다. 철수는 비록 집안 형편 때문에 공부를 할 수 없었으나 어떤 일이든 열심히 하고 또한 말과 행동에 있어 일치를 이루기에 모든 면에 성실성에 착한 총각이라고들 했다. 그들이 혼기가 다가오니 혼담이 오고갔다. 어찌 보면 격차가 있는 듯 했으나 이해하면 극복할 수 있는 문제였다. 한쪽의 반대나 격차가 심한 결혼은 뒤끝이 안 좋을 수 있다는 옛말이 있었다. 그러나 양가의 어른들은 마을에서 다정한 사이였기에 당사자들의 뜻만 맞는다면 짝을 맺어 줄 심산이었다.

그러나 순애는 마을에서나 이웃에서 많은 총각들이 탐낼 정도였다. 그런데도 순애의 마음이 착한 철수에게로 다가갔다. 그래서 철수는 순애를 아내로 맞이했는데 주위에서 철수는 복도 많은 녀석이라고 모두들 부러워했다. 그들이 결혼에 성사 될 수 있었던 이유들이 있었는데 성실성이었다. 어릴 때부터 보아 온 철수의 성실함과 노력은 감히 따라 갈 수가 없었다. 그러기에 순애의 집안에서는 비록 가난 하지만 사람 하나 보고 딸을 준다고 했다. 물론 양쪽 집안의 유대도 있었지만 첫째가 당사자라는 것이다. 그 다음으로 집안이 자기 가문보다 양반이라는 것이다. 효골에서는 철수네 가문이 비록 가난하지만 명문가이기에 주변 마을에서도 반반한 처자가 있으면 그 집안과 혼사 맺기를 바라던 때었다. 한편 철수의 집에서는 귀수의 친정이 살만 하고 얼굴도 반반하기에 아들만 좋다면 승낙할 참이었다. 이렇게 해서 그들의 결혼이 이루어졌고 그간 아들 딸 잘 낳고 잘살아 왔었다. 한 마을의 혼사이기에 말도 많았지만 그들은 천생연분으로 어려운 일들이 잘 풀리어 결혼에 성공하였다. 그들은 결혼하면서 잠시 지난날 가난했던 어린 시절 고생하며 열심히 살았던 시절을 돌아봤다.

철수가 어린 십대 때의 일이다. 그날도 가랑나무산으로 나무를 하러 갔다. 머슴살이와 산지기를 하는 큰 바위 몽실과는 나이 차이가 세살씩 있었으나 오랫동안 함께 먼 산으로 나무를 하러 다녔기에 나무꾼 3인방이라 불렀다. 두 머슴들은 할아버지 때부터 신분이 낮아 아버지 대까지 머슴과 산지기나 하인으로 이어왔으나 이들만은 선대처럼 머슴으로 살거나 하인이 되지 않겠다고 단단히 벼르며 일했다. 이들에 비해, 철수는 선대가 몰락했지만 먹고 살만 했었다. 그러나 조부가 어찌 잘못하여 재산을 몽땅 날려 하루아침에 가난뱅이가 되어 머슴들처럼 근근이 자식들을 먹여 살리고 있었다. 돈이 없으니 자식들 공부도 못시키고 서당에도 다니지 못했고 먼 일가의 머슴살이를 하였다. 철수의 아버지는 타고난 일꾼이 아니기에 새경도 상머슴의 절반밖에 못 받고 머슴 일을 하였다. 그러나 철수는 아버지를 극복하려 양반신분 따위는 내 팽개치고 오직 열심히 일하는 개화된 마음으로 신분이 낮은 두 친구와 3인방의 나무꾼이 된 것이다.

철수는 큰 바위와 몽실이와 함께 마치 의형제처럼 동화했고 장래의 희망도 오직 잘살아 부자가 되는 것이 꿈이었다. 부자가 되려면 돈을 벌어야 했고 돈을 벌려면 돈이 되는 그 무엇을 해야 했는데 바로 밑천이 들지 않은 나무장사였다. 가랑나무산에는 소나무가 알맞게 우거져 있어 낙엽 솔잎을 갈퀴로 하는 나무였다. 서로가 경쟁심으로 열심히 하여 돈 모으는데 은근히 재미를 붙였다. 나무를 긁어모아 보기 좋게 지게에 올려 장터로 가서 내 놓으면 곧잘 팔리곤 하였다. 그렇게 나무 한 지게를 팔면 논밭에서 하루 종일 일한 것 보다 몇 배의 돈이 되었기에 힘이든 일이었지만 돈 버는 재미에 열심히 가랑나무산을 찾았다.

그런데 솔잎 나무 장사를 하는 철은 낙엽이 지는 늦가을에 가을걷이를 끝나면서 초겨울까지이다. 겨울에는 눈 덮인 산이기에 더 이상 할 수가 없고 가을에 잡풀 말린 것을 가끔 팔곤 하였다. 겨울에는 머슴들이나 일꾼들이 대부분 사랑방에서 노름을 일삼고 있었다. 그러나 나무꾼 3인은 돈 모으기에 여념이 없어 노름판에는 얼씬도 하지 않았다. 지난 철없을 때는 황당한 꿈을 꾸며 노름판을 기웃거렸지만 이제 속이 들어가니 그게 아니었다. 그 중 철수는 술과 담배도 하지 않고 한눈을 팔지 않으며 부지런히 일하였다. 남의 집 셋방에 살았기에 우선 오두막집이라도 마련하는 일이 급선무였다. 철수는 나무장사를 해 모은 돈을 내 놓았다. 마을에서는 어린 것이 나무장사를 하여 부모님이 살집을 마련했다는 소문이 퍼지고 나서부터 이웃마을까지 칭찬이 자자했다. 그동안 나무꾼 3인방이 잘 참았는데 노름에 안달이 나서 근질근질한 큰 바위와 몽실 이는 드디어 화투판에 끼어들어 결국, 가을 내내 고생하며 나무 팔아 모은 돈을 몽땅 날려 버리고 말았다. 이런 일이 있고 나서 철수는 더욱 착한 청년으로 인정받았다. 평소에 자신이 장가들고 싶어 한 순애와 그의 부모에게도 호감을 얻게 되었다.

마을 어른들은 "잘 되려는 놈은 떡잎부터 안다."고 하면서 칭찬을 했다.

혼사 날이 정해지고 준비에 여념이 없었다. 한 마을에서 맺어지는 혼인 잔치이기에 마을 사람들은 하루는 신부 집에 다음날은 신랑 집에 가서 즐거운 마음으로 잔치에 참여했다. 신랑은 그동안 모았던 돈을 오두막집 마련하는데 모두 써 버려 혼례 비용이 부족했다. 그러기에 예단도 겨우 옷 한 벌과 은가락지 하나만을 마련하였다. 너무도 빈약한 예물이기에 신부에게 미안해하였으나 "혼인 치례 보다 사람 치례가 중요하다."는 옛말을 기억하면서 다짐을 했다. 첫 날밤 철수는 그동안의 모든 예기들을 쏟아 냈다. 잠을 자야 할 시간인데도 애기는 계속 이어졌다.

"순애씨! 정말 고마워요. 많은 신랑감 중에 지지리도 못난 나를 택했다는 사실에 감사하게 생각하오."

"철수씨! 여자란 시집가서 얼마나 행복하게 살 수 있을까를 먼저 생각하지요. 그런데 너무 가난하기에 한동안 망설였지요."

"당연하오. 그래서 나도 꼭 순애씨에게 장가들지 않으면 평생 장가를 안 가겠다고 다짐했지만 가난하고 못 배워 자신이 없었어요. 그러나 기어코 장가를 들겠다고 다짐했지요."

"가난과 학벌을 보았다면 어떻게 이 순간이 있겠어요. 부모님도 말씀하셨지만 혼인이란 사람을 보고 하는 것이지 눈앞의 겉면만 보고 하는 결혼은 장래가 없다고 하셨어요. 그래서 제 마음도…."

"바로 그 점이지요. 내가 주장하는 것과 어쩌면 똑 같아요."

"그동안 제가 철수씨를 눈여겨봤지요. 얼마나 성실하게 살아가는 사람인가 하고…."

"솔직히 말해 지게를 지고 나무장사를 하면서 친구들에게 특히 양반이라고 뽐낸 일가들에게 놀림도 받았지요. 그러나 속으로 '두고 보자, 누가 잘사나' 하며 이를 갈고 열심히 일했지요."

“그래요. 이제 처음 얘기지만 잘살고 권세 있는 참봉 자제분이 저에게
몇 번이고 구혼을 했는데요.”

“나도 알고 있었소. 혹 그 사람에게 시집을 가면 어떻게 하나 고민을
많이 했소. 만약 시집을 간다면 나는 죽어 버릴 생각까지 했어요.”

“그랬군요. 전 모르고 있는 줄 알았는데 알고 있었네요. 만약 그 집으로
시집을 간다면 잘나 빠진 권세와 양반행세를 당해 낼 도리가 없다고 생각
했어요.”

“참 잘 했어요. 이제 부부가 되었으니 힘을 모아 가난도 이기고 꼭 행복
하게 잘 삽시다.”

“저도 철수 씨의 의지대로 함께 한다면 분명 잘살고 행복 할 거라고 생
각해요.”

“성실하게 최선을 다해 노력하면 안 될게 있겠어요. 우린 천생연분이기
에 꼭 잘 살 거요.”

끝없이 이어지는 얘기는 날이 센 줄도 몰랐다. 철수는 예쁜 색시를 얻은
기쁨도 있었지만 참봉아들과의 경쟁에서 이기고 신부의 사려 깊은 말들에
깊이 감동하였다. 이런 여자라면 분명 평생을 행복하게 잘살 수 있을 것이
라는 믿음이 갔다. 중학교를 나오고 어느 정도 사는 집안의 처녀가 소박하
고 참한 마음을 갖고 있다는 사실에 기쁘고 고맙기만 했다.

첫날을 신부 집에서 보내고 다음날에 신행을 왔다. 새댁은 곧 무너질
것 같은 초라한 초가의 작은방에 들어서는데 머리를 다칠 번했다. 너무도
낮은 문지방이었다. 신랑은 겸연쩍어 하면서 조심하라고 일렀다. 단단한
각오를 하였지만 살림이며 우선 먹을 양식도 얼마 되지 않아 걱정이었다.
설마 사는 입에 거미줄 칠까 생각했지만 난감했다. 시부모들은 활동력도
없었고 오직 아들에게 모든 걸 의지하는 것이었다. 보름동안을 신접살림으
로 살았는데 그 이상이 문제였다. 양식이 떨어지니 그렇다고 친정에 요구

할 수도 없고 설령 준다고 해도 자존심이 상하는 일이었다. 신랑은 눈치를 살피며 나무장사를 더욱 열심히 나서고 있었다. 늦가을이기에 자신이 그동안 해 왔던 솔잎 나무를 하러 가랑나무산으로 갔다. 아무리 결혼을 해 어른이 되었다고 했지만 체면이고 눈치고 살필 여유가 없었다. 우선 새 식구에 대한 최소한의 양식을 마련하는데 체면이 문제가 아니었다. 그동안 부모와 살 때는 적당하게 식사도 해치웠지만 이젠 다르기만 했다. 하루는 아내가 나무를 하러 산에 가겠다고 하며 따라 나서서 참으로 난감했다. 시집 온지 얼마나 됐다고 새댁이 나무장사를 나서다니 안 될 일이었다. 더구나 처가쪽에서 과연 무어라 할 것인가. 그렇게 시집을 보내니 나무장사를 시킨다고 얼마나 원망을 할까. 차라리 마을을 떠나 타향이라면 아는 사람이 없어 좀 낫지 않을까? 하는 생각도 했으나 쉬운 일이 아니었다. 부모를 두고 자신들만 갈 수도 없고 이사 할 여건도 못 되었다. 한편으로는 마을에서 떳떳하게 부자가 되어 참봉아들보다 더 잘 살아야 한다는 의지를 버릴 수도 없었다.

"여보 그만 두구려. 나 혼자서도 충분히 식구들 먹여 살릴 수 있는데."

"당신 혼자 벌어서 어느 때 살림이 불겠어요. 백지장도 맞들면 났다는 얘기도 있잖아요. 함께 해요."

"처가 집과 주변에서 뭐라 하겠어요. 겨우 나무꾼 만들려고 결혼했느냐고 다들 욕 할 거요."

"저는 결혼을 결심할 때 남의 눈치나 채면에 신경을 안 쓰기로 했어요. 너무 걱정 말아요."

"고맙고 미안하구려. 당신의 의지가 정 그렇다면 함께 갑시다."

그들은 날마다 나무를 해 판 돈으로 다음해에 논을 사고 그 다음에는 밭을 사고 해마다 전답이 늘어났다. 아직은 부족하기에 수답을 벌고 농번기에는 열심히 품팔이를 해서 돈을 모으고 또 모았다. 효골의 들판에 참외

와 수박을 하고 그리고 고추와 호박밭을 마련하여 농사를 지었다. 거름에
는 인분이 최고이기에 똥 수레를 마련하여 시내에서 변을 퍼다 호박밭에
뿌렸다. 이때에 부부는 손수레를 끌고 밀면서 변을 퍼 날았다. 심지어는
똥 장군에 퍼 온 변을 싣고 효골 들판에 오면 서로 그 인분을 사겠다고
야단들이었다. 지독한 인분냄새에 누구도 그 장사를 생각하지 않았으나
그들 부부는 돈을 버는데 더럽고 냄새난 것들을 가리지 않았다. 못된 사기
를 친다거나 사람에게 욕되게 하는 일이 아니면 그 어떤 일이라도 할 심사
였다. 그러기에 그들은 남보다 더 돈을 벌 수 있었고 재산은 늘어났다.

  일촌 댁은 이제 남편과 함께 못하는 일이 없었다. 늦가을이면 솔잎나무
를 봄이면 변을 여름이면 수박과 참외를 그리고 고추와 호박을 장에 내도
파는 것이었다. 부부가 함께 하니 수익은 두 배가 되었다. 효골에 논과 밭
을 판다는 소문이 있으면 제일 먼저 일촌 양반은 적당한 가격으로 사들인
다. 현금을 가장 많이 소유한 집이 일촌부부였다. 이렇게 재산을 늘리고
열심히 일하는 동안에 애들이 생겨났다. 어느 때는 밭으로 산으로 애를
업고 다니며 일을 하였다. 어느 정도 애들이 크면 할머니의 차지였다. 마을
사람들은 이렇게 억척으로 일하는 그들을 보고 지독한 일벌레라고 했다.
더구나 일도 잘 해보지 않았는데 평소 일을 한 사람보다 더 잘하고 있으니
일복을 타고난 여인이라고 까지 추겨 세우며 칭찬을 하고 있었다.

  그들이 날로 부자가 되고 있을 때 참봉아들은 남은 재산을 없애고 있었
다. 몇 백 마지기가 넘는 논밭이 이제 열 마지기도 남지 않았다. 거기에
형제들 중 일부는 병약하고 자살을 한 사람도 있어 집안이 풍비박산이 되
었다. 참봉 집에서는 논도 거의 팔아 버리고 이제 남은 것은 사랑채와 안채
뿐이었다. 하루는 참봉의 사랑채를 팔려고 한다는 소문에 일촌 양반은 귀
가 번득했다. 이제야 그들의 재산이 내 것이 되는구나. 생각하며 그 사랑채
를 자신이 꼭 사야 한다고 다짐했다. 이미 오래 전에 참봉의 논과 밭을

일부 사기도 했으나 그래도 집과 집터를 얻는 것이 그들을 이겨낸 것이라는 생각이었기에 꼭 사겠다고 다짐했다.

중간에 거간을 넣어 부른 값보다 후하게 주고 계약을 채결했다. 그리고 반년이 흐른 세월 어느 날 이번에는 안채를 판다는 것이다. 일촌 양반은 이것마저 놓치질 않았다. 당장 계약을 한 것이다. 안채는 집터가 천 평이 넘는 큰 집터이기에 상당한 돈이 들어갔으나 일부 모자라는 돈은 융자를 받아 구매하고 있었다. 잔금을 치르고 이사를 하였다. 결혼해서 이 십년 만에 이루어 낸 결실이었다. 처음 오두막집에서 약간의 개축을 했지만 이렇게 큰집으로 이사하는 일이 대견하기도 하고 자랑스럽기도 했다. 이사를 하고 일촌 댁 부부는 첫 날밤을 맞는 것이다.

"여보! 정말 고생 많이 했소. 얼마 만이요."

"당신이 고생을 많이 했지요. 저는 꼭 이날이 올 줄 알았어요."

"그래요. 당신의 내조가 없었다면 어찌 이런 일이 있을 수 있겠소."

"더구나 당신이 참봉 아들을 선택했다면 어찌되었을까!"

"제가 참봉 댁 자재를 선택했다면 아마 저는 그전에 살지 못하고 말았을 거예요."

"당신은 언제나 우리를 위한 옳은 얘기를 하는구려. 고맙소. 나도 지금 행복하오."

이렇게 행복을 느끼며 5년여를 살았을 때 회갑을 맞이했었다. 자식들도 모두 결혼을 하였기에 생각나는 일들이 있었다. 자신이 신혼 초에 신접살림을 하던 일이었다. 허물어져 가는 초가집에 문 높이가 낮아 머리를 다친 일이며 너무도 좁은 방이기에 살림도 제대로 놓을 수 없던 일들이 너무도 생생하게 떠올랐다. 자식들 앞에서 정중하게 말했다.

"그래 너희들은 나보다 더 행복한 신혼이 되어야지. 살림은 스스로 일으켜야 한다. 그러니까 스스로 피땀 흘려 모은 자산이 진짜 자신들의 소중한 재산이 된다는 사실을 알았으면 좋겠다."고 했다.

그러나 자식들은 일촌 양반의 얘기가 실감이 나지 않았다. "어려울 때 부모가 조금만 도와주면 훨씬 수월하고 유리하게 자산을 관리할 수 있을 것인데 무슨 구닥다리 같은 얘기냐"고 치부할 판이었다. 일촌 댁도 하나뿐인 외딸이 출가 할 때 자신의 처지를 생각해 보면서 말 해주고 싶었다. "여자는 남자 하기에 따라 다르다. 하지만 내조의 힘도 무시 할 수 없다. 번듯한 인상과 잘생긴 사람이라 해도 성실하지 못한 사람이라면 성공하지 못한다. 문제는 부부가 함께 책임이지만 남자의 장래성이 보인가가 중요하다. 참고해라."

이렇게 길게 얘기한 일촌 댁의 심중에는 겉만 보고 연애하여 어쩔 수 없이 결혼을 해야 하는 딸의 형편을 보고 한 말이었다. 자신은 하나뿐인 사위가 마음에 들지 않았지만 그러나 그들이 죽자살자 하며 결혼을 하겠다는 자식의 고집을 꺾을 수가 없었기에 걸리는 마음이었다. 일촌 양반도 불같은 성질이었지만 그러나 그 딸의 혼사만은 어찌할 수가 없어 딸의 운명이라고 맡겨 버린 것이었다.

일촌 부부가 지금까지 살아오면서 소소한 어려운 일들은 있었지만 크게 문제된 일은 없었다. 어머니는 장수하신 후 돌아가셨고 자신들은 회갑을 보냈기에 이제 고희를 맞을 날이 오고 있었다. 회갑을 몇 년 전에 보낸 것 같은데 벌써 9년이란 세월이 흐르다니 그들에겐 세월이 너무도 빨리 가고 있는 것이다. 가는 세월을 붙잡을 수도 없는 일이었다. 회갑 전보다는 일들을 줄인 편이지만 그러나 워낙 일에는 이력이 생겼기에 오히려 일을 하지 않으면 삭신이 쑤신 것 같은 기분이었다. 노환에서 오는 여러 가지 원인이 있지만 그러나 너무 한가해서 오는 신경성 통증이라고 했다. 옛날에 비해 수명이 엄청나게 늘어난 현실이지만 건강하지 않고는 좋아할 일이 아니라고 했다.

늘어나는 자손들을 보면서 이것이 사람 사는 재미라고 여기지만 그러나 자손들이 많으니 이래저래 일들이 많아지고 신경도 써졌다. 그 중에도 외동딸이 부부간의 갈등으로 불화가 생겼다는 사실이 알려지면서 아들만 넷을 낳고 마지막으로 난 딸이 귀엽기만 했는데 시집가서 불화가 생겼다니 보통의 일이 아니었다. 그들은 당초에 사위의 됨됨이가 못마땅했는데 결국 그렇게 순탄하지 않은 결혼 생활이라니 걱정이었다. 지들이 좋아서 한 결혼이지만 적극적으로 말리지 못한 것이 못내 아쉽기만 했다. 그러기에 칠순잔치를 준비하면서도 마음이 편치 않았다. 딸의 문제만 아니면 참으로 행복한 순간이라고 대뇌였다. 자손들이 다 참여했는데 사위만이 눈에 보이지 않았다. 회갑 때 보다 더 많은 하객들이 왔다. 인생이 살아가는데 고비가 있다. 회갑의 나이를 넘길까? 아니면 칠순을 맞이할 수가 있을까? 의문이었지만 고희를 맞고 있으니 감회가 깊었다. 손자들이 대학을 다니고 중고등학교에 그리고 막내의 애들은 아직도 초등학교의 학생이지만 손들이 번창하여 자신이 외아들이었던 외로움을 대신 메워 주고 있었다. 이번 칠순은 결혼 50주년이 되는 해이기에 금혼제례를 한다고 했다. 반백 년 전에 너무도 초라한 혼례를 생각하니 뜻이 있는 순서였다. 그때 제대로 해주지 못한 패물도 이번 고희와 금혼식 때 마음먹고 해 주었다. 마지막에 부모를 업고 도는 순서가 있었는데 사위가 없어 둘째가 대신했다. 이럴 때 일촌댁은 또 한번 속이 상했다. 그러나 오늘만은 모든 걸 잊자고 했다. 지난날 얼마나 어렵게 세상을 살아왔는가. 이 정도면 성공이다. 모든 만사가 다 좋아야 한다는 생각은 잘못이다. 부부는 이렇게 스스로를 달랬지만 한편으로는 자꾸만 생각이 났다.

잔치는 모두 끝나 어지러운 집안의 모든 일들은 아들에게 맡기고 일촌부부는 효골의 들판을 걸었다. 자신들이 지난날 동분서주하며 물불을 가리지 않고 일했던 그 터전을 보면서 감회에 젖고 있었다. 오늘의 고희잔치가 한바탕의 꿈처럼 지난날 그들이 밤낮을 가리지 않고 일했던 모습들이 선명하게 보인 듯 했다. 인생의 역경이란 것이 이런 것인가? 그러나 뒤가 좋으면 앞에서 고생한 일들은 모두가 아름다운 추억으로 변하고 만다. 자신보다 못한 참봉아들이나 다른 친구들을 보자. 일부는 세상을 떠났고 살아 있어도 가난과 부족함과 고통에서 헤어나지 못하고 있는 것이 아닌가. 그들에 비하면 자신들은 너무나도 행복한 말년을 맞고 있다고 생각되었다.

"여보! 오늘 당신, 내내 사위 때문에 마음이 편치 않았죠."

"그래요. 그 애들만 아니면 나는 아무 부러움이 없는 행복한 여자지요."

"허나 다 잊어요. 그 애의 운명이 우리의 운명이지는 아니지 않소. 당신이나 나나 최선을 다한 삶을 살았지 않소."

"분명 우리는 성공했어요. 부자도 되고 자식들도 그만하면 되었는데 그만 그 애가 불쌍하기만 하군요."

"나는 생각해 보았소. 우리가 결혼해서 약속한 것들을 모두 이루었지요. 그 중에도 가난을 이겨 낸 것과 우리를 얏 보던 참봉아들을 이겨냈다는 사실은 꿈만 같아요."

"그래요 당신 말대로 우리가 약속한 일들 그리고 바란 것 다 이루었지요. 그런데 한 가지 부탁하고 싶어요."

"당신이 부탁이 있다니 무슨 부탁인데 궁금하군요. 어서 말해 봐요."

"화내지 마세요. 딸애 문제인데 너무도 속상해요. 외손녀도 불쌍하고요. 그러니 애들이 살려고 하는데 돈을 좀 보태 주었으면 해요."

"그동안도 주었는데 도대체 얼마가 필요하다는 거요."

"유치원 교사 자격이 있으니 유치원을 내고 싶다고 해요. 한 2억."

"이 사람이 미쳤군! 출가외인인데, 결혼 때도 오빠들 보다 얼마나 많이 돈이 들었소. 아무리 자식이지만 그렇게 많은 돈을 주다니 있을 수 없는 일이요. 마치 밑 빠진 독에 물 채우기가 될지도 모를…."

"그렇지만, 자식이 살아보겠다고 하는데 그냥 볼 수가 없지 않아요. 무조건 안 된다고만 하시지 말고 생각해 주세요."

"생각은 무슨 생각이요. 결혼시켰으니 저희들이 알아서 살아야지."

칠순을 맞이해 잔치에서 많은 축하를 받았기에 아내도 축하를 할 순간에 혼자 사는 딸 문제로 분위기가 살벌하게 되었다. 일촌 댁은 오늘은 좋은 날인데 괜히 말을 꺼내고 말았다는 생각이 들었다. 그러나 목에 가시처럼 걸린 딸 문제를 그대로 방치할 수가 없었다. 일촌 양반은 딸 문제만 나오면 속이 끓어 오른다. 저희들이 좋다고 해서 반대를 접고 결혼을 시켰는데 성실하지 못한 사내를 만 나 결국 혼자된 딸이 밉기만 했다. 얼마 전부터 딸이 취직을 한다고 외손녀를 친정에 맡겨 날마다 손녀를 쳐다보면 답답하기만 했는데 아내의 요구까지 있고 나서 더욱 성질이 났다. 잠시 침묵이 흘렀다. 아내는 다시 딸의 문제에 끝장을 볼 심산으로 말하고 있었다.

"오늘 우리의 귀빠진 70회요 금혼식 기념하는 좋은 날인데 죄송해요. 그러나 딸애 문제는 어쩔 수가 없어요. 요즘 상속법이 개정되어 출가한 딸도 아들과 똑같이 상속받을 수 있다고 하더군요."

"아니, 상속이란 내가 죽어야 받는 건데 말이 되는 소리요. 아직 살아 있는 애비 앞에서 상속 금을 달란 다니 한심하군. 내가 그렇게 가르치지 않았는데…."

"그 애는 나중에 상속을 하는 것 보다 이렇게 어려울 때 상속으로 생각하고 주었으면 좋겠다는 말이지요."

"다른 말 말아요. 내 죽은 뒤에 상속을 받든지 재산을 분할하던지 마음대로 해요."

이렇게 강경한 일촌 양반의 뜻에는 어떻게 번 재산인데 자식이라고 무조건 손을 내밀면 그들의 요구를 들어줘야 한다는 법은 성립할 수 없다는 것이다. 더구나 한 푼의 유산도 받지 않고 나무장사와 똥 장사를 해서 부모

에게 집을 마련 해주고 봉양해 왔는데 자신과는 너무도 차이 난 사고방식
이 이해되지 않았다. 자수성가한 일촌부부의 애환은 이제부터가 시작인
듯 했다. 집터와 논밭 등 부동산이 이래저래 치면 수십 억 원은 족히 된
재산이다. 아내와 아들자식 넷과 딸 이렇게 상속을 한다면 한사람에게 부
인을 포한해도 아들딸에게 각각 몇 십 억씩은 돌아 갈 터이다. 일촌 양반은
"이래서 무자식 상팔자요. 무 재산이 무 고통이다." 란 말을 기억한다고
했다. 그들은 자신들이 열심히 가꾼 밭에 앉아 여름내 심고 가꾼 곡식들을
보면서 사람이나 곡식도 잘 가꾸어야 잘 자란다는 사실을 다시 한 번 상기
하면서 지난 일들을 기억했지만 딸애 문제로 최악의 상황을 맞고 말았다.
　지금까지 농사와 재산들은 잘 가꾸고 잘 보존했지만 자식들만은 그리하
지 못한 것 같았다. 아들들은 어느 정도 순종하며 부모의 의견을 존중했으
나 마지막 태어난 딸만큼은 자기주장이 강하고 가끔 반항도 하였다. 그러
나 귀엽기만 한 딸이요 요즘 세태가 그러니 어쩌느냐고 했던 것이 이제
와서 화근이 되고 있다. 거기에다 어머니가 딸을 너무 감싸고 돈다는 것이
다. 같은 여자이기에 자신의 지난날 처지를 생각하면서 아들보다 더 보호
했던 원인도 있다고 생각했다. 서로의 의견이 차이가 있음을 확인하면서
한동안 침묵이 흘렀다. 일촌 댁은 지난날도 그랬지만 남편이 화가 날 때에
는 그 저 자신이 잘못했다고 사과했던 생각이 났다. 오늘 같은 좋은날에
문제된 딸의 요구를 거론했기에 원인 제공을 스스로 했다고 여겨 후회가
막심했다.
　"오늘 제가 잘못했어요. 좋은날, 그러나 불쌍한 그 애 생각이 문득 나서
말씀드렸어요. 용서하세요."
　"용서는 무슨 용서, 나도 당신이 그 애 문제로 고민하고 있다니 안타까
웠소. 그러나 무리한 일들은 우리가 막아야 해요. 앞으로 자식들과의 갈등
이 생길 때 기준을 잡아야 해요."

"이제 다시는 그 말을 꺼내지 않을 거예요. 없었던 일로 합시다."

"나도 그애 장래를 생각해 보았소. 보통 일이 아니지…."

그들은 너무도 늦게 돌아오자 집에서 기다리던 가족들이 걱정을 하고 있었다. 눈치를 보이지 않으려 감정을 풀었으나 부모의 표정을 본 자식들은 벌써 눈치를 채고 있었다. 오빠들도 어느 땐가 동생의 문제를 논의했지만 자신들도 어쩔 도리가 없어 부모님의 처분만을 기다리기로 했었다. 아들 중에도 살만큼 살지만 부모의 도움이 있었으면 한 아들과 며느리도 있었다. 그러나 쉽게 요구 할 수도 없었다. 막내에 대한 부모님의 선처를 보고 말하려는 참이었다. 일촌 양반은 기다리는 자식들과 손 자녀들 앞에서 낮은 목소리로 말했다.

"오늘 너희들 고생이 많았다. 회갑이 엊그제 같은데 벌써 9년의 세월이 흘러 70이 되고 금혼까지 되고 보니 살만큼 살았다는 생각이다. 너의 어머니의 희생적인 내조로 이만큼 가산을 일으켰다. 문제는 입성보다 수성인데 앞으로 너희들이 하기에 따라 달라질 것이다. 더 발전이냐. 후퇴냐. 이제 우리 시대는 끝나 가고 있다. 그러나 모든 일은 할 탓에 그리고 한만큼 돌아온다는 사실을 명심해라. 최선을 다하는 것 중요하다."

일촌 양반의 구구절절 옳은 말에 큰아들이 조심스럽고 신중하게 답변을 하고 있었다.

"아버지 어머니 저희들은 부모님의 희생적인 사랑에 항상 감사드립니다. 저희에게 베풀어주신 은혜에 보답하도록 노력하겠습니다. 무에서 유를 창조하신 두 분께 진심으로 감사 말씀을 드리고 고희와 금혼을 다시 한 번 축하드립니다. 부디 만수무강하십시오."

이렇게 해서 일촌 부부의 칠순 생일과 금혼식은 끝나고 있었다. 그들은 잠자리에 들면서 이제부터는 덤으로 나이를 먹으며 사는 것이라 생각하자고 했다. 그만큼 살만큼 살았다는 뜻이기도 한 말이었다. 보너스로 살아가는 인생은 어쩌면 공짜로 살아가는 것 같기도 하지만 세월과 시간을 중요시하며 살아가자는 뜻도 된다는 것이다. 그의 칠순이 1년이 지나갔다. 일년 전부터 딸 문제로 부부간에 갈등이 계속되었다. 몇 번의 큰 소리도 있었다. 모두가 딸 돈 문제였다. 기어코 유치원을 하겠다는 것이다. 유치원 교사로 경험을 쌓았는데 좋은 곳이 있어 계약까지 하고 어머니를 졸라대고 있었다. 다시는 말하지 않겠다는 일촌 댁도 마지막이다며 다시 한 번 요구를 하였다. 딸이 잘하겠다니 한번 믿어 보자고 졸랐다. 그러나 이번에도 거절을 당하고 말았다. 자존심이 상한 일촌 댁이었다.

부부는 감정이 상해 있었지만 식사만큼은 꼭 꼭 차리고 있었다. 그런데 그날 저녁에는 이상하게도 평소에 없던 반찬도 올라 있어 진수성찬이었다. 일촌 양반이 "오늘 웬 일이야 이렇게 진수성찬이니 당신도 함께 듭시다." 했으나 일촌 댁은 한번 쳐다보고는 방을 나가버린다. 일촌 양반은 평소와 같이 TV를 보고 있었는데 자정이 되어도 부인은 나타나지 않았다. 어디 마실을 가서 오래 있는가 보다고 기다리다 그대로 잠이 들었다. 아침에 깨어 보니 부인은 여전히 보이지 않았다. 웬 일일까? 어제 밤에 집에서 자지 않고 외박을 했다는 말인가? 지금까지 그런 일이 한 번도 없었는데, 마음이 조급해 지기 시작했다. 앞집에 사는 큰 아들집에 달려가 보았으나 오지 않았다고 했다. 아들과 며느리와 함께 찾아 나섰다. 몇 군데를 가 보았으나 오지 않았다고 한다. 사고가 분명하다는 예감이 들었다. 마을 위에 있는 저수지까지 가 보았으나 흔적이 없었다. 마지막으로 찾아본 곳이 몸체 옆에 허술한 초가집을 매입해서 아직 방치하고 있었는데 혹시 그곳에라도 있을까? 하여 방문을 열었으나 이상하게도 잠겨 있었다. 일촌 양반은 있는 힘을 다해 문 꼬리를 잡아당겼다. 그랬더니 그곳에 일촌 댁은 반 듯하게 누워 있었다. 그의 몸은 싸늘한 시체였다. 머리맡에는 농약 병이 있었고 간단한 한 장의 유서가 놓여 있었다.

"사랑하는 당신에게! 그동안 고마웠어요. 불쌍한 딸을 더 이상 바라볼 수 없어 먼저 갑니다. 지금의 행복만으로 충분해요. 더 살면 더한 고통이 올지 모르죠. 딸을 도와주세요. 그리고 가랑나무산 양지 바른 곳에 묻어 주세요. 못난 아내가."

일촌 양반은 아내를 끌어 않고 통곡을 하다 혼절하고 말았다. "내가 잘못 했소. 내가 당신을 죽인 거요. 나는 죄인이요."를 울부짖었다.

일촌 댁의 운명은 그렇게 해서 가랑나무산으로 갔다. 신혼 초에 체면도 무릅쓰고 오직 잘살아 보려고 나무꾼으로 따라 나서 나무를 하던 그 자리가 평생에 제일 행복한 순간이었다고 말했었다. 그러기에 그곳에 묻어 달라고 유서에까지 쓰고 있었다. 가난한 부부로 50년의 세월을 함께 살면서 숱한 고생을 낙으로 삼으며 일으킨 많은 재산을 일촌 댁은 한 푼도 쓰지 못하고 세상을 떠났다. 아내의 유언에 따라 가랑나무산에 아내를 묻고 돌아오는 일촌 양반은 "인생이란 이런 것인가? 살만 하면 떠나 버리는 것이 인생인가."라고 중언부언하고 있을 때 산새 두 마리가 정답게 속삭이며 주변을 날고 있었다. 일촌 양반은 아내의 자살로 인해 거의 정신을 잃다시피 허둥대고 있었다. 순간 생각나면 가랑나무산으로 달려가 통곡을 하면서 마음을 달래 보았지만 저 세상 아내는 대답이 없었다. 옛날 성질 같아서는 묘라도 파 헤쳐서 아내와 대화를 나누고 싶었으나 무모함을 금방 알아차렸다. 딸아이는 자신 때문에 어머니가 운명했다고 자괴감으로 들어 누워 버렸다. 잘못하면 아버지도 딸도 무슨 일을 낼까 자식들이 전전긍긍했다. 이웃마을사람들도 안타깝다며 찾아와 위로했다. 그럴 때마다 죄인이라는 말만 되풀이하며 눈물짓고 있었다.

어떻게 함께 살아온 세월인데 이렇게 허무하게 갈 수 있을까? 도저히 믿어지지 않았다. 묘에서 살아나올 것 같은 엉뚱한 상상도 해보았다. 아내의 말을 들어 주었어야 했는데 그 많은 재산을 관속에 넣어 갈 것도 아닌데

왜 바보 같은 짓을 했을까? 그러나 일촌 양반이 그동안 살아왔던 모토는
그렇게 호락호락 하지는 못했을 터이다. 어떻게 모은 재산인데 출가외인
딸에게 그저 물 퍼 주듯이 한단 말인가? 안될 말이었다. 그만큼 현실과
과거와의 괴리가 너무도 동떨어진 생각인지 모른다.

　일촌 양반은 삼우제를 지내면서도 더욱 열병에 시달리고 있었다. 머릿
속에는 반백 년 동안을 한 몸이 되어 생사고락을 함께 했다. 금실 좋은
부부로 온갖 근심과 고통을 이겨내고 오직 목표를 향해 정신없이 살았던
아내가 아닌가? 어느 땐가 죽을 때에도 함께 죽기를 원하던 일촌 댁이었다.
그런데 먼저 가다니 분명 무엇에 홀리고 씌었기에 자살했을 것이라는 생
각뿐이었다. 이제 정신까지 혼미해 갔다. 사람들을 만나기가 무섭기만 했
다. 심지어는 자식들 까지도 두렵다. 아내를 죽인 남편으로 낙인찍힌 자신
이라는 생각들이 불쑥불쑥 일곤 한다. 그럴 때마다 견딜 수가 없었다. 효골
에서 제일 잘사는 자수성가한 자신의 말로가 겨우 이것이란 말인가. 50년
을 아끼고 한 눈 팔지 않은 결과가 이런 것인가?

　그럴 때마다 가랑나무산으로 달려갔다. 그리고 통곡하며 물었다. 딸에
대한 요구를 안 들어 준 것이 그렇게 당신을 죽음으로 이끌게 했느냐고
울부짖었다. 그러면서 당신을 홀린 것은 자신들의 잘됨을 시기한 못된 홀
귀라고 주장했다. 그렇지 않고서 어떻게 둘을 갈라놓을 수가 있느냐고 항
변했다. 그리고는 자신을 빨리 데려가 달라고 애원했다. 허탈감속에 나날
을 보내는 일촌 양반은 몇 번이고 가랑나무산으로 달려가 어느 때는 하소
연을 하고 어느 때는 미친 사람처럼 중얼거리기도 했다. 이런 저런 많은
대화를 나누곤 했다. 아내가 죽어간 지 1주일이 되던 전날이었다. 자식들을
불러모았다.

　"너희들에게 면목이 없다. 문중과 일가친척에게도… 너희 어머니와 내
가 어떻게 살아왔는지는 너희들이 잘 알 터이다. 앞으로 더 살아야 십년도

더 못살아갈 세월이다. 그런데 먼저 가버렸으니 앞으로 어찌 살아갈지 모르겠다. 이제 너희들도 나름대로 가정을 꾸리고 있으니 너희들 세상이다. 그저 부모가 열심히 살았던 기억들만 생각하고 나중에 미흡한 일들에는 신경을 쓰지 않았으면 한다. 자식들은 부모를 이겨내야 한다. 보다 낳은 삶을 꾸려가야 한다. 선대들 보다 발전된 삶의 모습이어야 한다. 그간 막내에게 부족했던 나 자신의 행동을 미안한 생각뿐이다. 너희 어머니가 주장했던 방향으로 막내를 도와야 한다. 열심히 사는 모습이 돌아가신 어머니와 이 애비에 대한 효도하는 길이다.”

자식들은 아버지의 진지한 말이 마치 유언처럼 들리기만 했다. 모두가 아버지 건강을 염려하면서 효도를 다하겠다고 다짐을 했다. 그러나 날로 쇠약하신 아버지의 모습에 불안하기만 하였다. 잘못하다가 아버지마저 잃을지도 모른다는 생각이 들었다. 별도로 자식들이 아버지에 대해 보다 더 관심을 갖기로 했지만 뚜렷한 방법은 없었다. 자주 문안드리고 말벗이 되어 드리는 것 이상의 일들을 할 수가 없었다. 아버지는 그렇게 열심히 다니시던 들녘도, 어떤 회합에도 발을 뚝 끊고 말았다.

일촌 양반은 몸이 허약해 본 정신이 아니었지만 의식만은 뚜렷했다. 아내가 떠나던 날 불현듯 나도 그를 따라 가야 한다는 생각을 가졌다. 벌써 며칠사이 궁리만 했다. 여러 생각 끝에 나온 결론은 아내처럼 조용히 고통 없이 가는 방법을 생각했다. 이곳저곳 약국을 다니면서 잠을 이루지 못해 죽을 지경이라며 수면제를 조금씩 사 모았다. 다량의 약을 준비하고 곰곰이 생각했다. 아내가 마지막 생을 하직했던 옆집의 골방이냐 아니면 병원에 입원하여 그 길을 택하느냐, 선택이 쉽지 않았다. 그러나 아내와 마지막 대화라도 나누고 떠나야 한다는 생각이 번뜩 들었다.

자식들에게 산소에 다녀온다며 집을 나서 부모님 묘소에 참배하고 가랑나무산으로 발걸음을 옮겼다. 장례 날에 지저 기던 산새 두 마리가 묘소 앞 나무에서 정답게 앉아 지져 긴다. 새들은 저렇게 정답게 사랑의 대화를 나누는데 우리는 이승과 저승에서 아파하고 있다고 생각하니 더욱 슬펐다. 엎드려 아내에게 물었다. 지난날에 함께 저 세상으로 가자고 했던 약속을 이제나마 지키려 한다고 했다. 아내는 아무런 대답이 없다. 그런데 갑자기 아내의 환영이 나타났다. 아내는 먼저가 미안하다며 용서를 빈다. 그리고 자신의 몫까지 살아 달라고 한다. 일촌 양반은 하마 트면 그 환상을 덮칠 번했다. 잠시 머뭇거린 일촌 양반은 오기가 생겼다. 수명을 다할 때까지 함께 살고 죽을 때도 함께 죽자고 맹세했으면서 혼자 가버린 아내가 야속했다. 그래서 더 반발심이 일어났고 지금까지 살아온 게 허무하기만 했다.

호주머니에서 약봉지를 꺼내고 준비해간 생수도 꺼냈다. 그리고 아내 곁으로 가겠다는 마음이 다시 발동하고 있었다. 약을 목에 털어 넣고 물을 마셨다. 그리고 아내의 묘 앞으로 갔다. 그리고 누워 편안히 잠들고 싶었다. 자식들에게는 미안한 마음이었다. 일촌 댁이 가랑나무산에 묻힌 지 꼭 열흘 만에 오십년을 사랑하고 함께한 아내가 묻힌 곳이다. 열흘 동안에 줄초상 난 부부는 가랑나무산의 영혼의 방에서 대화가 이루어졌다. 이제 모든 갈등 다 잊고 함께 영원히 영면하자고… 그동안에 자주 나타난 산새 한 쌍이 정답게 지져 기고 있었다.

윤영전의 작품세계

임헌영

(문학평론가)

1. 보통사람들과 다른 경력서

아호 구암(九巖) 효강(孝崗). 당호 전효당(傳孝堂) 이환당(二歡堂) 윤영전의 경력은 보통사람들과 아주 다르다. 중앙대학교예술대학원 문창 문예지도 과정 수료, 수필가, 〈에세이문학〉 등단, 한국수필문학진흥회 이사, 〈에세이21〉기획위원, 사무국장, .산영수필문학회 감사 및 이사. 인터넷신문 〈평화만들기〉에세이 칼럼 필진, 오마이뉴스 회원기자, 한국인물전기학회 이사 등이 문학과 관련된 약력이라면, 서예초대작가(한국서예대전. 한국전통서예대전. 통일비림작가), 한중일, 한중서화전에 초대전 출품, 한국서예대전 초대전 참가, 한국서화전 초대전 세종대왕상, 초대작가상 등 다수 수상, 기당총리묘비, 석암박사, 첨정공, 현주공, 대은공, 묘비 등 20여 묘비문 짓고 씀, 근묵회 회장 역임, 구암서문예원 원장 등은 서예와 인연 있는 경력이다.

고려대학교 경영대학원 최고경영과정 수료, 서울대학교 사법대학원 법률과정 이수, 천주교사회교리학교 졸업(사회교리교사), 민족화해, 남북경협, 평화통일. 한국근현대사과정 수료, 한일문화교육원 출강 등이 학력과 인연된 직함들이고, 서울대, 감사원, 국무총리실 공직근무(1966~1980), 통일부 통일교

육위원, (사)투자금융협회 1급 부장 실장 근무(1982~1996), (주) 아이칠랜 상임
감사(1997~2000), (재)종합금융장학회 이사, (사)방배사회복지관 등이 직함 관
련 이력들이다. 여기에다 한국 최초 해외파견 베트남 참전을 추가해야 될
터이고. 현재 윤영전 작가가 비교적 무게를 많이 실어주는 활동영역의 하
나인 남북경협운동본부 공동대표, 지도위원 남북경협 포럼, 전문위원, (사)
평화연대 집행위원장, 공동대표. 한국전쟁전후민간인학살진상규명범국민
위원회, 감사, 평화재향군인회, 고문, 감사, 안중근의사연구회 운영위원 등
도 빼어놓을 수 없을 것이다.

저서, 공저 논문, 칼럼 목록도 만만찮다. 수필집 ≪도라산의 봄≫(도서출판:
선우미디어(2007), ≪베트남통일과 한반도 통일 고찰논문≫(향린교회 평화모임 발표,
통일신문 게재), 〈안중근 의사에 대한 인식 논문〉(공동선), 〈한반도 평화는 요원한
가?〉, 〈평택기지와 한반도평화〉(평화 만들기), 〈민둥산에 통일 꿈나무 심다〉(감
사지), 한반도 평화통일 관련 외 200건 칼럼(평화 만들기, 오 마이뉴스, 한겨레, 통일뉴스),
〈망상〉, 〈기다림〉, 〈못다 핀 꽃〉, 〈어머니 유산〉 등 30편 중단편소설, 〈강
물은 흐른다〉 외 60여 편 수필. 〈평화가 공동선이다〉 외 50여 편 산문.

윤영전의 소설을 이야기하는 자리에서 문단의 관례를 깬 채 구태여 이
렇게 장황하게 독자들에게 인기 떨어질 수도 있는 경력을 정리하는 데는
이 작가가 지닌 작품 세계와 소설작법을 예습시키기 위해서이다. 다채롭다
는 것 말고도 다방면에 걸친 재능과 활약으로 숨이 멎을 지경인 이 팔방미
인에게 한 문학평론가가 소설미학적인 차원으로만 따지고 든다면 그건 코
끼리 다리 만지기에 다름 아닐 터이다. 더구나 그의 후반부 인생 상당부분
을 가까이에서 자주 접하는 나로서는 남다른 애착과 공감으로 축하해 줘
야할 자리가 아닌가.

"내 글은 문학성과 서정성이 부족하다. 거기에다 우리의 화두인 분단극
복과 평화와 통일을 염원하기에 작품마다 약방에 감초처럼 평화통일이 들

어있다. 그러기에 수필적 소설이니 소설적 수필이니 격려의 평에도 부끄러움을 느낀다."는 작가의 말을 입증해 주는 게 바로 그의 학 경력이고 이를 염두에 두지 않으면 윤영전 문학의 요체를 감지할 수 없다는 뜻에서다.

2. 분단이 가져다 준 가족 희생

작가 윤영전에게 문학이란 하고픈 사연을 널리 전하려는 의지에 가깝다. 그 중 가장 소리쳐 알리고픈 것은 분단으로 말미암은 민족사적 비극이다. 숱한 작가들이 이미 써왔지만, 이 작가는 가족적인 상처를 자신의 손으로 정리하지 않으면 안 될 사명감에 북받쳐 있다.

이 작품집에서 가장 큰 비중을 차지하고 있는 〈못다 핀 꽃〉을 비롯하여 〈남루한 후회〉, 〈꽃잎처럼〉 3부작은 연작형태로 분단문제를 다루고 있다. 〈못다 핀 꽃〉은 진실과 화해를 위한 과거사 법률 제정에 앞장서고 있는 윤인호의 시선으로 반세기에 걸친 집안의 비극을 재정리하는 형식을 취하고 있다. 무등산 자락 효골이 고향인 그에게는 장래에 큰 인물이 될 것이라는 기대를 한 몸에 받았던 형 영철이 광주군청 호적서기로 근무 중 건국준비위에 가입, 활동하다가 좌익으로 몰려 총살당한 사건이 줄거리의 핵심이다. 윤영철은 군청에서 친일과 분단 문제로 군수와 토론을 벌인 것이 문제가 되어 효골면사무소로 좌천, 결국은 사랑하는 여인의 꿈을 접도록 처참한 시신으로 남는다. 소설은 윤영철이 자수를 해서 잠시 안정을 되찾았으나 그걸 '위장 자수'로 기술하면서 계속 지하활동을 하다가 피체된 것으로 엮어나가는데, 이 시기를 그린 다른 작가들과 이 점이 차이가 난다. 오히려 보도연맹 신고 불이행으로 처리해버렸으면 훨씬 수월했을 것이다.

한 동지의 여동생 지혜의 사랑 앞에서 자신의 미래가 불안하니 받아들일 수 없다는 순애보적인 줄거리는 이 시기 사랑 이야기의 전형이며, 그녀를 짝사랑하는 일제 때부터 경찰 아버지를 둔 강기철의 역할도 우리 사회에서 익숙한 풍경이다. 피신 중에도 조상의 제삿날에[는 위험을 뚫고 반드시 귀가하는 것 역시 낯설지 않다.

이윽고 역사는 6·25를 겪으며 더 한층 갈등의 골은 깊어졌고. 그 역사의 격랑 속에서도 민족사의 숙원은 서서히 목표를 향하여 변모했다. 마지막 장면에서 인호가 아버지의 유언대로 도선산에다 그간 분단의 아픔을 함께 했던 가족들을 하나둘씩 모아 "한솥밥 먹던 영혼들이 함께 하는 납골묘소"를 만든 것은 작가의 역사의식을 그대로 드러낸다. 형을 기리는 "동백나무에 피다만 꽃이 뚝 떨어져 있었다. 분단의 아픔으로 '못다 핀 꽃'이었다."는 게 이 소설의 끝 구절이다.

〈남루한 후회〉는 〈못다 핀 꽃〉처럼 인호가 주인공이다. 그 속편 격인데, 6·25 전후의 혼란기에서 살아남은 인호가 성장하여 월남전에 참전했으나 승리 없는 귀국, 그들의 치열한 민족의식은 통일을 가져왔으며, 이후 인호는 어떤 역사의식에 눈뜨게 되었는가를 그린다.

〈꽃잎처럼〉 역시 가족사로 형의 피체와 죽음에 이르는 혼란기에 또 하나의 희생자였던 숙에 대한 회억을 담담하게 그린 작품이다.

분단이 직접 투영되진 않아서 위의 3편가는 좀 다르지만 〈기다림〉은 울릉도 여행 중 맞은 어머니의 임종 에피소드인데, 여기서도 아버지의 임종과 대비시켜 분단의 상처가 실루엣으로 떠오른다.

위의 네 작품이 남한 내의 분단 비극을 다뤘다면 〈망예(望霓)〉는 북쪽에서 남하한 이산가족문제를 다룬다. "내가 제대하고 근무한 대학(작가의 약력을 보면 금새 서울대 근무시절을 연상할 수 있다)의 오(吳)선생"을 주인공으로 삼은 이산가족의 아픔을 정면으로 다룬다. "전문대학을 나와 공직인 산림조합에 취직"했던 그는 전쟁 중 북의 고향을 떠나 단신 남으로 내려왔다. "그때 진남포에서 배를 타고 나서야 내가 왜 혼자 배를 탔나를 후회했지. 인천으로 와서 경부선을 타고 부산까지 내려가 남포동 피난민촌에 도착했었소." 막일과 행상을 하다가 전시 서울대교직원 모집 시험에 합격, 근무하는 오씨는 작가 윤영전의 경력에서 등장할만한 인물임을 감지할 수 있다.

세월은 흘러 오씨는 중국을 통해 "3살배기 아들이 불혹의 나이가 넘어 부자 상봉"을 이루지만 소설은 반전한다.

> "아버지, 놀라지 마시라요. 어머니가 사촌형이 보여준 아버지 사진과 소식을 들으시고 그만 혼절을 하시고 나서 몸을 제대로 못 쓰시지요."
>
> "아니 뭐라고, 어미가 몸이 완전하지 못 하다고, 나 때문에 고생한 어미가 또 나 때문에 고생을 또 한다고"
>
> 이번에는 오선생이 혼절을 하고 말았다. 우황청심환을 먹이며 정신을 차리게 하였다. 부자간의 만남의 기쁨이, 아내의 반신불수 소식에 그만 정신을 잃어버린 것이다.
>
>   - 〈망예(望霓)〉

분단의 치유가 얼마나 어려울 것인가를 상징하는 결말이다.

남북이 서로 달리 분단의 아픔을 보여주다가 〈우리는 한 형제〉에 이르면 그게 남북 공통의 상처임을 느끼게 해준다. 이 작품 역시 분단 시리즈 속편으로 볼 수 있다. 노경을 맞은 윤영호는 6·25 전쟁 때 남쪽에서 만나 3개월 동안 형제처럼 지내며 의형제까지 맺었으나 이내 자신의 고향인 북으로 가버린 홍영철을 만나고 싶어졌다. 그간 영호가 살아온 경력은 위의 소설에서 본 거의 그대로다. 국군으로 전투에 투입, 그러면서 혹시 홍영철을 만나면 어떻게 할까 하는 망설임….

소설처럼 영호는 개성 관광에서 그를 만난다는 결말은, 우리가 지금 남북교류 시대에 살고 있음을 절감케 한다.

3. 6·29선언에 얽힌 비화

〈고양이목에 누가 방울을 다나〉는 작가의 자전적 실록소설이다. 전두환 군부독재 말기에 용솟음치던 민주화의 열기는 누구도 억누를 수 없는 단계로 진입했는데 그 본부는 명동성당이었다. 성당에 대한 무력 탄압설이 횡행할 무렵 강압에 의하여 취임한 이한기 총리와 그 비서관(바로 작가)이 주인공인 이 소설은 아직까지 널리 알려지지 않은 역사적인 6·29 비화를 공개했다는 점에서 주시할 필요가 있다.

이 작품에는 이한기 총리가 전두환의 임명 통보에 분명히 거부의사를 밝혔는데도 지상발령으로 총리 취임이 진행되었다는 점과, 6·29 선언이 전두환·노태우의 각본이 아니란 점이 쟁점으로 부각된다.

"아! 이 원장님이시죠. 저 전두환 입니다. 그동안 안녕하시지요. 다름이 아니고 이번에 국무총리를 맡아 주셔야겠습니다."

"네, 총리요? 저는 정치도 모르고 능력도 없을 뿐만 아니라 건강이 별로 좋지 않은 사람입니다. 다른 유능한 사람을 골라보시지요"

"무슨 겸손의 말씀을 그리하십니까? 그동안 나라가 어려운 때 도와주셨지요. 다른 말씀 마시고 꼭 맡아 주셔야 합니다. 부탁합니다."

"아! 아닙니다. 지병도 있어서 어렵습니다."

이 원장은 총리직을 맡기가 재차 불가하다는 얘기를 하고 있을 때 이미 대통령은 부탁한다며 전화를 끊고 있었다. 그러기에 이 원장의 다음 말은 전달되지 못했다. 전화를 끊고 난 뒤 원장은 갑자기 뒤통수를 얻어맞은 기분이었다. 가족과 얘기를 나눈 후 나에게 전화를 주었다. 평소에도 일만 있으면 전화를 주시곤 했었다.

- <고양이목에 누가 방울을 다나>

대통령 전화에 이어 노태우 대표가 총리를 "맡아주셔서 감사하다"는 전화를 하기에 분명하게 거절했지만 막무가내(莫無可奈)였다는 대목이다. 강제 취임 후 정국은 계엄 선포 급물살이었다. 그 와중에서 작가는 "총리님! 만약 계엄령선포 의결기운이 나면 그때는 바로 입원을 하셔야 합니다. 실제 몸도 아프시고요."라고 권고하고. "그러면 총칼 들고 병실까지 찾아와 계엄선포 안에 사인하라고 하면 어찌하나"라 우려했고 작가는 "그래도 끝까지 거부하셔야죠. 만약 서명하시면 제2의 이완용이 되시는 것입니다"라고 응수한다.

여러 돌파구를 논의하던 끝에 직선제 개헌만이 출구라는 데 의견이 모아졌지만. "그런데 장관들이나 그 누구도 그런 얘기를 하지 않아서 답답해, 정권을 내놓을 수도 있는 개헌을 하자고 감히 누가 대통령 앞에서 말을 하겠나."라는 게 누가 고양이에게 방울을 달 것인가란 주제가 된다.

이런 와중에 현대사회연구소 전실장이 특급 비밀문건을 가지고 나를 보자고 했다. "내용은 6·29 선언과 같은 내용에 몇 가지가 추가되어 있었다. 그 몇 가지가 중요한 내용이었다. 그동안 날마다 많은 사람 만나서 여론을 들었던 내용이 들어 있었다. 우리 생각을 그들이 요약했을까?" 내용은 국민의 뜻을 따라, 항복 선언이나 다름없는 직선헌법개정이었다.

첫째는 '지금 이대로는 안 된다. 계속 밀리고 밀려 결국은 군이 나와도 안 된다. 혁명으로 갈 수도 있다. 만약 그렇게 가면 5·16부터 군부정권에 연류 된 모두가 죽는다. 그러나 선거를 해서 지더라도 야당으로 존재할 수도 있다. 그러니 이 방법 밖에' 둘째는 '양김을 모두 풀어 경쟁을 시켜 서로 양보하지 않는다면 어쩌면 노후보가 이길 수도 있으나 장담 못 한다. 그러나 끝까지 단일화가 안 되면 승리 한다' 이러한 고도의 전술적 전략과 작전이 적혀있었다. 총리는 당신의 묘안을 실행하기 위해 노 대표를 안가로 불렀다. 시국에 의견을 나누고 노 대표에게 솔직하게 말했다.

"노 대표께서 지금까지 말씀드린 군이 출동하면 안 된다는 사실을 진언하여 주시오. 친구이고 지금까지 같이 혁명을 해왔고 앞으로 후보로써 가려면 이 방법 밖에 없다고 생각합니다. 그렇지 않으면 혁명이 일어나든지 나라가 망할지도 모르는데 나라가 망해서는 안 되지 않겠소. 부탁이요"

"저도 총리님 의견에 동감입니다. 그런데 과연 대통령께서 수렴을 해주실까 걱정이 듭니다. 헌데 지금 말씀하신 의견을 총리께서 말씀하신 일이라고 해도 되겠지요?"

"좋소. 제 의견이라고 말해 주시오. 사실은 제가 직접 말씀드려야 하는데 지난 명동 농성사건에 대통령 명령을 어긴 일도 있고 해서 그렇습니다."

"네, 그럼 오늘 중으로 청와대에 다녀오겠습니다. 들어 주시면 좋을 텐데…"

- <고양이목에 누가 방울을 다나>

뒷 이야기는 좀 싱겁다. 다만 이한기 총리가 지병을 구실로 강력히 사퇴를 고수했는데, "훗날에 들려온 전통은 '대통령 명령을 어긴 총리였다'는 말을 했다는 전언이다." 는 구절이 부각된다. 그러면서도 작가는 "6월 항쟁 역사에서 '고양이목에 누가 방울을 달았을까?' 라고 천연스레 되묻는다. 긴장미 잇는 실록소설이다.

4. 깨어진 첫사랑

윤영전 소설에서 가장 감상적인 〈첫사랑〉은 제목 그대로 첫사랑 추억담이다. "희미하게 사랑이라는 단어에 접근했을 때가 초등학교 3학년" 때였던 작가는 고교시절 시골에서 도시 변두리로 이사, 동네 로터리 한가운데 우물에서 한 여학생을 만난다. 이름은 정단, 중2년생이었다.

둘은 급격히 가까워져 나가다가 상경하고, 월남전 참전하는, 등등 다난

한 성장기 내내 사랑이 이어졌으나

"에스언니와 에스 오빠를 삼아 셋이서 의남매를 맺었다는 자랑"으로 금이 가기 시작, 파탄이 나고 만다. 달콤한 장면도 있고, 아쉬운 추억도 등장하는데, "그녀는 세 아이의 엄마로 하늘아래 어디엔가 살고 있다. 나 또한 세 아이의 아빠로 살고 있다. 소년 소녀가 처음 사랑은 맺어질 수 없다는 첫사랑이 새삼 그리워진다."는 다분히 수필적인 끝 구절로 마감된다.

〈어머니의 유산〉은 윤영전 작가답지 않는 소재이다. 성호는 세 살 때(누나가 5세) 어머니를 잃었지만 곧 계모가 들어와 지내다가 장성하여 내막을 알게 된다. 의사인 아버지 앞에서 죽어 갔다는 사실을 알게 된 그는 끈질긴 추적으로 외가를 찾아 어머니의 죽음에 얽힌 비밀을 캐어내게 된다.

마침 성호는 정희와 사랑에 빠졌는데, 그녀 역시 아버지가 유학 가서 "미국인과 재혼, 아니 정식으로 결혼해 두 명의 자식까지" 둔 형편이었다.

성호 어머니의 경우는 더욱 비참했다. 수준 이상의 미녀였던 어머니는 신혼 초부터 아버지로부터 감시당했는데 그 증세가 점점 악화되어 의처증으로 발전했다. 신경정신과 의사인 아버지이면서도 정작 자신의 정신조차 추스리지 못한 채 결국 아내를 자살로 몰아넣은 것이었다. "어머니가 목메 자살을 했다"는 사실 앞에서 성호는 자신도 "집 차고에서 어머니가 갔던 그 길에서 목을 매었다."는 의외의 결말이다.

〈망상〉은 "강산이 네 번이나 변한다는 세월 속에 이룰 수 없는 헛된 꿈을 꾸며 살아"온 형의 정치병(선거)을 동생의 관점에서 그려준다.

〈가랑나무산으로 간 영혼〉은 효골에서 알부자요 잉꼬부부로 소문난 부부가 어느 날 갑자기 세상을 떠난 사건의 전말기다. 일촌부부는 살아오면서 소소한 어려운 일들은 있었지만 크게 문제된 일은 없었다. 아들 넷에 막내딸을 얻어 귀하게 길러 시집보냈는데 사위의 됨됨이가 못마땅했다.

"오늘 우리의 귀빠진 70회요 금혼식을 기념하는 좋은 날인데 죄송해요.

그러나 딸애 문제는 어쩔 수가 없어요. 요즘 상속법이 개정되어 출가한 딸도 아들과 똑같이 상속받을 수 있다고 하더군요."라며 아내는 남편에게 딸을 도와주자고 졸랐으나 거절당하자 유서를 남기고 농약을 마신 채 자살해버렸고 뒤이어 남편도 따라 죽어갔다는 잉꼬부부의 자살 소동이다.

윤영전의 관심사는 오로지 민족통일과 민주화 정착이다. 그런데 정작 자신의 경력에 등장하는 그 광활한 체험의 세계는 언제 소설로 쓰려는지 새삼 조급증이 난다. 예컨대 서예라든가 다른 여러 분야야말로 소설화하기에 너무나 좋은 영역임을 감안하면 이 작가는 이제부터 팔 걷어 부치고 소설을 써야할 계제가 된 것 같다.

이 창작집이 윤영전 작가의 전환기가 되기를 빈다.

윤영전 (尹永典) 연보

인적사항

- 아호 : 구암(九巖) 효강(孝崗)
- 당호 : 전효당(傳孝堂) 이환당(二歡堂)
- 중앙대하교예술대학원 문창과 문예지도과정 수료
- 고려대학교 경영대학원 최고경영과정 수료
- 서울대학교 사법대학원 법률과정 이수
- 천주교 사회교리학교 졸업 (사회교리 교사)
- 민족화해, 남북경협, 평화통일. 한국근현대사 과정 수료

양력과 경력

- 1965-1966 한국최초 해외 파견 베트남 참전
- 1966-1980 서울대, 감사원, 국무총리실 공직근무
- 1982-1996 (사)투자금융협회 1급 부장 실장 근무
- 1997-2000 (주) 아이칠랜 상임감사
- 1997-현재 구암서문예원 원장
- 2000-2006 (사)방배사회복지관, 문화교육원 출강
- 2007- 현재 (재)종합금융장학회 이사
- 서예 초대작가 (한국서예대전. 한국전통서예대전. 통일비림작가)
- 한중일, 한중서화전에 초대전 출품 · 한국서예대전 초대전 참가
- 한국서화전 초대전 세종대왕상, 초대작가상 등 다수 수상
- 기당 총리 묘비, 석암 박사, 첨정공, 현주공, 대은공, 묘비 등 20여 묘비문을 짓고 씀
- 한국인물전기학회 이사. 근묵회 회장역임. 안중근의사연구회 운영위원.
- <에세이문학> 수필로 등단 ·한국수필문학진흥회 이사

· <백두산문학>소설로 등단 ·백두산문학회 편집위원
· <에세이21>기획위원, 사무국장·산영수필문학회 감사, 이사
· 소설가 <백두산문학> 등단 ·백두산문학회 편집위원
· 통일부 통일교육위원
· (사) 평화연대 전 집행위원장, 공동대표.
· 인터넷신문 <평화만들기>에세이 칼럼 필진. 오마이뉴스 회원기자
· 남북경협운동본부 공동대표, 지도위원 ·남북경협 포럼, 전문위원
· 한국전쟁전후민간인학살범국민위원회, 감사·평화재향군인회, 고문, 감사,

저서, 공저 논문, 칼럼
· 수필집 (도라산의 봄) 도서출판: 선우미디어(2007)
· 소설집 (못다 핀 꽃) 도서출판 선우미디어(2007)
· 산그늘, 공동선, 감우정담, 수필실험, 수필산책, 공저
· 베트남통일과 한반도 통일 고찰논문 (향린교회 평화모임 발표, 통일신문게재)
· 안중근 의사에 대한 인식 논문(공동선)· 한반도 평화는 요원한가?
· 평택기지와 한반도평화 (평화만들기) O,민둥산에 통일 꿈나무 심다 (감사지)
· 한반도 평화통일 관련 외 200여 편 칼럼(평화 만들기, 오 마이뉴스, 한겨레, 통일
  뉴스)
· 망상, 기다림, 못다 핀 꽃, 어머니 유산, 등30편 중단편소설
· 강물은 흐른다. 외 60 여 편 수필. 평화가 공동선이다, 외 50여 편 산문.

표창 상훈
· 주월 한국군사원조단 (비둘기부대) 참전표창 (1965)베트남 의장
· 주월 비둘기부대 공로표창 (1966년) 비둘기부대장
· 서울대학교 모범 표창 2회 (1973년 1976년) 서울대학교 총장
· 감사원 공로표창 (1982년 9월) 감사원장
· 국무총리실 근속공로패 (1987년 7월)
· 투자금융협회 공료표창 (1996.7) 투자금융협회장
· 파평,남원,함안 윤씨보원회 효자표창 (1996년 3월) 서강사종회장

· (사) 평화통일시민연대 공로표창 2회 (2003. 2006)
· 한국서화협회 초대전 5회 (세종대왕상, 백범상, 문회예술상 초대작가상) 수상
· 한국유도회 공로표창
· (사)평화연대 공로표창 (2회)

못다 핀 꽃

1판 1쇄 발행 | 2007년 7월 26일

지은이 | 윤영전

발행인 | 이선우

펴낸곳 | 도서출판 선우미디어

등록 | 1997. 8. 7 제2-2416호

100-846 서울 중구 을지로3가 104-10

신성빌딩 403 ☎ 2272-3351, 3352 팩스: 2272-5540

sunwoome@hanmail.net

Printed in Korea ⓒ 2007. 윤영전

값 10,000원

※ 잘못된 책은 바꿔 드립니다.

※ 저자와의 협의하에 인지 생략합니다.

ISBN 89-5658-158-4 03810